COLLECTION

DE

DISCOURS, NOTICES, MÉMOIRES

ET RAPPORTS.

4867

Z

5115

COLLECTION

DE

DISCOURS ADMINISTRATIFS ET ACADÉMIQUES,

DE NOTICES HISTORIQUES,

MÉMOIRES, RAPPORTS,

ET AUTRES OEUVRES LITTÉRAIRES

De M. le Comte de VILLENEUVE,

CONSEILLER D'ÉTAT, PRÉFET DU DÉPARTEMENT DES BOUCHES-DU-RHÔNE, COMMANDEUR DE
L'ORDRE ROYAL DE LA LÉGION D'HONNEUR, CHEVALIER DE PLUSIEURS ORDRES ÉTRANGERS;

MEMBRE DE L'ACADÉMIE ROYALE DE MARSEILLE; PRÉSIDENT HONORAIRE DE LA SOCIÉTÉ DE STATISTIQUE
DE LA MÊME VILLE; MEMBRE DE LA SOCIÉTÉ D'AGRICULTURE, SCIENCES ET ARTS D'AGEN;
DE LA SOCIÉTÉ D'AGRICULTURE, SCIENCES ET BELLES-LETTRES DE MACON; DE LA SOCIÉTÉ
DES SCIENCES, DE L'AGRICULTURE ET DES ARTS DE LILLE; DE LA SOCIÉTÉ ROYALE
DES ANTIQUAIRES DE FRANCE; DE LA SOCIÉTÉ DE GÉOGRAPHIE; DE L'ACADÉMIE
DES SCIENCES, AGRICULTURE, ARTS ET BELLES-LETTRES D'AIX;
CORRESPONDANT DE L'ACADÉMIE ROYALE DE TURIN.

Tome Second.

A MARSEILLE,

IMPRIMERIE D'ACHARD, RUE St-FERRÉOL, N° 64.

1829.

PLAN de la Ville de FRÉJUS

ET DES RESTES EXISTANTS DES MONUMENTS ROMAINS.

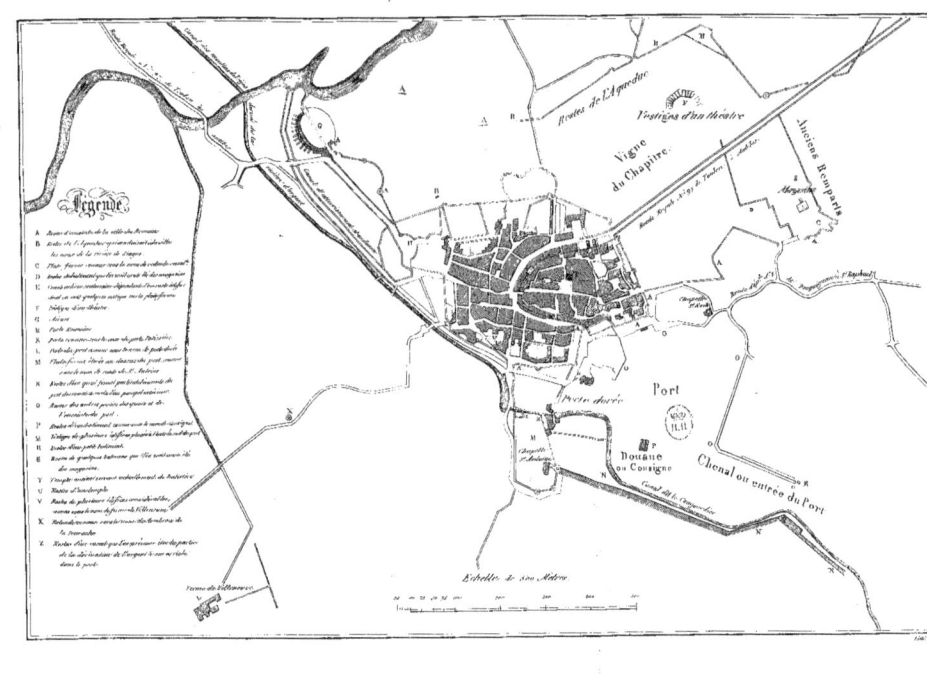

COLLECTION

DE DISCOURS

ADMINISTRATIFS ET ACADÉMIQUES,

DE

NOTICES HISTORIQUES,

MÉMOIRES, RAPPORTS ET AUTRES OEUVRES LITTÉRAIRES.

TROISIÈME PARTIE.

Pièces lues dans les séances des Sociétés savantes.

SECTION I.

Société d'Emulation du département du Var.

N° 1. Rapport fait au nom de la commission (1) chargée de diriger les fouilles faites à Fréjus en avril 1803, par ordre de M. le préfet du Var (2).

A Draguignan, le 25 Octobre 1803.

Messieurs,

DE tous les lieux où se sont conservés des vestiges de la puissance romaine, il en est peu qui en présentent un ensemble plus complet que

---

(1) Les autres membres de la commission étaient MM. Firminy, aujourd'hui juge au tribunal de Draguignan, et feu de la Cépède, ancien officier de marine.

(2) M. Fauchet, depuis préfet de la Gironde et de l'Arno.

T. 2.   I

Fréjus. On cite plusieurs villes remarquables par leur antiquité et par la célébrité dont elles ont joui; des cirques, des amphithéâtres, des thermes, des arcs de triomphe, des temples, des aqueducs, des tombeaux et d'autres monuments ont été signalés dans plusieurs de ces lieux; mais à Fréjus on découvre des ruines non-seulement de chacun de ces objets, mais encore de tous les travaux qui constituent un Etablissement essentiel à l'Etat, et auquel la métropole ajoutait un grand prix. On n'y avait pas, à la vérité, prodigué ces monuments superbes qui attestent le luxe et la magnificence: tout y étant consacré à l'utilité publique, on peut, par un examen approfondi, acquérir de nouvelles lumières sur le régime militaire des Romains, sur leurs Etablissements maritimes, sur leur architecture militaire et civile, non moins que sur diverses branches de leur économie politique.

A tout cela se joint le souvenir des grands événements dont Fréjus ou ses environs ont été le théâtre; de sa fondation, qui se rattache à celle de Marseille; de la réunion d'Antoine et de Lépide opérée, pour ainsi dire, sur les bords de la rivière d'Argens; du choix que fit Auguste du port de Fréjus pour y placer tous les vaisseaux pris sur Antoine à Actium; de l'établissement permanent d'une flotte considérable, et de la résidence d'une légion romaine, dispositions déterminées par ce prince; des faveurs dont elle fut comblée par Jules César, qui l'embellit et lui donna son nom, par Auguste, Tibère, Caligula, Vespasien et plusieurs autres empereurs; des combats qui eurent lieu dans son voisinage entre les partisans d'Othon et ceux de Vitellius: de nos jours, ce fut là que s'opéra le débarquement de Napoléon revenant d'Egypte. Peu de contrées réunissent donc autant de titres à la curiosité et à l'intérêt des personnes instruites, et un administrateur, amateur éclairé des sciences, des lettres et des arts, devait éprouver ces sentiments; aussi, la ville de Fréjus fixa-t-elle ses premiers regards administratifs.

Les annales de la société d'émulation attesteront les tentatives faites par l'administration pour assainir l'air, pour amener de l'eau dans cette Cité; mais ces améliorations devaient être complétées par des explorations propres à mettre au jour quelques monuments des arts, ou à faire connaître avec détail les édifices ou les Etablissements dont on retrouve des traces fréquentes dans ces lieux pleins d'intérêt.

L'exécution de ce projet ayant été confiée à des commissaires de la société d'émulation, ceux-ci se rendirent à Fréjus, animés de tout le zèle que devait leur inspirer une semblable mission, et ils firent avant toute opération une reconnaissance générale de tous les vestiges d'antiquités pour décider des lieux où l'on devait commencer les fouilles.

Ces monuments, connus pour la plupart, ont été décrits avec exactitude dans l'histoire de Fréjus par Girardin ; mais en les voyant se développer successivement, on ne peut qu'éprouver de vives sensations, et ces restes de la puissance du premier peuple de l'univers inspirent un vif désir et l'obligation de recueillir quelques notions sur chacun d'eux en particulier. Ainsi l'Administration pourra devenir juge des raisons qui ont motivé chacune des opérations auxquelles se sont livrés les commissaires. Un siècle s'est d'ailleurs écoulé depuis la publication de l'Histoire de Fréjus ; et la main du temps, qui s'appesantit sur les choses et sur les hommes, a dû opérer de grands changements sur ces antiquités; nouveau motif pour constater rigoureusement l'état des choses avant de commencer les travaux.

PONT ROMAIN. — On est encore loin de Fréjus, et déjà on reconnaît les approches d'une ville jadis importante : à un quart d'heure du Puget, et à 5o mètres à droite de la grande route, se montre un pont antique à trois arches, parfaitement conservé : chacune d'elles est large de deux mètres, ayant une même hauteur. Sa construction ne diffère pas de celle des ponts antiques connus ; mais ce qui fait remarquer celui-ci, c'est qu'il est au milieu d'une vaste prairie, et que rien n'annonce le passage des eaux sous ses voûtes : les avant-becs placés du côté de l'ouest, annoncent toutefois que les eaux venaient de ce côté. On peut en conclure que les Romains ayant fait dériver un bras de la rivière d'Argens vers la ville de Fréjus, pour servir aux bains et à d'autres usages, l'avaient dirigé sous ce pont ; observation qui tend à faire admirer le génie de cette nation qui exécutait de si grandes entreprises, sans être arrêtée par aucune difficulté, et à se

1 *

convaincre de plus en plus du prix qu'on attachait à la position de Fréjus.

LE CIRQUE. — Le premier objet qui se présente en arrivant dans la ville est un cirque de forme ovale, et d'une circonférence intérieure de 200 mètres; c'est-à-dire que sa longueur d'une porte à l'autre peut être de 90 mètres. Une enceinte voûtée sert de base à quatre rangs de degrés qui règnent aussi tout autour : là se plaçaient ordinairement les personnes les plus distinguées. Ces gradins sont adossés à un mur haut de 1 mètre 3 décimètres, et percé de plusieurs portes servant de communication à une large galerie régnant autour du cirque, et construite au-dessus de la voûte. Ce portique servait à se promener, ou à se mettre à l'abri de l'ardeur du soleil, de la pluie, ou des orages. Sa voûte soutient six autres rangs de degrés ayant chacun 75 centimètres de hauteur, destinés aux personnes du second ordre : plus haut est une galerie beaucoup moindre en longueur et en largeur, et sur celle-ci une troisième et dernière rangée de gradins en nombre considérable, servant sans doute à placer le peuple. Dans certains points, on voit encore des pierres percées, dans lesquelles on plaçait des barres sur lesquelles s'appuyaient les toiles nécessaires pour mettre les assistants à l'abri du soleil. Les deux premiers rangs de voûtes n'occupaient que la partie méridionale, attendu que celle du nord était adossée à une roche molle : cet incident avait pu lui faire donner une forme ovale; quoique d'ailleurs plusieurs de ces édifices soient ainsi construits. Celui-ci ne peut se comparer pour la beauté et l'étendue aux cirques de Vérone, de Nîmes et même d'Arles, mais il n'en est pas moins un monument très-précieux : sa distribution, tout comme sa construction, le rend digne des autres ouvrages romains. Depuis quelques années il a été considérablement dégradé : la plupart des particuliers qui ont des bâtiments ou des murs à construire, viennent s'y pourvoir de pierres, et l'intérieur du cirque, qu'on désigne sous le nom d'arènes, forme un cloaque infect; parce qu'on y laisse croupir les eaux de la pluie. Sous ces rapports, il serait à désirer que l'Administration prît des moyens de conserver ce monument.

PORTE DES GAULES. — Les vestiges de quatre portes antiques existent à Fréjus, et la première qui se présente en entrant est la porte des Gaules.

Elle s'annonce par une grande esplanade où se trouvent de chaque côté des massifs de maçonnerie servant de fortifications, au fond desquelles se trouvaient jadis deux portes semblables, éloignées l'une de l'autre de 6 mètres. Girardin, qui en parle comme les ayant vues, ajoute qu'elles étaient renfermées dans le jardin du couvent des cordeliers : il n'en reste actuellement que de très-légères traces.

Porte Patissière. — En suivant le rempart au sud, on trouve la porte dite *Pâtissière*, dont le cintre est encore entier. Sa hauteur est peu considérable : une petite demi-lune, aux extrémités de laquelle se trouvaient deux tourelles, lui sert d'avenue : les magistrats la firent murer il y a quelques années.

Porte Dorée. — Elle servait de communication entre la ville et le port. On a prétendu que ce nom, *Porta Aurea*, venait de ce que ses voûtes servaient de passage aux richesses qui arrivaient à Fréjus et qui en sortaient; tandis que d'autres ont expliqué ce nom par les clous à tête dorée qui se trouvaient dans la maçonnerie. La première opinion paraît d'autant plus vraisemblable, qu'on trouve des portes de ce nom dans plusieurs villes anciennes : quant à la seconde, quoique Girardin l'appuie et prétende qu'on y voyait de son temps des clous à tête dorée, elle porte sur des conjectures peu solides. Quoiqu'il en soit, cette porte, d'une architecture assez soignée, consistait en trois arches : celle du milieu, qui avait environ 9 mètres de hauteur sur 4 de largeur, subsiste encore, et son cintre supporte une masse énorme de maçonnerie ornée de briques qui forment divers dessins : des deux pilastres qui la supportent, celui de la gauche faisant face à la ville est presque intact; mais l'autre est dégradé au point qu'il semble n'exister que par artifice. Au commencement de ce siècle, la foudre tomba sur ce monument, et en détruisit une partie : aussi les deux arches latérales n'existent-elles plus, et à-peine en peut-on distinguer les vestiges. La porte Dorée se trouve maintenant enfermée dans des jardins; mais d'après ses fondations, il paraît qu'elle était environnée de vastes édifices qui lui servaient d'ornements, et dans lesquels logeaient les personnes préposées à la garde des portes, au service du port et du commerce.

Lorsqu'on creusa le canal qui dérivait les eaux du Reyran dans le port, il fallut abattre une tour ronde qui se trouvait à vingt pas de la porte Dorée, et qui correspondait à celle de la redoute Saint-Antoine. Après avoir enlevé la terre à une distance d'environ 6 mètres, on s'aperçut que ses fondements portaient sur du sable mouvant, et non sur pilotis, comme il y avait lieu de le croire. Ce fait, qui nous a été garanti par des témoins oculaires, mérite l'attention des érudits en fait d'architecture romaine.

PORTE ROMAINE. — La quatrième porte antique est celle qui conduit sur la route d'Italie, à environ 200 mètres de la porte actuelle, et qu'on nommait *Porte Romaine*, parce qu'elle était placée sur la voie Aurélienne. Jules César, qui la fit construire pendant la conquête des Gaules, y fit employer d'énormes pierres de taille, qu'on avait élevées à une hauteur prodigieuse. La porte avait deux ouvertures égales, hautes de 8 mètres sur 6 de largeur, distantes l'une de l'autre d'environ 3 mètres; cet intervalle était voûté. L'arc occidental subsistait encore du temps de Girardin; il paraît même que la grande route passait au-dessous, car il dit que la pierre de la voûte tenait à si peu de chose, que plusieurs personnes craignaient qu'elle ne les écrasât au moment où elles y passaient. On ne distingue plus maintenant que les piliers qui servaient de supports. Ce reste de monument fut détruit, dit-on, dans le cours de la guerre de 1744, par un général français qui craignait que ses soldats ne fussent écrasés; et lorqu'on voulut exécuter ses ordres, il se trouva que ces pierres énormes étaient traversées par des barres de fer très-épaisses qui les liaient les unes aux autres, et leur donnaient par conséquent une solidité à toute épreuve. Ce fait, qui paraît vraisemblable, fait regretter qu'on n'ait pas pris alors le parti de changer l'alignement de la route, ainsi qu'on le fit quelque temps après : on aurait conservé un monument remarquable. Sans partager l'enthousiasme qui a fait dire qu'il n'y a pas en France de porte de ville qui approchât de la magnificence de celle-ci, on peut croire, d'après ce qui en reste, que la porte Romaine était digne de ceux qui l'avaient fait construire.

On ne remarque de vestiges d'aucune porte ancienne dans toute la partie septentrionale; quoique d'après la distance existant entre la porte Romaine

et celle des Gaules, il soit à présumer qu'on n'avait pas manqué d'en pratiquer au moins une pour les habitants de la campagne.

REMPARTS. — Ceux de l'ancienne ville étant assez bien conservés, on
peut déterminer leur étendue presque dans tout leur cours, si ce n'est par la
partie qui s'élève hors de terre, du moins par les fondations dont les traces
paraissent à-peu-près partout : ils servent d'enceinte à la ville moderne dans
toute la partie occidentale : arrivés à la porte Dorée, ils s'étendent vers l'est,
renfermant la redoute et les magasins qui avoisinent la vigne du Paradis, ils viennent aboutir à la porte Romaine et suivent la direction de l'aqueduc jusqu'à la
partie septentrionale de la ville actuelle, qu'ils quittent seulement à la porte
des Gaules. Ainsi le périmètre de la ville ancienne serait d'environ 3,000
mètres, et pouvait contenir 20 à 25 mille habitants. De distance en distance,
un grand nombre de tours destinées à défendre la ville étaient placées dans
les lieux les moins forts par leur position. Les plus remarquables de ces ouvrages sont au nord de la vigne du Chapitre, au travers de laquelle passaient
les eaux de l'aqueduc : trois autres sont vers la porte des Gaules, à l'enclos
des Cordeliers et un autre, plus considérable, à la porte Romaine. Les Vandales et les Goths, qui assiégèrent plusieurs fois Fréjus, ont surtout dégradé
ces fortifications.

Il existait aussi plusieurs ouvrages avancés dont les ruines se voient
dans toute la partie septentrionale et dans l'espace compris entre la ville et le
cirque : deux méritent d'être cités par leur importance, leur destination,
leur étendue et la manière dont ils sont construits. Ce sont deux redoutes
immenses qui subsistent presque en entier.

REDOUTE St-ANTOINE. — La première, qui prend son nom d'une chapelle
construite postérieurement, offre un carré long finissant en pointe vers le
midi et d'une circonférence d'environ 500 mètres : elle servait à fortifier
l'espace compris entre la porte Pâtissière et la porte Dorée, et à garantir le
port du vent de nord-ouest. Les murs en sont très-épais, et dans la partie occidentale ils sont doubles et épaulés par d'épais piliers. L'extrémité méridionale, qui touche au port, est fortifiée par une tour immense qui domine
tous les environs. L'intérieur de la redoute, composé de terres rapportées, est

coupé par un grand nombre de canaux ou conduits souterrains tous voûtés, et qu'on présume devoir conduire à d'autres édifices. L'un des canaux, qui traverse en entier la redoute de l'ouest à l'est, sert à conduire l'eau à un moulin ; les autres étant encombrés de pierres ou de terre, on ne peut savoir où ils finissent : il en est un qui se nomme *Conduit de la chèvre d'or*, parce qu'une tradition vulgaire veut qu'il y en ait une cachée. Des enfants jouant, il y a quelques années, dans l'une de ces voûtes, y trouvèrent une tête en grès presque défigurée, portant les caractères de la plus haute antiquité. De nouvelles fouilles ayant pour but le déblai de ces canaux pourraient conduire à d'autres travaux intérieurs.

REDOUTE ORIENTALE. — Elle est située sur la même ligne que la porte Romaine et se joint avec l'ancien rempart. Ses dimensions étant à-peu-près les mêmes que celles de la redoute St-Antoine, elle forme un carré long d'environ 6o mètres sur 5o de largeur : les murs environnants sont extrêmement épais, surtout vers l'est. Vers le milieu se trouve une ouverture d'environ 2 mètres en carré, par laquelle on descend dans un édifice souterrain formé par trois voûtes parallèles; entrée tellement encombrée par de la terre et des pierres, qu'on n'y descend qu'avec peine ; la partie du sud-est est occupée par cinq rangs de magasins voûtés, parallèles les uns aux autres, dont le premier s'étend jusque vers le milieu de la plate forme, dans une longueur d'environ 20 mètres sur 5 de largeur ; les voûtes sont tellement détruites qu'on en voit seulement le commencement. Les quatre autres sont dans une proportion de moitié plus petite ; mais ils sont mieux conservés, et les voûtes subsistent en grande partie. On a prétendu que le port s'étendait jusque là, parce que la vigne du Paradis, beaucoup plus basse, semble former un bassin creusé avec intention, et que lorsqu'on enlève la première terre, on trouve du sable mêlé de coquillages. N'ayant pas à examiner cette question, nous présumons comme fait vraisemblable qu'il pouvait exister là un canal de communication entre le port et ces magasins, qui appartenaient sans doute à l'Etat.

LE PORT. — Le port proprement dit commençait au phare qu'on nomme actuellement la lanterne. Là étaient un chenal bordé d'un quai et une muraille peu élevée qui continuait jusqu'à la mer, à présent distante d'environ

1000 mètres. Deux bornes en granit servaient à amarrer les vaisseaux et le frottement des cordes y est encore très-visible.

Le phare est un bâtiment rond sur lequel est une tour octogone: aux environs sont les ruines de plusieurs autres édifices destinés vraisemblablement aux gardes ou aux préposés des douanes. On allumait des feux sur ce phare, pour diriger les vaisseaux en mer, et guider ceux qui entraient dans le port. En remontant de la lanterne vers la redoute St-Antoine, on suit constamment les traces d'un quai large d'environ 5 mètres en ligne droite et couvert, dans toute son étendue, par une muraille fort épaisse d'une hauteur de 4 mètres : c'était une défense pour arrêter les sables et les vents du sud et sud-ouest, fréquents et dangereux sur ces parages: de plus, cet ouvrage retenait les limons amenés par l'Argens dans les temps où les pluies le font déborber.

Arrivé à la tour St-Antoine, le quai suit la partie orientale de cette redoute et se dirige vers la porte Dorée; de là, il remonte au nord et tourne ensuite vers l'est jusqu'au puits dit de St-Roch. Ensuite il suit une ligne droite jusqu'à une réunion de plusieurs bâtiments assez bien conservés et vraisemblablement destinés aux mêmes usages que ceux qui environnent le phare auquel ils correspondent. Quoique le quai soit en moins bon état dans cette partie, et quelquefois même caché sous la terre, on n'en perd néanmoins jamais la trace dans son entier. Ces deux points formaient l'entrée du port, large d'environ 100 mètres. Un autre quai plus étroit dirigé vers la mer, parallèlement à l'autre côté, forme un chenal bien marqué et d'une largeur proportionnée à la grandeur du bassin: du côté que nous parcourons en ce moment, il se termine à un petit bâtiment nommé actuellement *la Roubine*, qui servait de corps-de-garde avancé. Vers le milieu du port, à la hauteur de la tour St-Antoine, se trouve un petit bâtiment carré destiné à être une consigne: on assure qu'il existe encore les vestiges d'un autre phare sur l'un des deux rochers connus sous le nom de Lions.

Ainsi, l'on peut conjecturer que le port de Fréjus (1) avait 1800 mètres

(1) Pour l'explication de tous les points décrits ci-dessus, on peut consulter le plan géométral qui est joint à ce rapport.

de circuit. Avec une telle étendue, on n'est plus étonné qu'il ait contenu les 300 vaisseaux pris à Actium sur Antoine, et la flotte stationnaire qui y fut établie : sa position le rendant aussi très-favorable : par sa nature comme par les soins de l'art, c'était l'Etablissement le plus important des Romains dans la Méditerranée. Ce port a subsisté sous l'empire des Antonins. On avance, sur la foi de plusieurs actes publics, que son entrée était encore libre et son bassin assuré dans le 10ᵐᵉ siècle, après les incursions des Vandales et des Goths.

Il paraît certain que le bassin fut creusé et joint à la mer par un canal dont on voit encore aujourd'hui les vestiges, construit presque parallèlement au fleuve d'Argens : ce qui semble indiquer qu'on a eu en vue de le garantir des sables et du limon : on va même jusqu'à prétendre que le fond est enduit d'un ciment aussi dur que celui qu'on employait au canal des aqueducs. Ce serait donc seulement à force de précautions qu'on a pu empêcher le port de se combler. Dès qu'on a cessé de le nettoyer, de réparer les digues et les autres ouvrages, le chenal et par suite le bassin ont été obstrués et enfin comblés par les sables apportés par l'Argens, et repoussés par les flots de la mer. Cette même cause a formé des atterrissements et des alluvions qui ont fait croire que la mer s'était retirée, tandis qu'il ne s'est opéré d'autres changements que ceux qu'on a vu arriver à l'embouchure du Nil, du Rhône et d'autres fleuves qui, comme l'Argens, amènent une grande quantité de limon. Le port était ainsi devenu un marais infect dont les exhalaisons corrompaient l'air, et causaient des maladies meurtrières ; mais lorsqu'on s'est occupé des moyens de remédier à ces maux, les opinions ont été partagées. Les uns voulaient rétablir le port en creusant de nouveau le bassin et le chenal pour y introduire les eaux de la mer ; projet sans doute attrayant, puisque Fréjus retrouvant sa salubrité et son ancienne splendeur, il ne lui aurait plus manqué que d'avoir de bonnes eaux. Des difficultés sans nombre ont fait préférer d'autres plans tendant à combler le port. Pour parvenir, avec moins de frais et de peines, de temps et de dangers à dessécher les marais (1),

_____

(1) Ce plan fut fort appuyé par M. de Cassas, directeur des aides, homme très-instruit et fort zélé pour le bien de son pays.

on proposa le creusement d'un nouveau lit au torrent de Reyran, et la déviation dans le port, du sable, du gravier et des pierres qu'il charrie. L'Administration adopta ce plan, fortement appuyé par M. de Bausset, évêque de Fréjus, respectable prélat, qui se montra toujours le père de ses diocésains, et abandonna dans cette circonstance quelques-uns de ses droits pécuniaires. On y travailla dès l'an 1782, jusqu'à ce que diverses circonstances en entravèrent l'achèvement. Tout en discutant encore sur les moyens qu'il fallait prendre, on se réunit pour rendre hommage au zèle et aux intentions du prélat qui présida à ces travaux : on reconnaît même que depuis cette époque les maladies ont considérablement diminué. Plus tard, le terrain occupé autrefois par le port a été concédé à divers Particuliers de Fréjus, à la charge d'opérer l'entier dessèchement des marais: mais cette clause si importante à la salubrité publique n'a point été exécutée; si elle l'était, (il serait facile et juste de l'exiger) l'air serait assaini et on anéantirait ainsi le germe des maladies.

AQUEDUC. — De tous les monuments dont on découvre les vestiges à Fréjus, aucun n'atteste plus la grandeur romaine, que l'aqueduc qui y apportait les eaux de la Siagne. Cette rivière prend sa source à un rocher calcaire à peu de distance du village de Mons, c'est-à-dire à sept lieues de Fréjus : c'est là que commence l'aqueduc, et on y voit une inscription composée de lettres initiales qu'on n'a pu expliquer. La source se trouvant beaucoup plus basse que la prise d'eau, on peut en induire que les eaux ont baissé ou qu'une digue propre à les retenir a été détruite. Le canal se dirige à travers un coteau à droite du chemin de Mons à Fayence, quelquefois assez profondément, d'autres fois à fleur de terre; alors on en aperçoit des traces : à 1000 mètres de son origine, il passe sous un rocher considérable sous lequel on avait voulu sans doute le faire passer; mais une erreur dans le calcul du nivellement, une pente ou tout autre accident ayant dérangé ce projet, le conduit fut établi au dessous du sol actuel, et l'on coupa le reste à pic, afin d'en faire un passage, qu'on voit à quelques pas à gauche du chemin de Fayence. Ce rocher est donc taillé perpendiculairement à 10 mètres de hauteur dans une longueur de 30 mètres : vers l'entrée on a pratiqué une espèce de contrefort

2 *

vraisemblablement pour que le rocher qui en forme le cintre pût soutenir les deux masses adjacentes. Sur ce passage, qui a 2 mètres et demi de largeur dans toute son étendue, on voit très-distinctement les coups de ciseau appliqués sur le rocher, tellement que cet ouvrage ne semble fait que depuis quelques années. A quelques mètres de distance, une large crevasse laisse voir un canal souterrain large de 7 décimètres, haut de 1 mètre 50 centimètres, et enduit d'un ciment qui a pris toute la consistance de la pierre : le sol est formé d'un limon durci, et le haut est couvert d'un enduit salin ou tuffier formé par la condensation des vapeurs de l'eau. Cette partie du canal marquée jusqu'à son commencement et intacte, à quelques fondrières près, passe sous le rocher que l'on vient de décrire. Du côté opposé, le conduit est moins conservé, parce qu'il n'est pas assez enfoncé dans la terre : souvent la voûte écroulée n'en montre pas de trace : mais bientôt retrouvée on suivrait le canal dans toute son étendue : il traverse les bois de Pybresson ; descend dans la plaine de Callian, (les traces en sont bien marquées dans cette partie) ; se dirige dans la partie basse du territoire de Montauroux ; suit la vallée de Fondurance, laissant Bagnols à droite, pour arriver dans la partie de Fréjus où il est porté par des arcades dont quelques-unes ont 18 mètres de hauteur. Souvent il passe à travers des montagnes ; d'autres fois il les contourne : quand le terrain est trop bas, il est porté par des arcades. Son cours est évalué à 70,000 kilomètres (environ 12 lieues). Dans tout le pays de roche calcaire il est construit avec cette sorte de pierre ; ailleurs il l'est en grès ou en brique cuite ; partout ses parties constituantes sont jointes par un mortier très-dur, et les parois sont recouvertes d'un ciment extrêmement fin. Les dimensions du canal sont à-peu-près les mêmes dans tout son cours : les arcades sont plus ou moins hautes, suivant l'élévation du terrain : il y a des piliers qui ont 9 mètres de haut, et qui sont distants l'un de l'autre de 4 mètres 50 centimètres : à 1 kilomètre de la ville, on trouve des arcades parfaitement conservées.

A la porte Romaine, l'aqueduc se divisait en deux branches dont le point de séparation subsiste encore ; et le canal, plus étroit au dessous, fait supposer une masse d'eau moins considérable. Une branche suivait la direction de l'ancien rempart et entrait dans la ville du côté du nord; l'autre allait vers le port, d'après plusieurs vestiges existant à l'entrée des magasins et vers le haut de la Vigne du Paradis, où nous avons supposé l'existence d'un bassin, ou tout au moins d'un conduit.

L'époque de la construction de cet aqueduc est incertaine, mais on pense qu'il fut ordonné par Jules César, à qui la ville dut son agrandissement, ou par Auguste, qui établit dans le port la station d'une flotte, ou par Caligula, dont on connaît le goût pour les travaux difficiles. Il faut avoir étudié cet aqueduc et suivi tous ses détours; il faut avoir vu les lieux et apprécié les difficultés que présentait son exécution, pour s'en faire une juste idée.

TEMPLES. — L'intérieur de la ville de Fréjus offre aussi quelques ruines intéressantes, aux environs de la porte Dorée, vers les anciens remparts du côté du nord, aux environs de l'évêché : mais celles d'un temple qui est près de l'ancienne maison des Jésuites doivent surtout fixer les regards des curieux. La partie septentrionale subsiste encore presque dans son entier, et l'on y voit plusieurs niches où l'on plaçait les divinités. L'une de ces niches, ayant la forme d'une coquille, est fort grande, tandis qu'il y en a de moindres de chaque côté. Quelqu'un ayant eu la curiosité de faire percer celle de la droite, on vit qu'elle communiquait à une grande cave qui servait vraisemblablement à rendre les oracles. Ce temple paraît avoir été vaste et ses dépendances considérables : aux environs sont deux grandes caves pavées en mosaïque, une citerne immense et très-bien construite : toutes les maisons modernes sont bâties sur des fondements antiques. Comme on distingue l'emplacement de plusieurs cours spacieuses, on peut conjecturer que c'était le temple principal, et qu'il y avait un collége de prêtres ou d'Augures.

FERME DE VILLENEUVE. — A 1000 mètres sud-ouest de la ville, se trouvent des bâtiments connus sous le nom de Ferme de Villeneuve, remarquables par une grande quantité de ruines antiques; au nord, est une rotonde à demi-ruinée, où plusieurs niches ont fait présumer l'existence d'un Panthéon, sur la foi de l'historien de Fréjus, qui n'avait point encore été contredit.

LA TOURRACHE. — Non loin de là, est une tour peu considérable située isolément au milieu des champs; l'extérieur en est rond, et l'intérieur de forme octogone, éclairé par trois fenêtres, est décoré d'autant de niches. Ce petit édifice, dans lequel on entre par une porte souterraine, est connu sous le nom de Tourrache : les murs en sont très-bien conservés.

DEMI-CIRQUE. — L'espace compris entre la porte Romaine et l'enceinte actuelle, au nord de la grande route, paraît avoir été le quartier le plus habité et le plus opulent de la ville antique. On y marche presque toujours sur des fondements d'édifices considérables : l'emplacement des maisons, des rues, des places publiques, se reconnaît encore, et l'on a trouvé des canaux ou conduits en maçonnerie, en briques, en terre cuite, et même en plomb. On a pu se convaincre, lors des plantations faites dans l'esplanade connue sous le nom de Vigne du Chapitre, et dans toutes les propriétés adjacentes, que l'une d'elles renferme des ruines d'un bâtiment très-vaste, et qui, à en juger par l'étendue, devait être un édifice public ou appartenant à quelque personnage de considération.

INSCRIPTIONS. — Un grand nombre d'inscriptions latines tendaient à célébrer les empereurs qui avaient affectionné la ville et les hommes illustres ou les magistrats qui l'avaient habitée (1).

On sentira aisément qu'en parcourant ces antiquités, on éprouve le désir de reconnaître ces inscriptions, qui jettent un grand jour sur les événements dont cette ville a été le théâtre; mais ces recherches n'offrent que des nouveaux motifs de gémir sur les ravages faits par la main des hommes dans un espace de temps aussi court. Parmi ces inscriptions à-peine en subsiste-t-il quelques-unes; encore ne trouve-t-on personne qui puisse indiquer le lieu où elles étaient placées. Celles dont parle Girardin (2), existent sur la voie Aurélienne, près le cap Roux. On y lit encore les mots : *Tribunitiâ potestate.* XX. VIII. Au baptistère est un superbe bloc de marbre blanc,

(1) Les plus intéressantes sont consignées dans Bouche, Solers, Papon, et surtout dans les Histoires de Fréjus par d'Autelmi et Girardin.
(2) Histoire de Fréjus, page 115.

large de 1 mètre sur 60 centimètres de haut, sur lequel était gravée une inscription ayant dix ou douze lignes dans toute sa longueur, qui fut effacée, dans le siècle dernier, par ordre du Chapitre. Cet ordre a été si bien exécuté qu'il n'en reste pas la moindre trace. Si cette pierre n'était pas bien placée au baptistère, rien n'empêchait de la faire conserver ailleurs, car le choix de la matière et le soin avec lequel elle était gravée, devaient la rendre intéressante.

BAPTISTÈRE. — C'est un bâtiment rond terminé par une coupole, supporté par huit colonnes de granit d'ordre corinthien : on a pensé que cet édifice antique avait servi de temple; mais évidemment il a été construit dans des temps plus modernes. Sur les huit colonnes, quatre d'un granit plus beau et d'une plus belle proportion que les autres, semblent avoir été faites après coup et pour imiter les premières. Quoique cette disparité se cache sous un enduit de chaux, l'œil du connaisseur la distingue aisément. Remarquons ici que la tour du clocher porte uniquement sur quatre piliers qui ont des fondements très-profonds. Ce tour de force de l'architecture gothique mérite d'être consigné ici.

DÉCOUVERTES. — Les détails dans lesquels on vient d'entrer font présumer que des objets très-curieux sous le rapport des arts sont enfouis dans la terre, et parmi ceux qui ont été découverts on cite une statue de Vénus-Uranie, trouvée par des paysans, à quelque distance de la ville, vers l'an 1660 ; elle est ainsi dénommée parce qu'elle avait une étoile sur le front, et le sculpteur avait eu l'art de faire trouver sur les joues une veine rouge rencontrée dans le marbre. Cette statue, qui était dit-on très-belle, fut demandée par l'intendant de la province, qui l'envoya à Paris.

Vers 1700, on trouva dans la Vigne du Chapitre une statue de Janus, dont les deux visages représentaient, l'un, un homme âgé ayant une longue barbe, l'autre, une jeune fille avec une coiffure et des bandelettes descendant jusque sur les épaules. Girardin, qui l'avait vue, dit que le marbre n'était pas très-fin, mais que l'exécution en était soignée. Ce Janus fut donné par le Chapitre au cardinal de Fleury, ancien évêque de Fréjus.

On cite encore un trépied en bronze, découvert en 1730 dans une propriété du Chapitre ; c'est celui que Peyresc a fait dessiner dans un de ses ouvrages, et Spon le place au nombre des antiquités qu'il a recueillies. Ces trois morceaux sont les plus remarquables qu'on ait trouvés à Fréjus, où l'on découvre d'ailleurs souvent des objets de moindre importance, tels que des médailles, des cachets, des pierres gravées, des urnes, des lampes sépulcrales, des vases de toute grandeur, de petites statues de bronze, de cuivre et de marbre. Mais les cultivateurs qui les trouvent vont les vendre dans les villes environnantes à des personnes qui en font trafic et les font passer elles-mêmes, quand elles ont quelque valeur, à des antiquaires ou aux étrangers qui passent par Fréjus : tellement qu'il est difficile de suivre la trace de ces découvertes, parmi lesquelles il pourrait y en avoir d'intéressantes. Un fait dont nous avons été presque les témoins viendra à l'appui de ce qui vient d'être avancé. Au moment de notre arrivée, on annonça qu'on avait trouvé un cercueil en plomb : lorsqu'on fut aux informations, nous apprîmes, non sans quelque peine, que le cultivateur, après avoir brisé tous les ustensiles qui accompagnaient ce tombeau, avait fait fondre le plomb pour en faire des balles.

Un autre découvrit, il y a quelques années, une urne où il crut entendre résonner des monnaies : sans en rien dire à ses compagnons, il recouvrit l'endroit de terre, le désigna de manière à pouvoir le reconnaître, et vint dans la nuit retirer l'urne. Elle était en effet pleine de médailles, dont quelques-unes en or, plusieurs en argent, le plus grand nombre en bronze : elles furent vendues dans les villes environnantes : c'est là tout ce qu'on a pu savoir sur ce fait curieux.

Après avoir ainsi étudié les antiquités de Fréjus, les commissaires durent se convaincre que leur mission devait embrasser deux objets très-distincts. Cette ville étant un Etablissement tout-à-la-fois militaire et maritime, il pouvait être utile d'acquérir de nouveaux éclaircissements sur les édifices et les fortifications, et sur les travaux qui avaient rapport à cette branche importante de la puissance romaine. En second lieu, comme le commerce, le luxe et les richesses des personnages revêtus des premières dignités avaient concouru à y faire transporter des monuments des arts, ou d'autres objets précieux, fait déjà prouvé par les découvertes que le hasard avait fait faire à diverses époques, il était essentiel de s'occuper aussi de quelques recherches à cet égard.

En conséquence, la formation de deux ateliers fut résolue, et le plus nombreux fut destiné à déblayer les voûtes de la redoute orientale dont on a parlé ci-dessus.

REDOUTE ORIENTALE. — Cette opération ne demandait que du temps et quelques frais : un succès si non brillant, du moins utile et satisfaisant pour les amateurs d'antiquité était certain; en effet, on vit bientôt se déployer un des plus beaux édifices de ce genre que le temps ait pu conserver, et après quelques jours de travaux, on pouvait parcourir dans tous les sens des lieux où auparavant on n'entrait qu'avec peine, et dont on pouvait seulement deviner l'étendue et les dimensions.

Cet édifice souterrain forme un carré de 13 mètres 5 centimètres de longueur sur 10 mètres et 50 centimètres de largeur. Il est divisé en trois galeries voûtées dans une direction parallèle, séparées chacune par cinq piliers épais de 1 mètre 25 centimètres, distants l'un de l'autre de 2 mètres 50 centimètres, et supportant quatre arcades formant communication, et par conséquent quatre autres galeries qui sont en largeur ce que les autres sont en longueur. Les voûtes ont environ 5 mètres de hauteur depuis le sol jusqu'à la partie la plus élevée de leur cintre. L'ouverture par laquelle on descend est carrée, et a environ 2 mètres dans tous les sens : sa hauteur est la même depuis la voûte jusqu'à l'endroit où commence le terrain : tout l'édifice est recouvert d'un enduit de ciment, et la terre qu'on y cultive maintenant à l'épaisseur d'un mètre, paraît avoir été rapportée.

Aux quatre extrémités du souterrain se trouvent un pareil nombre de canaux remontant dans le mur à une assez grande distance. Tous sont dans une situation correspondante, c'est-à-dire sur le côté le plus long et à environ 1 mètre des coins. Leur ouverture, à-peu-près ronde, élevée de près de 3 mètres 50 centimètres du sol, peut avoir 30 centimètres de diamètre. Quant à la partie du canal la plus rapprochée du mur, elle est construite en pierre, et le ciment en a été enlevé : mais à mesure que le conduit remonte, il paraît être formé de larges tuyaux de terre cuite adaptés les uns aux autres.

Ces voûtes souterraines sont au centre d'une vaste plate-forme. Une fois déblayées, il importait de savoir s'il n'existait pas de communications avec d'autres édifices. En faisant sonder le mur sur chacun des côtés, on trouva la terre à une certaine épaisseur, et il en résulta la conviction de l'isolement de l'édifice; dans tous les cas, les autres issues étaient inconnues. Le plan géométrique joint à ce rapport (1) explique les lieux et donne une idée juste des travaux entrepris.

Les points A B C D forment les quatre angles de l'édifice : chacun des piliers est désigné par la lettre E : en F, sont les quatre ouvertures dont il vient d'être parlé : le G indique l'ouverture servant d'unique entrée au souterrain.

Au point K, est un pilier assez considérable et de forme ronde : plus bas on voit un petit conduit I enfoncé dans l'intérieur des terres : au côté opposé au point H on remarque l'orifice d'un canal.

L'entrée de la plate-forme est évidemment au point L, où l'on voit un intervalle qui n'a pas de mur apparent, tandis que de chaque côté il est saillant.

La partie extérieure de la plate-forme présente, à 4 mètres du coin occidental, un conduit voûté se dirigeant vers l'aqueduc : un homme peut y pénétrer et le suivre dans un espace d'environ 44 mètres. Les magasins voûtés qui sont à l'extrémité méridionale de la redoute sont marqués N O.

Quelle était la destination de ces voûtes souterraines dont la construction est vraiment d'un grand intérêt ? Tel est la question qui dut se présenter naturellement. Au premier moment on dut penser que c'était une conserve d'eau destinée à approvisionner les vaisseaux dans le port, ou la ville en temps de siége, dans le cas ou l'aqueduc aurait été coupé.

Ces conjectures s'appuyaient de diverses considérations : il a été dit, ce dont on peut se convaincre par l'inspection des lieux et du plan, qu'une

_____

(1) Planche 2.

branche de l'aqueduc se dirigeait vers le port. Cette eau ne pouvait-elle pas servir à remplir cette citerne ?

La pente et la construction des canaux placés aux quatre angles ne sembleraient-elles pas encore indiquer qu'ils étaient destinés à y verser l'eau ?

Ces idées furent fortifiées par l'existence à Lyon d'un édifice souterrain connu sous le nom de *conserve d'eau*, absolument semblable à celui dont le plan est joint à notre rapport (1). L'unique différence c'est qu'il y a cinq rangs de voûtes dans celui de Lyon, ce qui ne change rien à leur destination présumée.

Il parut donc convenable de faire quelques recherches sur la direction des canaux angulaires. La terre creusée au dessous des points F F, laissa apercevoir ce canal qui, après avoir suivi une ligne directe pendant quelques mètres, tournait à droite du côté opposé à l'aqueduc, où on le supposait devoir aller. Le conduit H, qui lui est correspondant, offrait un aliment à la curiosité, d'autant qu'une personne digne de foi assura avoir vu un petit chien de chasse qui y entrait quelquefois pour poursuivre des lapins, et qui y restait souvent un quart d'heure, pendant lequel on l'entendait aboyer à une grande distance. Quelques recherches firent découvrir un second conduit placé au dessus de celui que l'on connaissait, mais beaucoup plus petit : aucune conjecture ne put toutefois être établie, puisque dirigés dans des sens opposés, ils étaient trop étroits et trop enfoncés dans la terre pour qu'on pût les suivre.

Ces idées premières furent tout-à-fait déroutées lorsqu'après avoir déblayé les voûtes, on s'aperçut que la couche de ciment répandue sur le sol n'offrait aucune trace de ce sédiment que laissent les eaux quand elles séjournent long-temps : rien n'y indiquait la hauteur successive de ce liquide, ainsi qu'on le voit dans toutes les citernes, et aucune issue enfin n'avait été pratiquée pour le cas où on aurait voulu vider le bassin ou en renouveler l'eau.

_____

(1) Voyez un plan de la ville de Lyon en marge duquel sont gravés des monuments antiques.

Ces observations, mises sous les yeux de M. l'ingénieur en chef du département (1), que ses fonctions avaient amené à Fréjus, furent vérifiées sur les
lieux, et elles parurent péremptoires, appuyées aussi qu'elles furent par
l'opinion de M. Pierrugues, ingénieur ordinaire (2), dont les vues ne contribuèrent pas peu à éclaircir la question ; d'après son avis, un fragment du
ciment fut détaché du mur, pour en examiner les qualités, et constater ses
rapports avec celui qu'on employait pour contenir l'eau. Cette opération ne
produisit rien qui tendît à confirmer ou à détruire les premières conjectures,
puisque le ciment, dont la couche était peu épaisse, ne présentait rien de
dissemblable à celui qui se trouvait dans l'aqueduc : mais en creusant davantage on découvrit une couche considérable de charbon pilé, mêlé avec du
ciment ; or, cette substance absorbant l'humidité et faisant en quelque sorte
l'office d'une éponge, il devenait évident que ces souterrains n'ont point
été construits pour servir de réservoirs ou de conserve d'eau. Dans ce cas,
à quoi servaient les quatre tuyaux angulaires ?

« Il est certain, écrivait M. l'ingénieur ordinaire précité, qu'au premier
« aspect, on est tenté de les considérer comme des tuyaux destinés à con-
« duire les eaux de la pluie qui tombaient sur la superficie du terrassement
« de la redoute ; mais, si l'on indique un autre usage de ces briques creuses,
« la présomption qui en reste sera bientôt dissipée.

« Or il est encore vrai que les Romains, pour soulager la charge de leurs
« voûtes, étaient dans l'habitude de remplir les reins avec des briques
« creuses de 8 à 10 centimètres de diamètre sur 20 à 25 centimètres de lon-
« gueur, qui s'emboîtaient précisément les unes dans les autres, comme si
« elles étaient destinées à conduire de l'eau ; mais avec cette différence
« qu'au lieu de cimenter leurs joints avec le ciment de brique, ils les liaient
« seulement avec le mortier ordinaire. On trouve cette construction dans
« les thermes de Caracalla, où M. Saint-Far en prit l'idée, et en reproduisit
« l'application dans quelques édifices de Paris. »

---

(1) M. Fabre, ancien ingénieur de la Provence.
(2) Depuis ingénieur en chef du cadastre à Bordeaux, et mort depuis peu à Paris.

Ces observations ingénieuses, qui attestent la sagacité et les connaissances de son auteur, n'ont pas paru s'adapter parfaitement aux circonstances dont il s'agit. Les tuyaux des souterrains de Fréjus sont beaucoup
plus larges que ceux dont on vient de présenter les dimensions. De plus, leur
pente, leur direction, leur position symétrique semblent annoncer une
destination plus précise ; on serait même porté à les croire construits pour
entretenir un courant d'air et faire l'office de ventilateurs.

Malgré ces présomptions et la similitude de l'édifice qui nous occupe, avec
la conserve d'eau de Lyon, il restait encore trop de penchant pour la
première opinion pour qu'il ne fallut pas du moins l'approfondir. La chose
devint d'autant plus facile, que l'Histoire littéraire de Lyon par Colonia,
présente le plan géométral de cet édifice, et le décrit en ces termes : « parmi
« les réservoirs, les bains et les autres édifices destinés à recevoir l'eau de
« nos aqueducs, il en reste un, dans la Vigne des religieuses Ursulines,
« près de Saint-Just, qu'on peut regarder comme un monument antique
« des mieux conservés qui soient peut-être dans toute l'Europe.

« Ce sont des bains romains construits dans la terre, faits en forme de
« voûtes, et fort régulièrement décorés par une triple enceinte de portiques
« encore tous entiers. Ils ont quarante-cinq pieds de longueur et quarante-
« quatre de largeur. La muraille a trois pieds d'épaisseur, et le ciment qui
« les incruste est presqu'aussi dur que la pierre même. » (Tome 1, page 48.)

Si ce passage n'était pas suffisant pour prouver que les voûtes souterraines
de Fréjus n'ont rien de commun avec la conserve d'eau de Lyon, on pourrait
acquérir un nouveau degré de conviction en examinant le plan géométral
et l'élévation de cet édifice qui se trouvent dans l'ouvrage cité.

Toutes ces considérations se réunissaient pour faire présumer que le monument déblayé, et qui vient d'être décrit, n'était point une conserve d'eau comme
on avait pu le croire d'abord. En reconnaissant qu'il serait difficile de décider
quel était son usage spécial, on peut avancer avec quelque probabilité qu'on
l'employait à contenir des matières sèches ayant besoin d'être garanties de
l'humidité : sa situation au milieu d'un ouvrage de fortification et dans le
voisinage du port pourrait aussi faire croire qu'on y déposait des cordages,

des rames, des armes ou des machines de guerre : peut-être même servait-il de casemates en cas de nécessité.

Cet avis se corrobore par les réflexions suivantes, émises par M. Pierrugues : « Les Romains, dit-il, avaient calculé aussi la charge des terres et la « force de leur poussée contre les murs de revêtement ; et c'est pour les « soulager qu'ils voûtaient le sol à remblai : par l'effet de ces voûtes, la « charge était moindre et se décomposait. D'ailleurs, par la nature des voûtes « en plein cintre, la poussée se déchargeait verticalement par les culées sur « le sol ferme. Tel était l'objet principal de ces voûtes : on en tirait parti « ensuite comme magasins pour conserver les pièces démontées des machines « de guerre, et surtout les approvisionnements de pieux et de fascines qui « servaient à faire les retranchements intérieurs qu'on était souvent obligé « d'élever après l'ouverture des brèches par l'assiégeant. »

Il résultait de ces observations que le soutenement des terres était le but principal des voûtes placées au milieu de la redoute orientale qui, suivant nous, auraient été construites pour servir de magasins ; tandis que l'autre objet, en admettant qu'il soit entré dans le plan primitif, pouvait n'avoir été qu'accessoire.

Cette opinion, fondée sur les raisons qui viennent d'être déduites, annonce de notre part l'intention de rassembler des notions sur l'ensemble de ces ouvrages ; de recueillir les conjectures auxquelles leur examen donne lieu, et de décrire pour les archéologues un monument digne de leur attention et de leur intérêt.

Parmi les lieux qui pouvaient offrir l'espérance de trouver des objets d'arts, la Ferme de Villeneuve parut mériter aussi nos regards.

FERME DE VILLENEUVE. — Située à 1000 mètres de la ville, vers le sud-ouest, elle est construite presque dans son entier sur d'anciens bâtiments. Une esplanade carrée environnée de murs épais, dont les fondements existent de trois côtés, servait sans doute d'avenue à l'édifice principal. La partie méridionale consiste en une suite de voûtes très-longues et assez bien conservées, communiquant les unes aux autres dans tous les sens, et formant un corps de logis : à l'extrémité vers l'ouest, un canal voûté, d'un mètre de largeur sur 1 mètre 70 centimètres de hauteur, semble avoir été destiné à conduire des eaux par une communication cachée. Tous ces bâtiments occupent un espace considérable, et les vestiges des fondations indiquent que ce lieu était autrefois un édifice important. Ce qui doit surtout fixer les regards des curieux, c'est l'existence d'une rotonde située au nord dans le point le plus écarté des bâtiments, et où il est vraisemblable qu'ils finissaient, puisqu'au-delà l'on n'aperçoit plus aucune trace de mur. Ce qui en reste au dessus de la terre se borne à un demi-cercle, annoncé d'abord par une niche d'un mètre de rayon et de 3 de hauteur: vers le milieu, au dessus du cordon, est une ouverture ronde [A] qui serait destinée à rendre des oracles dans le cas où ce bâtiment aurait été un temple. Il est à remarquer que cette niche (1) se trouve en dehors de la circonférence totale: à la droite on compte six petites niches [B] de 1 mètre 40 centimètres de largeur sur 60 centimètres de hauteur, dont la distance est de 50 centimètres de l'une à l'autre; mais entre la deuxième et la troisième, un intervalle d'environ 2 mètres donne lieu de croire qu'il y en avait d'autres. Après ces six niches, on en voit une grande, semblable à la première, mais à demi-ruinée: là, cessent les murs extérieurs, ce qui peut faire reconnaître aussi le diamètre total de l'édifice.

L'historien de Fréjus avance, d'après la tradition reçue, qu'il y avait un Panthéon dans cet endroit: en effet, dit-il, on y voit une rotonde à demi-ruinée, avec plusieurs petites niches où étaient sans doute placées toutes les divinités adorées dans le pays. « Ce fut dans cet endroit, ajoute-t-il, que « la neuvième légion romaine fit des sacrifices le premier jour d'août, ainsi « qu'on le voit par l'inscription gravée sur une grande pierre qui est au « milieu des murs qui étaient autour du Panthéon. Voici ce qu'elle porte :

KAL. AVI. A. M.

F. . O: LEGI. IX.

HIC SIT;

SACRORUM.

« Elle a sept ou huit pans de longueur et trois de largeur : on y voit la
« moitié d'une figure gravée, qui était vraisemblablement celle de la di-
« vinité honorée par la ixᵉ légion, que les deux lettres A. M. (*Ara Martis*)
« font conjecturer être le dieu Mars. »

Depuis l'époque où l'Histoire de Fréjus a été écrite, cette pierre, que
l'auteur avait vue, a été détruite : le seul vestige qui en reste est un morceau
de pierre de 3 décimètres de largeur sur 1 décimètre de hauteur, servant
de degré pour monter à une des chambres de la ferme : on y lit avec peine
quelques lettres de l'inscription ci-dessus citée ; des traits grossiers sont les
uniques restes de la figure du dieu Mars, qui y était représenté.

D'après cette description et ce qui est avancé dans l'ouvrage cité, il était
naturel de compter la Ferme de Villeneuve parmi les lieux à explorer.
Tout concourait à prouver que la rotonde était un Panthéon : les bâtiments
environnants étaient vraisemblablement la demeure des prêtres, ou tout autre
Etablissement analogue ; ils pouvaient être aussi la maison de campagne d'un
homme riche ou puissant, qui y avait fait construire un petit temple. Dans
tous les cas, il y avait lieu d'espérer quelques découvertes, d'autant que,
d'après l'histoire, la tradition et même l'inspection des lieux, jamais on
n'y avait fait de recherches.

Après avoir creusé environ 1 mètre 35 centimètres, on trouva un degré
circulaire ayant à-peu-près la même hauteur et la même largeur : un second
rang se présenta et fut suivi d'un troisième, après lequel on parvint au
fond, c'est-à-dire à une circonférence de 3 mètres en diamètre recouverte
d'un ciment fin et très-dur. Ces degrés avaient été autrefois couverts de
plaques de marbre, puisqu'on en trouva quelques débris.

Cet espace ayant été déblayé, on désira savoir si cette rotonde parfaitement régulière se trouvait isolée, et l'on suivit les fondations environnantes.

Au point D elles étaient fort saillantes : on l'attaqua et l'on découvrit
une ouverture assez large et demi-circulaire, à l'extrémité de laquelle se
trouvait un canal conduisant à un bassin E, exactement rond, de 1 mètre
50 centimètres de diamètre, enduit d'un ciment semblable à celui du sol de la

rotonde, et à-peu-près au même niveau; c'est-à-dire à 1 mètre de profondeur.

L'ouvrier ayant entendu résonner sa bêche, l'existence d'un double plancher fut conjecturée. On en trouva, à 1 décimètre du premier, un second, qui fut à l'instant couvert par un volume assez considérable d'eau; ce qui dut faire penser que cette rotonde était une salle de bains et que cette eau pouvait fort bien y être dérivée par un conduit souterrain de la rivière d'Argens. Cependant rien ne constatant l'existence de ce conduit, il fallut conclure que ces eaux y étaient venues, en cherchant leur niveau à travers les terres, d'un ruisseau voisin, ou même de la rivière, qui n'en est guère qu'à 500 mètres.

Ce bassin n'était pas le seul : nous en trouvâmes effectivement trois autres symétriquement disposés, mais inégaux entre eux par la forme et la grandeur.

Le bassin F (1), qui se trouve au-dessous de la niche, est d'une forme ovale : le suivant marqué G est rond, mais moins étendu que le premier. Le bassin H est le seul conforme à celui qui est désigné par la lettre F : tous ayant la même profondeur, et paraissant destinés à recevoir de l'eau, sont situés aux quatre coins d'un mur carré dont les fondements, qui subsistent encore, embrassent toute la rotonde.

Au point I on voit un mur long de 1 mètre, destiné à soutenir ou à joindre le bassin H avec la tour K, faisant partie de la ferme, et qui est, ainsi que les murs L M, d'une construction antique. Le point N marque l'ouverture du canal ou du souterrain dont on a parlé plus haut.

Dans ces différentes fouilles, on n'a trouvé de remarquable qu'un petit morceau de succin long de 1 mètre 6 centimètres, épais de 5 centimètres, et de forme spirale, couvert d'une espèce de pellicule argentine se décomposant en poussière à mesure qu'on la touchait. Cet enduit n'étant formé par aucun métal, on put présumer que c'était une décomposition de nacre, que les

---

(1) Le graveur a commis la faute de le désigner par la lettre E, ainsi que le suivant. Il sera facile de les distinguer, puisque celui-ci est le seul qui soit au pied d'une niche.

anciens savaient préparer et employer aux mêmes usages que nos feuilles d'or et d'argent : cependant un examen plus approfondi fit reconnaître que cet enduit était un verre fin que sa qualité intrinsèque, le laps du temps, le défaut d'air, ou quelqu'autre cause active mais cachée, avait décomposé et réduit à des feuilles tellement minces, que n'ayant aucune consistance, elles se détachaient au moindre contact. Cette opinion fut bien mieux démontrée lorsqu'on eut trouvé, peu après, une petite bouteille absolument dans le même état. Quoiqu'il en soit, il paraît que ce morceau de succin faisait partie d'un ornement servant à la toilette des dames, ou de jouet aux enfants.

Le résultat de ces recherches dans la Ferme de Villeneuve a donc été de faire connaître dans son entier l'édifice que Girardin, fondé sur la tradition, désigne comme un Panthéon. L'inspection des lieux et la considération que parmi les édifices connus sous ce nom, aucun n'a la même distribution que celui-ci, semblent lui donner tout autre destination. Dira-t-on cependant que les deux grandes niches étaient destinées aux dieux principaux, et que les six petites (qui en supposent beaucoup d'autres) étaient pour les divinités inférieures? Dans ce cas, à quoi auraient servi les quatre bassins? On a aussi prétendu que cette rotonde et ses dépendances pouvaient être une manufacture. Alors quelques indices devraient indiquer à quoi elles avaient pu être employées, et, l'emploi étant déterminé, on discuterait encore les raisons qui se présenteraient pour ou contre. L'idée la plus simple qui se présente est que cette rotonde était une salle de bains, fait corroboré par sa situation à l'extrémité des bâtiments.

Dans ce cas, le bassin du milieu aurait été un réservoir d'eau froide; aux points G et H seraient des baignoires particulières : les deux autres creux auraient servi, l'un à placer le fourneau nécessaire au service du bain, et l'autre à renfermer l'étuve pour se parfumer : les niches décoraient la salle ou contenaient des objets utiles. Tout se trouvera ainsi expliqué, et l'on acquiert une bien plus grande certitude en lisant un passage de Pline (1)

(1) Indè balinei cella frigidaria, spatiosa et effusa, cujus in contrariis parietibus duo bap-   De là on entre dans la salle des bains, où est un réservoir d'eau froide. Cette salle est grande et spa-

qui s'applique à la description qu'on vient de faire. Il dit, à la vérité, que les baignoires latérales étaient si grandes et si profondes qu'on aurait pu y nager : mais s'il en était ainsi dans sa maison de *Laurente*, construite d'après ses plans, cette disposition n'était pas tellement de rigueur qu'on ne pût s'en écarter; cette différence existant non dans l'ensemble de la distribution, mais seulement dans la proportion de quelques accessoires plus ou moins grands : leur destination n'étant pas d'ailleurs changée, on peut regarder comme la plus vraisemblable l'opinion de ceux qui font une salle de bains du lieu que Girardin regarde comme un Panthéon.

Ces conjectures paraissent tellement raisonnables, qu'il ne se présente aucune objection propre à les détruire. C'est aux personnes versées dans l'étude des antiquités qu'il appartient de prononcer en dernier ressort : l'explication donnée sur cet édifice, et le plan géométrique qui a servi à la rendre plus claire pourront mettre à portée de juger avec connaissance de cause.

LA TOURRACHE. — A une petite distance de Villeneuve, on voit un petit bâtiment rond, connu sous le nom de *Tourrache* : l'intérieur était encombré à la hauteur de 1 mètre, et comme sa destination était évidemment religieuse, on dut y faire exécuter quelques fouilles. Le résultat de ce travail prouva que le sol de la *Tourrache* est formé par une couche de ciment sans doute recouverte de plaques de marbre; sa forme, ronde à l'extérieur, était octogone à l'intérieur : il y avait deux fenêtres, et l'on y entrait par une porte très-petite. D'après la construction et la disposition des murs, il est vraisemblable qu'il n'y avait point de toit (1) : du côté de l'ouest se trouvait une niche carrée en-

---

distoria velut ejecta sinuantur, abundè capacia, si mare in proximo cogites. Adjacet unctorio imo hypaucaustam, adjacet propnigeon balinei, etc.

PLINE, lettre XVII, livre II, à Gallus.

cieuse : des deux murs opposés sortent en rond deux baignoires si profondes et si larges, qu'on pourrait au besoin y nager à son aise. Auprès de là est une étuve pour se parfumer, et ensuite le fourneau nécessaire au service du bain, etc.

Traduction de M. de Sacy.

(1) Le *Sacellum* était ordinairement découvert : c'est ce qui le distinguait du petit temple nommé *Ædiculum*.

4*

foncée dans le mur, et remplie par une pierre énorme scellée à chaque extrémité par des plaques de plomb : on la fit enlever, dans la pensée que ce pouvait être un tombeau, mais rien ne tendit à confirmer ce fait : quelques médailles de cuivre de Constantin et de Constans furent les seules découvertes qu'on fit, et tout tend à faire croire que cet édifice était un *sacellum* bâti par un homme opulent, soit par dévotion, soit pour lui servir de sépulture.

DEMI-CIRQUE. — Après ces recherches, il fut décidé de placer des ouvriers au lieu indiqué ci-dessus comme étant un demi-cirque. Quelques tranchées ouvertes pour suivre les fondements firent reconnaître un véritable cirque, parfaitement circulaire, et aussi considérable que celui de la porte des Gaules. A l'entour sont des compartiments voûtés, assez bien conservés dans la partie du nord. Aucune trace n'indiquant les galeries qui font le tour de l'autre cirque, il est à croire qu'il n'avait pas la même destination ; mais on peut assurer que cet édifice était considérable. En remarquant aussi qu'il était dans le lieu le plus peuplé de la ville, ainsi que l'attestent les fondations environnantes, on est amené à conclure que c'était un *forum* ou tout au moins un lieu destiné aux marchés publics. Montfaucon ayant donné, d'après un manuscrit de Peyresc, la description des bains publics qui existaient à Fréjus, il serait important d'examiner si ce n'était pas dans cet endroit qu'ils étaient situés.

Dans le cours de ces fouilles, on découvrit plusieurs canaux en poterie dirigés en divers sens ; de plus un tronçon de colonne cannelée en marbre blanc, un chapiteau en grès d'ordre corinthien, et divers fragments d'entablement qui devaient recouvrir la sommité de l'édifice, un piedestal de marbre blanc, plusieurs morceaux enfin propres à indiquer que rien n'avait été négligé pour l'embellissement de cet édifice.

Pour peu qu'on ait suivi la description des antiquités de Fréjus, et le récit de nos divers travaux, on se convaincra de la satisfaction que nous éprouvions au milieu de tant de choses intéressantes : nous étions sur le théâtre d'une foule d'événements mémorables dans l'histoire ancienne et moderne : nous parcourions des lieux où des monuments utiles attestaient, à chaque pas, la grandeur et la magnificence de Jules César et de ses successeurs : nous

foulions aux pieds la terre où naquirent Agricola, ce conquérant de la
Grande-Bretagne, dont les vertus, le courage et les talents, si dignement
célébrés par Tacite, devinrent un sujet de jalousie pour Domitien ; Valerius
Paulinus, l'ami de Vespasien, qui sut allier le goût des lettres et la profession
des armes; Lucinus Græcinus, ce sénateur tellement recommandable par sa
probité, ses vertus et l'étendue de ses connaissances, que Sénèque lui donnait
toujours l'épithète de *vir egregius*, et que Caligula le jugea digne de la mort
pour avoir refusé de se rendre accusateur d'un innocent; Gallus, qui eût vécu
plus heureux et plus considéré, s'il n'eût été que poète. Dans cette ville, où se
retraçaient de si grands souvenirs, chaque jour amenait de nouveaux sujets
de satisfaction. Quoique les succès ne fussent pas brillants, ils étaient solides,
et un coup de pioche pouvait d'ailleurs réaliser des espérances conformes à
nos vœux.

Ce moment si désiré sembla s'annoncer lorsqu'on vint dire qu'il existait,
dans une propriété située près du pont de bois construit sur la grande route, à
1000 mètres de la ville, un fragment de bas-relief antique. Rendus sur les
lieux, nous trouvâmes, en effet, une grande pierre de grès sur laquelle était
sculptée une tête de taureau plus grande que nature : une guirlande de
fleurs et de feuilles ornait son front, et entrelaçait ses cornes. Le style
de cette sculpture parut beau et les détails soignés : ce morceau, qui était
intact à l'exception de la moitié de la guirlande, appartenait au bon temps
de l'art. De près il paraissait assez grossièrement travaillé ; mais d'une
certaine distance, les traits se rassemblaient de manière à produire de l'effet.
Cette dernière remarque conduisit même à penser qu'il avait été destiné
à orner l'entrée d'un temple, du cirque qui n'en est pas très-éloigné, ou
de tout autre bâtiment public.

L'enlèvement de ce bas-relief fut à l'instant résolu, et fut conclu avec le
propriétaire, qui n'y apporta aucun obstacle. Mais la chose se passant le
samedi soir, il fallut laisser aux ouvriers le jour du repos, et l'opération
fut renvoyée au lundi matin. Quel fut notre étonnement lorsque, arrivés
à ce jour, nous nous aperçumes que ce morceau avait été mutilé ! Dans
la soirée du dimanche quelques propos avaient été tenus, dans les ca-

barets, sur le prétendu tort qu'on faisait à la ville de Fréjus d'enlever ce qu'elle avait de curieux pour le transporter au chef-lieu : un événement auquel nous n'aurions jamais dû nous attendre en avait été la suite, et la mutilation avait été exécutée avec tout le soin possible ; puisque les coups de ciseau, dirigés sur les traits les plus saillans, attestaient une main exercée. L'Autorité ordonna d'en poursuivre les auteurs ; mais, malgré toutes les recherches faites, rien ne put en faire découvrir la trace. Ces démarches prouvèrent du moins que, si les coupables s'étaient enveloppés de ténèbres épaisses, l'immense majorité des habitants de Fréjus ne craignait pas de manifester au grand jour l'indignation qu'elle en avait conçue.

Plusieurs lieux restaient encore à explorer, entr'autres les vestiges du temple situé entre la porte Dorée et l'ancienne maison des Jésuites; un champ à peu de distance de la ville, sur les bords du Reyran, dans lequel on avait trouvé, peu de jours avant notre arrivée, un buste de marbre blanc, mutilé, dont les parties intactes étaient fort belles ; la Vigne du Chapitre surtout, où s'étaient faites les découvertes les plus importantes ; plusieurs autres lieux enfin offraient un vaste champ à la curiosité et aux espérances. Mais le fait qui vient d'être raconté, devait produire une sorte de découragement. Les chaleurs se faisaient déjà sentir, il était difficile de se procurer des ouvriers dans un pays où les bras sont déjà si nécessaires à l'agriculture : les frais devenaient plus considérables, et les difficultés plus grandes; parce qu'on ne pouvait faire de fouilles sans endommager les productions de la terre. De sorte que notre mission dut s'ajourner à des temps plus favorables.

Ici donc se termine ce rapport : nous eussions désiré avoir à annoncer des découvertes intéressantes; et cette satisfaction était bien due au premier magistrat du département, qui a ordonné les fouilles dans l'unique vue de faire valoir des lieux jadis célèbres, en contribuant au progrès des arts et des sciences.

Cet écrit attestera du moins que rien n'a été négligé pour répondre à la confiance qui nous avait été accordée. Si par la suite ces travaux se continuaient, comme il faut l'espérer, on trouvera quelques documents

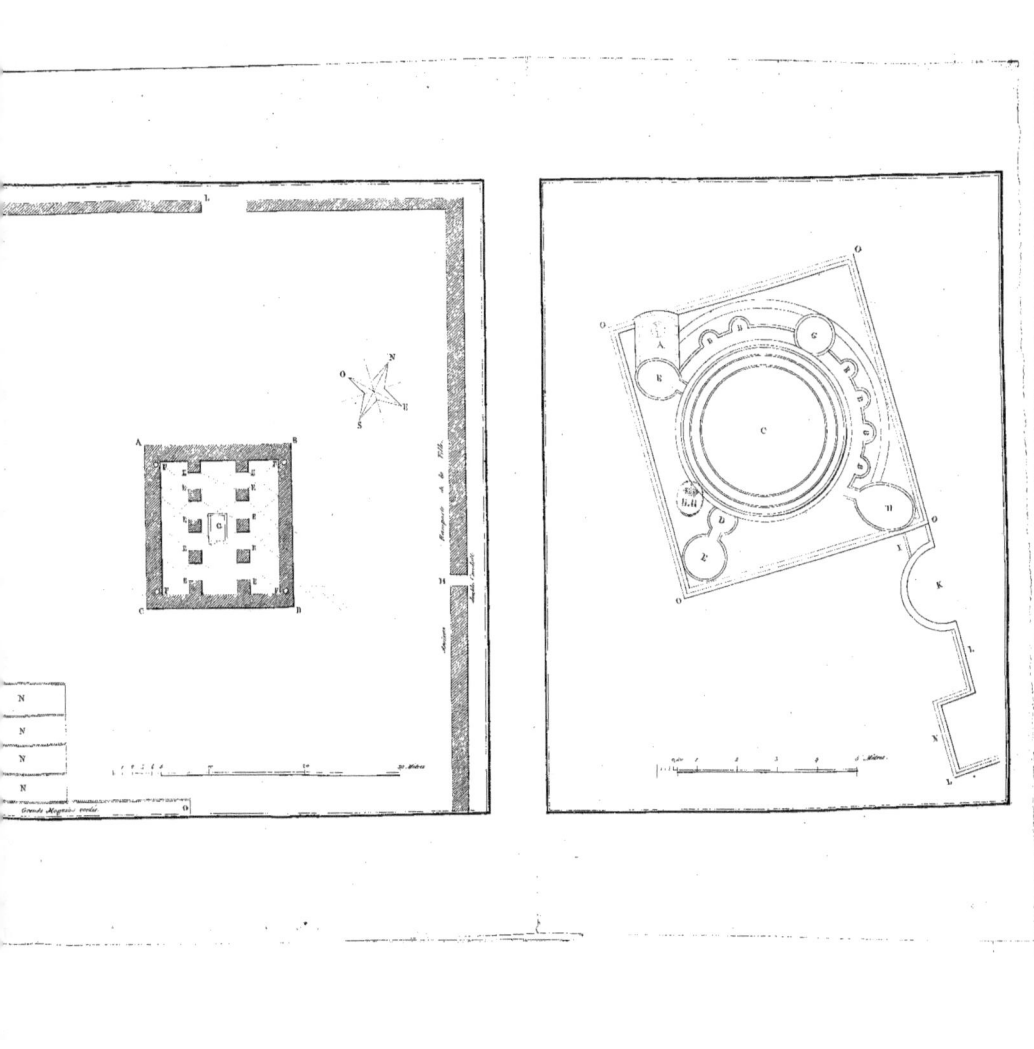

propres à guider nos successeurs dans une carrière toute neuve pour nous : si notre travail prépare quelques succès, nous en aurons déjà reçu la plus douce récompense.

———————

N° 2. Notice sur le plafond du château de Cagnes, près d'Antibes, département du Var.

À Draguignan,   Octobre 1803.

Il existe dans le département du Var une peinture à fresque qui, dans tous les temps, a excité la curiosité des connaisseurs, et la plupart de ceux qui se sont rendus en Italie n'ont pas manqué de monter à Cagnes pour y voir la fameuse chute de Phaëton, représentée au plafond de l'une des salles du château.

Ce morceau, qui n'est point au dessous de sa brillante réputation, offre un de ces spectacles dont la nature et les beaux-arts réunis peuvent seuls nous faire jouir.

Le salon au haut duquel se trouve cette fresque est large de 8 mètres du nord au midi, et long de 10 mètres : sa hauteur et de 8 mètres.

Les peintures commencent à la corniche qui règne au-dessus des fenêtres, et dans une bande large de deux mètres sont représentés les douze signes du zodiaque, chacun dans un petit médaillon rond couleur de bronze ; quatre fleuves principaux avec les attributs qui les caractérisent, et autant de grands médaillons ovales représentant des circonstances de la vie et de la mort de Phaëton, telles que le moment où il demande à Apollon, son père, la permission de conduire son char ; celui où il traverse dans toute sa gloire la voûte azurée des cieux ; celui où les nymphes ses sœurs pleurent sa mort et sont ensuite métamorphosées en peupliers.

Ces ornements, disposés symétriquement autour du salon, sont loin d'é-

(32)

galer en beauté le reste du plafond, auquel ils servent d'introduction. Vraisemblablement ils ont été conçus et exécutés après coup, car, entièrement hors-d'œuvre, ils ne sont pas de la main savante qui produisit cette belle fresque. A la médiocrité qui y est empreinte, on doit les attribuer à quelques artistes présomptueux qui, voulant remplir l'intervalle compris entre la corniche et le commencement des peintures, ne redoutèrent pas une comparaison toute à leur désavantage.

Au dessus de cette bande, l'artiste a peint une balustrade massive, sur laquelle portent des colonnes cannelées, d'ordre corinthien. Le point de vue devant être pris de la porte d'entrée, les colonnes qui sont de ce côté sont tout-à-fait en raccourci; on n'en aperçoit guère que le chapiteau; mais celles qui sont en face, à droite et à gauche, paraissent dans toute leur étendue. C'est ici que le peintre commence à déployer toutes les ressources de son art: ces colonnes, dessinées suivant toutes les règles de la perspective, paraissent être perpendiculaires dans quelque lieu qu'on se place, tandis que le jour savamment distribué dans l'intervalle compris entre chacune d'elles met le comble aux illusions de l'optique en doublant la hauteur du salon.

Les colonnes supportent une espèce de plancher formé par divers ornements d'une architecture un peu lourde, quoique portant l'empreinte d'un talent accoutumé aux grandes machines.

Le plafond, couronné par un carré long, est terminé en cercle aux deux extrémités, et sa largeur peut être de 3 mètres, sur 4 mètres de longueur: c'est là le morceau principal, celui qui atteste le génie du peintre. Il a choisi le moment où Phaëton, renversé de son char, entraîné par ses chevaux, dont les rênes sont flottantes, est précipité dans l'immensité des airs: sa main gauche cherche à trouver un point d'appui; la droite se porte à la tête en signe d'effroi, et la jambe droite est élevée en l'air, de manière à offrir un beau raccourci: le visage est noble, et la consternation qui y règne n'a rien que de digne du fils d'Apollon. Des quatre chevaux groupés de la manière la plus habile, l'un paraît être culbuté derrière le char; deux autres, renversés aussi dans le même sens, en se raccrochant l'un à l'autre, se sont pris chacun par la bouche; le quatrième, de couleur blanche, semble tomber perpendiculairement sur le spectateur, et toutes les parties de son corps sont de la plus grande beauté ; les quatre jambes, dont deux (les postérieures) sont vues en raccourci, semblent se roidir par un mouvement convulsif : la crinière hérissée et la queue flottante de ce coursier viennent faire diversion à la beauté des formes, et la tête pleine de vie et de noblesse, est magnifique dans des détails qui présentent des yeux pleins de vie et une bouche entr'ouverte d'où semble sortir un hennissement douloureux.

Dans toutes ces figures groupées de manière à présenter un bel ensemble, et correctement dessinées, l'art se remarque surtout dans les jambes des chevaux, aussi bien distribuées qu'il a été possible de le faire dans cette scène de désordre et de confusion.

Les accessoires sont soignés et les ornements du char sont simples, mais nobles et bien entendus : le talent de l'artiste pour la perspective se remarque jusque dans une roue détachée qui, en tombant, paraît rouler sur elle-même; illusion véritablement faite pour désespérer le dessinateur, car de quelque situation qu'on la regarde, on est embarrassé pour la rendre d'une manière régulière.

En dernière analyse, ce plafond peut être considéré comme un monument précieux sous le rapport du dessin, de la composition et de l'expression; mais le coloris en est la partie faible. Il est cru et tirant sur la couleur de brique dans la carnation de Phaëton : celui des chevaux n'est pas ce qu'il devait être, et dans l'ensemble, le peintre n'a pas tiré un assez grand parti des grands effets de lumière fournis naturellement par le spectacle qu'il avait entrepris de représenter. Dans la peinture à fresque il est sans doute plus difficile de perfectionner cette partie si brillante de l'art; mais l'œil exercé distingue aisément si ce défaut est celui du peintre, ou s'il provient du genre de peinture qu'il a adopté : aussi, le plafond du château de Cagnes serait-il un chef-d'œuvre, si le coloris et le clair-obscur répondaient aux autres parties de l'exécution.

Ainsi qu'il a été dit plus haut, ce plafond a fixé l'attention de tous les connaisseurs, et la plupart des écrivains qui ont décrit les curiosités qu'on remarque en Provence, en ont parlé de manière à inspirer de l'intérêt.

Le *Voyageur français* s'exprime en ces termes :

« Le plafond d'une salle du château de Cagnes est peint avec toute l'illu-
« sion de l'optique : vous y voyez la chute de Phaëton, dont les chevaux
« du char présentent la croupe de quelque côté qu'on les regarde : on dit
« que le peintre, après avoir employé trois ans à faire ce morceau, ne pou-
« vait perdre de vue ce cher ouvrage, dont il était amoureux, et qu'au mo-
« ment de son départ il versa des larmes, en disant : *Bella mia cascata*
« *di Fetonte, io non più ti vedrò, mai, mai, mai.* »

Cet auteur en parlait d'après des notions peu exactes : la lecture de la
description ci-dessus vient à l'appui de l'inspection du dessin pour prouver
que parmi les chevaux il n'y en a pas un qui présente la croupe : on peut
douter d'ailleurs qu'un groupe ainsi disposé pût produire un effet agréable,
quelque talent qu'on eût pu y déployer.

L'anecdote sur l'admiration qu'éprouvait l'artiste pour son ouvrage, sur
ses regrets en le quittant et sur les paroles qu'il lui adressa pour dernier
adieu, porte d'autant plus le caractère de la vérité, que les renseignements
pris sur les lieux tendent à en garantir l'authenticité.

Le *Voyageur français* ne dit rien sur le nom du peintre, aimant mieux
sans doute garder un silence prudent que de hasarder des conjectures.
Voyons si nous pourrons trouver de quoi satisfaire une curiosité si naturelle?

L'auteur de la *Description géographique, historique, topographique des
villes, bourgs, villages,* etc. *de Provence* tombe dans la même erreur que
l'on vient de reprocher au Voyageur français, qu'il paraît avoir cru sur parole, ajoutant seulement qu'on attribue cette peinture au Corrége. La seule
vue de l'ouvrage démontre qu'il n'en est pas ainsi : la chute de Phaëton offre,
à la vérité, une correction de dessin qu'on ne trouve pas chez le Corrége;
mais on y chercherait en vain ce moelleux, cette fraîcheur de coloris, ces
grâces et ce fini précieux qui caractérisent les ouvrages de ce peintre, qui
n'est d'ailleurs point venu en France, et est mort en 1534, environ quatre-
vingt-dix ans avant le temps où le plafond de Cagnes fut peint.

Quelques-uns ont prétendu que Michel-Ange en était l'auteur, se fondant sur sa manière fière et sur la dureté de son coloris. Cet artiste justement célèbre était mort en 1564.

D'autres, et c'est l'opinion la plus répandue à Cagnes, l'attribuent au Dominiquin, qui peignait beaucoup à fresque; mais les raisons qu'on peut avancer à l'appui de cette conjecture sont faciles à détruire : on sait que cet artiste travaillait péniblement, et qu'il ne dut qu'à son opiniâtreté au travail la facilité qu'on remarque dans ses tableaux. Ici, au contraire, se remarque une fécondité innée avec le peintre, qu'on peut apercevoir, même dans ses incorrections.

Il faut convenir toutefois que cette idée a pu acquérir de la consistance par l'avis de quelques connaisseurs qui ont regardé cette peinture comme sortant de l'école du Carrache, dont elle a en effet certains caractères distinctifs. En ne raisonnant que d'après l'analogie, ce serait à *Lanfranc* qu'il faudrait l'attribuer, si l'on ne savait aussi que cet artiste ne vint jamais en France.

Après avoir examiné les diverses conjectures qui ont été formées sur l'auteur du plafond de Cagnes, il est temps de faire connaître la vérité, ou du moins ce qui tend à s'en rapprocher le plus.

Le nom du peintre n'ajoutera rien au mérite de l'ouvrage; mais celui qui a entrepris de le décrire ne doit rien négliger de tout ce qui peut y avoir rapport. Il est d'autant plus essentiel de s'en former des idées positives, que celles qu'on vient de réfuter appartiennent à des ouvrages connus, et qui sont entre les mains de tout le monde.

Le plafond de Cagnes, terminé vers l'an 1624, est l'ouvrage d'un artiste nommé *Carlone*, le même qui avait peint une église de Gênes connue sous le nom de l'*Annonciade* : il travaillait avec une grande facilité, mais souvent par boutades et par caprice.

Telle est la tradition conservée dans la famille des anciens possesseurs de ce plafond, qui s'est constamment distinguée par son amour éclairé pour les arts. Certes il est impossible de fournir une autorité plus positive et plus respectable à tous égards.

Mais pour prononcer un jugement définitif avec connaissance de cause,

5 *

examinons si les auteurs qui ont écrit sur la vie et les ouvrages des peintres n'offrent rien qui puisse infirmer cette assertion.

Les entretiens sur la vie des peintres par Félibien ne font mention de
rien qui atteste l'existence de *Carlone*. Le même silence règne dans les
ouvrages de de Pilles ; cependant cette existence ne saurait être révoquée
en doute, puisque *Lalande*, citant avec éloge, dans son voyage d'Italie, le
plafond de l'Annonciade de Gênes, désigne Carlone comme en étant l'auteur.

Le Dictionnaire des arts de peinture et de sculpture de Watelet donne
les détails suivants sur le compte de cet artiste : « J. Carlone naquit à
« Gênes en 1590 : il fut d'abord à Rome pour y étudier son art, et passa
« de là à Florence, où il se tint dans l'école de Passignani, élève de Zu-
« chero (Frédéric) : ce fut là qu'il apprit à peindre à la fresque. De retour à
« Gênes, il se fit une grande réputation, et peignit le plafond de l'Annon-
« ciade *del Guastato*, qui représente l'histoire de la Vierge ; ouvrage digne
« d'admiration par la force des couleurs. Il avait de la facilité dans la com-
« position, il entendait bien les raccourcis et dessinait avec correction : ses
« têtes, un peu maniérées, ne manquent pas de grâce. Il joignit l'intelli-
« gence du clair-obscur à une couleur vigoureuse, qu'on peut cependant
« accuser de peu de vérité : il finissait peu ses ouvrages à l'huile, mais il les
« dessinait et les touchait avec esprit. Il fut appelé à Milan pour peindre la
« voûte des Théatins, et y mourut en 1630. J.-B. Carlone, son frère,
« acheva cet ouvrage, qu'il avait laissé interrompu. »

Cet article, quoique laissant à désirer beaucoup de détails sur la vie de
Carlone, suffirait pour prouver que la tradition de la famille est incontestablement la meilleure et celle qu'il faut adopter, indépendamment même de
toute prévention en sa faveur. Le temps où ce peintre vivait est le même que
celui où l'on présume que le plafond fut terminé : les traits caractéristi-
ques de son talent sont, à l'intelligence du clair-obscur près, ceux qu'on
remarque dans la peinture dont il s'agit ; enfin l'identité de l'auteur du
plafond de l'Annonciade et de celui de Cagnes vient réunir toutes les opinions en faveur de Jean Carlone, le premier et le plus célèbre de tous les
peintres qui ont porté ce nom.

Si les amis des arts ont pris de l'intérêt à cette dissertation, ils n'apprendront pas sans quelque peine, que cette belle peinture dépérit chaque jour. L'ancien propriétaire apportait tous les soins nécessaires à sa conservation; mais celui que les circonstances en ont rendu possesseur ne l'apprécie pas, ou se trouve dans l'impossibilité de faire ce qui serait convenable; de sorte que ce beau salon, qui n'a plus un seul carreau de vitre, sert à ramasser du foin, du bois, ou d'autres objets. Déjà même la partie du mur situé à l'est est endommagée par l'humidité, de manière à faire craindre que les dégradations n'augmentent chaque année (1).

Quelques personnes ont désiré voir employer pour ce superbe morceau les procédés qu'on a découverts pour enlever les peintures à fresque, mais ce vœu serait impossible à réaliser : une telle entreprise entraînerait des peines et des frais considérables, soit pour l'opération en elle-même, soit par l'indemnité qu'exigerait le propriétaire, soit par la difficulté qu'on éprouverait dans les parties déjà dégradées par l'humidité, soit par les dangers du transport : il faudrait encore faire bâtir un salon exactement semblable à celui de Cagnes, à moins qu'on ne se décidât à n'enlever que le médaillon du milieu, et alors on dégraderait ce bel ensemble. Ainsi quelque pénible que soit cette pensée, il faut se résigner à voir se détruire ce monument dans les lieux mêmes qui le virent s'élever.

Il reste encore l'espoir d'en prolonger l'existence, et de le faire connaître partout au moyen de la gravure. Hâtons-nous d'en manifester le vœu et de faire connaître les droits qu'à le plafond de Cagnes à l'admiration publique. Bientôt un des artistes qui vont à Rome pour y perfectionner leur talent, s'empressera en passant par Cagnes d'y dessiner le plafond, et ainsi le burin d'un de nos graveurs saura mettre cette peinture à l'abri de la destruction qui la menace, et en assurer la jouissance au temps présent et à la postérité.

_____

(1) Cette notice a été écrite en 1801.

N° 3. Fragment d'un Voyage dans les Basses-Alpes,

29 Octobre 1807.

PARMI les monuments qui existent en Provence, l'inscription gravée sur un rocher situé aux environs de la ville de Sisteron est de nature à inspirer un grand intérêt. Ce fait déjà curieux en lui-même, le devient encore plus en ce qu'il rappelle un lieu nommé *Théopolis* : ce nom *Ville de Dieu*, son étymologie, et la diversité des opinions énoncées sur cet objet étaient faits pour porter à son dernier degré le désir de voir la chose autrement que dans des descriptions écrites.

Aussi, un voyage à Sisteron ayant donné lieu à quelques questions sur ce point, des personnes instruites y répondirent de manière à redoubler cette curiosité, tandis que d'autres ne concevaient pas que l'on pût attacher du prix à voir des lettres gravées sur un rocher; toutes s'accordaient cependant à dire que rien n'y était assez intéressant pour se donner la peine de gravir, pendant trois heures, des montagnes arides, à travers un pays désert et hérissé de rochers; tant il est vrai que les choses les plus remarquables d'un pays ne sont pas toujours appréciées par ceux qui l'habitent! Ces conseils ne pouvaient prévaloir sur la résolution formée de visiter la *pierre écrite ;* c'est ainsi qu'on la nomme vulgairement.

Moyennant les renseignements nécessaires et une lettre de recommandation pour le maire de la commune de Chardavons, dans le territoire de laquelle est situé le rocher qui porte l'inscription, ce voyage fut entrepris de grand matin, en suivant une route d'autant plus fatigante que les difficultés forçaient à marcher plus lentement vers le but si long-tems désiré.

Il fallut se diriger d'abord par un chemin ardueux entre la montagne qui fait face à Sisteron du côté de l'est, et le revers méridional de celle de Gache, une des plus hautes de la contrée. Après une heure et demie d'une marche pénible, une petite échappée de vue laisse apercevoir entre les cimes des rochers une plaine riante et bien cultivée, dans laquelle se trouvent les villages d'Entrepierres et de Vilhose. Le premier ainsi nommé à raison de sa situation a dans son territoire des ruines d'une maison de Templiers ; dans le second est un château dont l'habitation doit être fort agréable en été.

En continuant de monter, on distingue le village de Meziers sur une élévation, et plus loin le hameau de Naux. Ce dernier paraît assez bien bâti et ses maisons sont entourées de noyers plantés au milieu des prairies : des sources limpides et abondantes y entretiennent de la verdure et font mouvoir des moulins ; de sorte que ce site champêtre et vivant contraste parfaitement avec l'aride aspérité des lieux qui l'environnent.

On entre ensuite dans un défilé étroit, formé par d'énormes rochers calcaires entre lesquels coule un petit ruisseau que les pluies changent souvent en torrent : une demi-heure s'était écoulée, et la hauteur du soleil indiquait l'approche du lieu où se trouve l'inscription : on devait se la figurer entourée de débris et de ruines imposantes, aussi nos regards se portant vers l'issue de la gorge, cherchaient-ils au loin la *Ville de Dieu*.... Mais tout-à-coup la célèbre inscription se présenta à nous gravée sur un rocher à pic, mais non sans faire éprouver une sorte de surprise et même une sorte de dépit de ce que le hasard seul nous l'avait fait apercevoir.

Quoi ! les Romains, ces fiers Souverains de l'univers, ont habité ces lieux, et il n'en existe aucune trace !... Au lieu de grands édifices qu'ils y avaient construits, à-peine y voit-on une chaumière, et cette inscription gravée sur le roc est le seul monument qui conserve le souvenir d'un Etablissement consacré à une divinité dont le nom avait été pris dans la plus belle des langues !... Un magistrat décoré des plus éminentes dignités emploie ses richesses, son autorité à rendre faciles les avenues de Théopolis, à l'entourer de murs, à en construire les portes, à en assurer la défense ;.... et quelques siècles après, son nom, celui de son frère et de son épouse, qui l'aidèrent dans ses travaux, sont totalement oubliés et n'existent plus que sur une pierre !.... *On se demande même où était située la Ville de Dieu dont le nom n'est plus connu ou prononcé que par des hommes instruits, qui cherchent dans l'histoire des leçons de conduite, ou plutôt encore des moyens de charmer leurs loi-*

sirs!.... L'inscription qui atteste des faits si curieux, qui transmet à la postérité des souvenirs si intéressants, n'est aperçue que par des cultivateurs qui ne savent pas lire, ou qui voient dans ces caractères une chose si simple, qu'elle ne mérite pas même d'être remarquée: si même un voyageur se détourne de sa route pour la considérer, il devient lui-même un objet d'étonnement et de curiosité !....

Après avoir donné quelques instans à ces réflexions il fallut s'occuper à dessiner le rocher et à transcrire les lettres gravées.

Voici l'inscription littérale, tracée ligne par ligne, telle qu'elle est, et sans avoir égard aux copies relatées par des historiens qui n'en ont pas rigoureusement constaté l'exactitude :

```
CL   Ɏ  POSTVMVS  DARDANVS  VINLET  PA
    TRICIAE  DIGNITATIS  EXCONSULARI  PRO
    VINCIAE  VIENNENSIS  EX  MAGISTRO  SCRI
NII LIB Ɏ EXQVAES Ɏ EXPRAEF Ɏ PRETGALL Ɏ ET
NEVIA GALLA CLA Ɏ ETINL Ɏ FEM Ɏ MATERFAM
    EJUS  LOCO  CVI  NOMEN  THEOPOLI  EST
    VIARVM  VSVM  CAESIS  VTRIMQUE  MON
    TIVM  LABERIB  Ɏ  PRAESTITERUNT  MVROS
    ET  PORTAS  DEDERVNT  QVOD  IN  AGRO
    PROPRIO  CONSTITVTVM  TVETIONI  OM
    NIVM  VOLVERVNT  ESSE  COMMVNE  ADNI
TENTE ETIAMV Ɏ INL Ɏ COM Ɏ AC FRATRE ME
MORATI  VIRI  CL  Ɏ  LEPIDO  EXCONSVLA
GERMANIAE  PRIMAE  EXMAG  Ɏ  MEMOR
EXCOM Ɏ RERVM PRIVAT Ɏ VT ERGA OMNI
            YM  SALVTEM  EORV
                M  STVDIVM
                    TDEVO
ONIS.  :  V
. . . . . . . . . .  O
```

En voici la traduction française :

« Clodius Postumus Dardanus, personnage illustre et patricien, ex-consulaire de la province viennoise, ex-trésorier général, ex-préfet du prétoire des

Gaules, et Nevia Galla, noble et illustre dame, mère de famille, ont rendu praticable le chemin qui conduit à ce lieu, dont le nom est Théopolis, en taillant les deux côtés de la montagne ; ils l'ont entouré de murs et y ont placé des portes. Ces ouvrages, destinés à la défense commune, ont été construits dans leur propre champ, avec l'aide de Clodius Lépidus, personnage illustre, frère de celui ci-dessus mentionné, ex-consulaire de la première Germanie, homme très-considéré, receveur des revenus particuliers. Monument de leur zèle et de leur dévouement au bien public. »

L'inscription existe sur une surface plane et perpendiculaire : elle se termine par les lettres TDEVO ; mais, sur un plan incliné qui se trouve sur le côté gauche. On voit encore quelques traces de lettres, parmi lesquelles on ne peut distinguer parfaitement que les suivantes : ONIS V

. . . . o

Bouche, auteur d'une Histoire de Provence, les transcrit ainsi :

TIONIS PVBLI Ӱ OSTENED

TVENSARO

s s (*suis sumptibus*, à ses dépens) soit qu'il les eût restituées, soit qu'elles existassent ainsi lorsqu'il vivait, et que le laps de temps et la pluie, qui frappe directement ce plan incliné, les aient progressivement effacées.

L'inscription, élevée à 1 mètre 50 centimètres au dessus du chemin, occupe en surface la même hauteur et une largeur de 1 mètre. Les lettres en creux sont longues d'environ 5 centimètres ; il n'existe pas de séparation entre les mots, et les abréviations sont marquées par ce signe Ӱ (1). Les F sont peu distinctes des E. On y lit INL pour *illustris* : ainsi que dans la plupart des inscriptions antiques, des solécismes saillants se font remarquer, tels que *Postumus* au nominatif, tandis que ses titres, *consulari magistro*, sont au datif.

L'histoire, et le style de l'inscription s'accordent donc à prouver qu'elle est d'une latinité peu relevée, et date par conséquent du Bas-Empire.

Il paraît en effet que Dardanus avait été préfet du prétoire des Gaules à

_____

(1) Ce signe Ӱ a été substitué, pour l'impression, à celui qui existe dans l'inscription, et qui est formé en cœur, avec un trait ressortant du milieu.

la résidence d'Arles, vers l'an 410, sous le règne d'Honorius fils de Théodose-le-Grand, empereur d'Occident : né en Provence, il avait joué un rôle important dans les guerres qui désolant l'empire dans ces temps malheureux, en faisaient si bien pressentir la dissolution.

Sous le règne d'Honorius eurent lieu la prise de Rome par Alaric, roi des Goths, ensuite par Ataulphe, son successeur, et les guerres excitées par les généraux qui se faisaient proclamer empereurs par les armées qu'ils commandaient.

Pendant que Constantin, fort d'un nom illustre et d'un parti puissant, était assiégé à Arles par Constance, chef des troupes d'Honorius, Jovien, seigneur gaulois, était déclaré empereur à Mayence, sous la protection des généraux bourguignons et d'Ataulphe, roi des Goths. Dardanus, ennemi personnel de Jovien, fut employé dans cette circonstance pour détacher ce prince de la protection qu'il accordait au prétendu empereur : il y parvint, s'empara de Jovien, et le fit décapiter à Narbonne.

Ce fait prouve que Dardanus était un personnage de marque, et que les dignités dont il était revêtu lui avaient été conférées comme des récompenses de services : mais il ne fut pas à l'abri des coups de la fortune; car il finit dans la suite par être mis à mort par ordre d'Honorius (1).

Saint Augustin et saint Jérôme furent en relation de lettres avec Dardanus, et lui donnent de grandes louanges. Le code théodosien (2) fait aussi mention de sa personne et de ses dignités; mais Sidoine Apollinaire ne partageait pas l'opinion des pères de l'église qui viennent d'être cités, puisqu'il s'exprime ainsi sur le compte de Dardanus : « On exécrait en Constantin son inconstance, « en Jovien sa faiblesse, en Geronce sa perfidie, quelques crimes dans cer- « tains particuliers, mais tous ensemble dans la personne de Dardanus (3). » Cependant, comme le fait observer Papon le plus récent des historiens de Provence, on peut concilier cette diversité de sentiments en disant que saint Augustin et saint Jérôme ne connaissaient Dardanus que par ses

---

(1) Chronique de Prosper; Extraits d'Olympiodore.

(2) Loi CXVII d'Honorius.

(3) *Cùm in Constantio inconstantiam , in Jovino facilitatem , in Geroncio perfidiam , singula in singulis; omnia in Dardano simul execrarentur, etc.* Lib. V, epist. IX.

(43)

lettres, tandis que Sidoine le jugeait par ses actions, dont il était le témoin.

Ce portrait n'est pas flatteur sans doute, d'autant que Dardanus vivant dans un temps où l'anarchie et les guerres civiles faisaient commettre tant et de si grands crimes, il fallait qu'il fût bien coupable celui dont on disait qu'il les réunissait tous ; ce qui suffit, si non pour diminuer l'intérêt que notre inscription avait inspiré en sa faveur, du moins pour arrêter les recherches que l'on pourrait faire sur les autres circonstances de sa vie.

Il est plus intéressant de se former une idée de la ville de Théopolis et de sa situation.

Ce n'était ni à Sisteron (*Segustero*), ni à Digne (*Dinia*), qu'on peut appliquer le nom de *Théopolis*, ainsi que l'ont pensé quelques personnes dont les regards se sont portés d'abord sur les principales villes situées aux environs.

Bouche, qui avait d'abord avancé que ce pouvait être le petit bourg de *Thouars*, retracta cette opinion lorsqu'il eut visité les localités : en effet, Thouars est situé à 15 kilomètres de *la pierre écrite* : il est sur le revers des montagnes : pour y arriver de ce côté, il faut traverser deux rivières (le Vançon et l'Eduge) que les pluies rendent fort dangereuses, et sur lesquelles on ne voit aucun vestige d'anciens ponts. La seule chose qui eût pu appuyer cette conjecture, c'est la découverte de quelques ruines et l'analogie du nom de Théopolis avec celui du quartier de Thouars, qu'on appelle Tipoli. Mais il faut convenir, après avoir examiné les allégations pour et contre, que ces dernières doivent prévaloir, si l'on y joint la rétractation de Bouche et les considérations qui vont être développées pour fixer la véritable position de cet Etablissement.

Théopolis existait long-temps avant Dardanus : son nom seul annonce une origine plus ancienne. L'inscription ne dit pas qu'il en fut le fondateur, mais seulement qu'il l'entoura de murs et lui donna des portes : en effet, dans ces temps malheureux, on s'occupait beaucoup plus à détruire qu'à fonder. Si l'on avait quelque doute à cet égard, il suffirait de considérer que Dardanus, qui occupait de si grandes dignités sous un empereur chrétien, professait vraisemblablement lui-même cette religion, et qu'il n'aurait conséquemment pas donné à un Etablissement qu'il aurait formé, un nom qui semblait tenir au paganisme.

6 *

D'un autre côté, l'expression *ejus loco cui nomen Theopoli est*, annonce que le local lui appartenait, et que l'Etablissement n'était pas considérable; car les Anciens, qui avaient les mots *civitas*, *oppidum*, *urbs*, *colonia*, *vicus*, *pagus*, *statio*, etc., étaient rigoureux observateurs de ces distinctions, qui variaient suivant l'étendue, la population ou les richesses : tout au moins aurait-on écrit : le chemin qui conduit à Théopolis, et non, à ce lieu qu'on nomme *Théopolis*, s'il se fût agi d'une ville connue sous le rapport de son importance.

Le défilé où se trouve l'inscription forme l'ouverture d'une vallée longue d'une demi-lieue, comprise entre deux collines fort élevées, et qui se termine au-delà de Saint-Geniez par une sortie aussi resserrée que l'est l'entrée.

Cet espace, puissamment défendu par les montagnes, jouit d'une température saine, mais froide : on y trouve de très-belles sources, et les hauteurs étaient autrefois couvertes de forêts. Il est à présumer que c'était un camp retranché des Romains, puisque cette position est absolument semblable à celle des autres camps dont nous trouvons des vestiges dans le reste de la Provence : la seule différence consiste en ce que celui-ci, plus isolé, est dans une situation si avantageuse, qu'il semble formé par la nature elle-même, car en fermant les deux issues, il devient absolument inaccessible. La possibilité de cette clôture était tellement reconnue, que les religieux du monastère de Chardavons obtinrent, par la suite, de Pierre d'Arragon, comte de Provence, la permission de clorre le territoire de ce lieu, qu'ils possédaient presque seuls, afin que personne ne pût y introduire des bestiaux ou y passer sans leur agrément. L'intention de Dardanus, en y faisant exécuter des travaux, avait été sans doute de se ménager un asile contre les incursions des barbares, qui avaient déjà pénétré jusque sur la rive gauche du Rhône, ou même contre la fureur des partis qui pouvaient le menacer.

C'est donc évidemment dans la vallée où sont actuellement les villages de Saint-Geniez et de Chardavons qu'était situé Théopolis.

Quant à son emplacement, il ne peut y avoir que deux manières de voir.

La première est celle de Bouche, qui, ayant été prévôt du monastère de Chardavons, a pu connaître parfaitement le pays; selon lui, Théopolis était précisément dans le lieu qu'occupait le monastère. Il ajoute que St Arnould,

évêque de Gap, en le fondant (vers l'année 1060), voulut établir le culte catholique dans le lieu même où le paganisme célébrait ses mystères : ce qui a
été pratiqué dans diverses occasions attestées également par l'histoire et la tradition. A en juger par les vestiges des fondations, ce monastère était immense.
Des personnes dignes de foi assurent avoir vu, dans leur jeunesse, des
restes de murs très-épais dont on pouvait suivre la direction jusqu'auprès
du rocher où se trouve l'inscription. Le maire de Chardavons, homme instruit
et qui, dans cette retraite profonde, a conservé toute l'aménité qui caracté-
rise l'homme aimable, raconte que, faisant construire un canal pour une
source qui jaillit à environ 1000 mètres au nord-ouest du village, il avait découvert des tombeaux en brique, des urnes sépulcrales et des vases communs.

A une distance d'environ 1200 mètres du village de Saint-Geniez, du côté
de l'ouest, se trouve une hauteur connue sous le nom de *Dromont*, et en patois *Théous*, sur laquelle sont bâtis la chapelle et l'hermitage de Notre-Dame
de Dromont. Cette élévation se termine par un rocher élevé de plus de 80
mètres. On y arrivait, du côté du nord, par un chemin dont les traces, encore
marquées dans le rocher, peuvent se suivre depuis l'inscription; mais il paraît
que l'éboulement de quelques pierres en a fermé l'issue, puisque de ce côté
il est très-difficile de pénétrer sur la plate-forme. On y trouve un bassin creusé
par la main des hommes, des ruines d'une grande tour ronde, et des vestiges
de bâtiments plus considérables.

Au sud-ouest de la grande masse de rochers, il en est de moins élevés qui
lui sont contigus, et sur la pointe de l'un d'eux, on voit une tour semblable
à la première, mais d'une moins grande élévation.

On découvrit, il y a environ vingt ans, dans un champ contigu, un four à cuire
du pain, parfaitement conservé. A des époques antérieures, on avait trouvé des
tombeaux, des ossements, des lampes sépulcrales et des médailles dont aucune
cependant ne se rapporte à un temps antérieur à celui où régnait Constantin.

Le côté de l'ouest, celui qui fait face au torrent du Vançon est devenu
inaccessible par l'effet d'un éboulement qui eut lieu à la suite de pluies considérables, à-peu-près à la même époque que le tremblement de Lisbonne.

S'il est permis d'énoncer une opinion, après avoir lu et médité tout ce qui

a été écrit sur Théopolis, après avoir consulté toutes les personnes instruites
qui habitent les environs, après avoir fait enfin un examen attentif des lieux
on se résumera à établir : 1° qu'on ne doit pas chercher Théopolis ailleurs
que dans la vallée dont la circonscription vient d'être tracée; 2° que ce lieu n'é-
tait pas considérable, et que le nom pompeux dont il avait été décorée tenait
moins à son importance intrinsèque qu'à un hommage rendu à la divinité qui
y était plus particulièrement adorée; c'est ainsi que parmi nous il existe des
bourgs qui s'appellent *la Ville-Dieu*, *la Maison-Dieu*, *le Nom-Dieu*, *la
Chaise-Dieu*, etc. Cette fondation avait été sans doute la suite d'un vœu religieux : si l'on considère même le choix d'un lieu élevé, écarté et environné
de sombres forêts, on sera de plus en plus convaincu qu'elle remonte à des
temps reculés; 3° que le temple et les édifices accessoires qui formaient le but
principal de l'Etablissement étaient situés sur le rocher de Dromont ou Théoux,
dont ils faisaient en quelque sorte un lieu sacré; ce qui n'empêchait pas
qu'il n'y eût dans le reste de la vallée des habitations particulières. Dardanus
la possédait en grande partie, puisqu'il fit bâtir les murs sur son propre
fonds : il est donc vraisemblable que tout l'espace situé entre l'inscription et
Chardavons lui appartenait; que les murs dont on voit encore les traces dans
toute cette partie étaient son ouvrage; qu'il avait affectionné ce séjour, parce
qu'il lui offrait une retraite où il pouvait se retrancher en cas de besoin;
qu'enfin le monastère avait été construit sur sa maison dont l'étendue devait
être considérable.

Ce résumé prouvera que tout peut se concilier, en admettant toutefois, ce
qu'il paraît difficile de contester, que Théopolis n'était pas hors de la vallée.

Du reste, l'objet est assez intéressant pour mériter d'être approfondi. Jamais on
ne s'en est occupé, et cependant des fouilles bien dirigées donneraient infailliblement quelques indices. En choisissant bien les lieux, (et le choix en est
indiqué par les vestiges existants) on découvrirait à coup-sûr les fondements des principaux édifices qui formaient la ville : il est même très-vrai-
semblable qu'on trouverait sous terre des inscriptions, des médailles, ou enfin
quelques monuments propres à fixer l'opinion des hommes instruits sur tout
ce qui concerne Théopolis.

SECTION II.

Société d'Agriculture, Sciences et Arts d'Agen.

N° 4. Recherches sur le lieu qu'occupait, dans l'Aquitaine, le peuple désigné par César sous le nom de Sotiates.

À Agen, le 29 Octobre 1807.

« Publius Crassus, dit César (1), était arrivé vers le même temps dans
« l'Aquitaine, qui, ainsi qu'on l'a déjà dit, peut être considérée comme
« formant la troisième partie de la Gaule, soit par l'étendue de son territoire,
« soit par sa nombreuse population. Ce général, ne doutant pas qu'il n'eût
« à soutenir une guerre active dans un pays où, peu d'années auparavant, le
« lieutenant L. Valérius Préconinus avait été défait et tué, où, plus récem-
« ment encore, le proconsul Manilius avait été contraint de prendre la fuite
« après la perte de tous ses bagages, sentit bien qu'il ne devait agir qu'avec
« une extrême précaution. Dès qu'il eut assuré ses subsistances, qu'il eut ras-
« semblé ses troupes auxiliaires et sa cavalerie, dès qu'il eut enfin reçu les
« soldats aguerris qu'il avait particulièrement appelés de Toulouse, de Car-
« cassonne et de Narbonne, villes voisines de la province romaine, il fit mar-
« cher son armée vers les frontières des Sotiates. »

Quelle était la partie de l'Aquitaine habitée par les Sotiates ? telle est la
question sur laquelle les diverses opinions émises laissent une incertitude
qu'il convient de faire cesser.

Les uns pensent que les Sotiates habitaient ce qui forme aujourd'hui l'an-

---

(1) Commentaires de César, de la guerre des Gaules, livre III.

cien diocèse d'Aire, en Gascogne (1). Une vieille charte trouvée chez des moines, et dont on conteste l'authenticité, est la seule conjecture qu'on fasse valoir en faveur de cette opinion : mais cette ville, que tant d'autorités s'accordent à regarder comme la capitale des anciens *Tarusates* (les peuples du pays de Tarusan), réunit plus fortement encore toutes les objections qu'on fait valoir contre Sos, puisque Crassus, pour arriver à Aire, aurait eu à traverser, sans pouvoir faire autrement, les *Ausates* (ceux d'Eause), *Ausci* (les peuples d'Auch), *Gaurites* (ceux du comté de Gaure), *Lactorates* (ceux de Lectoure) : nous verrons d'ailleurs, par la suite, que Crassus, après avoir vaincu les Sotiates, marcha vers les Tarusates ; or la ville d'Aire ne pouvait pas être en même temps habitée par ce dernier peuple et par celui dont nous cherchons à déterminer la position géographique.

D'autres auteurs (2) placent les Sotiates dans le pays de Foix, se fondant sur ce que Crassus, étant parti de Toulouse, dut se diriger vers cette contrée, parce qu'elle est limitrophe du lieu qu'occupait son armée ; parce qu'on y arrive promptement de Toulouse sans avoir ni rivière à traverser, ni obstacle à surmonter, tandis que toutes les autres communications offrent des difficultés ; parce qu'enfin il dut entrer dans le plan de conquête de Crassus de s'emparer de toute la contrée comprise entre Toulouse et les Pyrénées.

La seule inspection des cartes anciennes prouve que ce qu'on appelait le pays de Foix était compris dans le territoire des Tectosages, que les géographes les plus savants de l'antiquité (3) s'accordent à étendre vers le midi jusqu'aux Pyrénées, et même jusqu'aux bords de la mer. Un Moderne dont nous allons bientôt discuter l'opinion (4), en adoptant celle de ses prédécesseurs, et en lui donnant encore plus d'extension, prétend que les anciens *Volscæ Tectosages*, dont Toulouse était la métropole, occupaient tout le

(1) M. de Marca, Histoire de Béarn, livre 1, chapitre 9.
(2) M. Lancelot, Histoire de l'Académie des inscriptions et belles-lettres; tome 5.
(3) Ptolémée, livre II, chap. 5. Strabon, livre 4.
(4) M. Samson, Remarques sur l'ancienne carte de la Gaule.

vaste pays qui fut divisé par la suite en huit diocèses : Toulouse, Lombès, Montauban, Lavaur, St-Papoul, Rieux, Mirepoix et Pamiers. Mais l'on sait que la conquête des Tectosages avait précédé de 60 ans celle de l'Aquitaine ; César dit textuellement que c'était à cette partie de la Gaule qu'appartenaient les Sotiates : on ne peut donc raisonnablement les placer à Foix, ville qui, d'après toutes les probabilités, dépendait des Tectosages (1).

La difficulté de trouver aux Sotiates une position dans l'Aquitaine, hors de toute incertitude et de toute objection, a fait dire à un auteur, que sa grande érudition n'a pu mettre à l'abri du reproche d'être un géographe peu exact, qu'il était impossible d'asseoir une opinion sur ce point historique (2). Selon lui, ce peuple a été nommé par César, seulement dans une circonstance, et d'une manière très-brève ; depuis, aucune mention n'en a été faite ni par les Modernes ni par les Anciens ; il est enfin très-probable que lorsque Auguste fit de nouvelles subdivisions de l'Aquitaine, les diverses nations qui l'habitaient furent réunies à d'autres, et fondues de manière à ce qu'on ne put retrouver aucune trace de l'existence de plusieurs d'entre elles.

On peut bien présumer, en effet, que le souvenir et l'existence des Sotiates ne dut guère survivre à la conquête : rien ne s'éteint plus vite que la réputation d'un peuple subjugué. Mais si César en parle brièvement, on doit du moins convenir qu'il en dit beaucoup de choses en peu de mots, et assez pour ne pas laisser de doute sur sa force et son courage. Comment les Sotiates seraient-ils donc à-peu-près le seul peuple auquel on ne déterminerait pas une place dans l'Aquitaine, quand toutes les autres nations nommées par l'illustre auteur des Commentaires, se trouvent classées, pour ainsi dire, par leur seule dénomination ?

Un géographe, déjà cité pour combattre l'opinion qui place les Sotiates dans le pays de Foix (3), pense que le peuple qui se présenta le premier à

_____

(1) La conquête de l'Aquitaine par César date de l'an de Rome 696, 56 ans avant J.-C. ; celle des Volscæ Tectosages avait eu lieu en 636, 111 ans avant J.-C.
(2) L'abbé de Longuerue, Description historique de la France.
(3) M. Samson, Remarques sur l'ancienne carte des Gaules.

T. 2.   7

Crassus, ne pouvait être autre que les habitants de Lectoure, dont le territoire se trouve, en effet, en première ligne sur les frontières de l'Aquitaine :
il ajoute que cette ville reçoit parfaitement l'application du passage de César
portant que la Cité des Sotiates était forte par la nature des lieux et les ouvrages de l'art.

Remarquons, en premier lieu, que si Crassus avait suivi cette direction,
quoique devant se détourner un peu de sa route la plus droite, il aurait rencontré avant les peuples de Lectoure ceux du comté de Gaure (*Gaurites*),
dont la principale demeure (*Gaurensis Pagus*) était dans le lieu occupé aujourd'hui par la petite ville de Verdun. Quelques Savants ont aussi prétendu
que ces anciens Gaurites, dont le territoire, ainsi que le comté de Gaure
actuel, était compris entre la Garonne et la banlieue de Lectoure, avaient
cette dernière ville pour capitale. On pourrait peut-être présumer que des
révolutions ayant produit par la suite cet ordre de choses, plusieurs petits peuples se seraient trouvés confondus après la conquête ; mais à l'époque dont
nous parlons, Lectoure, pour user de la même conséquence que celle qui a
déjà été déduite relativement à Aire, Lectoure ne peut avoir été en même
temps la ville des Gaurites et celle des Sotiates.

Pourquoi alors ne pas placer à Lectoure les peuples connus sous le nom de
Lectorates, dont l'existence est consacrée par des inscriptions trouvées sur les
lieux (1) ? La première est ainsi conçue : *R. P. Lactorac.* : la seconde se
compose des mots *Civitas Lactorat*. Rien assurément ne peut mieux constater
l'existence politique d'un peuple et d'une ville se régissant par ses lois que
les titres de république et de Cité consacrés dans un monument aussi authentique. A ces preuves viennent encore se joindre la tradition locale, l'opinion adoptée par plusieurs Savants recommandables, et enfin une parfaite
analogie dans les noms anciens et modernes. Si donc il est aussi bien constaté que Lectoure était la capitale des anciens Lactorates, il en résulte évidemment qu'elle n'était pas celle des Sotiates, peuple très-distinct par la
dénomination et par la nature des lieux qu'il habitait.

_____

(1) Grutter cite deux fragments où elles sont relatées.

Plusieurs auteurs enfin n'ont pas hésité à fixer à Sos la patrie des Sotiates dont parle César (1); et, comme c'est l'opinion que nous adoptons, il convient de développer les motifs sur lesquels elle se fonde.

La première objection qu'on ait faite est que Crassus étant parti de Toulouse, le premier peuple dont il rencontra les frontières n'a pu être celui dont l'habitation est aussi éloignée que Sos, du point du départ de l'armée.

On peut bien présumer que Toulouse, capitale des Volscæ Tectosages, qui depuis long-temps avaient subi le joug de la domination romaine, était le quartier-général de Crassus, et le point central de la grande opération militaire qu'il méditait; mais le texte de César lui-même ne laisse pas sans réponse l'objection discutée. Si le général romain fait venir, appelle à lui (*evocatis*) des soldats de Toulouse, de Carcassonne, de Narbonne, ne pourrait-on pas en conclure qu'il n'était pas de sa personne dans la première de ces villes ? Son plan n'avait-il pas pu exiger qu'il se portât en avant dans le pays dont il méditait la conquête ? Les seules villes dont les cartes anciennes faisaient mention, dans la contrée qu'il devait parcourir, étaient Auch, Lectoure, et, si l'on veut, la Cité des Gaurites: or il avait bien pu convenir avec elles d'un passage sur leurs terres, par des promesses quelconques, par un traité secret d'alliance ou de neutralité, ou enfin par le motif, trop fréquent parmi les petits peuples, d'une jalousie qui voit sans peine attaquer, par un ennemi puissant, des voisins qui font ombrage. Si l'on ne veut admettre aucune de ces hypothèses, on pourrait encore supposer que Crassus, d'après l'éloignement de ces villes entr'elles, put bien se déterminer à ne pas les assiéger, et à se diriger vers les Sotiates par l'espace compris entre Lectoure et Auch : remarquons d'ailleurs que la première de ces places était, dans ce temps, la seule des deux qui pût lui paraître redoutable; car Auch, alors *Climberris*, n'acquit de la consistance qu'après la conquête des Romains, lorsqu'elle fut nommée *Augusta Ausco-*

---

rum : il pouvait donc se rapprocher de ce côté sans craindre de grands obstacles.

N'est-il pas encore possible que tous ces divers peuples voisins se fussent réunis ? que les Sotiates, comme les plus puissants, les plus nombreux, les plus belliqueux (César lui-même rend justice à leur bravoure), eussent été chargés de diriger la ligue défensive de tous les peuples menacés, et qu'ensuite Crassus les ait tous confondus sous le nom de Sotiates; nom qui avait dû en effet fixer assez particulièrement son attention ?

Ces conjectures réunies donnent du poids à une opinion, douteuse seulement parce que personne n'a mis un grand intérêt à l'approfondir, et parce que ceux qui l'ont traitée n'avaient pas étudié en détail les localités : elles paraissent encore plus fortes, ces conjectures, quand on vient de prouver que les Sotiates n'étaient ni à Aire, ni à Foix, ni à Lectoure.

Jusqu'ici on a raisonné dans l'hypothèse que Crassus était à Toulouse ou dans ses environs lorsqu'il partit pour l'Aquitaine : en cela les choses ont été prises telles qu'elles sont rapportées dans les auteurs cités ou combattus; mais en remontant de quelques pages dans le récit de César, on voit que ce grand capitaine était en Illyrie quand il apprit que les habitants de Vannes s'étaient révoltés, après avoir retenu les officiers romains envoyés par Crassus à la recherche de vivres dans l'Armorique. Ce général commandait alors la viime légion, en quartier d'hiver chez les *Andes* ou *Andecavi*, peuple voisin de l'Océan (les habitants de l'Anjou).

César, faisant toutes ses dispositions avec son habileté et sa promptitude accoutumées, envoya *Labienus* avec de la cavalerie à Trèves, pour contenir les Belges et ceux de Rheims : Crassus eut ordre de partir avec douze légions et une nombreuse cavalerie pour l'Aquitaine, afin d'empêcher les peuples qui l'habitaient de se joindre aux rebelles et de leur porter du secours.

Crassus, parti d'Angers, traversa donc sans difficulté les *Pictones* et les *Santoni* (le Poitou et la Saintonge), puisque ces régions étaient en paix avec les Romains. Ensuite il dut chercher à se rapprocher de Toulouse, soit qu'il voulût en faire son quartier-général et y réunir ses subsistances et ses troupes, soit qu'il désirât seulement en faire venir les soldats aguerris qu'il avait demandés de cette ville, de Carcassonne et de Narbonne. S'il vint jusqu'à Toulouse avant de commencer son expédition, si, dès qu'elle fut résolue, il partit de cette ville ou de ses environs du côté de l'est, les premières pages de cette dissertation ont expliqué toute sa marche : s'il vint directement de l'Armorique pour combattre les Sotiates, il ne dut point, en quittant la Saintonge, se diriger vers Bordeaux, parce qu'il aurait eu ensuite à traverser les *Vasates*, dont la conquête fut postérieure à celle des Sotiates : les rivières lui offraient d'ailleurs de grandes difficultés. En outre, puisqu'il n'est en aucune manière question, dans cette partie du récit, de la conquête de Bordeaux, tout semble annoncer qu'il traversa les *Petrocori* (ceux de Périgueux), pour arriver chez les *Nitiobriges* (les Agenais), plus rapprochés de Toulouse, d'où il attendait des renforts, en admettant qu'il n'eût pas l'intention de s'y rendre. Si Agen ou ses environs furent le lieu qu'il choisit pour réunir ses troupes, pour former ses magasins et ses dépôts ; si ce fut là le point de départ, toutes les difficultés disparaissent, et une nouvelle preuve s'élève en faveur de Sos ; puisque les Sotiates étaient limitrophes des *Nitiobriges*, et que Crassus put immédiatement entrer dans le territoire des premiers. Dans ce cas, il serait probable que le passage de la Garonne se fût fait au lieu nommé *Ad fines* (aujourd'hui Aiguillon), où les Romains eurent un Etablissement, et où venait aboutir la route depuis nommée Tenarèse (*Iter Cesaris*) : l'armée se dirigea ensuite en cotoyant la rivière de Baïse jusqu'à sa jonction avec la Gelise, où l'on peut présumer que commençaient les limites du territoire des Sotiates.

En achevant le récit de César, voyons s'il n'a rien qui puisse contrarier l'analogie établie entre la Cité qu'habitait ce peuple et le territoire occupé actuellement par la ville de Sos.

« Les Sotiates, à la nouvelle de l'arrivée de Crassus, continue l'auteur des Com-
« mentaires, réunirent de nombreuses troupes, dont les cavaliers faisaient
« surtout la principale force, et attaquèrent notre armée par un choc de cavale-
« rie ; mais ayant été mis en déroute, ils se replièrent jusque vers une vallée
« où leur infanterie avait été mise en embuscade : là l'action recommença
« contre nos soldats, qui s'étaient dispersés dans la poursuite de l'ennemi.

« On combattit long-temps et avec acharnement. Les Sotiates, fiers de
« leurs précédentes victoires, ne doutaient pas que le salut de l'Aquitaine
« tout entière ne dépendît de leur valeur : les nôtres, de leur côté, voulaient
« faire voir ce dont ils étaient capables sans leur Général, séparés du reste
« des légions, et commandés par un jeune chef. Enfin les ennemis, affaiblis
« par le nombre considérable de leurs blessés, furent contraints de faire
« retraite. Crassus, après en avoir fait un grand carnage, marcha sur-le-
« champ vers la Cité des *Sotiates*, dont il fit le siége. Leur résistance fut si
« forte qu'on fut obligé de construire des tours et des mantelets. Les assiégés
« se défendirent avec courage, et firent de fréquentes sorties au moyen de
« leurs conduits souterrains ; genre de construction que les Aquitains enten-
« dent fort bien, attendu que des mines ont été ouvertes et exploitées dans
« plusieurs parties de leur pays ; mais dès qu'ils s'aperçurent que l'activité
« des nôtres rendait toutes leurs manœuvres inutiles, ils envoyèrent des
« députés à Crassus pour demander à capituler ; ce qui leur fut accordé, à
« condition qu'ils déposeraient leurs armes.

« Pendant que les esprits étaient occupés de cette affaire, *Adcantuan*,
« qui exerçait l'autorité suprême dans la ville, sortit par une porte oppo-
« sée, avec 600 hommes dévoués. (On les connaît sous le nom de *soldu-
« riers :* leur métier est de s'attacher à un chef qui partage avec eux toutes
« les incommodités de la vie : si ce chef périt, ils se font tuer avec lui ou se
« donnent la mort : jamais, de mémoire d'homme, aucun d'eux n'a voulu
« survivre à celui auquel il s'était dévoué). *Adcantuan* ayant tenté un
« nouvel effort à la tête de cette troupe, il s'éleva de grands cris de la part
« des soldats qui gardaient ce côté du camp, et l'on courut aux armes : l'en-
« nemi, vigoureusement repoussé, fut contraint de rentrer dans la ville.
« Crassus n'en consentit pas moins à recevoir sa rédition aux mêmes con-
« ditions. »

Remarquons avant tout que César, en observant que les Sotiates ne
doutaient pas que le salut de l'Aquitaine tout entière ne dépendît de leur
valeur, confirme fortement une des hypothèses que j'ai établies plus haut.
Le célèbre écrivain ne désigne ici ni les *Gaurites* ni les *Lactorates* ni les

Ausci, qui, placés sur son passage, devaient naturellement lui résister les premiers : il fallait donc ou qu'il se fût assuré de ces peuples, ou qu'il les eût laissés de côté, ou enfin que tous se fussent réunis sous la bannière des Sotiates, en supposant toujours qu'il arrivât du côté de l'est.

Il serait difficile sans doute d'assigner le lieu où se donna la bataille contre Crassus, dans cette même hypothèse ; mais si , comme la topographie locale porterait assez à le croire, les Sotiates occupaient une bande étroite comprise entre les peuples d'Eause et ceux d'Agen (ceux-ci s'étendaient beaucoup sur la rive gauche de la Garonne), et si la rivière de Baïse leur servait de limite à l'est, on pourrait présumer, avec quelque vraisemblance, que l'affaire eut lieu à peu de distance de la place occupée par la ville de Condom, et de là les Sotiates vaincus se replièrent facilement sur leur Cité. Si Crassus arriva par le nord, l'affaire pourrait bien avoir eu lieu dans la vallée de Nérac, qui se prolonge ensuite dans celle de Barbaste : c'était là que commençait l'Etablissement des Sotiates, et l'on ne voit guère, aux environs, des vallées assez heureusement placées pour qu'une nombreuse cavalerie pût se mettre en embuscade et surprendre l'ennemi d'une manière avantageuse.

Sos, qui se trouve dans une situation extrêmement forte, est bâtie sur une hauteur très-escarpée de trois côtés : au centre, sur un rocher applani par la main des hommes, était un château vaste et fortifié, à en juger par les vestiges qui existent. L'enceinte de la Cité était surtout considérable du côté de la rampe qui descend vers la *Gelise ;* tellement qu'on y a remarqué jusqu'à cinq grandes portes de ville. Dans la partie septentrionale, celle que les localités rendent la moins inaccessible, on voit encore des murs qui ont près de deux mètres d'épaisseur.

Cette description abrégée s'accorde parfaitement avec le récit du siége que Crassus eut à faire et des moyens extraordinaires qu'il eut à employer. Les Sotiates, dit César, firent des sorties. Dans une ville telle qu'on peut juger qu'était Sos, les sorties n'étaient pas difficiles, puisque la ville avait plusieurs portes ; son enceinte étant d'ailleurs très-étendue, et le sol offrant partout des inégalités, les retranchements ne pouvaient être que très-difficiles à faire et à garder. Des conduits souterrains servirent aussi beaucoup à la défense d'une ville dont les habitants, accoutumés aux travaux des mines, connaissaient très-bien cette espèce de construction. Il ne paraît pas que des mines aient été ouvertes ou exploitées dans le territoire de Sos : la nature du sol ne permet pas même de le croire; mais les environs de Mezin, qui lui sont à-peu-près limitrophes, passent pour renfermer des mines mises en exploitation avant et sous les Romains (1). Dans ce cas, il n'aurait pas été étonnant que les habitants de Sos eussent connu, et appliqué à leur défense, l'art de construire des galeries souterraines. Lors même que l'on ne se contenterait pas de cette observation, et qu'on interprèterait contre Sos, où il n'existe pas des mines, le passage de César qui nous occupe en ce moment, on remarquera que les environs de Lectoure, d'Aire, n'ont jamais passé pour renfermer des métaux : ici nous avons du moins le voisinage de Mezin (2).

Des personnes dignes de foi (3) attestent que parmi les décombres du château et dans des excavations qui avaient été faites sous leurs yeux, elles avaient vu des traces de plusieurs souterrains, dont un entr'autres mérite une mention particulière. On démolissait, il y a peu d'années, la voûte d'une des caves les plus profondes du château, pour en retirer des pierres d'autant plus précieuses pour les constructions, que presque toutes sont carrées, d'une assez grande dimension et de bonne qualité; à travers les décombres, on parvint à un puits destiné sans doute à fournir de l'eau pendant un siége, et l'enlèvement des pierres qui formaient le revêtement intérieur de ce puits fit découvrir, à une certaine profondeur, une porte servant d'ouverture à un corridor voûté, encombré de terre; mais comme il se dirigeait vers le nord, il est à croire qu'il passait sous la ville et venait finir vers les jardins qui bordent cette partie des murs. Une semblable communication souterraine,

---

(1) Observations sur les mines anciennes de la Gaule, par M. l'abbé Dugas des Malvès.

(2) Quelques recherches que j'aie pu faire, je n'ai pu obtenir aucun renseignement sur l'existence de ces mines à Mezin.

(3) M. Vignes, conseiller de préfecture, et M. son frère, ancien adjudant-commandant, maire de Sos.

à une profondeur si énorme (sans doute il y en avait plusieurs autres, ainsi que l'assurent les habitants) ne prouve-t-elle pas évidemment que l'art de creuser des galeries sous terre et de s'en servir pour la défense de la ville peut s'appliquer à tout ce que César raconte des Sotiates ?

On trouve dans cette contrée une voie romaine nommée la *Tenarèse*, par corruption du mot *Iter Cesaris*, Chemin de César. Cette route, venant des Pyrénées, passe à Bretagne près d'*Eause*, se dirige par Sainte-Maure (1), traverse la rivière de Gélise sur un pont au bas de la côte de Sos (2), longe la partie orientale de cette ville, et va aboutir à la rive gauche de la Garonne par Reaup, Lisse, Barbaste, Lavardac, Thouars: les vestiges de cette voie romaine qu'on rencontre, pour ainsi dire, à chaque pas, sont assez généralement bien conservés. La Tenarèse est peu large: la chaussée se compose de deux ou trois couches de pierres amalgamées dans du ciment et de la chaux et cette mixtion est tellement consolidée par le temps, qu'elle a acquis la consistance et la dureté du rocher. On peut aisément s'en assurer, car le sol sablonneux de cette contrée, partout abaissé, a déchaussé la partie ferrée du chemin. Une semblable construction, dans un pays assez dépourvu de pierres et de matériaux pour qu'il ait fallu tout y transporter, n'annonce-t-elle pas l'importance qu'on attachait à cette position militaire ? Soit que ce chemin existât avant César, et que l'ayant fait réparer, il lui ait donné son nom; soit qu'il en eût ordonné la construction en entier, il est impossible de penser que la contrée, que les villes que traversait cette route, n'eussent pas une existence bien reconnue.

On a prétendu que le nom de Sos, porté par la ville actuelle, ne prouve rien en faveur de l'opinion qui veut qu'elle ait été la capitale des anciens Sotiates. L'histoire fournit cependant des exemples propres à démontrer que les peuples prenaient ordinairement le nom de leur principale ville: maintenant encore, l'analogie de noms est sans contredit le premier guide et

---

(1) On en voit des traces près de l'église de ce nom.
(2) Quelques personnes pensent que le pont actuel occupe précisément la même place que l'ancien : d'autres prétendent qu'il était au dessus.

la première donnée qu'on saisit, quand on veut établir la position géographique d'un peuple ou d'une ville de l'antiquité. Si toutefois cette ressemblance de dénomination ne suffit pas seule pour lever toute incertitude, on accordera bien du moins qu'elle ajoute de la force aux autres conjectures qui se réunissent ici d'une manière assez décisive.

César lui-même en fournira une nouvelle, non moins forte que toutes les précédentes.

« Les armes étant livrées et les otages acceptés, dit-il en continuant son « récit, Crassus marcha vers les limites des Vocates et des Tarusates. Ces bar« bares, effrayés de la nouvelle qui leur était parvenue, que dans peu de « jours nous avions remporté une place si forte par la nature des lieux et « les ouvrages de l'art, s'envoyèrent réciproquement des députés pour former « une ligue et réunir des troupes : des otages furent donnés de part et d'au« tre : la demande de secours fut faite même jusque vers ces villes qui sont « à l'extrémité de l'Aquitaine, près des frontières d'Espagne, etc., etc. »

S'il restait encore des doutes sur l'exactitude de l'application à la ville de Sos de tout ce que dit César des Sotiates et de leur Cité, ne devraient-ils pas disparaître quand on lit que Crassus, après l'avoir soumise, marcha vers les *Tarusates* et les *Vocates?* Les premiers sont sans contredit les peuples du Tursan dont Aire est la capitale : les *Vocates*, *Basabocates* ou *Vasates*, car on les désigne par ses trois noms, sont aussi évidemment les peuples de Basas : or ce sont les plus proches voisins de Sos du côté de l'ouest. Si, effrayés de la prise de la ville qui semblait être leur boulevard, ils firent des préparatifs de défense, on conçoit bien aussi que Crassus, poursuivant sa conquête, dut marcher sur eux immédiatement après la prise de la place dont il s'agit ici (1).

---

(1) César, dans l'édition qui a servi pour cette dissertation, désigne ces peuples par le nom de Tarusates et de Vocates. Pline (liv. 4, chap. 19) parle des Latusates et des Basabocates. On peut croire que la différence qui existe entre ces deux auteurs, quant au premier nom, est une erreur d'écriture, et que l'un et l'autre ont entendu parler du même peuple : l'addition du mot Basa ne tend qu'à confirmer mon opinion quant au second. Remarquons en outre que Pline dit *Basabocates*, et que Ptolémée, substituant

Après avoir exposé les motifs propres à convaincre que Sos était réellement la Cité des Sotiates, on ne peut se défendre, en visitant cette contrée,
d'un sentiment de surprise, sur ce que les vestiges de la *Tenarèse* et la
tradition récente du puits à souterrain sont les seuls monuments d'une si
antique existence. Au commencement de la révolution, les ruines du château étaient encore assez prononcées pour qu'on pût juger qu'il était immense, mais peu régulier; qu'il était flanqué de grosses tours carrées; qu'on
y avait pratiqué de vastes souterrains, et qu'en un mot, tout avait été com-
biné plutôt pour la défense du lieu, que pour la commodité intérieure :
on y a trouvé divers meubles de pierre et quelques tronçons de statues,
que, d'après la description qui en a été faite, on jugerait plutôt des divinités gauloises que des figures du paganisme. Cette absence totale d'inscriptions, de médailles et de ces monuments qu'on rencontre partout où ont
séjourné les Romains, aurait même inspiré quelques doutes, si tant d'autres conjectures ne les eussent combattus avec succès, et tout s'expliquera quand
on voudra considérer que le siége et la prise de Sos durent faire tout disparaître devant l'armée victorieuse; d'ailleurs les Romains, n'appréciant que
comme poste militaire cette ville, située dans une contrée stérile et peu
agréable, n'y formèrent aucun des Etablissements qui attestent ailleurs leur
pouvoir et leur magnificence. Ainsi, Sos traitée avec d'autant moins d'intérêt qu'elle avait d'abord été plus redoutable, dégénéra au point de devenir presque ignorée. Son château put lui mériter peut-être quelque attention pendant les dissentions et les troubles qui ont signalé les derniers
siècles du Bas-Empire et les premiers de la monarchie française; mais il ne
paraît pas que les modernes Sotiates comptassent autant que leurs an-
cêtres sur les fortifications de leur château; car, menacés en 1300 d'une
invasion des Anglais, on ne trouve dans les délibérations de leur jurande

---

le V au B, et ne conservant que la première partie du nom, se sert de la dénomination *Vasatii* pour
caractériser cette nation. Ausone, qui était né dans cette contrée, et Apollinaire Sydoine lui donnent
le nom de *Vasatas* : on la retrouve sous celui de *Vasadæ* dans Ammien Marcellin, dans Paulin et
dans l'itinéraire de Bordeaux à Jérusalem ; mais tout cela ne peut s'appliquer qu'aux Bazadais.

8 *

d'autres précautions qu'un ordre de soustraire et de cacher, avant tout, les listes des premiers et seconds consuls, afin que les droits qu'avaient certaines familles à l'éligibilité de ces places ne fussent pas perdus, et que d'autres ne se prévalussent pas de cette confusion pour élever des prétentions nouvelles.

On trouve encore dans ces mêmes archives la preuve de la vente que fit le Chapitre de Sos de l'orgue de son église, pour concourir à former la somme demandée pour la rançon de François 1er.

Le château fut presqu'entièrement démoli dans les premières années du 17me siècle, sans doute par suite de la même mesure qui frappa toutes les places fortifiées du duché d'Albret. Ce fut un sieur de Roquelaure, qui fut chargé de cette opération et qui porta ainsi le dernier coup au souvenir des Sotiates.

Sos avait un monastère d'hermites de l'ordre de St Augustin : il était de toute antiquité, puisqu'il fut sécularisé dans les premières années du 14me siècle, en même temps que les moines du même ordre qui formèrent le Chapitre métropolitain d'Auch, dont un des dignitaires portait le titre d'archiprêtre de Sos. Le Chapitre de Sos, qui a subsisté jusqu'à la révolution, n'a pas peu contribué à maintenir l'aisance dans cette petite ville, et à lui donner cette urbanité qui a toujours fait distinguer ses habitants.

SECTION III.

Académie royale des Sciences, Belles-Lettres et Arts de Marseille.

N° 5. Notice sur la Sainte-Baume.

A Marseille, le 31 Août 1819.

DANS un moment où des regrets si naturels, si légitimes, se dirigent vers les antiques monuments que la révolution a frappés de sa hâche destructive ; quand le zèle des bons Français s'efforce de réunir et de réédifier quelques débris de ces ruines vénérables ; on lira peut-être avec d'autant plus d'intérêt une description de la Sainte-Baume, que ce lieu, indépendamment de la tradition du séjour qu'y fit sainte Magdeleine, mérite quelque attention, sous le rapport des souvenirs historiques et de son site éminemment pittoresque. Comme c'est un pélérinage que peu de provençaux se dispensent de faire, nous allons essayer de décrire tout ce qui nous parut digne d'être remarqué dans la visite que nous y fîmes (1).

La Sainte-Baume, située sur le revers septentrional de la montagne de ce nom, dans le territoire de la Commune du *Plan d'Aups*, est presque sur la ligne divisoire des Bouches-du-Rhône et du Var; elle fait partie de ce dernier département. On y arrive, de ce côté, par *Tourves*, *Saint-Maximin*, *Nans*; et cette route, qui est la moins mauvaise, fut réparée quand Louis XIV vint dans cette contrée. Les villages d'*Auriol* et de *Saint-Zacharie* servent aussi de communication pour y aboutir d'*Aix* et même de *Marseille*; mais

(1) En octobre 1816.

quand on y vient de cette dernière ville, on passe ordinairement par *Gemenos*; on traverse, dans toute sa longueur, le délicieux vallon de *Saint-Pons*; on gravit, par des rampes ouvertes à travers les rochers et ombragées de pins, le *baou* (1) de Bretagne, et on se trouve, après environ trois heures de marche depuis *Gemenos*, dans une plaine ou plutôt dans un vaste bassin formé par plusieurs collines; ce serait même un lac pendant la saison des pluies, si la nature n'avait pratiqué, à l'une des extrémités, une ouverture et un canal tortueux dont on ne connaît pas la direction dans les flancs souterrains des rochers, mais qu'on présume néanmoins devoir être l'origine de plusieurs ruisseaux ou petites rivières qui arrosent les territoires environnants.

Le couronnement de roches calcaires où est située la Sainte-Baume est supporté par un coteau à pente douce formant jadis une immense forêt, mais qui a été fortement restreinte pendant la révolution par les défrichements, les ventes partielles et les dégradations qu'il a été si difficile d'empêcher dans des lieux éloignés de toute habitation. Cependant ce bois, tel qu'il est, offre encore des agréments remarquables dans un site si agreste et si romantique. A travers les voûtes de verdure formées par les branches des chênes, des pins, des érables, des houx, des ifs, qui composent la forêt, le chemin à parcourir par le voyageur dévot ou curieux se dirige par une montée assez douce. Ces arbres sont antiques, de la plus belle taille, et le mélange de leurs feuillages dont les formes, les couleurs, les caractères, varient singulièrement, présente, par l'harmonie des contrastes, un ensemble qu'on chercherait vainement ailleurs. Dans les vides que la nature ou la destruction ont laissés entre ces magnifiques tiges qui ressemblent assez à des colonnes couvertes de mousse, on voit d'énormes blocs de rochers détachés des parties supérieures par des orages; et les plantes rampantes, telles que les ronces, les capillaires, les scolopendres, les fougères qui s'en sont emparées, semblent les orner de guirlandes et de festons. Sur un sol fécondé par le détritus des végétaux, croissent (2) plusieurs

---

(1) *Baou* signifie en provençal une masse de rochers.

(2) La grande thymélée, vrai gazon des officines, l'hemionite, l'osmonde, les orchis, les lis, les narcisses, la verge d'or, la bétoine, la véronique, la scabieuse, le sureau, l'hièble, la belladona, la petite li-

plantes ou arbustes que les botanistes recherchent dans les montagnes, alpines ou sous-alpines. Quelques claire-voies laissent apercevoir, d'un côté, les reflets d'une roche blanchâtre et les ruines du monastère ; de l'autre, les montagnes de Ste-Victoire, les chaînes qui y aboutissent, les vallées qui leur sont inférieures et plusieurs villes ou villages. Que de souvenirs viennent se retracer à l'observateur, quand, entraîné par une douce rêverie dans ce paysage si beau de sa primitive simplicité, il cherche à se rendre compte de ses sensations !

Une sainte célèbre par sa naissance, ses richesses, sa beauté, ses erreurs, son repentir, sa pénitence, vient du fond de la Judée se réfugier sur les rives d'un Etat fondé par les Phocéens, et alors occupé par les Romains; transportée, dit-on, d'un manière miraculeuse, elle y demeure 33 ans et y termine sa vie dans les prières, les larmes, les austérités et la pratique d'une religion dont la sublime morale allait s'étendre sur toute la terre (1). Les papes, les comtes de Provence, les rois et les reines de France, les ministres des autels, pénétrés de vénération pour la mémoire de Magdeleine, s'empressent de venir visiter ces lieux, d'en orner le temple, d'y fonder un monastère auquel ils accordent des dotations, des franchises, des priviléges; pendant une suite de siècles, de pieux cénobites habitent ces lieux agrestes : les sons argentins de leur cloche, si long-temps répercutés par les échos du voisinage, annonçaient chaque jour, à chaque heure, que des hommes adressaient à la divinité, par l'intercession de l'illustre pénitente, des vœux pour leurs semblables. Les enfants de Dominique (2), successeurs des premiers hermites, ont eux-mêmes médité, pendant plusieurs siècles, dans ces forêts sacrées, sur les vanités d'un monde sur lequel ils semblaient planer; ils y ont offert le tribut de leurs oraisons; ils sont venus y interroger, sur les miracles dont ces lieux pouvaient avoir été les témoins, ces arbres antiques et vénérables, que les des-

---

vêche, la petite roquette, le sceau de Salomon, la mercuriale des montagnes, les globulaires, les anémones, les violettes, les cytises, l'émérus, etc.

(1) On a aussi parlé d'une grotte nommée *Baoumo de Beton* qui se trouve placée au nord de l'extrémité du *baou de Bretagne*. On croit que ce fut d'abord dans cette caverne que sainte Magdeleine commença son austère pénitence.

(2) Depuis que cette notice est écrite, un monastère de Trapistes a été établi à la Sainte-Baume.

cendans de saint Louis avaient rendus sacrés (1) …. Aujourd'hui tout est
solitaire et silencieux; la cloche de la colline est muette, *le chant des canti-*
ques a cessé; la voix humaine ne sé fait plus entendre, et des oiseaux sont
les seuls habitants de la forêt du désert qui en fassent résonner les échos (2)!…

Le berger qui garde son troupeau, l'avide bucheron dont l'existence se cal-
cule sur la destruction des rejetons des tiges jadis inviolables, le botaniste ou
le dessinateur, quelquefois le garde forestier ou un gendarme en tournée,
le Français qui vient verser quelques larmes sur les ruines de ce monument
religieux et national, un hermite à qui en est confiée la garde; tels sont les
seuls hommes qu'on rencontre dans ces lieux sauvages…. Il faut en excepter
néanmoins, le jour de la fête (3), époque à laquelle une dévotion transmise depuis des siècles, peuple ce désert d'une foule innombrable d'individus de tout
sexe, de tout âge, de toutes conditions, et particulièrement de jeunes époux
mariés dans l'année. Ce pélérinage était pratiqué dans toute la Provence; stipulé souvent dans les contrats : il était rare qu'il ne s'effectuât pas, car cette
omission était regardée comme devant entraîner la stérilité et comme un défaut de tendresse de la part du mari. Quelques pierres placées les unes sur les
autres, sont le témoignage de l'accomplissement de ce vœu : on les nomme
Castelets (petits châteaux) et l'on en rencontre une grande quantité dans le
bois, sur le chemin, dans la grotte, aux environs du monastère, et jusqu'aux
abords du Saint-Pilon. On les élève communément dans le lieu même où s'est
faite la station pendant les 24 heures que dure ce *roumeirage.*

Après une demi-heure de marche on arrive par des rampes plus ou moins
roides, par une voûte couverte et fermée aux deux issues, à une terrasse sur
laquelle se trouve le bâtiment servant autrefois d'auberge ou d'hospice pour
les voyageurs. Moyennant une juste indemnité on y était reçu convenable-

(1) Des ordonnances de nos rois défendaient, sous les peines les plus sévères, de toucher à ces arbres, même pour les besoins de la marine.

(2) On a dit et écrit qu'il n'existe, dans ces bois, ni insectes, ni animaux vénimeux, ce qu'on ne manque pas d'attribuer à l'intercession de la sainte. On trouve à la Sainte-Baume la plupart des insectes propres aux montagnes sous-alpines.

(3) Elle a lieu le lundi de Pentecôte.

ment, mais l'usage de n'y servir qu'en maigre y a été rigoureusement observé jusqu'aux années qui ont précédé la révolution (1). En face, était la porte du couvent, dont il sera question après la description de la grotte, et l'on y monte par dix-huit degrés, pratiqués entre les deux bâtiments qui conduisent à un portail assez large. Les effigies de François 1er et de Claude de France, son épouse, et les F couronnés qui y sont sculptés, prouvent que cette construction fut l'un des bienfaits de ce prince, qui vint visiter la Sainte-Baume (en 1516) avec la reine et la duchesse d'Alençon sa sœur : ce qui en reste est d'un bon style de sculpture et d'architecture, et l'on remarque du goût dans les ornements qu'on y voit, tels que des guirlandes, des arabesques, etc. (2). En face de cette entrée, sur le parapet de la terrasse, on avait construit une petite tour où était suspendue la cloche du monastère. C'est dans la grotte qui sert d'église que la Magdeleine, dit-on, et postérieurement les moines qui ont habité ce désert, ont trouvé un asile contre les intempéries des saisons. La Sainte-Baume, ainsi nommée du mot provençal *báoumo*, qui s'applique à toutes les concavités creusées par les eaux ou par toute autre cause, a une longueur d'environ 21 mètres sur 6 de hauteur, dans l'intérieur des rochers : sa largeur moyenne est de 24 mètres, et elle se divise en plusieurs pièces.

En face de l'entrée est le maître-autel, placé sous un dôme jadis en marbre blanc, dont les dessins, donnés sur les lieux par Louis xi (en 1447) (3), furent exécutés à ses frais. Le retable et ses ornements construits aussi en marbre blanc incrusté de jaspe étaient d'une exécution soignée : ils furent donnés

---

(1) M. de Fontainieu, peintre recommandable à tous les titres, a exécuté un tableau qui lui a été commandé pour la galerie du château de Fontainebleau : il représente la vue de la Sainte-Baume, prise du point qui précède la première entrée de la voûte : François 1er et sa suite sont mis en scène dans ce paysage, qui est d'un effet très-pittoresque.

(2) M. Poize, graveur à Marseille, a fait de ce portail un dessin soigné, qui en rend très-bien le style.

(3) La statue de ce roi existe encore sur l'un des coins de la balustrade du sanctuaire et Charlote de Savoie, sa seconde épouse, lui sert de pendant. Le prince y est représenté à genoux, ayant le collier de l'ordre de St-Michel, ce qui prouve que ce monument est postérieur à l'année 1469 où fut institué cet ordre. Les armoiries des dauphins écartelées de celles de France qu'on voit sur le retable, ne peuvent s'appliquer qu'au voyage fait par Louis XI avant son avénement au trône.

par le duc de Lesdiguières, dont les armoiries s'y voient encore écartelées de celles de la maison de Créqui, comme pour attester que le souvenir des bienfaits peut aussi survivre aux révolutions. Ce fût un artiste de Gênes qui fut chargé de ce travail, dont le prix est évalué à une somme considérable pour le temps. Une balustrade en marbre blanc enceint cet autel, pour former une sorte de sanctuaire.

Derrière, dans une grotte particulière élevée de deux mètres, est ce qu'on appelle le lieu de la *pénitence*, que la piété des fidèles avait fermé par des grilles de fer. Une statue de la sainte, étendue sur le sol, attestait que c'était dans cette place même que Magdeleine avait employé tant d'années à pleurer ses fautes et à prier son Sauveur. Plusieurs ornements précieux, et entre autres 27 lampes d'argent, étaient autant de monuments de la vénération qu'inspiraient ces lieux, jusqu'à ce que des furieux anéantirent tout ce qui était susceptible de destruction : la statue de la sainte avait été mutilée avec une barbare recherche. Cette sculpture, faite en pierre de Calissanne, qu'on avait ensuite coloriée, était l'ouvrage de Pavillon, artiste d'Aix; et une inscription faisait connaître que c'était un acte de la munificence et de la dévotion de M. Duchesne, évêque de Senez. Auparavant (en 1618) son frère J.-B. Duchesne, président à mortier au parlement de Provence, avait eu la même idée, et le don d'une statue médiocre d'exécution en avait été la suite. Ces changements à des époques rapprochées, auraient donné lieu à quelques personnes de penser que postérieurement elle avait été remplacée par un ouvrage du Puget, si ce qui en reste donnait la moindre idée du talent de ce grand maître. Au fond du lieu de la pénitence est une fontaine d'où jaillit une eau abondante, fraîche et limpide, que les pélerins ne manquent pas de boire, persuadés qu'elle a des propriétés particulières. Près d'un autel dédié à la Sainte-Vierge est un escalier de 22 degrés qui descend dans une grotte inférieure, où l'on assure que demeuraient les moines avant la construction du couvent : il y existe aussi quelques infiltrations des eaux de la source supérieure; du côté opposé se trouve une pièce creusée dans le roc servant de chœur aux religieux. Il n'est pas besoin de dire que toutes les parties de cet édifice formé par la nature étaient couvertes de ces tableaux connus sous le nom d'*ex-voto*, que la piété ou la reconnaissance des fidèles consacrait en l'honneur de la sainte (1). A défaut de peintures, plusieurs pélérins se contentaient de graver sur les rochers : leurs noms et l'année de leur visite; plusieurs, surtout les jours des fêtes, n'ont d'autre asile que la grotte; et si la dévotion les y amène, on peut observer que le respect dû aux lieux saints ne les contient pas toujours dans les bornes de la décence. Cette grotte, dans lequelle on se sent pénétré d'un sentiment religieux, autant par les souvenirs qu'elle retrace que par la nature de sa disposition, éprouva un commencement de dévastation dans les premières années de la révolution, mais les objets précieux en furent seuls atteints, et l'on se contenta de changer en une maison inhabitée un monastère jadis florissant. La dévotion publique garantit en quelque sorte, pendant notre longue tempête politique, la Sainte-Baume et ses accessoires de tout nouvel outrage. Ce ne fut qu'en juin ou juillet 1815 que quelques misérables, auxquels on n'ose donner le nom de soldats, quittèrent la grande route et firent trois ou quatre lieues pour aller dévaster des lieux que recommandaient d'antiques et pieux souvenirs. Les portes furent anéanties; les murs et les toits renversés; les autels brisés; les statues mutilées; l'hospice et le couvent devinrent des masures, et les rochers qui forment la grotte de la pénitence purent seuls la garantir d'une destruction si honteuse pour ceux qui en furent les instruments. Le cœur et l'esprit ne se reposent de ces pénibles idées que par la certitude que bientôt la piété des fils de saint Louis, des successeurs de François Ier, et des fidèles habitants de la Provence, relèveront ces ruines précieuses à tant de titres.....

Il résulte de l'étude de ces lieux que l'entrée de la Sainte-Baume est placée à la hauteur moyenne d'un rocher taillé naturellement à pic, et dont l'élévation depuis la grotte jusqu'au sommet, est d'environ 90 mètres. A 8 mètres au dessous de cette ouverture, est une terrasse assez large, et creusée dans le rocher ou naturellement ou par la main des hommes. C'est là qu'on avait bâti l'auberge et le couvent. Dans la partie inférieure du rocher, on

---

(1) On y remarquait surtout un crocodile empaillé et suspendu à la voûte : c'était sans doute l'offrande d'un marin échappé à quelque grand danger.

9*

avait pratiqué, moyennant des terres rapportées, une sorte de jardin, où les cénobites cultivaient des légumes ou des fleurs, et venaient se promener, quand l'âge leur interdisait de plus longues courses. Ce monastère était vaste, assez bien distribué et éclairé par 9 croisées de face : son exposition au nord et son extrême élévation , (la Sainte-Baume est à une hauteur de 938 mètres au dessus du niveau de la mer,) en rendaient la température froide et vive. L'œil plonge des croisées et de la terrasse sur un précipice effroyable ; mais la vue est agréablement distraite, surtout dans la belle saison , par la forêt qui occupe la partie inférieure de la colline. On découvre au loin plusieurs chaînes de montagnes ; et la belle église de St-Maximin, où reposent les reliques de Magdeleine (1), forme un point de vue d'autant plus intéressant , que la Sainte-Baume était en quelque sorte une annexe de ce temple et du couvent des Dominicains qui le desservaient. Sur le nombre de 30 moines environ dont se composait ordinairement cette riche communauté, trois étaient annuellement détachés au désert pour être relevés lorsque le temps de leur service était expiré. Si la situation de ce couvent offrait quelques agréments pendant la belle saison , l'hiver y était extrêmement rigoureux, et dans tous les temps, ce climat trop froid était peu favorable aux personnes faiblement constituées. Il n'était pas rare néanmoins de voir quelques religieux prendre un goût tout particulier pour cette solitude : plusieurs y ont passé leur vie et l'ont prolongée au delà des bornes ordinaires. On cite surtout un père Elie, qui mourut à l'âge de 86 ans, et prétendait avoir eu des révélations de la sainte. Au moment de la révolution, il y existait un moine fort âgé, qui, très-habile en menuiserie, serrurerie et autres arts mécaniques, avait fait seul une grande partie des ouvrages qui servaient à l'usage de la chapelle ou du monastère. Hélas ! l'infortuné a vu détruire le travail de ses mains, et profaner les objets d'un culte auquel il n'avait jamais pensé ni désiré survivre.....

D'après une tradition que nous ne prétendons pas discuter, sainte Magde-

(1) Elles ont été conservées intactes par les soins des habitants de cette ville, qui n'ont cessé d'y attacher le plus grand prix.

leine, qui s'était convertie à l'âge de 32 ans, serait demeurée un an à la suite
du Sauveur et 13 avec la Sainte-Vierge à Ephèse ; elle aurait quitté Jérusalem
l'an 46 de l'ère chrétienne, exposée dans une barque avec le Lazare son
frère (1), Marthe leur sœur, Marcelle leur servante, St Maximin (2), St Sidoine (3), les deux Maries, Jacobé et Salomé, Sara leur servante, l'Hémo-
roïsse, Eutrope (4), Cléon (5), Simon le lépreux (6), Joseph d'Arimatie.
Notre sainte, protégée par la Providence dans cette périlleuse et longue navigation, serait venue aborder à l'extrémité de la Camargue, entre les bouches
du Rhône, au lieu connu sous le nom des Saintes-Maries; de là, ces disciples
fidèles, répandus dans les diverses parties de la France, seraient allés prêcher
la religion chrétienne : Magdeleine serait venue à Marseille avec le Lazare son
frère; (elle devait être alors âgée de 46 ans environ). Pendant les sept années
qu'elle aurait séjourné dans cette ville, sauf quelques voyages à Aix, où elle
allait visiter St Maximin, auquel elle avait été recommandée par St Pierre,
elle n'aurait cessé de se montrer digne de la noble mission qu'elle s'était im-
posée : transportée ensuite à la Sainte-Baume d'une manière miraculeuse, elle
y serait demeurée le reste de sa vie, c'est-à-dire environ 33 ans : elle y aurait
enfin terminé ses jours âgée de 86 ans. On raconte que la grotte, au moment
de l'entrée de Magdeleine, était défendue par un dragon que St Michel, protecteur des voyageurs, fut obligé de combattre et de chasser jusque sur les
bords du Rhône : c'est là une des origines qu'on donne à la *Tarasque*, monstre dont on conserve l'effigie à Tarascon. On fait remonter à ce même miracle
l'absence prétendue, de la Sainte-Baume et de ses environs, de toutes les
bêtes vénimeuses ou dégoûtantes, telles que les crapaux, les serpents, les
araignées, les scorpions, etc. (7).

(1) On le regarde comme le premier évêque de Marseille.
(2) Premier évêque d'Aix.
(3) L'aveugle-né.
(4) Evêque de Vaison.
(5) Evêque de Toulon.
(6) Evêque du Mans.
(7) Les serpents, les crapaux, les lézards sont à la vérité assez rares à la Sainte-Baume. On y trouve

Cette mort toute sainte aurait donc eu lieu l'an 87. St Maximin, qui était en ce moment à *Tegulata* ou *Villalata* (1), aurait été le pontife dont Magdeleine, à son heure suprême, reçut les derniers sacrements; car elle avait été transportée de la Sainte-Baume dans cette ville. Un magnifique tombeau lui fut érigé, et sa mémoire y a été toujours révérée; mais il paraît que ce monument disparut pendant plusieurs siècles, c'est-à-dire depuis les ans 700 ou 716, célèbres par les invasions des Sarrasins, jusqu'à l'invention de ces reliques faite sous Charles II, comte de Provence.

La Sainte-Baume avait eu sa part dans cette vénération si soigneusement conservée parmi les fidèles; car Maximin y fit ériger une effigie représentant la sainte couchée, et confia la chapelle aux soins des disciples de Cassien, établis dans un lieu voisin, dont le nom est encore celui de ce saint hermite. Cette tradition s'appuie sur plusieurs écrits, tels qu'un ouvrage du quatrième siècle, par Lucius-Dexter, qui, lié avec St Jérome, ne révoque pas en doute l'exil de la sainte et sa venue en Provence. On cite encore une ordonnance dressée par Desiderius, évêque de Toulon, et renouvelée par lui en 572, tendante à prouver que Cléon, qui avait occupé le premier le siége de cette ville, avait été banni et exposé sur les eaux avec Magdeleine et d'autres chrétiens, dont le voyage s'était heureusement terminé à Marseille: un moine nommé Sigibert confirmait ces faits en 743. A ces témoignages, la critique en oppose d'autres sans doute, et même le silence de plusieurs graves écrivains, nous ne l'ignorons pas; mais notre but, en ce moment, est de montrer que depuis la mort de la sainte jusqu'à la découverte de ses restes, on n'avait jamais laissé perdre le souvenir de son séjour à la Sainte-Baume. Grégoire VII (en 1079) voulant punir le relâchement des Religieux de Saint-Cassien, chargea l'abbé de Saint-Victor de les remplacer par des Bénédictins.

---

cependant la vipère commune, la couleuvre à collier (*coluber natrix*), la grenouille commune (*rana esculenta*), le lézard gris (*lacerta agilis*): les araignées y sont assez communes particulièrement la tarentule (*lycosa tarentula*, de Latreille), la pionnière (*mygale fodiens*, Walck). Un naturaliste digne de foi atteste n'y avoir jamais rencontré de scorpions ni de millepattes. Ces insectes, justement réputés vénimeux, doivent pourtant habiter cette montagne.

(1) Noms anciens de la ville de St-Maximin.

Ceux-ci y demeurèrent jusqu'en 1280, époque à laquelle Charles II, prince de Salerne, et depuis comte de Provence, y établit définitivement les Prêcheurs ou Dominicains. C'est à ces temps, et à la munificence de ce prince, qu'il faut rapporter la construction du couvent de la Sainte-Baume et de toutes les parties de la grotte susceptibles d'être perfectionnées par la main des hommes.

On sait qu'en 1279 on avait découvert à Saint-Maximin le corps de sainte Magdeleine, déposé dans un tombeau de marbre renfermant un billet recouvert de cire, sur lequel on lisait ces mots :

« *Hìc requiescit corpus divæ Magdalenæ.* » Et de plus un rouleau de parchemin sur lequel était cette inscription latine : « *Anno nativitatis Dominicæ* « *DCCXVI mense decembri in nocte secretissimâ, regnante Odoino püssimo* « *Francorum rege, tempore infestationis gentis perfidæ Sarracenorum,* « *translatum fuit hoc corpus carissimæ et venerandæ Mariæ-Magdalenæ de* « *sepulchro suo alabastri, in hoc marmoreum ex metu dictæ gentis perfidæ* « *Sarracenorum, quia securiùs est hìc, ablato corpore Sidonii.* »

« L'an 716 de la nativité de Notre-Seigneur, au mois de décembre, régnant « Odoin, roi de France, du temps des ravages des perfides Sarrasins, le corps « de sainte Magdeleine a été transporté très-secrètement pendant la nuit, de « son sépulcre d'albâtre en celui-ci de marbre, pour le dérober aux Sarrasins, « car il est plus en sureté dans le tombeau où nous l'avons mis, et dans le- « quel reposait le corps de Sidoine que nous avons ôté. »

Douze ans auparavant, les Religieux de Vezelai en Bourgogne, diocèse d'Autun, avaient prétendu aussi avoir trouvé le corps de cette même sainte, et saint Louis honora de sa présence les cérémonies auxquelles avait donné lieu cette invention. Remarquons toutefois, que ce monarque à son retour de la Terre-Sainte (en 1254) avait aussi visité la Sainte-Baume, lieu pour lequel il s'était montré plein de dévotion, ce qui prouve que dans la suite des ans qui ont précédé la découverte des reliques, la tradition existait d'une manière non contestée. Nous ne pouvons ignorer cependant, que moins encore par suite de la découverte faite à Vezelai que par diverses autres considérations développées dans leurs ouvrages, des historiens respectables, dont quelques-uns même ont été revêtus du caractère sacerdotal, ont contesté la venue de Magdeleine en Provence aussi bien que son séjour à la Sainte-Baume, et ont prétendu, par conséquent, que l'inscription s'appliquait au corps de quelque pénitente célèbre portant le même nom ; ils se sont fondés, relativement aux paroles relatées, sur ce que Eudes n'avait régné en France qu'en 888 : c'est ce qui a déterminé Bouche à rapporter à cette époque l'écriture du billet, quoique d'ailleurs sa date soit positive et qu'une des premières invasions des Sarrasins ait eu lieu dans les premières années du huitième siècle (1), quoiqu'enfin il soit vraisemblable que *Odoin* ou *Eudes*, dont il est question ici, puisse être *Eudes, duc d'Aquitaine* ; personnage célèbre par de grands services rendus à Charles-Martel, notamment en combattant et chassant ces mêmes Sarrasins, et qui avait été autorisé à prendre le titre de roi en Provence, tellement que Grégoire II, par les mêmes motifs, le qualifiait de *roi très-pieux, très-religieux.* On a aussi pensé, et cette opinion paraît assez raisonnable, qu'une religieuse du nom de Magdeleine, ayant été obligée de quitter son couvent pour se soustraire aux fureurs des Sarrasins, pouvait s'être retirée à la Sainte-Baume, y avoir vécu plusieurs années, et y être morte en odeur de sainteté ; circonstances qui, aidées de ce penchant au merveilleux dont sont susceptibles à un si haut degré les imaginations méridionales, ont fait facilement confondre deux personnes du même nom. Quoi qu'il en soit, il n'entre pas dans nos vues, nous le répétons de nouveau, de prendre un parti dans cette controverse ni de faire sur ce point litigieux une dissertation en forme : laissant ce soin à des mains plus habiles et plus exercées, nous devons nous borner à consigner des faits, des traditions écrites ou orales, des notions même, qui peuvent se rattacher à la description et à l'histoire de la Sainte-Baume, pour les présenter d'une manière succincte mais exacte.

Depuis le culte rendu à la mémoire de sainte Magdeleine par Charles II, on voit successivement la plupart des comtes de Provence, Robert, le Salomon de son siècle, Louis II, Louis III et René visiter et révérer la Sainte-Baume, à l'exemple de l'un des princes les plus distingués de cette illustre maison d'Anjou, qui occupa pendant tant d'années le trône de Naples. René dont le

---

(1) Charles-Martel gagna sur les Sarrasins la Bataille de Tours en 725.

souvenir se conserve si religieusement en Provence, ordonna en 1448, peu après les recherches faites aux Saintes-Maries, une vérification des reliques trouvées à Saint-Maximin, à laquelle le cardinal de Foix assista comme commissaire délégué par le Saint-Siége, alors occupé par Nicolas v.

Parmi les rois de France qui sont venus visiter la Sainte-Baume, on peut en citer plusieurs : Jean 1er, qui fit en 1362 un voyage à Avignon pour y voir le Pape Urbain v ; Charles vi en 1389, lorsqu'il vint dans cette dernière ville pour assister au couronnement de Louis ii, comte de Provence ; Louis xi, n'étant encore que Dauphin : il vint en Provence avec Marie d'Anjou sa mère, sous prétexte de visiter la Sainte-Baume et les reliques de sainte Marthe et de sainte Magdeleine dont le roi René faisait alors faire la recherche ; mais on lui supposa en réalité une arrière pensée sur notre province, dès-lors convoitée par la Cour de France : on sait que trop souvent ce prince cacha sous des pratiques religieuses et même superstitieuses des vues d'une politique profonde ; Anne de Bretagne femme de Charles viii et ensuite de Louis xii : elle y vint en 1503, et donna une effigie en or émaillée qu'on a conservée jusqu'à nos jours ; François 1er en 1516, lorsqu'il revint d'Italie ; rien n'atteste néanmoins que ce prince ait visité en personne la Sainte-Baume, mais Louise de Savoie sa mère, Claude de France sa première femme, la duchesse d'Alençon sa sœur ne craignirent pas de gravir la montagne. En 1533, Éléonore d'Autriche, deuxième femme de François 1er, entreprit ce même pélerinage avec le Dauphin depuis Henri ii, et les ducs d'Orléans et d'Angoulême. Charles ix y fut aussi lorsqu'il vint en Provence, en 1564, avec le duc d'Anjou son frère, depuis Henri iii, et le roi de Navarre (Henri iv) : ces princes avaient visité les villes d'Aix, Marseille, Toulon, Hières, Soliers, Brignoles, Saint-Maximin, Arles. Louis xiii étant venu soumettre les Religionnaires du Languedoc, poussa sa course jusqu'en Provence, en octobre et novembre 1622. Enfin Louis xiv s'y rendit en 1660 : ce monarque étant venu à Marseille par suite de quelques troubles, continua sa tournée jusqu'à Toulon, Hières, et fit aussi un voyage de dévotion à Notre-Dame de Grâce près de Pignans. On sait que la reine Anne d'Autriche sa mère y avait fait faire une neuvaine 18 années auparavant, lorsqu'après une très-longue stérilité, elle donna un fils à Louis xiii et un grand roi à la France : cette princesse, qui, avec le roi et son frère le duc d'Anjou, était du voyage de Provence, vint aussi visiter ces lieux sacrés pour elle ; mais quelques jours auparavant, les 4 et 5 février, ces augustes personnages étaient venus à Saint-Maximin et à la Sainte-Baume rendre un pieux hommage à la mémoire de Magdeleine. Ce fut devant eux qu'on procéda à une nouvelle vérification de ces reliques : les écritures découvertes sous Charles ii furent examinées de nouveau ; des copies authentiques en furent prises, et ces restes précieux ayant été placés dans une châsse, le roi fit briser devant lui les clefs des serrures ou cadenats qui en garantissaient l'inviolabilité, réservant à l'autorité souveraine seule le droit de les ouvrir de nouveau.

Les incendies n'ont pas épargné les bâtiments de la Sainte-Baume : on en cite deux, l'un, en 1442, donna lieu à une bulle du Pape Eugène iv, par laquelle il exhortait les fidèles à contribuer au rétablissement du Saint lieu ; l'autre, le 8 avril 1683, détruisit presque en entier l'hôtellerie placée en face du couvent.

La Sainte-Baume fut, depuis les derniers jours de décembre 1610 jusqu'au 24 avril 1611, le théâtre des exorcismes qui eurent lieu sur deux jeunes personnes qu'on prétendit avoir été ensorcelées par Gauffridy, prêtre bénéficier en l'église des Accoules de Marseille. Rien de plus curieux que le détail des discours attribués aux démons, de leurs récits sur leur existence avant et depuis leur rébellion, sur leurs noms, leurs diverses attributions, les antagonistes qu'ils ont personnellement parmi les anges fidèles ou les saints. Pourquoi faut-il que de telles scènes, au récit desquelles on peut se demander si les acteurs pouvaient être de bonne foi, aient été suivies de la condamnation au feu et de l'exécution d'un homme auquel on avait, sans doute des faits graves à reprocher, mais dont la procédure et l'arrêt seuls prouveraient qu'il était innocent des crimes pour lesquels il fut condamné (1).

(1) Louis Gauffridy fut brûlé vif à Aix le 30 avril 1611. Voyez pour les détails de cette malheureuse affaire un ouvrage intitulé : *Histoire admirable de la possession et conversion d'une pénitente*, etc., imprimé à Paris, chez Charles Chatelein, rue Saint-Jacques, etc., 1614. Le titre de l'ouvrage an-

Après avoir visité la Sainte-Baume, on ne manque guères de gravir jusqu'au Saint-Pilon. Le chemin est tracé dans le rocher, et sur ses côtés on
rencontre plusieurs oratoires d'une construction assez soignée, où étaient
représentées en peinture ou sculpture des actions de la Sainte. La montée
devient plus rude à mesure qu'on arrive au sommet de la montagne : c'est
là, presque perpendiculairement au couvent, qu'exista long-temps un
pilier surmonté d'une statue de Magdeleine : il fut élevé par les fidèles,
en mémoire de ce que pendant son séjour à la Sainte-Baume elle était
portée sept fois chaque jour dans ce lieu par les Anges ; expression allégo-
rique qu'on peut aussi expliquer par la ferveur de l'illustre pénitente. Ce
monument fut remplacé postérieurement par une chapelle petite, mais d'un
bon goût, dont la forme carrée et le dôme qui sert à l'éclairer rappellent
assez les *sacellum* des Anciens. L'autel est en marbre de diverses couleurs
assez habilement mélangées : le marbre blanc, les brèches de *Nans* ou du
plan d'Aups, dont le fond est rouge nuancé de jaune et de blanc ; les
marbres porte-or formés d'un mélange de grains jaunes encastrés sur un fond
noir, tels qu'on les tire des carrières d'*Ollières*, avaient fourni à l'artiste
des moyens de mettre en œuvre la minéralogie de ces montagnes (1). Au
lieu de tableau on voyait sur l'autel une statue en marbre blanc ou en
albâtre, représentant sainte Magdeleine, avec ces longs et beaux cheveux
qu'un miracle lui départit, dit-on, si abondamment pour suppléer à ses
vêtements. Ce travail, si l'on en juge par ce qu'il en reste, n'était pas sans
mérite dans les détails d'exécution, quoique le dessin en fût faible et trop
maniéré : il fut en grande partie mutilé pendant nos orages politiques.

---

nonce seul combien sont curieux les faits qui y sont traités. Il est devenu fort rare, parce que le
clergé, plus éclairé aujourd'hui, a senti que de tels livres ne faisaient pas moins de mal à la religion
que la plupart de ceux qu'on a dirigé contre elle.

(1) L'intérieur de la chapelle du St.-Pilon fut restauré et orné de marbres, par les ordres d'Eléonor-
Catherine-Ebronie de Bergues, épouse de Frédéric-Maurice de Latour d'Auvergne, prince de Sédan.
En revenant d'Italie, en 1647, elle fit cette pieuse fondation ; mais cet ouvrage ayant été interrompu,
le cardinal de Bouillon, grand aumônier de France, fils de la donatrice, le fit reprendre en 1686.
Une inscription placée extérieurement sur la porte en faisait mention : on voyait aussi au fond de
la chapelle deux écussons sur lesquels étaient les armes de Latour d'Auvergne et de Bergues.

Rien de plus magnifique que le spectacle qu'on découvre autour de soi, c'est-à-dire à une hauteur de plus de mille mètres au dessus du niveau de la mer ; le territoire de Marseille, l'étang de Berre, la Crau, le cours du Rhône et les montagnes du Languedoc, à l'ouest ; au sud, un immense horizon de mer, sur lequel se dessinent l'île Verte et le Bec-de-l'aigle, l'emplacement de l'antique Tauroentum près de la Ciotat, le cap qui couvre Toulon de ce côté, la rade d'Hières, et au loin les montagnes de Corse ; tandis qu'à ses pieds on voit se déployer la route de Toulon à Marseille, à travers les territoires de *Cuges*, du *Bausset*, de la *Cadière*, etc. : sur cette ligne, à la montagne de *Coudon* près Toulon, viennent se rattacher les chaînes des Maures, sur lesquelles on distingue si bien la chapelle de *Notre-Dame de Grâce*, près de *Pignans* ; et plus haut les montagnes *sous-alpines* qui commencent à *Bargemont*, et qui, par un amphithéâtre dans lequel on remarque *Lachen*, *Cheyron* et le *col de Tende*, vont se terminer au *mont Viso* et aux *Hautes-Alpes*, en dessinant la vallée où coule le Var ; au nord enfin, une autre chaîne des *Basses-Alpes*, liée à la *Sainte-Victoire* et au *Leberon*, au pied duquel un brouillard indique le cours de la *Durance*, conduit jusqu'à la montagne de *Lure* et au *mont Ventoux* toujours couronné de neige ; et une vue bonne et exercée distingue les lieux où Pétrarque soupirait pour la belle *Laure* des vers dont le charme est venu jusqu'à nous (1).

Le Saint-Pilon semble être le centre d'un superbe panorama, dans lequel se dessinent sous le ciel le plus brillant, dans l'atmosphère la plus pure, aux regards du voyageur tournant sur soi-même, la Provence avec ses côtes et ses montagnes, ses rivières et ses torrents, ses monuments et ses souvenirs, ses rochers arides où croissaient jadis de si belles forêts, ses coteaux et ses vallées, où la main des hommes laborieux qui les habitent fait fleurir une agriculture digne d'attention et d'encouragement. Sur une roche latérale qu'on nomme montagne de Saint-Cassien, on remarque

---

(1) Pétrarque a fait une description en vers de la Sainte-Baume, et il l'adressa à Philippe de Cabassole, cardinal, évêque de Cavaillon.

un pic désigné sous le nom de *pointe des Béguines* : on y est à 1200 mètres au-dessus de la mer, c'est-à-dire 200 mètres plus élevé qu'au Saint-
Pilon. C'était là que saint Cassien et ses compagnons avaient établi leur
hermitage, jusqu'au moment où ils furent mis en possession de la Sainte-
Baume. Après eux il s'y établit un monastère de religieuses dites Cassia-
nites ; c'est d'elles que ce lieu a pris le nom de *Béguines* : ce couvent, qui
fut transféré à *Saint-Zacharie* au commencement du 13e siècle, prit postérieurement la règle de saint Benoît.

Remarquons que c'est à saint Cassien qu'on fait remonter la fondation de
plusieurs anciennes abbayes, telles que celles des religieux de St-Victor ;
des dames de St-Sauveur, nommées antérieurement de *St-Cyriacus ;* d'une
autre maison qui, comme la précédente, fut ravagée par les Visigots ou
les Sarrasins, et dont les habitantes à l'exemple de sainte Eusébie, se
défigurèrent pour se soustraire aux outrages dont elles étaient menacées (1).

Quelques personnes ont cru voir à la roche des Béguines les traces d'un
volcan qui aurait fait en ces lieux une violente éruption. L'existence de
substances assez semblables à des laves poreuses a pu donner lieu à cette
assertion, qui d'ailleurs est démentie par le résultat des recherches de tous
les naturalistes. On y trouve deux grottes assez curieuses ; l'une, placée
perpendiculairement sous la pointe, est fort spacieuse ; l'autre, connue
sous le nom de *grotte des OEufs*, renferme des stalactites et des congéla-
tions brillantes et diversifiées qui font de ces lieux souterrains un palais
enchanté, lorsqu'on y pénètre à la lueur des flambeaux.

Tout ce qui existe encore d'intéressant à la Sainte-Baume et dans les
environs avait été vu, et le souvenir ne pouvait s'en effacer. Le soleil
étant déjà loin de cette hauteur, d'où l'on avait pu l'admirer au centre
de l'horizon le plus pur et le plus vaste, les ombres, qui s'étendaient
sur la Sainte-Baume, avertissaient qu'il fallait terminer un pélerinage si
intéressant.

---

(1) On nomme encore *les Denarrados, les femmes sans nez,* une masure située sur les bords de
l'Huveaune, où l'on présume qu'était ce monastère.

Cet écrit, qui en est le complément, a été dicté par l'intention de faire connaître des ruines si vénérables, des lieux si éminemment pittoresques; mais surtout par le désir d'exciter de l'intérêt pour les monuments qui furent si long-temps l'objet de la vénération de nos rois et de nos pères. Puisse-t-il, à ces titres, trouver quelque indulgence auprès des personnes qui voudront bien le parcourir !.......

N° 6. Notice sur la Peste de 1720.

A Marseille, le 25 Avril 1819.

Un siècle s'est à-peu-près écoulé depuis que Marseille vit se développer dans son sein ce fléau trop souvent dévastateur, cette maladie qui réunit en soi tout ce que les misères du genre humain peuvent offrir d'épouvantable (1).

Des administrateurs et des historiens, des médecins et des savants, en ont décrit toutes les circonstances avec la plus effrayante vérité. Ses causes présumées, ses symptômes variés à l'infini, les maux physiques, les désor-

(1) Marseille a été désolée par la peste aux époques suivantes : I. L'an 49 avant Jésus-Christ, et c'est Jules-César qui en donne les détails; II. En 503, Aymonius de Gestis Francorum, lib. 3, cap. 26; III. En 588, suivant Grégoire de Tours; IV. En 591, voyez le même auteur; V. En 1347, chronique de St.-Victor : elle s'étendit à Avignon et y enleva, entr'autres victimes, la belle Laure; VI. En 1476; VII. En 1484; VIII. En 1505; IX. En 1506 et 1507; X. En 1527; XI. En 1550; XII. En 1547, elle n'enleva que 8000 personnes; XIII. En 1556 et 1557, elles furent peu remarquables; XIV. Celle de 1580 enleva la plus grande partie de la population; XV. En 1586 et 1587, la peste ne se montra ni longue ni meurtrière; XVI. En 1630, c'est celle qui enleva les neuf dixièmes de la population de Digne : voyez la description qu'en fait Gassendi. L'armée française, commandée par le marquis d'Uxelles, l'apporta d'Italie à Lyon en 1628, et elle pénétra à Marseille en février 1630; XVII. En 1649, elle dura plus de huit mois et n'offrit rien de particulier. Ruffi, dans son Histoire de Marseille, donne sur ces calamités tous les détails qu'on peut désirer.

dres moraux, les calamités sociales qu'elle traîne à sa suite, les mesures à prendre pour s'en préserver, pour empêcher ses progrès, pour diminuer ses ravages, pour prévenir les rechutes, tout ce qui peut se rattacher à la peste en général, et à celle de 1720 en particulier, a été traité de manière à ne rien laisser désirer : cette époque d'ailleurs n'est pas encore tellement éloignée de nous, que des personnes vivantes n'aient pu tenir de leurs pères, de leurs aïeux, ou lire dans des archives de famille, des détails qui auraient pu échapper aux écrivains (1).

Notre but ne saurait donc être de décrire complètement ces tristes événements, et bien moins encore de donner de nouveaux documents sur des faits trop importants et trop récents pour qu'on ait rien omis de ce qui pouvait offrir quelque intérêt.

Il peut néanmoins ne pas être inutile d'en retracer les traits principaux,

---

(1) Les ouvrages que nous avons dû consulter et auxquels nous renvoyons, pour les détails que nous ne pouvions embrasser, sont : I. La Relation historique de la peste de Marseille en 1720 ; par M. Bertrand, docteur en médecine. A Cologne, chez Pierre Marteau, 1721, sans nom d'auteur. La même, à Amsterdam en 1779.

II. Observations et réflexions sur la maladie contagieuse de Marseille et d'Aix, par MM. Chycoineau, Verny et Soulier, députés de la Cour à Marseille et à Aix. A Lyon, chez les frères Brugnet, 1721.

III. Histoire de la dernière peste de Marseille, Aix, Arles et Toulon, par Martin. Paris, chez Paulin de Meuil, au Palais, 1732.

IV. Traité de la peste, etc., par Mauget, docteur en médecine. A Lyon, chez Brugnet, 1722, 2 volumes.

V. De la peste ou époques mémorables de ce fléau, Papon, 2 volumes. A Paris, Egron, an VIII : le même auteur s'était fort étendu sur ce sujet dans son Histoire de Provence, tome IV, pages 654 et suivantes.

VI. Le journal abrégé de ce qui s'est passé à Marseille depuis qu'elle est affligée de la contagion, tiré du mémoire de la Chambre du Conseil de ville, par Pichatty de Croissainte, etc. Cet ouvrage précieux et devenu rare, se termine au 10 décembre 1720.

VII. Les délibérations de l'assemblée générale des communautés de Provence, les archives du parlement de la Cour des comptes, de l'intendance de province, les registres de l'Hôtel-de-Ville de Marseille, enfin le livre des délibérations de MM. les intendants du bureau de santé, pour les années 1720, 1721, 1722, ont été aussi compulsés avec soin, et ces actes offrent des détails intéressants sous tous les rapports.

en fixant l'attention publique sur les désastres qui résulteraient de la plus légère négligence, de la moindre contravention dans l'exécution des lois sanitaires : ce sera donner à ces règlements une force nouvelle. Les pensées douloureuses que produisent de semblables tableaux élèveront l'ame vers la divinité, de qui émanent tous les biens, et ranimeront en quelque sorte la reconnaissance due aux fonctionnaires par qui nous jouissons, depuis cent ans, d'une sécurité qui n'a pas reçu la moindre atteinte. L'examen des mesures d'administration prises à cette époque, et même des fautes qui durent être commises par l'inexpérience ou la timidité, aura l'avantage d'indiquer ce qu'il conviendrait de faire ou d'éviter en de telles conjonctures. Quelques fleurs enfin répandues sur la tombe des hommes qui s'immortalisèrent par leur dévouement, semblent assez naturellement devoir orner la pompe de nos solennités académiques.

Vous avez daigné vous associer au vœu émis dans votre dernière séance publique, lorsque, parlant des monuments à élever à la gloire des hommes qui avaient rendu des services signalés à leur pays, les noms de Belsunce et de ses dignes coopérateurs vinrent se placer à leur tête, en même temps que le renouvellement de l'année séculaire amenait une circonstance si favorable pour acquitter cette dette sacrée.

Bientôt ces intentions, aussi promptement qu'honorablement accueillies, seront soumises au roi et connues dans toutes les parties de la France : le génie des arts sera appelé pour animer le marbre, pour lui confier des traits révérés, pour le rendre dépositaire de nos sentiments, et les artistes français se disputeront l'honneur de pouvoir orner Marseille d'un de leurs chefs-d'œuvre.

Essayons donc de placer dans un cadre trop étroit pour une telle entreprise, mais qui peut encore recevoir des faits intéressants, tout ce qui concourra au but indiqué; cherchons surtout l'encouragement qui serait nécessaire, dans la certitude d'être écouté favorablement, en rappelant aux Marseillais les malheurs et les vertus de leurs pères.

Le navire le Grand-Saint-Antoine, capitaine Chataud, parti de Seyde avec *patente nette*, le 31 janvier, et ayant relâché à Tripoli le 3 avril, à

(81)

Chypre le 18, à Livourne le 19 mai, arrive à Marseille le 25 du même mois de l'année 1720, ayant perdu deux hommes dans la traversée, mais prouvant que c'était par suite de maladies ordinaires. Un matelot meurt le 27, et le chirurgien préposé à la visite du corps déclare qu'il n'y a trouvé aucune apparence de peste (1). Cependant le navire est envoyé faire sa quarantaine à Pomègue, tandis que les marchandises sont transportées au Lazaret (2).

Le 31, trois bâtiments arrivent avec *patente brute* (3) : le 3 juin, rapport à la santé sur la situation de celui du capitaine Chataud : on décide que sa quarantaine sera complète, confirmant, contre l'avis de quelques intendants qui désignaient l'île de Jarre, la décision qui avait envoyé la cargaison au Lazaret.

Un autre navire suspect (4) arrive le 12, et l'on rend compte de la mort d'un homme à bord du capitaine Chataud, qui obtient néanmoins son entrée le 14, avec les précautions d'usage. Un mousse, deux portefaix, un commis, sont frappés du 23 au 26, sans que le chirurgien veuille reconnaître des signes de peste.

Pendant le reste du mois, une femme veuve, un tailleur et sa famille, sont atteints et succombent en peu de jours.

Deux femmes éprouvent le même sort le premier juillet, et le 2, le parlement, éclairé par ces faits et par l'avis d'un jeune médecin (5) qui

(1) Ce chirurgien, qui se nommait Gueirard, était attaché en cette qualité aux Infirmeries.

(2) Le 19 août 1720, des ordres du Régent notifièrent la défense la plus expresse de donner entrée au vaisseau du capitaine Chataud, ni à aucune des marchandises qu'il avait apportées, sans permission expresse de la Cour.

M. l'intendant avait écrit le 8 octobre, pour prescrire une quarantaine d'un an pour les marchandises. L'équipage eut son entrée le 10 janvier 1721 : il avait été sequestré 106 jours, et depuis le quarantième il n'y avait pas eu un seul malade.

(3) La barque l'Aventurière, capitaine Aillaud, venant de Seyde ; le navire le Saint-Joseph, capitaine Reynaud, venant d'Acre ; la barque la Vierge-de-la-Garde, capitaine Fouques, venant d'Alexandrette.

(4) Le vaisseau le Petit-Saint-Charles, capitaine Louis Meyfredy, venant de Métélin.

(5) Peysonnel fils. On assure qu'un autre médecin qui déjà propageait la même opinion fut enfermé au fort Notre-Dame-de-la-Garde. MM. Peysonnel père, Sicard père et fils avaient, dès le premier moment, professé la même opinion.

T. 2.   11

ose caractériser la maladie, rend un arrêt qui interdit toute communication avec Marseille.

Nouveaux accidents éprouvés par trois portefaix, les 5, 7 et 9 : on cite aussi une famille entière où la première personne atteinte est une jeune fille qui exerçait le métier de tailleuse. Le chirurgien continue ses dénégations : il émet ensuite des doutes, et périt, ainsi que sa famille, victime de son incrédulité.

Cependant, un rapport (1) fait le 8 juillet par trois chirurgiens commence à donner des inquiétudes : on prend des mesures plus sévères ; les maisons où il y a eu des morts sont murées, la circulation des hardes est surveillée, et les marchandises du capitaine Chataud sont transportées à Jarre.

Ces précautions et une sorte de calme rassurent les esprits jusqu'au 26, jour où l'on signale des malades rue de l'*Escalle*. En vain des médecins et des chirurgiens s'obstinent encore à assurer qu'il n'y a aucune preuve de contagion ; les faits commençaient à parler, les mesures prises par l'autorité se répandaient dans le public ; on savait que dès le 9 l'Administration sanitaire avait reconnu l'existence de la peste dans le Lazaret ; l'effroi se manifestait partout, de manière à accroître le mal des individus et les anxiétés de l'Administration.

On était au 10 août, et il mourait de 300 à 400 personnes par jour.....

Une population aussi nombreuse, aussi cruellement frappée, cherche souvent à alléger ses maux en les attribuant à telle cause ou à tel individu...

Les médecins sont insultés ; les uns, comme ayant voulu dissimuler la maladie ; les autres, comme s'étant plus à propager des craintes sur son existence : ils répondirent plus tard à cette injustice, en périssant victimes des soins qu'ils rendaient aux malades. Des émeutes sont dirigées contre les boulangers, et la fermeté de M. de Pilles, gouverneur viguier de la ville, peut seule prévenir des vengeances populaires : on fuit de toutes parts ; les uns se réfugient dans les campagnes pour y camper sous des tentes ; les

---

(1) Ce rapport est signé de MM. Croiset, chirurgien-major des galères, Bouzon et Gueirard.

autres se retirent sur des barques pour aller vivre sur mer : les couvents sont ouverts ; les églises interdites ; tout commerce, tout travail est interrompu : la garnison se retire dans les forts, et il faut pourvoir à sa subsistance : on met au large les galères, qui renfermaient alors 10,000 malfaiteurs, parmi lesquels commençait à se manifester la contagion : les échevins, hommes zélés et courageux, rendent des ordonnances sévères et sages ; mais abandonnés à eux-mêmes et privés, soit par la maladie, soit par la fuite, de leurs auxiliaires naturels, ils peuvent à-peine suffire à tout.

C'est alors que se montre au grand jour la sublime mission de M. de Belsunce et de tous les curés qu'il enflamme de son ardente charité. Dans ces moments critiques on voit MM. *Estelle*, *Moustier*, *Audimar* et *Dieudé*, échevins ; *Rigord*, subdélégué de l'intendant, *Pichatty de Croissainte*, procureur du Roi de la police, orateur de la communauté ; *Roze, Rolland*, intendants de la santé, se montrer partout où il y avait du bien à faire, des maux à alléger, des dangers à courir : on trouve dans MM. de Pilles gouverneur viguier, de *Langeron* alors commandant des galères, dans MM. de Rancé, de Vaucresson, Soissans, et dans les autres chefs de la force armée, les secours si nécessaires à l'autorité civile.

Pourvoir aux subsistances en grains et aux approvisionnements en vins, qui commençaient à manquer ; former quatre compagnies de milice, pour maintenir l'ordre et empêcher les brigandages ; veiller à ce que les malades fussent spirituellement et temporellement secourus, sans que la contagion s'étendît ; créer des hôpitaux pour les malades indigents ; éloigner les mendiants et les gens sans aveu, que leur manière de vivre rend si propres à répandre la contagion ; enfin assurer l'inhumation des cadavres qui empestaient l'air, et dont l'aspect rendait insupportable la frêle existence des vivants ; tels étaient les soins imposés à ces magistrats, qui devaient pourvoir à tout dans les premiers moments, avec les seules ressources locales.

Le 7 août, une conférence précédemment convenue eut lieu à Notre-Dame-de-Septème : M. le Bret, premier président et intendant ; MM. de Vauvenargues et Buisson, procureurs du pays, s'y rendent avec une suite nombreuse et accompagnés d'un grand nombre de médecins. Par suite des

11*

dissentions antérieures, aucun de ceux de Marseille n'avait été prévenu, et M. Estelle partit de cette ville sans suite et même sans escorte.

Entr'autres mesures, on convint de l'établissement de deux marchés où les vendeurs et acheteurs seraient séparés par une double barrière, l'un dans le lieu de la conférence, et l'autre sur la route d'Aubagne, à deux lieues de Marseille : un port fut aussi désigné à l'Estaque, pour les approvisionnements envoyés par mer. Ce furent ces sages dispositions, que seconda si bien l'humanité des Communes voisines, qui diminuèrent sensiblement les horreurs d'une disette inévitable.

Ce fut dans cette première période de la maladie, que des médecins imaginèrent de faire allumer des feux sur les places publiques, dans les carrefours, dans les rues qu'on présumait particulièrement infectées, et l'on crut un moment que l'atmosphère serait purifiée de toutes les émanations pestilentielles par les flammes et les parfums qu'on y entretenait ; tant les malheureux se rattachent à tout ce qui semble leur faire espérer quelques soulagements !.... mais quand ces espérances ne se réalisent pas, leur situation devient encore plus affreuse.

L'Hôtel-Dieu était devenu insuffisant pour les pestiférés : il fallut établir d'autres hospices dans le bâtiment de celui des Convalescents, au quartier du *Bernard du Bois*, et dans la Corderie, pour celui de Rive-Neuve où la contagion commençait à s'étendre, quoique avec moins de force. C'était là que le chevalier *Roze* exerçait avec tant de dévouement les fonctions de capitaine et de commissaire général.

Dans ce même temps, des médecins de Montpellier (1) envoyés par le Régent vinrent examiner la nature de la maladie. Leurs discours tendent à rassurer le peuple, et ils produisent cet effet à tel point qu'on exige, le 16, une procession en l'honneur de Saint Roch, invoqué pour faire cesser

_____

(1) MM. Chycoineau et Verny docteurs de la faculté de Montpellier, Soulier chirurgien : ils retournèrent à Marseille le 15 septembre, et furent renforcés le 18 par MM. Mailhès, Boyer, Labadie et par des chirurgiens de Paris. Chirac, médecin du Régent, envoya aussi des mémoires et des consultations sur la manière de traiter la peste.

la peste. Un avis publié le 20 par ces docteurs chercha encore à pallier ces maux ; mais leurs ouvertures aux magistrats et leurs rapports à la Cour ne laissèrent plus le moindre doute. Dès ce moment, le Gouvernement et la province mirent en usage tous les moyens disponibles pour secourir notre ville infortunée.

Le mal avait tellement empiré que, dans les derniers jours d'août et les premiers de septembre, il succombait près de mille individus dans les vingt-quatre heures....... Les uns voulaient qu'on brûlât les cadavres, d'autres qu'on les jetât dans la mer : on s'obstinait néanmoins, malgré l'opposition formelle de M. de Belsunce, à entasser les morts dans les caveaux des églises : aussi dut-on un grand soulagement à MM. *Roze* et *Moustier* qui, le 8 septembre, firent transporter dans l'intérieur des bastions de la Tourrette, à l'aide des forçats obtenus pour cette première opération, 2000 corps qui infectaient les rues (1) et qu'on couvrit de chaux vive.

Le Régent nomme, le 12 septembre, au gouvernement de la ville, M. de Langeron ; et M. de Pilles, qui depuis le 28 août était atteint de la peste, reçoit un brevet de commandant (2). Le premier, revêtu d'une grande autorité et connu déjà si avantageusement, s'occupe sans relâche de l'organisation des hôpitaux et en établit deux nouveaux au Jeu de Mail et à la Charité : par ses ordres, par ses instances, tous les fonctionnaires qui avaient quitté leur poste, les notaires, les pharmaciens, les sages-femmes, tous ceux enfin dont la présence était nécessaire reviennent à Marseille (3). Des médecins, des chirurgiens remplacent ceux qui avaient péri ; les lieux

---

(1) 240 Forçats y furent employés. La délibération de la ville, du 6 septembre, accorda 50 sous par jour à chaque forçat ; 5 fr. aux caporaux et 10 fr. aux officiers ; plus, une gratification de 100 fr., et une pension viagère de pareille somme à ceux qui survivraient. Ils agissaient ayant la tête enveloppée d'un mouchoir trempé dans du fort vinaigre, et combinant leurs mouvements d'après des signaux donnés par les chefs.

(2) M. de Pilles guérit de cette maladie, et le 13 septembre il se rendit à l'Hôtel-de-Ville pour continuer à remplir des devoirs que sa faiblesse physique rendait encore plus pénibles : il y reçut les témoignages de l'estime la mieux sentie.

(3) Ordonnances des 15 et 20 septembre.

d'inhumation sont multipliés ; une police encore plus sévère et plus active est établie, et le gouverneur, toujours à cheval, voit tout par lui-même ; il fait répartir le travail entre MM. les échevins, en sorte que M. Estelle dirige la correspondance et les mesures générales ; M. Audimar, les boucheries ; M. Moustier, les sépultures, et M. Dieudé les subsistances et la boulangerie ; enfin des secours en argent, en denrées, en remèdes étaient assurés par la munificence du Régent, par le zèle patriotique des administrateurs de la Provence, par le concours des provinces et des villes voisines, non moins que par la générosité de plusieurs particuliers (1).

Le Ciel semblait seconder ces efforts, car la fin de septembre et le mois d'octobre s'annonçaient sous des auspices moins effrayants. On crut en voir la cause dans la cessation des chaleurs ; tandis que cet effet était dû à l'usage des fruits, à une meilleure police, à un plus grand calme dans les esprits, peut-être même à l'excès du mal. On voyait sortir de leurs retraites des personnes rassurées et d'autres qui ayant eu la maladie en étaient échappées. M. de Belsunce, qui s'était montré d'autant plus charitable, plus zélé, plus actif, que les calamités avaient été plus terribles, avait nommé, le 12 octobre, aux bénéfices de tous les titulaires qui s'étaient enfuis (2), sourds à ses avis paternels et aux saints exemples de leurs confrères que la mort avait moissonnés (3). Ce fut le 18 de ce même mois que le prélat publia ce mandement, qui, peignant toute son ame, lui mérita

---

(1) Le célèbre Law, auteur du système, envoya une aumône de 100,000 fr. MM. de Senozan offrirent la même somme, et M Bernard la doubla, à titre de prêt. Les receveurs-généraux offrirent une avance de 3,000,000 fr.

(2) Par ordonnance du 10 octobre. Cette mesure avait été requise le 4 septembre par MM. les échevins contre les chanoines-curés de l'église collégiale de Saint-Martin.

(3) Tous les Religieux qui composaient les maisons des Grands-Carmes, des Grands-Trinitaires, des Trinitaires-Réformés, des Religieux de Lorette, des Pères de la Mercy, des Dominicains, des Grands-Augustins, moururent par suite de la contagion : elle emporta 42 Capucins, 21 Jésuites, 32 Observantins, 29 Recolets, 11 Carmes-Déchaussés et 22 Augustins-Réformés. Les curés, les vicaires des paroisses et des Chapitres, les prêtres séculiers, furent moissonnés dans la même proportion. Toutes ces données portent à croire que le nombre de ces victimes de leur dévouement ne fut pas moindre de 400.

non moins que sa conduite le bref si honorable du pape Clément xi, de ce même souverain qui, dans le plus fort de la disette, envoyait à Marseille 3000 charges de blé. M. de Belsunce célébra la messe le jour de la Toussaint à l'extrémité du Cours, et il se rendit pieds nus, la corde au cou, une torche à la main, sur les marches de cet autel, élevé parmi des mourants et des infortunés à-peine échappés aux ravages du fléau.

Le 15 novembre, ce héros de la religion et de l'humanité donna la bénédiction du haut du clocher des Accoules, au bruit des cloches de toute la ville, des canons des forts, et des tambours des troupes militaires et bourgeoises : spectacle admirable et touchant, qui inspire une inexprimable émotion quand on se rappelle toutes ces circonstances dans les lieux qui en furent les témoins, et à l'aspect de cette tour gothique, échappée à la destruction comme pour perpétuer un tel souvenir (1)!

A la fin de ce mois, la maladie sembla se réfugier dans les campagnes. Si elle eut quelques redoublements dans la Cité, on l'attribue aux vols commis par les forçats, à l'imprudence avec laquelle on se transmettait les meubles et les hardes des décédés, au libertinage qui se manifestait de toutes parts et aux mariages conclus en tel nombre, et avec une telle précipitation, qu'on fut obligé de ne les permettre que moyennant quelques formalités.

De nouvelles mesures furent donc prises et exécutées avec un redoublement de sévérité; tellement qu'en décembre 1720 et en janvier 1721, on ne comptait guère que cinq ou six malades par semaine dans les maisons. Les hôpitaux en refermaient encore plus de 300, parmi lesquels on remarquait aussi une mortalité moins fréquente. Il y en fut porté environ 50 dans le mois de février, et il en guérit la moitié.

On commença alors la désinfection générale des maisons proposée par M. de Langeron, au moyen des herbes aromatiques, de la poudre à canon, de l'arsenic (2) et autres drogues employées de tout temps au Lazaret. Les

_____

(1) L'église des Accoules a été démolie pendant la tourmente révolutionnaire; mais le clocher a été respecté, pour servir d'horloge à ce quartier populeux.

(2) L'emploi de cet ingrédient fut fortement blâmé par Chirac et par les médecins instruits de ce

églises , les vaisseaux , les magasins, les maisons de campagnes furent soumises à cette opération , et on mit les marchandises en *purge* dans les îles
destinées à cet usage.

En mars , 194 malades, dont 127 de la ville, furent transportés aux hôpitaux. Il en périt huit seulement sur ce dernier nombre : on ne put en
sauver que dix sur ceux de la campagne.

Le mois d'avril offrit un résultat différent , car 13 malades de la ville
périrent sur 19 , et 8 sur 65 appartenants au territoire.

Le peuple, qui commençait à se rassurer, voulut enfoncer les portes des
églises le jour de Pâques ; mais l'évêque s'y opposa : il prit le sage parti de
dire la messe sur le Cours, comme en novembre, et de faire ensuite dresser
des autels à la porte des paroisses , afin de concilier l'exercice des devoirs
religieux avec les précautions commandées par la salubrité publique.

Au mois de mai les alarmes cessèrent ; on remarqua même comme d'un
favorable augure le retour des maladies ordinaires, qui avaient disparu pendant la peste ; mais en juin , la rechute de 20 personnes vint répandre partout la consternation. Une nouvelle désinfection ayant été proposée par
M. de Langeron , une Assemblée de magistrats et de négociants la consi-
déra comme inutile. Le calme revint au point de permettre que l'on fît la
procession de la Fête-Dieu. Le mal continua à diminuer par suite des sages
précautions ordonnées , et le 19 août fut marqué comme l'époque où le
fléau parut entièrement conjuré.

Quinze mois s'étaient à-peine écoulés depuis les premiers indices de la
contagion , et Marseille était en deuil de près de 40,000 de ses citoyens (1)!!

temps L'appareil de désinfection de Guitton-Morveau remplace aujourd'hui bien plus efficacement
toutes ces anciennes méthodes.

(1) Voici le dénombrement officiel des personnes mortes de la peste dans les années 1720, 1721 et 1722.

Paroisses de la ville.		De ci-contre 18,817		De ci-contre 25,294	
		Saint-Laurent........	2,668	Hôpitaux de Rive-Neuve	
La Major..............	4,254	Saint Ferréol.........	2,601	établis en août 1720...	3,458
Saint-Martin..........	9,148	Quartier de Rive-Neuve	592	Hôpital de la Charité établi	
Les Accoules...........	5,415	Les faubourgs........	616	en octobre 1720.......	608
	18,817		25,294	Id. du Mail id...........	779
				Total...	50,159

Les précautions, les mesures de sureté continuèrent néanmoins et non sans apparence de raison; car en avril et mai 1722 il y eut quelques décès que les vérifications firent juger provenir du mal contagieux. Comme il ne s'ensuivit point d'autre, les échevins prirent, le 30 septembre de cette même année, sur la demande de M. de Belsunce, leur délibération relative à la fête qui devait être célébrée le vendredi de l'octave de la Fête-Dieu de chaque année, en reconnaissance de la cessation de la peste: un acte du premier décembre annonça que cette maladie avait entièrement cessé à la fin du mois d'août précédent.

La contagion, qui s'était glissée à Aix dans des marchandises de contrebande, au commencement du mois d'août 1720, devint plus intense en oc-

Quartiers du territoire.		*De ci-contre* 4,011		*De ci-contre* 7,316	
		N.-D.-de-Bon-Secours, dit		Mazargues.............	228
Château-Gombert.........	641	Plombières.........	153	Les Caillols.............	273
Saint-Jérôme...........	357	Le Rouet.............	130	Les Martegaux.........	56
La Magdeleine..........	331	Saint-Pierre...........	103	Les Comtes et St-Vincent.	59
Les Olives.............	247	Pierrefeu	85	La Pomme.............	134
Sainte-Marthe..........	218	La Bedoule et Camp-Long	69	St.-Laurent et la Capellette	121
Saint-Just.............	179	Saint-Marcel...........	508	La Valentine	59
Saint-Charles...........	160	Saint-Julien	275	N.-D.-du-Mont..........	274
Saint-Barthélemy........	95	Sainte-Marguerite......	386	Saint-Menet............	76
Le Canet..............	445	Sainte-Baruabé..........	323	Eoures	29
Les Eygalades..........	325	Saint-Loup.............	521	Les Accattes, Fabre et	
Notre-Dame-de-la-Garde...	308	Saint-Giniez...........	362	Roannes.............	48
Les Petites Grottes......	284	Saint-Jean-du-désert.....	68	Les Camoins............	62
Les Baumes-St.-Antoine...	250	Bonneveine	101	Encens...............	181
Saint-Louis.............	171	Grand et Petit Mont-redon	221	*Total...* 8,916	
	4,011		7,316		

Les quartiers de la Nerte et de la Treille furent préservés de la contagion.

RÉCAPITULATION.

En ville 30,139
Dans le territoire. 8,916

Total général . 39,055

Ce dénombrement laisse beaucoup à désirer sous le rapport de l'exactitude, et l'on conçoit que dans le moment d'une si terrible crise les registres de l'état-civil fussent très-imparfaitement tenus. M. Bertrand, historien véridique, évalue à 50,000 le nombre des victimes de la contagion; savoir : 40,000 pour la ville et 10,000 pour la campagne. Cette version paraît malheureusement la plus vraie.

tobre; et dès le 5, le Parlement s'était retiré à Saint-Remy. MM. de Vauvenargues et Buisson, procureurs du pays, demeurèrent dans leur résidence.
Le premier, revêtu de pouvoirs extraordinaires du Roi, par ordonnance du
6 octobre, fit séquestrer tous les habitants dans leurs maisons, et prit les
mesures nécessaires pour assurer leur subsistance et l'ordre public. Il en
résulta quelque diminution dans le mal; mais les fortes chaleurs et des
froids excessifs lui donnèrent une sorte d'intermittence; et en y comprenant
les rechutes, il périt à Aix 7534 individus, sur 8000 malades; c'est-à-dire
le tiers de la population.

Arles éprouva la même perte dans la même proportion, mais dans un temps
bien moins considérable, puisque la maladie n'y commença que le 2 octobre.
On ne compta à Tarascon que 210 décès; il y en eut 996 à Saint-Remy, 700 à
Salon, 2114 à Aubagne, 1071 à Berre, 2150 aux Martigues, 46 à Roquevaire, 1595 à Auriol, 105 à Orgon, 214 à Cassis. La Ciotat sembla préservée pour devenir le port auxiliaire de Marseille, et lui rendre les services
les plus importants : on y prit des précautions si sages et si fermes que le mal
essaya vainement de franchir des barrières posées principalement par le
courage et la prévoyance des femmes.

Toulon fut infecté le 5 octobre par un patron de Bandols qui avait touché à des marchandises volées à la quarantaine de l'île de Jarre, et 35 personnes moururent au premier moment; mais comme le mal cessa, on se livra
à l'espérance jusqu'en décembre, où l'on eut de courtes inquiétudes. La contrebande les renouvela en janvier et nécessita des mesures sévères, telles
qu'une séquestration générale. En avril, il mourait 200 ou 300 personnes
par jour, et la peste diminua successivement jusqu'au 18 août, après avoir
emporté dans tout son cours près de 14,000 personnes.

Il ne paraît pas qu'elle se soit beaucoup étendue dans ce qui forme aujourd'hui les départements du Var et des Basses-Alpes; ce qui dut résulter
des précautions prises pour empêcher toute communication. En somme
totale, sur une population de 247,899 individus, comprenant toutes les
Communes frappées, il périt 87,659 personnes. Dans les hôpitaux, la proportion fut presque toujours de moitié, et l'on remarqua que celui des fous

n'eut pas un seul pestiféré. Moins intense dans les familles aisées, partout la peste s'appesantit sur les vieillards, les femmes et les enfants. Ce qui est vraiment digne de remarque est que sur 10,000 forçats que contenaient les galères, il n'y eut que 1300 malades, qu'on traita surtout par l'émétique, et qu'il n'en mourut que 762. Cependant ces hommes étaient nourris grossièrement, mal vêtus, peu soigneux de leurs personnes, chargés des opérations les plus dangereuses : pouvant d'ailleurs dans une telle crise satisfaire leur penchant à la rapine, ils semblaient devoir être plus susceptibles de contagion. En vain leur prescrivait-on l'usage des anti-sceptiques et de ce vinaigre devenu si fameux ; il est impossible qu'on eût obtenu de tels résultats sans une bonne police établie parmi eux, et sans une inflexible sévérité pour en faire exécuter les règlements.

Il serait aussi pénible que difficile de décrire la situation de Marseille dans ces longs jours de douleur et de deuil. Qu'on se figure une immense population livrée tout-à-coup à la terreur, à la disette, à l'oisiveté, à toutes les sortes de calamités : qu'on se représente la situation des magistrats, qui réduits à leurs propres forces les voyaient diminuer quand ils auraient eu besoin d'un surcroît d'autorité pour réprimer le crime, pour paraliser le choc des intérêts, assurer tous les besoins des malades et de ceux qui étaient menacés de l'être; et quand en même temps ils étaient forcés de faire leur principale occupation des soins les plus dégoûtants comme les plus périlleux.

Si l'on pénètre dans l'intérieur des habitations, on verra les malades livrés à des douleurs insupportables, et ne pouvant être soignés; des familles périssant ou d'un seul coup ou successivement, privées trop souvent des consolations religieuses ; des pères mourant sans embrasser leurs enfants, n'osant leur offrir leur dernière bénédiction, et encore moins régler leurs affaires domestiques ; hélas ! en était-il besoin quand tous semblaient voués à la mort, et que rarement les enfants survivaient aux auteurs de leurs jours! Les époux se voyaient à jamais séparés sans pouvoir se rendre des soins réciproques, ne trouvant de consolations terrestres à l'heure suprême, que dans la certitude d'être bientôt réunis par une commune destinée. Une multitude d'orphelins était rassemblée par l'Autorité dans un local com-

mun, mais rarement ces infortunés survivaient à leur douleur, ou au germe de
la maladie qu'ils portaient dans leur sein (1).....

Combien cette situation ne dut-elle pas devenir encore plus affreuse ,
quand les maisons ne purent suffire au nombre toujours croissant des malades ; quand ceux-ci s'établirent sur le Cours, sur les quais, dans les places
publiques, dans les rues, principalement dans celles qui servaient d'avenues aux hôpitaux, et lorsque ces moribonds, sans distinction d'âge ni de sexe,
venaient, hâletants de soif et de douleur, expirer aux yeux de ceux qu'attendait le même sort ! Quand surtout l'impossibilité de pourvoir aux inhu-
mations laissait la vue en proie aux plus hideuses , aux plus déplorables
images de la destruction, et l'odorat livré à des miasmes putrides qui en-
tretenaient l'activité de la contagion !

Qu'il était grand le prélat lorsqu'entouré de son clergé , il se dévouait
sans relâche à son ministère sacré , au milieu de ces scènes d'horreurs !
Comme ils méritent la reconnaissance publique les magistrats, les guerriers ,
les fonctionnaires, les médecins, les citoyens qui montraient un zèle si infatigable dans ces terribles conjonctures !

Et vous , habitants de Marseille, vous qui, avec tant de raison , vous
trouvez si heureux d'habiter une si belle ville ! vous, Etrangers, qui venez
jouir de ce séjour et y respirer un air si pur ! peignez-vous un moment les
angoisses de cette Cité dans cette année douloureusement mémorable ; allez
visiter l'enceinte où des hommes dévoués et vigilants combattent à tous les
instants l'ennemi commun ; contemplez-y l'admirable bas-relief de notre
immortel Puget, et le tableau d'un célèbre peintre français où sont si savamment représentés la peste et ses horreurs; étudiez dans l'Hôtel-de-Ville
ces tristes mais trop exactes représentations du Cours et de la Loge pendant
le désastre ; voyez dans la plus belle de nos campagnes (2) ce tableau où
Detroi a peint à larges traits le chevalier Roze dirigeant l'inhumation des
cadavres dans les bastions du fort Saint-Jean ; lisez enfin ces vers dans les-

(1) Ils furent un moment réunis au nombre de 1500.
(2) Au château de Bonneveine , appartenant à M. le comte de Panisse.

quels un jeune poète , moissonné à la fleur de l'âge , traçait avec tant de verve et de sentiment le dévouement de notre illustre prélat (1). Non jamais la poésie et les arts n'eurent à exploiter une mine plus abondante , auprès de ces ouvrages, les couleurs de l'écrivain seraient pâles et ses traits beaucoup trop faibles : ne pouvant ni s'élever aussi haut, ni embrasser tant de résultats dans une esquisse imparfaite , il doit laisser à l'imagination : déjà si effrayée d'un récit dont l'exactitude et la simplicité font le seul mérite , le soin de se représenter Marseille frappée à-la-fois dans tous ses enfants. Tout ce qu'on pourrait concevoir de plus terrible serait encore au-dessous de la réalité......

Une catastrophe si violente, si prolongée, a dû produire une multitude de conjectures et d'observations : l'homme instruit n'est pas moins disposé à rechercher la cause de ses maux, que les moyens de les prévenir; et la multitude s'en prend volontiers à l'Autorité et à tous ceux auxquels elle suppose des connaissances pour guérir les maux qui pèsent sur l'Humanité.

Laissons des auteurs prétendre que la contagion a tenu à ce que l'année 1719 ayant été pluvieuse et les chaleurs excessives , la mauvaise nature des productions de la terre avait fournit au peuple une nourriture propre à lui donner le germe des maladies pestilentielles; tandis que d'autres affirment que ni les saisons ni les récoltes de cette année n'avaient rien présenté d'extraordinaire. Ne cherchons pas à discuter l'opinion de quelques personnes qui supposent que la contagion, répandue dans l'atmosphère par les émanations des marais fétides , est apportée par les vents dans tels ou tels lieux ; faits qu'on appuie par les expériences de ce physicien qui , dans un pays désolé par la peste , mettait chaque soir sur sa fenêtre un vase plein d'eau, et la trouvait le lendemain matin couverte d'une sorte d'écume , poison subtil que le soleil de la journée absorbait ensuite , au point de pouvoir prendre sans danger le reste de l'eau, tandis que le matin une mort pres-

___

(1) Un poëme de Charles Millevoye , intitulé Belsunce ou la Peste de Marseille. Paris , chez Michaud , 1810.

Tout le monde connaît les vers de Pope , si heureusement traduits par M. de Fontanes.

que subite frappait l'animal auquel on en donnait à boire (1). La seule hypothèse que nous puissions admettre dans un exposé si succinct, est la plus généralement admise, c'est-à-dire que la peste se transmet par le contact; et l'on sait combien, dans certaines circonstances, ses effets sont prompts et terribles; qu'elle fut apportée par le navire du capitaine Chataud; qu'elle se répandit dans la ville par la communication et vraisemblablement par des marchandises susceptibles, des hardes, des vêtements infectés; car on remarque que les portefaix, les tailleurs et les fripiers ont été les premiers atteints, tandis que les tanneurs avaient été généralement épargnés.

On a écrit que les intendants de la santé s'étaient montrés trop indulgents pour l'admission des premiers vaisseaux suspects, et qu'au lieu de laisser mettre leurs marchandises au Lazaret, ils auraient dû leur prescrire la quarantaine de l'île de Jarre. Les registres de cette Administration prouvent qu'on prit à cet égard toutes les précautions accoutumées; que Chataud fut traité comme tous les capitaines arrivés avant lui et avec la même patente; qu'aucune considération particulière ne fit fléchir à cet égard la sévérité des lois sanitaires, ainsi qu'on l'a prétendu; qu'on vit ces fonctionnaires demeurer en partie à leur poste; que le premier moment passé, tous ceux que la terreur avait déterminé à prendre la fuite revinrent remplir leurs obligations; que tous enfin donnèrent des preuves d'un dévouement digne de toute espèce d'éloges (2).

---

(1) Le docteur Schagt fit cette expérience curieuse lors de la peste de Leyde en 1635 : elle est citée par Papou dans l'ouvrage intitulé *de la peste*, tome premier, page 125.

(2) Les intendants de la santé, pour 1720, étaient MM. François Boisselly, André Magalon, Henri Saint-Jacques, Etienne Rolland, Charles-Joseph Tiran, Jean-Baptiste Saint-Michel, Jean Dupuis, Claude Roze, Justinien Grimaud, Esprit Piquet, Antoine-Marie Borély, Jean Laurens, Louis Seren, Jean-Antoine Bélandier, Louis Cornier, Honoré Gueidon. Depuis le 25 mai jusqu'au 19 août on les voit assister au bureau en grande majorité : si quelques membres manquent à une séance, on les trouve à la suivante, et tout le monde sait qu'il est rare que des administrations collectives soient toujours complètes. Du 22 août jusqu'au 19 novembre on voit siéger le bureau réduit quelquefois à trois intendants et à sept au plus : mais ces fonctionnaires pouvaient être malades, ou occupés à d'autres soins; ce qui porte à le croire est que M. Roze avait manqué le plus souvent de s'y rendre pendant son intervalle ; et certes, tout le monde sait que son absence du bureau ne

Que des infortunés soient portés à une sorte d'injustice dans l'accès de leurs souffrances, la chose peut se concevoir, mais on doit regretter que des écrivains recommandables aient adopté une version aussi peu favorable, sans fournir la preuve de son exactitude.

Les mêmes réflexions peuvent s'appliquer aux magistrats de la ville, qu'on a accusé de ne pas avoir assez approfondi les rapports des médecins, de ne pas s'être montrés assez fermes, assez actifs pour les mesures à prendre dans le premier mois, et d'avoir ainsi laissé enraciner le mal. Leur dévouement constant, leur zèle infatigable, le récit de leurs travaux, les registres de leurs actes répondant à ces allégations d'une manière péremptoire, ce serait se livrer à une discussion inutile pour toute personne qui voudra se mettre un moment dans la situation critique où ils se sont trouvés pendant les deux premiers mois. Lorsque le Gouvernement et la province secondèrent les Autorités locales en envoyant des secours de tout genre, le mal avait pris une telle intensité, qu'il n'était pas en leur puissance, ni même en aucun pouvoir humain, d'en diminuer la crise : ce fut en se sacrifiant à la sureté de tous, en s'exposant à chaque instant à des périls certains qu'ils justifièrent leur responsabilité. La mort, juste cette fois, les épargna, quoiqu'ils l'eussent mille fois bravée; et la postérité, toujours équitable, les a placés parmi les bienfaiteurs de l'Humanité. Mais cette hésitation, ces doutes, cette incertitude n'eurent-ils pas leur source dans la nature de l'administration en vigueur à cette époque ? A Dieu ne plaise qu'on doive ne pas apprécier des institutions respectables, bien entendues dans des temps ordinaires, qui doivent inspirer un sentiment religieux, par cela seul qu'elles furent chères à nos aïeux, et qu'elles contribuèrent à leur prospérité : assurément les échevins, le subdélégué de l'intendance, le gouverneur, chef de la

___

faisait que lui donner plus de moyens d'exercer son dévouement dans des postes encore plus périlleux. A compter de ce jour les séances du bureau furent aussi fréquentées que dans les temps ordinaires.

Il y en eut d'extraordinaires tenues à l'Hôtel-de-Ville sous la présidence de M. de Langeron et des échevins, les 4 août, 20 novembre, 6 décembre, 17 décembre 1720, 10 janvier, 9 mars, 16 mars, 25 avril, 25 juin, 11 juillet, 29 juillet, 27 août, 8 octobre, 2 décembre 1721.

force armée jusqu'à ce que M. de Langeron eût été revêtu d'un titre et d'une autorité extraordinaires, les fonctionnaires secondaires, tous enfin, firent dans la ville ce qu'on pouvait attendre des hommes les plus courageux, les plus éclairés, et les plus dévoués au bien public. Au dehors, le parlement, l'intendant, les procureurs du pays, les Communes environnantes, mirent en usage tous les moyens possibles pour alléger les maux de Marseille. D'un point plus élevé, le Régent, les ministres, plusieurs évêques, les financiers, les chefs des provinces voisines firent diriger vers ces lieux désolés des approvisionnements de tout genre. Dans l'étranger, on vit se manifester le même intérêt, et des puissances barbaresques rivalisèrent, pour en donner des preuves, avec les nations civilisées et les peuples alliés de la France (1).

Cependant, tous ces résultats semblent laisser quelque chose à désirer : il faut se défendre du sentiment pénible qu'on éprouve en étudiant ces déplorables annales ; sentiment qui peut agir involontairement sur la justesse des idées : il faut combattre ce penchant qui porte les uns à louer le temps passé, tandis que d'autres le dénigrent, pour ne pas être convaincus qu'avec les formes de notre administration actuelle, les dispositions seraient conçues avec plus d'ensemble, mieux ordonnées, plus fortement exécutées ; qu'on marcherait d'un pas plus ferme ; qu'on obtiendrait des résultats plus prompts, plus positifs ; qu'en un mot les soins de l'Autorité seraient plus efficaces qu'en 1720 ; parce que le Gouvernement donnant une impulsion plus vive et des secours plus prompts, les dépositaires de ses pouvoirs dans les départements, heureux sans doute d'approcher du dévouement et du zèle de leurs prédécesseurs, vrais modèles en ce genre, déploieraient plus de force et d'action, de certitude et d'autorité, si nous étions assez malheureux pour être en butte à de telles calamités ; ce que la Providence veuille à jamais éloigner de Marseille et de la France !........

Cette cruelle expérience nous a d'ailleurs trop vivement éclairés, pour

---

(1) Un Commandant de la marine du Dey de Tunis rencontra en mer les navires chargés de grains que le Pape envoyait à Marseille, alors affligée de la peste : il les laissa passer, et dit au capitaine italien : *Vas, chrétien, accomplis ta loi, je ne suis point ton ennemi ; Dieu me punirait.*

qu'aucune des circonstances de la maladie ne nous offre une leçon utile : le régime du Lazaret s'est perfectionné à tel point que toutes les puissances de l'Europe qui ont des ports sur la Méditerranée, s'empressent d'adopter ses plans de distribution intérieure, et ses règlemens pour l'application des lois sanitaires : la contagion viendrait-elle à s'y introduire, on serait assuré de l'éteindre sans qu'elle pût franchir ses limites (1).

---

(1) Depuis 1720 la peste s'est manifestée plusieurs fois à Pomègue ou dans le Lazaret de Marseille, et elle y a toujours été étouffée. I. En mai 1760, le navire du capitaine Bellon, venant de Saint-Jean d'Acre, perdit deux hommes pendant la traversée ; sept moururent au Lazaret sur les quatorze individus qui composaient l'équipage et deux malades en guérirent. Cette peste était extrêmement violente. II. Le capitaine Brun, venant de Tripoli de Syrie, ayant relâché à Livourne, où l'on n'avait pas voulu le recevoir, arriva à Pomègue en mai 1768 : il avait perdu quatre malades en mer et en avait sept atteints de la peste ; un seul mourut au Lazaret. III. En 1784, un navire ragusais, commandé par le capitaine Millich, venu d'Alexandrie le 30 avril et ayant à bord un ambassadeur de Maroc, perdit trois passagers sur 155 : ce navire repartit le 24 mai, étant encore en quarantaine, pour remmener l'ambassadeur à Maroc, et il revint à Marseille le 18 juillet, ayant perdu huit hommes : quatre gardes de santé moururent, et les deux autres, ainsi que le chirurgien, en sortirent sains et saufs. IV. En 1786, les navires français commandés par les capitaines Bernardy, Giraud et Pons, venant de Bonne, eurent la peste à bord : deux matelots moururent, dont l'un dans la traversée de Pomègue au Lazaret ; l'écrivain et le chirurgien eurent la peste et y survécurent. V. En 1796, un capitaine espagnol, nommé J. Rodrigues, apporta la peste d'Alger : un matelot mourut dans la traversée, et un novice atteint de la maladie parvint à s'en guérir. VI. Le premier mai 1819, le navire suédois la Continuation, capitaine Anderson, ayant à bord 12 matelots et 17 passagers, déclara qu'étant parti de Sousse le 14 avril, il avait perdu, le même jour, un matelot : il relâcha le 15 à Tunis et en repartit le 20 : le 28 il perdit un homme de la peste, et de plus un enfant à la mamelle, dont la mère mourut deux jours après. Le 26 un matelot fut atteint de la maladie, et elle était à son huitième jour au moment de la déclaration : l'opération de l'ouverture des bubons lui fut faite le 7 mai, et il guérit parfaitement. La mort d'un enfant de deux à trois ans, fils de la femme qui avait succombé à bord, et celle d'un garde de santé à Pomègue, qui eut l'imprudence de s'endormir sur une couverture suspecte, furent les seules pertes qu'on eut à déplorer. Un matelot de l'équipage, un garde de santé, M. Nel, jeune chirurgien qui, pour amour pour son art, s'était renfermé au Lazaret, furent en proie à la contagion ; mais elle n'était pas d'une nature dangereuse : ils furent bien soignés et sortirent sains et saufs. Ainsi Marseille fut encore préservée de cette affreuse calamité aux approches de l'année séculaire, et dans un moment où la peste exerce des ravages affreux sur toutes les côtes de Barbarie. On ne saurait assez reconnaître les services qu'a rendus, dans cette circonstance, l'Administration de la santé publique, dont le zèle et la surveillance ne se sont jamais démentis.
La fièvre jaune a été aussi concentrée et étouffée au Lazaret en 1802 : le Colombier, vaisseau

T. 2.   13

Considérons en outre que la chimie, la médecine et les 'sciences physiques ont fait de tels progrès depuis 1720, que le temps employé alors à douter, à combattre les objections, à délibérer sur les mesures à prendre, le serait maintenant à agir avec une confiance, avec une assurance, avec une célérité, gages de sécurité et présages d'un succès infaillible.

N'avons-nous pas entendu naguère l'homme d'Etat qui, à tant d'autres titres à notre estime, réunit la gloire, si rare dans les temps modernes, de pouvoir être considéré comme le fondateur d'une colonie nouvelle, nous dire qu'il avait vu la peste à Odessa, et qu'en ayant étudié les causes et les effets, il s'en était formé des idées tellement positives, qu'il ne craindrait pas de se renfermer dans une ville en proie à ce fléau, bien convaincu que ses soins y seraient du plus grand secours. Vœu qui décèle une ame essentiellement vertueuse, mais qui prouve aussi les progrès que nous avons faits dans ces sortes de connaissances !.......

On a encore discuté sur la conduite que tinrent les médecins dans ces jours de désastres, trop affreux pour que tous les regards ne se portassent pas vers les hommes voués à l'art de guérir. S'ils donnèrent lieu à quelques reproches, ils y ont répondu en mourant au nombre de vingt-deux, victimes des soins donnés aux malades. Nos médecins actuels sont en plus grand nombre; ils ne sont ni moins instruits, ni moins zélés; les deux sociétés qui existent en ce moment à Marseille sont des foyers de lumières et de secours, et les efforts qu'y apporte chaque membre en particulier forment un faisceau contre lequel viendraient se briser les flots de la tempête. Qu'on ne craigne pas la dissidence des opinions qui, venant à se manifester dans leur sein, pourrait induire en erreur l'Autorité qui aurait à les consulter :

---

américain, perdit trois hommes ou en ville ou en quarantaine : son capitaine, George Hallovit, voulut partir avant son terme, et on assure que tout son équipage mourut. En 1804 le capitaine suédois Schntt, venant d'Alicante, y avait perdu trois marins; deux moururent au Lazaret et lui-même eut un pareil sort : sa maladie s'était manifestée 34 jours après la mort de deux matelots. Un officier suédois, venant de Barcelonne, mourut au Lazaret ainsi que trois gardes de santé dans le cours de l'année 1805, époque où la fièvre jaune ravageait les côtes d'Espagne.

dans un danger commun, chacun sait se réunir autour du pilote; tous peuvent avoir leur opinion sur les mesures à prendre pour sauver le vaisseau, mais en s'expliquant avec franchise et amour du bien, on s'éclaire réciproquement, et une fois discuté, adopté et sanctionné par l'Autorité, cet avis devient une loi qui assure l'intérêt général et garantit celui des particuliers.

Qu'ils se rassurent donc ceux dont ces récits auraient pu troubler la sécurité! S'il est bon d'appeler l'attention publique sur la nécessité de ne se relâcher jamais de la moindre précaution contre la contagion, il est juste de dire que nulle part les mesures ne sont plus rigoureuses, plus soutenues, plus éclairées qu'à Marseille et dans tous les ports des côtes françaises qu'une sage disposition soumet à l'autorité sanitaire de cette ville: sous ce rapport, MM. les intendants de la santé ne cessent d'acquérir des droits à la confiance et à la reconnaissance de tous.

Ombres illustres et vénérables qui jouissez de récompenses immortelles comme le Dieu qui vous les décerna et les actions qui vous les ont obtenues! Vous dont le souvenir, conservé dans tous les cœurs, va bientôt se graver sur le marbre et sur le bronze! Vous que je voudrais pouvoir tous nommer dans cette enceinte, où l'on aime à célébrer tout ce qui est bon et beau (1).... En commençant cet ouvrage, mon but principal, et je comptais y trouver un juste dédommagement des plus pénibles recherches, était de

(1) L'Académie tient ses séances publiques au Musée, ancienne église qu'on est dans l'intention de rendre au Collége royal pour l'exercice du culte, dès qu'on aura placé ailleurs les tableaux. On a eu un moment le projet d'y élever le monument en l'honneur de M. de Belsunce. Ce prélat fut un des fondateurs de l'Académie de Marseille, et elle tint long-temps ses séances dans une des salles de son palais épiscopal; circonstances propres à ajouter un plus grand intérêt à cette séance, et à offrir un nouveau motif à ceux qui avaient pu déterminer l'auteur à traiter ce sujet à-la-fois national et local. M. de Belsunce, dont la famille était originaire de la Navarre, était né au château de la Force en Périgord, le 4 décembre 1671: après avoir été plusieurs années vicaire-général du diocèse d'Agen, il fut nommé évêque de Marseille le 5 avril 1709: il occupa ce siége jusqu'au 14 juin 1755, époque de sa mort, ayant ainsi survécu de 35 ans aux désastres de la peste: il avait refusé l'évêché de Laon en 1723, et en 1729 l'archevêché de Bordeaux: les affaires du jansénisme lui causèrent de grandes sollicitudes, et il eut à ce sujet d'assez vifs démêlés avec ses confrères et avec le parlement de Provence.

rendre à votre mémoire un hommage public d'admiration et de reconnaissance. J'ai senti que la grandeur des faits vous louait plus dignement que
la faiblesse de mes expressions. Un seul moment a pu m'élever à la hauteur
d'un tel sujet : c'est celui où j'ose assurer que vos nobles exemples guide-
ront toujours les hommes qui auraient le malheur et la gloire de se trouver
dans la situation où vous vous montrâtes si dignes du nom Français !

N° 7 Rapport sur le projet présenté pour la reprise des travaux du Canal de Provence (1).

A Marseille, le 29 Août 1819.

Il n'est personne qui, ayant entendu parler du projet formé dans le dix-
huitième siècle par l'ingénieur Floquet, ne regrette, d'après ce qui peut
en résulter d'avantageux pour une vaste partie du département, que son
exécution n'ait pu être terminée. Il convient avant tout de se féliciter de
ce que le zèle éclairé de M. l'ingénieur des ponts-et-chaussées à la résidence
d'Aix (2) fournit à l'Administration la possibilité de s'occuper, avec quelque espérance de succès, d'une amélioration dont tant de causes ont concouru à entraver et à interrompre les premiers travaux. Un mémoire sur
le nouveau projet ayant été mis sous les yeux de l'académie avec les pièces
qui l'accompagnent, elle a chargé une Commission de lui en faire un rapport. Cette obligation a été remplie avec un vif désir de justifier votre confiance. Un objet aussi important réclamait tous nos soins, et déjà ils sont

(1) Un deuxième rapport imprimé ci-après N° 11 éclaircira tous les faits présentés dans celui-ci
comme douteux, et fera connaître le résultat des devis et plans distinctifs.

(2). M. Plagnol.

appréciés, puisque vous avez jugé notre travail digne d'être lu dans cette séance publique, où vous pensez qu'il ne sera pas entendu sans quelque intérêt.

Adam de Craponne avait eu dès l'année 1557 l'idée de faire dériver jusqu'à Marseille les eaux de la Durance, et en 1575, on avait fait des nivellements à la hauteur du rocher Cante-Perdrix. Le célèbre Peyresc s'en était aussi occupé en 1628, et avait écrit en Hollande pour faire venir des ingénieurs hydrauliques ; mais la peste et les évènements politiques de cette époque ne permirent pas de donner la moindre suite à ce projet.

De nouvelles tentatives ayant été faites en 1645 par MM. les ingénieurs Colomby, Desmarets et Lombard, le seul résultat qu'on put obtenir fut de constater la pente des terrains et la possibilité d'amener les eaux à Aix.

La longueur de ce canal et le devis des travaux jusque dans cette ville furent encore vérifiés par ce même ingénieur Colomby en 1663, et M. le duc de Mercœur, alors gouverneur de Provence, envoya ces rapports au Roi, qui, l'année précédente, avait donné des lettres patentes favorables à ce projet.

En 1702, M. de Palade sollicita la concession de ce canal, dont il voulait établir la prise à une assez grande distance en aval de Cante-Perdrix. M. le Maréchal de Vauban ayant fait un voyage en Provence à cette époque, on l'engagea à visiter les lieux : non-seulement il reconnut que les bases du plan étaient bonnes et exécutables, mais encore il attacha quelque prix à diriger par son crédit et ses conseils les démarches à faire ; car en quittant Aix, cet habile ingénieur dit aux administrateurs ces paroles remarquables : « Messieurs, je vais continuer ma tournée, mais je reviendrai bientôt et « nous remuerons des terres. » La mort, qui le surprit peu après, put seule paralyser cette bonne volonté et les effets d'un talent qui savait toujours se rattacher à la défense, à la gloire et à la prospérité de sa patrie.

Les Etats de Provence prescrivirent en 1724 une nouvelle reconnaissance qui tendit à faire évaluer la dépense à des sommes trop fortes pour les conjonctures où l'on se trouvait ; aussi ne jugea-t-on pas à propos de donner suite aux dispositions premières.

L'entreprise reçut une nouvelle impulsion en 1733, par l'étude qu'en fit M. Floquet habile ingénieur de ce temps. Autorisé par les Etats, par le Roi, et devenu propriétaire de tous les droits que la maison d'Oppède avait obtenus en 1718 sur les dérivations de la Durance, il se livra sans relâche, et avec une grande activité, aux opérations préliminaires. Comme la cession en vertu de laquelle il agissait n'était valable que pour un temps déterminé et qu'il se trouva dépassé, il fallut un titre confirmatif du précédent : il fut accordé par un arrêt du Conseil, du 7 septembre 1755.

Une compagnie s'était formée dès l'année précédente : elle devait se composer de 9600 actions, qui, en raison de 160 francs chacune, devaient former un premier capital de la somme de 1,536,000 francs ; mais on ne put trouver que 7010 souscripteurs. Les travaux n'en commencèrent pas moins à la satisfaction générale : la prise d'eau de Cante-Perdrix et un creusement assez considérable en longueur furent les premiers résultats de ces soins ; et aujourd'hui encore, ces ouvrages sont des monuments remarquables de cette belle conception. Peut-être aurait-elle été couronnée d'un succès complet, si les moyens d'exécution eussent été mieux concertés, et si la défiance ne se fût glissée parmi les actionnaires. Les frais d'administration et de régie absorbant une grande partie des ressources, on eut recours à des emprunts ruineux : les actions se négociant et se décréditant successivement, on fut contraint d'abandonner ce qui était fait, deux ans après l'avoir commencé.

Floquet vivement affecté, mais non découragé, fit de nouveaux efforts pour former une association nouvelle, en profitant des fautes qu'avait fait l'ancienne : il ne put y parvenir et mourut de chagrin à Paris en 1771, après 17 ans de démarches infructueuses.

Trois ans après, M. Deyssautier parvint à organiser une nouvelle compagnie et se mit à sa tête : il échoua et devait échouer, parce qu'il avait des obstacles difficiles à vaincre dans les points contentieux à régler, avant tout, avec les précédents actionnaires, et que les travaux préparatoires qu'il fallut recommencer devaient entraîner un temps et des frais considérables.

En 1785, l'Administration de Provence avait accordé des lettres-patentes à un ingénieur nommé Brochier ; mais la révolution ne permit pas de donner la moindre suite à ses vues : ce fut vainement qu'il entretint, en 1791, le directoire du département de l'exécution de ce projet ; les circonstances ne permirent plus de s'en occuper, et les choses en sont demeurées là.

Le projet de Floquet faisait partir son canal du rocher de Cante-Perdrix et l'amenait à Marseille sur une longueur de 180,000 mètres, en traversant les territoires de Peyrolles, Meyrargues, Lambesc, Saint-Cannat, Eguilles, Septêmes et Marseille. La largeur à la cuvette était réglée à 8 mètres ; la profondeur à 2 mètres 50 centimètres ; les taluds à 2 mètres de base pour un de hauteur. Il avait été vérifié que la pente, depuis la prise jusqu'à la mer, était d'environ 206 mètres, et enfin la dépense totale était évaluée par Floquet à 4,800,000 francs. On peut d'ailleurs en juger la direction par l'inspection de la carte jointe à l'ouvrage de cet ingénieur, qu'on a fait lithographier, pour l'intelligence du rapport à faire sur cette grande entreprise.

Après avoir présenté de la même manière, mais avec plus de détails, l'historique de ce projet, l'ingénieur actuel s'attache à démontrer la possibilité de son exécution et les avantages qui en résulteraient. On ne peut former à cet égard le moindre doute, pour peu qu'on ait étudié les lieux et lu les ouvrages écrits sur ce sujet : mais il pense qu'en prenant l'eau au fort de Peyrolles, à une lieue au-dessous de Cante-Perdrix, on opèrerait une économie de plus de 600,000 francs ; en perdant seulement 7 à 8 mètres, qui ne sauraient influer sur la conduite des eaux dans telle ou telle partie du territoire d'Aix, puisqu'il resterait encore 30 mètres de pente, depuis la nouvelle prise ; fait qu'il soumet d'ailleurs à une vérification ultérieure.

Depuis Floquet le prix de la main d'œuvre ayant augmenté d'un tiers, on pourrait toujours calculer qu'avec les économies obtenues par le projet que nous examinons, la dépense totale serait de 5 ou 6,000,000 de francs : le plan se subdiviserait en 5 ou 6 parties, et c'est là un des moyens les plus propres à en assurer la prompte et la plus facile réussite ; chacune de ces parties, quoique liée au système général, pourrait être exécutée séparément et d'une manière successive; car après avoir procuré l'arrosement des terres adjacentes, les eaux superflues seraient déversées dans une des rivières qui avoisinent le canal. Ainsi par exemple, on le construirait sur une longueur de 24,000 mètres, depuis la prise jusqu'au grand logis près le Puy, où il rendrait ses eaux à la Durance par le lit d'un torrent placé sur ce point : cette partie coûterait 400,000 francs, et c'est celle qui a été le plus étudiée; mais déjà les territoires de Peyrolles, Meyrargues et le Puy seraient arrosés; la compagnie chargée de la construction retirerait déjà le fruit de ses avances, et, encouragée par ce succès, elle entreprendrait les autres parties, qui auraient chacune leur dégorgement : la seconde aurait le sien dans la Touloubre, après avoir arrosé Saint-Estève, Rognes, la Roque, Vernègues, Lambesc, Saint-Cannat; la troisième, dans l'Arc, en traversant les Communes d'Eguilles, d'Aix, le Tolonet et ainsi de suite jusqu'au parfait achèvement de l'ouvrage.

On a calculé que le canal, dans toute son étendue, arroserait environ 100,000 hectares de terre; mais en ne comptant que sur le quart de cette superficie, parce que des propriétaires peuvent ne pas vouloir des eaux, à raison de la nature de leurs terres, du genre de leurs cultures ou de la possession de quelques sources, on aurait déjà un revenu de 865,000 francs, le prix de l'arrosage de chaque arpent étant seulement évalué à 35 francs : encore ne conduit-on le canal que dans un quartier peu étendu des environs de Marseille; car si, arrivé à la Viste, on soutenait le canal à mi-côte, pour arroser la partie la plus importante du territoire de Marseille, et venir se jeter à la mer, au pied de Montredon par exemple; il est évident que les ventes d'eau, pour les jardins, les bastides, les fabriques et les autres besoins de cette immense population, augmenteraient le produit dans une très-grande proportion avec le surcroît de dépense qu'il faudrait faire. Cette dernière subdivision, à la vérité, manque au projet présenté; mais comme elle est d'une exécution évidemment facile, peu dispendieuse, et que Marseille ne jouirait que faiblement de ce canal, s'il ne se terminait pas comme nous venons de le dire, cette condition a dû être regardée comme indispensable et essentiellement liée au plan général.

En se résumant, l'auteur du mémoire, convaincu de la possibilité de cette construction, pense que des vérifications, des nivellements et d'autres dispositions sur le terrain sont nécessaires pour présenter des résultats positifs à la compagnie qui voudrait se charger d'une entreprise non moins avantageuse pour les bailleurs de fonds, que pour les propriétaires riverains : une somme de 12 à 15,000 francs serait suffisante, suivant lui, pour la totalité des frais de tracé, des levées de plan, des repères en pierre de taille à établir sur toute la ligne à faire parcourir aux eaux : cette somme étant même une avance qui rentrerait à fur et mesure de l'avancement; il suffirait, pour ces premiers travaux, d'une première allocation de 8,000 francs : il estime enfin que dans l'espace de 15 mois ces opérations préliminaires seraient terminées de manière que l'on pût savoir à quoi s'en tenir, et commencer sur le terrain le creusement de la première partie comprise entre Peyrolles et le Puy.

Ce travail, nous ne saurions assez le répéter, mérite les plus grands éloges. Avoir fait revivre un projet dont l'exécution serait une source de richesses pour toute la partie orientale du département des Bouches-du-Rhône, serait déjà un service rendu au pays; mais le mémoire lui-même est digne de la plus grande attention, et il a excité au plus haut degré l'émulation de tous les propriétaires intéressés. Il s'agit d'un objet vraiment important et digne d'être examiné avec soin, d'autant que déjà la société des amis des sciences, des lettres, de l'agriculture d'Aix a émis des vues qui ne s'accordent pas sur tous les points avec celles dont nous venons de présenter l'analyse la plus succincte.

Cette société, recommandable par son zèle actif et éclairé, et à laquelle plusieurs de nous ont l'avantage d'appartenir, devait en effet intervenir la première dans une telle question, et l'examen approfondi qu'elle était appelée à en faire ne pouvait que jeter le plus grand jour sur toutes les difficultés à vaincre, même pour entreprendre la moindre vérification.

Elle nomma, suivant l'usage, une commission, et son rapport, dont elle a adopté les conclusions, établit que la renonciation à la prise de Cante-Perdrix est le défaut radical de ce projet; qu'elle ferait perdre neuf mètres de pente au lieu de sept ; qu'elle entraînerait, pour le territoire d'Aix, le très-grand dommage d'amener les eaux seulement à la Rotonde, tandis que Floquet les dirigeait par la partie supérieure du territoire ; ce dont même il n'était pas mathématiquement convaincu : que les économies présentées comme positives ne sont pas tout-à-fait démontrées ; que les diverses prises d'eau présentées pour suppléer à celles de Cante-Perdrix, seule admissible dans l'exécution du grand projet, sont toutes susceptibles de discussion ; qu'en dernière analyse, les observations sur lesquelles se fonde le système nouveau portent sur des bases au moins incertaines. Toutefois la société d'Aix reconnaît en principe que la construction de ce canal est possible, et que ses résultats seraient du plus haut intérêt : elle ne rend d'ailleurs pas moins justice aux talens de M. Plagniol qu'à ses excellentes intentions, et applaudit vivement à l'idée de n'entreprendre les ouvrages que par parcelles : elle se rapporte sur le tout aux plans de Floquet, tels qu'ils ont été rectifiés par M. Faure.

Il a été répondu à ces observations, pour confirmer ce qui avait été avancé, en se fondant aussi sur ce que de nouvelles vérifications ont prouvé que, depuis 1753, les basses eaux de la Durance se sont abaissées d'un mètre 23 centimètres devant le rocher de Cante-Perdrix, tandis qu'elles se sont exhaussées au fort de Peyroles ; d'où l'on peut inférer que la prise d'eau dans ce premier lieu est désormais impossible, à moins de dépenses immenses. Quant aux économies dont on conteste la possibilité, non-seulement elles sont telles qu'on les avance, mais elles peuvent encore être portées plus loin : on conclut à ce que M. l'inspecteur divisionnaire, qui se trouve de résidence à Aix, soit chargé de vérifier les faits avancés. La lecture de ces diverses pièces semblerait même faire présumer que ces vues sont aussi attaquées par des propriétaires d'actions sur l'ancien canal de Floquet qui craindraient de n'être frustrés de leurs espérances, si l'on renonçait aux travaux exécutés par cet ingénieur et si l'on adoptait un plan qui fût autre que le sien. Tel est le résumé du rapport de la Commission nommée par l'académie d'Aix, de la réponse qui lui a été faite et d'un écrit intitulé : *Addition au mémoire sur le canal de Provence.*

M. l'ingénieur en chef du département (1), dont il convient d'invoquer l'autorité, n'a pas mis en doute la possibilité d'amener à bien cette entreprise, si essentiellement avantageuse à la prospérité d'une vaste contrée. Il pense que le moment actuel, où la confiance qui environne le gouvernement du Roi forme partout des compagnies pour ces sortes d'améliorations, est favorable sous tous les rapports. Suivant lui, une somme de 9,000,000 de francs serait indispensable pour la confection totale de ce canal. Il pourrait dépenser 50 mètres cubes d'eau par minute, servir à une petite navigation et à l'irrigation de 30,000 hectares de terres; ce qui, en raison de 60 francs par hectare, rendrait annuellement 1,800,000 francs aux propriétaires des eaux, et représenterait un capital quadruple de celui auquel on a évalué la dépense; calcul qui, abstraction faite de ce qu'on pourrait y supposer d'exagéré, prouverait encore qu'il y a d'immenses bénéfices à faire pour la compagnie qui obtiendrait la concession. L'abandon de la prise d'eau à Cante-Perdrix est inadmissible, suivant M. l'ingénieur en chef: une expérience de 64 ans prouve qu'elle réunit tout ce qu'on peut désirer, et partout ailleurs, notamment au fort de Peyrolles, il est douteux qu'on pût parvenir aux mêmes résultats. Ainsi tomberaient des idées d'économie qu'on ne saurait appuyer sur des bases solides. Dans l'hypothèse que le lit de la Durance se serait abaissé au lieu désigné, on devrait encore regarder le surcroît de dépense à faire pour creuser le rocher où se trouve la prise et la partie du canal déjà faite, comme essentiel pour assurer le point de départ. Du reste, le plan général n'ayant jamais été dressé; ce qui en existe n'ayant jamais été complété, ou se trouvant disséminé dans les mains des anciens actionnaires, il importe qu'on se livre à des opérations préliminaires: il faudra au moins trois ans de travail pour deux ingénieurs secondés par dix ou douze personnes, et la dépense à faire à titre d'avance serait le double de celle qu'on demande.

---

(1) M. Garella, qui depuis a complété le travail sur le canal de Provence par des plans et des devis dignes du talent qui a signalé toute la carrière de cet habile ingénieur.

L'analyse de ces diverses pièces était nécessaire pour se faire une juste idée de la chose proposée, qu'il faut au surplus étudier dans les mémoires mêmes. Ce n'est pas dans quelques pages qu'on peut la traiter à fond ; lorsque d'ailleurs il existe une dissidence d'opinions aussi prononcée sur certains faits, et il faudrait être soi-même homme de l'art, ou avoir visité les lieux en faisant faire devant soi les vérifications, les nivellemments et autres opérations nécessaires, pour répondre aux objections faites de part et d'autre, et apprécier la vérité.

Il résulte toutefois de cet examen que toutes les personnes appelées à connaître de ce projet sont d'accord sur les points fondamentaux, c'est-à-dire sur la possibilité et les avantages de l'exécution du canal de Provence. Les écrits de Floquet et de tous les ingénieurs qui s'en sont occupés avant et après lui, les premiers ouvrages faits sur le terrain d'après ses plans, et enfin les mémoires que vous nous avez chargés d'analyser en sont des preuves irrécusables. Si des réclamations sont faites par les héritiers des anciens actionnaires, elles doivent être examinées avec toute l'attention qu'elles méritent sans doute ; mais il est difficile de penser qu'elles puissent jamais entraver l'exécution du projet, parce que, d'une part, on ne pourrait former d'oppositions qu'autant qu'on remplirait les engagements contractés précédemment ; que, de l'autre, l'instruction de cette affaire présenterait infailliblement les moyens de tout concilier ; qu'en dernière analyse, la décision qui serait la moins favorable aux réclamants n'empêcherait pas leur situation actuelle.

Quant aux avantages, il suffit, pour les apprécier, de considérer que nous vivons sous un climat brûlant, où le ciel est avare de pluies, et que la terre calcaire que nous foulons ne peut produire qu'au moyen des arrosements, surtout depuis que la destruction des bois a rendu nos montagnes encore plus arides. Qu'on jette les yeux sur le territoire arrosé par le canal Craponne, et particulièrement sur la Crau, cette immense plaine couverte de cailloux ; que l'on compare ce qu'ils pouvaient être avant l'entreprise de ce célèbre ingénieur, à qui nous devons tant de reconnaissance, avec leur situation actuelle et les améliorations qu'ils reçoivent annuellement ; qu'on parcoure les environs de Marseille, ce bassin couvert de jardins, de maisons de campagne, de lieux si propres à des usines de tout genre, et auxquels quelques courants d'eau donneraient une nouvelle vie; on jugera ensuite si l'on peut hésiter à dire que la construction de canaux d'irrigation en général, et de celui dont il s'agit en particulier, seraient le plus grand bienfait que puissent recevoir les contrées de l'ancienne Provence.

En nous reposant, relativement aux points de fait en litige, sur les vérifications que prescrira le Corps royal des ponts-et-chaussées, dont les lumières sont si généralement reconnues dans toute l'Europe; opérations pour lesquelles le Conseil général a voté les fonds demandés; nous applaudirons vivement à la reprise d'un projet dont les résultats n'ont échappé à aucune des générations qui nous ont précédés : nous en réclamerons l'exécution autant que la chose pourra dépendre de nous, et nous nous féliciterons aussi de ce que les espérances que nous pourrons en concevoir se rattachent à la confiance qu'inspire partout le gouvernement du Roi.

N° 8. Notice sur Adam de Craponne et sur le Canal qui porte son nom.

A Marseille, le 19 Avril 1820.

C'est une belle idée, sous le rapport de l'art, que le projet de dériver les eaux de la Durance pour les conduire, par une distance de douze lieues, jusqu'au Rhône, à 25,000 mètres (4 lieues) au dessous du confluent du fleuve et de la rivière, de manière à rendre fertile tout le territoire traversé : l'entreprise, l'exécution, les résultats de ces travaux sont d'autant plus admirables, que tout fut conçu et réalisé par un seul homme.

Adam de Craponne, né à Salon en 1519, d'une famille originaire de Pise, étudia les mathématiques dès sa tendre jeunesse, et parvenu à l'âge mûr, il était déjà considéré comme un des plus habiles ingénieurs de son siècle. Ce qu'il avait entendu dire à ses parents sur les avantages que produisent en Italie les canaux d'irrigation pratiqués dans tous les sens, dirigea naturellement ses méditations vers cet objet, dans un pays où un climat brûlant et un sol aride semblent réclamer des arrossements continuels. Les Romains, lorsqu'ils avaient occupé la Provence, s'étaient bien gardés de négliger de si importantes améliorations, et des restes d'aqueducs, à Meyrargues, à Beaulieu, à Fos, à Arles, à Orgon, au lieu nommé le *trou Turquet*, prouvent combien ces maîtres du monde tenaient à amener des eaux, en surmontant tous les obstacles possibles, dans les lieux où le besoin s'en faisait sentir.

Dès l'an 1167 Alphonse d'Arragon, marquis de Provence, avait concédé à Raymond de Bolène, archevêque d'Arles et seigneur de Salon, *l'aqueduc et l'eau de la Durance pour la conduire depuis ce fleuve jusqu'à Salon, et de là ensuite jusqu'à la mer :* il est même à remarquer, d'après la teneur de cet acte, que l'aqueduc dont il est question était sur le sol occupé aujourd'hui par le canal de Craponne.

Adam avait à-peine atteint sa trente-cinquième année, et déjà il était connu avantageusement du Gouvernement et de ses contemporains. Il fut envoyé à Fréjus pour opérer l'écoulement des eaux marécageuses qui infectaient ce riche pays, et ensuite à Nice, où les beaux ouvrages qu'il fit exécuter au port ont illustré son nom. La possibilité d'un canal de jonction de l'Océan et de la Méditerranée, exécuté sous Louis XIV, n'avait point échappé à ses recherches ; il en développa les bases et fut chargé de faire des nivellements dans l'espace compris entre Narbonne et Bordeaux : il eut aussi l'idée du plan du canal dont Floquet commença les premiers ouvrages dans l'intention de conduire les eaux de la Durance à Aix et à Marseille. Ses connaissances s'étendaient aussi aux constructions militaires, et ayant été employé, comme ingénieur, dans les armées françaises, il y jouit d'une grande réputation. Ce fut même ce qui hâta sa mort ; puisqu'ayant été envoyé en 1568 à Nantes, pour y faire démolir et reconstruire des fortifications qui avaient été mal conçues, il fut empoisonné par des ingénieurs italiens dont il avait dévoilé

l'ignorance et la mauvaise foi : on sait qu'à cette époque Catherine de Mé-
dicis avait attiré en France une foule d'individus de son pays, qui, vains de
sa protection, exerçaient une sorte de monopole sur toutes les entreprises.
Craponne était âgé seulement de 49 ans, et les regrets que causa sa mort,
soit à la Cour, qui fit poursuivre et punir les coupables, soit dans son pays,
où on le considérait comme un homme d'un rare mérite, attestent que ses
talents étaient généralement appréciés. Il ne laissa pas de postérité, et ses
frères, qui héritèrent de ses droits de propriété sur une partie du canal, ne
furent pas plus heureux, car depuis long-temps cette famille s'est éteinte à
Salon où elle avait contracté les alliances les plus distinguées.

Voilà tout ce que l'histoire et la tradition ont conservé sur Adam de
Craponne, dont la vie, comme celle des savants et des artistes, est tout
entière dans ses ouvrages. Ceux de notre habile compatriote existent dans
diverses contrées du royaume ou dans des villes limitrophes; et sans doute
on conserve dans les archives royales les mémoires qu'il rédigea sur les
projets conçus par son génie, ou dont l'exécution lui fut confiée : mais celui
qui doit le plus attirer notre attention et qu'il entre dans nos vues d'examiner plus particulièrement, est sans contredit le canal qui porte les eaux
de la Durance jusque dans le territoire d'Arles.

Il en obtint l'autorisation par arrêt du 27 août 1554, rendu sur requête
par les présidents et maîtres rationaux en la Cour des comptes de Provence.
Les termes de cet acte constitutif lui permettent formellement « de prendre
« l'eau de la Durance, de faire la prise d'eau au terroir de *Janson* pour
« la conduire et dériver par un béal et fossé de la largeur et profondeur
« que jugera lui être nécessaire, par ledit terroir et par les terroirs de La-
« roque et Silvacanne, Valbonnette, Mallemort, Alleins, Lamanon, jusque
« et en dedans le terroir de Salon, et dudit Salon, par le terroir de Lançon
« et Cornillon, jusque et en dedans du terroir de Saint-Chamas; pour là,
« vider à la mer de Berre; et construire de ladite eau et par tout le long
« des susdits béal et dérivations, et en tels lieux que bon lui semble et où
« ladite eau pourra se conduire, moulins, engins d'eau, *eygaly* et autres
« utilités qu'il se pourra aviser de faire à son profit et pour en jouir, user

« et disposer tant pour lui que pour sesdits hoirs et successeurs, etc. »

Craponne était dans la force de l'âge et il possédait quelque fortune ; aussi ne perdit-il pas un instant pour mettre la main à l'œuvre, et dès qu'il eut traité, soit avec les Communes, soit avec les propriétaires, pour obtenir le terrain nécessaire à son canal, il en établit la prise au rocher de *Pic-Beraud*, Commune de Janson. C'est là que la reconnaissance publique vient de faire graver l'inscription suivante avec l'approbation de Son Excellence le ministre de l'intérieur.

CE CANAL OUVERT
EN L'ANNÉE M D LIV,
PAR LES SOINS ET AUX FRAIS
D'ADAM DE CRAPONNE,
LES EAUX DE LA DURANCE,
JUSQU'ALORS LE FLÉAU DES CULTIVATEURS,
PORTÈRENT
LA VIE ET LA FERTILITÉ
DANS LES CHAMPS PIERREUX
DE LA CRAU.

INTERPRÈTE DE LA RECONNAISSANCE DES HABITANTS,
CRISTOPHE DE VILLENEUVE-BARGEMONT,
PRÉFET DES BOUCHES-DU-RHÔNE,
A CONSACRÉ CE MONUMENT
A LA MÉMOIRE
DU BIENFAITEUR DE CE DÉPARTEMENT,
EN L'ANNÉE M DCCC XVIII,
AVEC L'AUTORISATION DE N. LAINÉ,
MINISTRE DE L'INTÉRIEUR.

Le choix de ce point dut être la base de son travail, et par conséquent l'objet des plus profondes méditations. Si au premier coup d'œil l'on est porté à croire qu'on aurait pu faire mieux et peut-être se rapprocher davantage du courant principal de la Durance, on est forcé de convenir en étudiant les localités, que l'inconstance des eaux de cette rivière ou plutôt de ce torrent n'ont pas plus échappé à l'habileté de l'ingénieur, que la tendance du courant à se porter sur la rive gauche, par suite de la déclivité du terrain et de l'existence des montagnes sur le côté opposé. Cette prise d'eau est encore regardée par les hommes de l'art comme une opération remarquable. Si postérieurement, et à diverses reprises, on a cru devoir prendre les eaux *plus en aval*, en exécutant des ouvrages nouveaux et en suivant les procédés que nous allons décrire, on ne saurait en accuser Craponne, qui ne pouvait calculer ce que trois siècles pouvaient apporter de changements au cours si mobile de la Durance.

Les prises sont souvent éloignées des principaux courants et on ne peut les amener dans le canal qu'au moyen de batardeaux mobiles dirigés suivant les mouvements des eaux. Des plongeurs vont placer de distance en distance des troncs d'arbres coupés, de manière à ce que la partie inférieure se subdivisant en trois ou quatre branches, forme une espèce de chevalet : l'espace compris entre ces points d'appui se remplit de fagots de broussailles sur lesquels on entasse des cailloux et du sable, et c'est par ce moyen qu'on forme un courant pour diriger les eaux vers le canal. On conçoit qu'il faille pour cette opération une attention continuelle : aussi, les gardiens qui y veillent nuit et jour sont-ils dans le cas de se jeter dans la rivière à toutes les heures et dans toutes les saisons. Ils sont même accoutumés dès l'enfance à ce pénible exercice, car depuis *Craponne* cette surveillance n'a cessé d'être confiée aux mêmes familles. La première martellière (1), remarquable par sa construction, est encore désignée par le nom d'*Adam*. De ce point, le canal se dirige à travers les Communes désignées par l'acte de concession, et telle fut la célérité apportée dans son exécution, que, commencé en 1554, il fut terminé dans l'espace de cinq ans. Les eaux qui arrivèrent à Salon en 1559 y furent reçues par la population toute entière, à la tête de laquelle étaient réunis en

(1) On nomme martellière l'ouverture par laquelle les eaux du canal reçoivent une issue pour arroser les terres voisines.

procession le clergé et les Corps religieux. Les sentiments d'enthousiasme et de reconnaisance qui éclatèrent dans cette mémorable circonstance, attestèrent assez l'importance du bienfait et le prix qu'on mettait à le tenir d'un illustre compatriote.

La largeur moyenne du canal est d'environ 8 mètres et de 6 au plafond : sa profondeur est de 1 mètre à 1 mètre 75 centimètres, et il est construit de manière à contenir 40 moulans d'eau.

On désigne sous le nom vulgaire de *moulan* la quantité d'eau nécessaire pour faire tourner la roue d'un moulin à farine ; mais, définie mathématiquement, cette quantité est celle de 7 pieds 9 lignes cubes d'eau, ou 265 décimètres cubes 65 centimètres par seconde. Ce volume se détermine aussi au moyen d'une ouverture en carré parfait de 2 pans (698 millimètres) ou de 4 pans (997 millimètres) de largeur sur un de hauteur (249 millimètres); ainsi le canal de *Craponne* doit fournir par seconde, à une dépense de 10 mètres cubes 626 décilitres cubes.

Nous avons dit que Craponne amena les eaux à Salon sa patrie, à laquelle il voulait offrir les prémices de son génie ; mais comme il fallait que son canal eût son écoulement dans la mer, et qu'il tenait à lui donner un plus grand degré d'utilité, il le divisa en deux branches ; l'une, construite en 1577, passe à Pélissane, Lançon, Confoux et se jette dans la rivière de la *Touloubre ;* l'autre traverse le faubourg de Salon, le territoire de Grans et va aussi terminer son cours dans cette même rivière, mais dans un point plus rapproché de l'étang de Berre : elle date de 1564. Une troisième branche fut creusée en 1567 à peu de distance de Lamanon, pour arroser une partie de son territoire et celui d'Eyguières : traversant la Crau du nord au midi, elle porta ses eaux, par deux subdivisions nouvelles (l'une construite en 1569) dans l'étang de l'Olivier près d'Istres, et l'autre (en 1576) dans l'étang de Berre, après avoir servi de moteur aux moulins à poudre de Saint-Chamas. On avait aussi traité, en 1568, pour amener des eaux à Martigues ; projet qui ne fut pas exécuté. La dérivation d'Arles, qui devait compléter cet œuvre, entrait dans le plan de Craponne ; mais des obstacles que ne pouvait vaincre un seul Particulier réduit à ses propres forces et les ayant déjà épuisées, lui ravirent la gloire de mettre le dernier sceau à son ouvrage; elle fut réservée à ses héritiers.

L'arrosement des terres et la construction des moulins, avaient principalement dirigé Craponne; il paraîtrait même par les termes de la concession que le dernier objet avait été placé par lui en première ligne, mais ces vues s'accorderaient peu avec l'intention qu'on lui suppose, de rendre son canal navigable.

Notre illustre ingénieur consacra donc avec le plus noble dévouement son temps et sa fortune à l'exécution de cet immense projet, qui devait aussi être d'un si grand avantage pour son pays. On peut en effet qualifier ainsi le creusement d'un canal de la largeur et de la profondeur indiquées, dans une longueur très-considérable dont la pente et le nivellement à calculer étaient même de grandes opérations scientifiques, tandis que la construction d'un nombre infini de ponts, martellières, ouvertures et autres travaux de maçonnerie devait accroître considérablement la dépense.

Il était impossible que leur auteur calculât exactement tous les frais, devant d'ailleurs s'attendre à recevoir quelque appui. Les travaux une fois commencés, n'y allait-il pas de sa gloire de les terminer? Et dans un homme chez lequel le génie s'alliait aux plus nobles sentiments, la gloire ne devait-elle pas l'emporter sur la fortune? Des eaux furent concédées moyennant une somme une fois payée ou des redevances annuelles, mais les unes et les autres au plus bas prix, quelques-unes même le furent à titre gratuit. Des emprunts onéreux devinrent les uniques ressources offertes à un homme qui se sacrifiait ainsi pour la prospérité de son pays. De là, la confusion qui règne dans tous les actes passés par lui avec les Communes et les Particuliers. Une partie de ces transactions a disparu par le laps de temps; d'autres sont ignorées dans des dépôts anciens, et il n'en existe dans les archives de l'administration aucun répertoire authentique. Quant au prix des ventes d'eau dont la modicité excessive ruine les propriétaires du canal, on doit en tirer une salutaire leçon; c'est que lorsque l'administration publique fait ou autorise de pareilles constructions, elle doit toujours veiller à ce que le prix des concessions soit stipulé, non en argent, parce que sa valeur est sujette à variation, mais sur le prix du blé, ou d'après toute autre base immuable par sa nature.

Quoiqu'il en soit, Craponne était, à sa mort, accablé de procès, poursuivi comme débiteur de sommes immenses, et prêt enfin à succomber sous le poids des engagements qu'il avait contractés : lui-même avait senti qu'il ne pouvait se tirer de cette déplorable situation qu'en cédant à ses créanciers tous ses droits à la propriété du canal pour les subroger à ses lieu et place. Les moulins à blé et à huile construits par ses soins avaient aussi été aliénés par lui ; mais les clauses des ventes ayant entraîné de nouveaux procès auxquels les concessionnaires d'arrosage furent forcés d'intervenir, de ce chaos sortit une transaction du 20 octobre 1571 qui peut être considérée comme l'acte constitutif de la société connue sous le nom d'œuvre de Craponne.

Cet acte porte en substance que « quoique Adam de Craponne, par tous « ses actes de vente, ait promis de fournir de l'eau à suffisance, pour tous « les moulins et arrosages et d'entretenir la prise, le canal et les fossés, il « n'avait pas les moyens de remplir ses engagements ; que les travaux étaient « en ruine ; qu'il y avait stérilité d'eau, ce qui donnait lieu à une foule de « procès. »

Et de plus : Association de tous les Intéressés, pour entretenir à leurs frais les prises, canaux, fossés, ponts, dans une proportion ultérieurement déterminée. — Entretien du grand canal jusqu'à Pélissane, aux frais de la société. — Les canaux de dérivation pour les moulins et arrosages, aux frais de chaque propriétaire qui en profite. — Les martellières du grand canal, à la charge des sociétaires, et celles des canaux auxiliaires à entretenir par les propriétaires. — Les gardes préposés pour la distribution du grand canal, payés par l'œuvre. — Cession par Craponne de tous ses droits, et décharge de toutes ses obligations, sous la réserve de l'arrosage d'un pré à Lamanon et de la faculté 1° de construire des moulins et de concéder des arrosages à Pélissane et Lançon. 2° d'agrandir la prise et le canal et de dériver une plus grande quantité d'eau en contribuant proportionnellement aux dépenses de l'œuvre et sans nuire au droit de priorité qu'elle doit avoir. — Cession aux propriétaires des quatre moulins à Salon, de la propriété des eaux qui ont servi. — Nomination d'un trésorier, avec l'obligation de suivre les affaires contentieuses et de rendre ses comptes à l'assemblée générale qui a lieu chaque année à Salon, chaque associé devant être à son tour trésorier pendant un an. — Les dépenses prélevées, l'excédent des recettes est partagé entre les associés. — Chacun d'eux paye, pour subvenir aux dépenses, une cote irrévocablement déterminée. — Règlement pour la distribution des eaux. — La voie des arbitres prescrite pour terminer les différends survenus entre les associés. — Telles furent les principales dispositions de cet acte, qui a donné lieu à une multitude de transactions particulières, mais toutes basées sur ces principes généraux. On voit que douze ans s'étaient à-peine écoulés depuis l'achèvement de la plus belle, de la plus utile entreprise que jamais Particulier ait pu concevoir et faire exécuter à ses frais, et déjà ses héritiers en étaient réduits à s'estimer heureux, en cédant l'ouvrage du génie, de se dégager sans bénéfice des obligations que lui avait fait contracter un zèle trop désintéressé.

N'achevons point sans exprimer le vœu de voir se réaliser le projet du monument qui consacrera la reconnaissance publique envers la mémoire d'un homme à qui l'antiquité aurait dressé des autels (1).

---

(1) Les Conseils municipaux des Communes arrosées par le canal avaient, de concert avec le Conseil général du département, pourvu à la dépense d'une fontaine d'élégante forme, qui devait être construite à Salon. Le buste d'Adam de Craponne y aurait figuré sur une gaîne ou hermès, au milieu de brillantes cascades. L'inscription suivante, adoptée par l'Académie des inscriptions et belles lettres, y aurait été placée.

A LA MÉMOIRE
D'ADAM DE CRAPONNE,
INGÉNIEUR,
NÉ A SALON,
QUI,
EN L'ANNÉE MDLIX,
PORTA LA FERTILITÉ DANS CETTE CONTRÉE
EN Y CONDUISANT

N° 9. Adèle, ou la jeune Turque à Marseille, Nouvelle historique.

Marseille, le 31 Août 1823.

Sur les confins de l'Arcadie et de la Laconie, existait la ville de Belmina, célèbre dans l'histoire ancienne de la Grèce, «place forte, dit le savant au-« teur du voyage d'Anacharsis, dont la possession a souvent excité des que-« relles entre les nations rivales qui habitèrent une terre aussi riche en « souvenirs historiques. » Mais si nous allons parler d'Argos et de Corinthe, de Leuctres et de Milo, ce ne sera ni pour en célébrer les héros, ni pour en admirer les monuments, ni pour décrire les événements dont ces lieux ont été le théâtre : ils n'offrent plus aujourd'hui que des ruines, et les désastres publics et particuliers qu'entraîne la guerre civile sont les seuls incidents sur lesquels notre attention doive être aujourd'hui appelée.

Cette contrée occupe le centre du Péloponèse et forme une sorte de pla-

A SES FRAIS
LES EAUX DE LA DURANCE.

LE DÉPARTEMENT DES BOUCHES-DU-RHÔNE
ET LES COMMUNES DE
LA ROQUE, CHARLEVAL, MALLEMORT, ALLEINS, LAMANON,
EYGUIÈRES, AUREILLE, ARLES, SALON, PÉLISSANE, CONFOUX (*),
LANÇON, GRANS, CORNILLON, MIRAMAS, SAINT-CHAMAS, ISTRES,
ONT ÉLEVÉ
CE MONUMENT DE LEUR RECONNAISSANCE,
EN L'ANNÉE MDCCCXX,
XXV DU RÈGNE DE LOUIS XVIII.

(*) Cette Commune est supprimée : son territoire fut réuni à celles qui l'avoisinaient.

teau hérissé de montagnes entre lesquelles coulent un grand nombre de
rivières et de ruisseaux. Là croissent d'épaisses forêts de pins et de sapins, de
cyprès et de peupliers, de chênes et de cèdres, superbes monuments de la
création, que la mythologie avait consacrés non moins pour en assurer la conservation, que pour servir aux mystères successivement inventés par la riante
imagination de ces peuples. Pour que ce territoire fût à-la-fois agréable et
productif, on y avait introduit des cultures soignées, et pratiqué avec intelligence des ouvrages propres à arroser les terres et à contenir les eaux.

A peu de distance des ruines de Belmina est située Londary ou Leon-
dary, où naquit la jeune Turque dont les aventures ont paru de nature
à intéresser un moment cette Assemblée ; récit dont le principal mérite sera
dans la vérité des faits et dans la simplicité avec laquelle ils seront racontés.
Faudrait-il donc des expressions recherchées pour retracer les malheurs d'une
orpheline qui, à-peine sortie de l'enfance, a vu disparaître ses parents dans
le choc des révolutions et des discordes civiles, et qui, transportée loin du
théâtre de ces désartres, a trouvé parmi nous une terre hospitalière, une
patrie, une famille ? Comment d'ailleurs essayer d'embellir par des ornements le tableau d'une action que ses auteurs trouvent si simple, que l'on
ose à-peine soulever le voile dont s'est couverte la générosité des protecteurs
que la Providence a réservés à Adélé (1) ; et leur éloignement de ces lieux,
où on leur conserve tant de sentiments, peut seul autoriser un hommage
dont leur modestie aurait pu désapprouver la publicité.....

On avait long-temps pensé que Londary était l'ancienne Mégalopolis ; mais
l'estimable auteur qui a si bien fait connaître la Grèce moderne a placé
dans ce point Leuctres de Laconie (2). Ce pays, que le souvenir des Spar-
tiates et des Arcadiens, que la vue de tant de ruines rend encore si digne
d'intérêt, n'est plus qu'une terre dévastée, et ses habitants, courbés sous le
joug du despotisme, abrutis par l'ignorance et la misère, n'ont aucune idée

---

(1) Monsieur le Baron et Madame la baronne de Damas.
(2) M. Pouqueville : il reconnut les ruines de Mégalopolis dans un village voisin de Londary sur les
rives de l'Hélisson, qui va lui-même se perdre dans l'Alphée.

de leur antique célébrité. Londary est un village mal bâti, peuplé à-peine de cinq cents habitants faisant un petit commerce de fruits secs, mais tellement pauvres et peu civilisés, que le voyageur cité plus haut avait eu de la peine à s'y procurer les vivres les moins recherchés. Une partie de sa population suivait la religion grecque, et avait un évêque dont les revenus étaient évalués à 6000 piastres turques. Ce fut dans ce lieu que se réunirent, sous la présidence de l'archevêque de Patras, les primats convoqués à Tripolizza pour y organiser l'insurrection; mais ils y aprirent de fâcheuses nouvelles et se séparèrent sur-le-champ. Ayant gravi les restes d'une Acropolis ou ancienne citadelle placée auprès de Londary, M. Pouqueville aperçut aux deux versants opposés du Mont-Borée, d'un côté les sources de l'Alphée, de l'autre celles de l'Eurotas, qui arrosait le territoire de Lacédémone; coup d'œil ravissant et bien propre à faire oublier les privations et les fatigues de la journée!

Ce fut à Londary, vers l'année 1806, que nâquit Adélé, de *Allily-Giliatopolo*, aga ou chef de cette peuplade et de *Adgé-Houchi-Hussan-Spahopoulo* sa première femme, qui mourut après cinq ans de mariage, laissant une seconde fille plus jeune de quatre ans qu'Adélé. *Allily* choisit bientôt une seconde épouse, mais l'ayant répudiée pour cause de stérilité, il s'unit à une sœur d'Adgé, et en eut plusieurs enfants, presque tous morts peu après leur naissance. Un seul garçon lui restait, et sur lui se fondaient ses espérances; mais l'infortuné ne devait survivre à ses frères que pour périr plus misérablement....

L'éducation d'Adélé ne saurait rien offrir qui dût la faire distinguer des jeunes filles turques; quelques préceptes extraits du Coran et certaines maximes de morale consacrées dans la loi de Mahomet composaient toute son instruction. On lui avait donné quelques éléments de lecture, mais l'écriture et surtout les arts d'agrément étaient sévèrement proscrits. De petits ouvrages à l'aiguille formaient, avec les soins du ménage, ses occupations habituelles, et elle était sans doute loin de penser qu'elle dût franchir le seuil de la maison paternelle autrement que pour entrer dans le domicile conjugal, encore plus impénétrable aux regards des curieux.

Cependant l'heure de l'insurrection des Grecs était sonnée: chez plusieurs

d'entr'eux, l'attachement à leur religion; chez un plus grand nombre, l'amour
de la liberté; chez quelques hommes riches et plus éclairés, l'ambition; chez
tous, la haine d'un despotisme que l'impulsion des opinions en fermenta-
tion dans presque toute l'Europe concourait à présenter comme insupportable, allumèrent subitement un incendie dans quelques provinces de l'Empire Ottoman.

Sous l'étendard de la guerre civile partout arboré, les Grecs montrèrent
une grande résolution, soit que dans certaines localités ils fussent plus nombreux, soit que dans d'autres leur infériorité les contraignit à plus d'é-
nergie. Londary, place ouverte et peu susceptible de défense, se trouvait
dans la première de ces catégories; c'est ce qui détermina Allily à se retirer
avec sa famille, ses domestiques et tout ce qu'il put emporter de sa médiocre
fortune, à Tripolizza, éloignée de cinq à six lieues.

Cette ville, la principale de la Morée, réunissant environ trois mille
habitants, est censée être la résidence du pacha; c'est là du moins que
viennent le recevoir et le complimenter les beys, les agas et les primats
grecs: ils l'invitent à y fixer sa résidence préférablement à Napoli de Ro-
manie, qui offre à un souverain tant de moyens d'opprimer les peuples
mais où il est exposé à se trouver cerné de toutes parts, tandis que les montagnes de l'Arcadie offrent toujours une retraite et des positions également
assurées. Ces instances sont accompagnées d'un présent de 150,000 piastres,
par lequel on croit, dans un pays où tout est vénal, capter la bienveillance
du maître nouveau.

Tripolizza avait un évêque grec dont le revenu était évalué à 15,000
piastres; mais les Turcs y étaient proportionnellement plus nombreux, et
quoique les fortifications ne consistassent guères qu'en un mur d'enceinte
assez peu épais, on se prépara à une vigoureuse résistance, lorsque les
Grecs vinrent en faire le siége. Après quatre mois de blocus et de combats, les vivres commençant à manquer, le Commandant turc se décida à
mettre hors de la place toutes les femmes grecques et à renfermer les hommes de cette nation. Ces précautions donnèrent du dépit aux assiégés, mais
ils s'affaiblissaient par de fréquents combats, par les maladies, par la fatigue

et une famine devenue chaque jour plus horrible. On en était réduit à manger de la chair des animaux les plus immondes et à boire de l'eau corrompue, les assiégeants étant parvenus à couper un aqueduc qui alimentait la ville et l'ayant rempli d'immondices.

Malgré tant de maux, les assiégés tenaient bon, tant étaient fortes les impulsions par lesquelles se dirigeaient les deux peuples ennemis ! Les Turcs ne pouvaient toutefois se dissimuler l'horreur de leur position et l'approche d'une catastrophe inévitable. Allily se détermina alors à pourvoir à la sureté de la famille dont il était le chef et qui se composait de son père, de sa femme, de trois belles-sœurs, d'Adélé et sa jeune sœur, enfin de son fils encore au berceau : plusieurs esclaves, parmi lesquels se trouvaient quelques noirs, faisaient partie de cette réunion, qu'il confia aux soins de paysans grecs employés à la culture de ses terres. Trois jours avant l'assaut, vers minuit, il fit descendre toutes ces personnes à l'aide d'une corde, et demeura seul auprès du Commandant, dont il eut à essuyer de vifs reproches.

A-peine ces malheureux fugitifs furent-ils arrivés en rase campagne que déjà ils étaient abandonnés par le plus grand nombre de leurs serviteurs, chez qui l'amour de l'indépendance l'avait emporté sur l'accomplissement d'un devoir...... Ce n'était là toutefois que le commencement des maux qui allaient accabler Adélé et ses compagnons d'infortune : au milieu d'une marche forcée, sa tante expirait de fatigue et de chagrin ; âgée de vingt ans, d'une beauté remarquable, par l'éclat de son teint, par la régularité de ses traits, par la douceur de sa physionomie, par les grâces de sa taille : forcée de quitter son pays au moment d'épouser un jeune parent auquel elle était promise, l'infortunée sentait toute l'horreur de son sort ; elle en appréciait les conséquences ; et les peines morales et physiques se réunirent pour accélérer sa mort, qu'elle ne cessait d'invoquer. Le vieux père d'Allily l'ensevelit lui-même, afin de soustraire son corps aux outrages des Grecs.

Après deux jours de marche, nos voyageurs tombèrent dans un parti composé d'environ onze individus armés, qui, après les avoir pillés, se disputèrent à grands cris la possession d'Adélé : le chef proposait de la tuer pour les mettre d'accord. Heureusement le bruit de cette rixe parvint jusque aux personnes qui habitaient deux tentes placées au sommet d'une colline peu éloignée : c'étaient les consuls de Russie et d'Angleterre ou du moins leurs agents. Intervenus parmi les contendants, ils réussirent à les calmer ; mais cette famille n'en demeurait pas moins en proie à toute sorte de besoins, si bien que, dans une circonstance pressante, Adélé donna un fermoir d'or appartenant à son jeune frère, pour obtenir un petit morceau de pain dur et noir.

Cependant, les Grecs avaient donné un dernier assaut à la place de Tripolizza : les Turcs, exténués, continuaient à se défendre avec un courage extraordinaire ; mais lorsqu'enfin il fallut succomber, la ville fut pillée et saccagée ; la garnison fut impitoyablement massacrée, au mépris d'une capitulation par laquelle les Grecs s'étaient obligés à respecter la vie et les biens des vaincus ; circonstance qui indigna les officiers français qui s'étaient rendus en Morée, et changea en haine l'enthousiasme auquel ils s'étaient d'abord livrés.

Dans ce désastre, dont l'horreur ne pouvait être dépeinte, Allily obtint à force d'argent la permission de rejoindre sa famille ; mais bientôt ramené avec son vieux père au camp des Grecs, ils devinrent victimes de leur fureur : peut-être ont-ils été réduits au plus affreux esclavage ; le fait est qu'on ignore leur destinée........

Alors la position de ces femmes infortunées livrées à la vengeance d'un vainqueur irrité par la résistance, et barbare dans sa manière de faire la guerre, devint de plus en plus affreuse ; quelques-unes moururent de misère, d'autres furent massacrées. La seconde fille d'Allily et son frère étaient réduits par la faim et par la fatigue à un état qui annonçait leur fin prochaine. Sa femme en était au point de demander qu'on éloignât d'elle son enfant, tant elle redoutait que sa peau hâlée et noire, que son sein desséché ne lui inspirât une horreur involontaire ; supplice dont les mères concevront facilement toute l'amertume !..... Enfin Adélé accablée de tant de maux en éprouva un plus affreux encore, lorsqu'on la sépara de sa famille : on délibéra alors sur son sort, et les uns voulaient la faire mourir, tandis que d'autres opinaient pour qu'elle fût vendue. Ce dernier avis ayant prévalu, la mise à prix fut

16*

de quinze piastres : un officier français en offrit cinq et Adélé devint son esclave (1).

Tout le monde sait qu'à cette époque un grand nombre d'Allemands, de Suisses, de Polonais, avaient quitté leur pays pour aller défendre les Grecs. Nous les avons vu s'embarquer à Marseille, au nombre d'environ 350, en divers détachements, et si leur costume singulier, leur sang-froid germanique, leur manière de vivre sous la discipline militaire, les rendaient l'objet de la curiosité publique, on n'était pas moins étonné, lorsqu'on était à portée de les entendre, de les trouver plein d'un enthousiasme froidement exprimé, mais tel qu'aucun raisonnement n'en pouvait détruire le charme : ils arrivaient convaincus qu'il existait à Marseille un prince ou un ambassadeur grec qui devait compter 300 francs à chacun d'eux, et demandaient où étaient les troupes dont ils comptaient faire partie. Désabusés sur ce point, ils se refusaient à l'être sur tout le reste, même par le récit des personnes qui retournaient de la Morée. Si quelques-uns de ces Etrangers reprirent la route de leur patrie avec les secours que leur ménagea la bienfaisance française, le plus grand nombre persista à s'embarquer, ayant déjà arboré sur ses vêtements le signe des anciens Croisés, et avec la conviction que les beaux jours de Sparte et d'Athènes allaient revivre.

Quelques français avaient été entraînés par le même mouvement, mais à-peine s'en est-il embarqué une trentaine à Marseille. C'étaient, pour la plupart, des militaires avides de nouveautés, et mécontents de ne pas être employés; ne connaissant d'autre moyen d'existence que la guerre, à laquelle ils s'étaient voués dès l'enfance et qui, croyant trouver une patrie partout où il existe un champ de bataille, passaient en Grèce pour y chercher des grades et des combats, du mouvement et de la fortune. Ces hommes, malgré l'irréflexion qui les avait ainsi conduits à courir les avantures sur une terre que la plupart ne connaissaient pas même par le souvenir de leurs études, ces hommes intrépides et déterminés joignaient à ces qualités la loyauté

(1) Cet officier se nomme Persat (Maurice) : il est né à Ermesat (Puy-du-Dôme). Capitaine dans l'ancienne garde, il était parti de Marseille pour la Grèce, en novembre 1821.

et la générosité qui semblent, dans toutes les positions, être inséparables du caractère français. Aussi furent-ils révoltés des cruautés, des manques de foi dont ils furent les témoins, mais jamais les complices. La manière dont ils s'exprimaient à cet égard indisposa les Grecs, déjà peu reconnaissants de services qu'ils jugeaient d'ailleurs intéressés. Ceux-ci ne pouvaient ni se soumettre à la discipline dont leurs défenseurs entendaient faire l'essai, ni satisfaire aux demandes de vivres, de fournitures, de traitement, de grades qu'ils n'avaient pas établis pour leur propre compte ; de sorte qu'il en résulta un mécontentement et une mésintelligence tellement prononcés, que les Français retournés dans leur patrie firent retentir les journaux de récriminations contre ces mêmes hommes à la cause desquels ils s'étaient naguère voués avec tant de zèle.

L'officier à qui Adélé était échue en partage, prit d'elle tous les soins possibles et parvint à lui procurer la guérison d'une dyssenterie à laquelle il l'avait trouvée en proie ; mais attaché à l'état-major d'*Ypsilanti*, dont le quartier-général était à Argos, son service le forçait à de fréquentes absences, et il plaçait alors sa jeune captive sous la sauve-garde d'un capitaine italien, heureusement homme d'honneur, qui sut plus d'une fois la défendre contre des embûches et des tentatives de tout genre. Un personnage atroce dont elle avait repoussé les passions brutales, fut un jour dénoncer aux Grecs l'existence d'une jeune turque déguisée sous des habits d'homme : la maison fut cernée et rigoureusement visitée ; mais on oublia les fosses d'aisance dans lesquelles un danger si pressant avait inspiré l'idée de cacher l'infortunée Adélé ; elle sortit ensuite d'Argos dans les paniers d'une bête de somme, étendue comme un sac de blé et couverte d'un mauvais tapis : de là il fallut continuer le voyage à pied, et la jeune personne, exténuée de fatigue et ne pouvant ni se soutenir ni marcher, se jeta au milieu du chemin, décidée à y attendre la mort. Par bonheur les Français purent s'emparer d'une monture conduite par un Grec ; Adélé y fut placée et continua ainsi sa marche, qui devait durer trois jours, tandis que le conducteur suivait, en se lamentant, son âne, qu'il recouvra au terme du voyage.

Arrivée à Corinthe, Adélé fut témoin d'un siége long et opiniâtre : les

Turcs tenaient le château, tandis que les Grecs étaient maîtres de la ville; situation qui donnait lieu à des affaires journalières. Adélé ayant entendu dire que son libérateur avait été grièvement blessé, se rendit près de lui à travers une grêle de boulets et de balles. La nouvelle était fausse, mais on fut touché de cet empressement de sensibilité et de reconnaissance.

Les affaires des Grecs ne prenaient pas cependant une tournure propre à encourager les défenseurs de leur cause, et ceux-ci se plaignaient du peu d'égards qu'on leur montrait; aussi plusieurs français prirent-ils la résolution de quitter la Morée, entr'autres l'officier qui avait sauvé Adélé. Il lui communiqua sa résolution et lui offrit la liberté; mais elle répondit qu'ayant vraisemblablement perdu toute sa famille, son existence était désormais liée à celle de son libérateur. Ils s'embarquèrent alors pour *Hydra*, où il fallut demeurer dix jours, et de là ils se dirigèrent vers *Milo*, où ils se trouvèrent contraints à séjourner deux mois. Enfin, la corvette du Roi *le Libio* (1), venant de Smyrne, se chargea de donner passage à Adélé et à quelques Français retournant dans leur pays; tous y furent traités avec une bienveillance extrême. A-peine le vaisseau avait-il mis à la voile, qu'une violente tempête força de retourner au lieu d'où il était parti, mais le temps s'étant remis au beau, on reprit la navigation vers la France, et la traversée n'offrit qu'un seul jour orageux. Le Libio arriva à Marseille, le 11 avril 1822 : tous les passagers furent déposés au Lazaret, d'où ils sortirent après une quarantaine de vingt-quatre jours (2).

L'arrivée d'une jeune Turque et les circonstances qui l'avaient amenée s'étaient répandues à Marseille et y excitaient de l'intérêt. A cette époque, le bey de Tunis avait commandé dans ce port deux belles frégates, et *Hussan Moaraly*, l'un de ses amiraux, était venu en surveiller la construction. Ce turc, quoique sans qualité pour cette demande, réclama Adélé comme étant de sa religion, et offrit de la racheter et de la rendre à sa famille. Cette démarche fut soumise au magistrat que nos institutions rendent le tuteur

(1) Elle était commandée par M. Ledal de Kouon, lieutenant de vaisseau.
(2) Presque tous avaient été malades : Adélé y avait été guérie de la galle.

né des mineurs et des orphelins, et il fut décidé que les lois n'admettant pas l'esclavage, la jeune personne que des événements hors de toute prévoyance avaient conduite en France, y était libre dès l'instant qu'elle avait mis le pied sur son territoire. Ce fut en conséquence de cette décision qu'Adélé, interpellée par l'entremise des interprètes nommés d'office, déclara qu'elle voulait demeurer en France et ne point quitter celui qu'elle nommait dans son langage son *maître et seigneur*.

Elle fut ensuite présentée aux Autorités. Ses vêtements consistaient en une robe longue de couleur aurore, et une casaque rouge à manches larges, ainsi que les portent les femmes grecques. Quoique absorbée dans ces draperies, sa taille paraissait bien prise; ses cheveux coupés de court paraissaient à-peine sous un bonnet Levantin : sa figure était hâlée, et les souffrances y avaient laissé des traces visibles; mais une bouche gracieuse, de beaux yeux noirs, un nez aquilin en harmonie avec le reste des traits, formaient un ensemble intéressant auquel le repos et des soins pourraient rendre bientôt tout l'éclat de la jeunesse. N'entendant pas un mot de français, extrêmement étonnée de ce qu'elle voyait, elle répondait vaguement aux questions; mais quand on lui parlait des Grecs et de sa famille, elle ne maîtrisait pas ses ressentiments et manifestait l'intention de prendre les armes pour se venger de tous les maux qu'elle avait éprouvés.

Elle intéressa vivement Monsieur et Madame de Damas, qui s'en déclarèrent les protecteurs, et elle fut remise à l'instant, par le militaire qui l'avait amenée, en des mains dignes d'une telle confiance. Il avait bien espéré, disait-il, trouver en France des personnes nobles et généreuses, et à défaut il comptait sur une de ses tantes, femme fort pieuse, en attendant qu'un emploi militaire ou civil lui permît d'offrir sa main à celle qu'il avait sauvée de tant de périls.

Adélé fut ensuite placée dans un couvent (1) pour y être élevée dans la religion catholique, à laquelle la Providence semblait l'avoir miraculeusement destinée; mais il était difficile que le passage du mahométisme le moins

---

(1) Celui de la Visitation, près la plaine Saint-Michel.

éclairé aux sublimes vérités de l'Evangile fût aussi prompt et facile que l'eussent désiré ses pieux protecteurs et le digne Ecclésiastique (1) que ses relations avec un des passagers du Libio avaient mis en situation de connaître la jeune Turque, le jour même de sa sortie du Lazaret. Jeune, étourdie, n'ayant aucune idée de nos mœurs, il était tout naturel qu'elle se permît des observations propres à entraîner des inconvénients pour ses jeunes compagnes. Il fallut donc suivre un système tout différent, et le ministre des autels que nous avons déjà désigné la conduisit chez ses sœurs, dames âgées, fort respectables par leur piété et leurs lumières, habitant une campagne peu distante de la ville. Là, Adélé reçut les soins les plus tendres et les plus assidus. Dès qu'elle put entendre quelques mots français, ils furent consacrés à la reconnaissance et à l'expression d'une sorte de surprise de ce que, reçue chez des dames toutes chrétiennes, on ne lui avait rien dit sur la nécessité de renoncer au culte de Mahomet. Quelques observations lui furent adressées sur ce point délicat : elles tendaient à l'assurer qu'elle était entièrement maîtresse de ses sentiments, et que sa conversion, toute désirable qu'elle pût être, ne serait jamais le prix obligé des soins et de la protection qui lui étaient donnés. Sa réponse ayant été telle qu'on pouvait l'attendre d'une âme en qui se développaient de l'élévation, de la sensibilité, de la franchise, de l'intelligence et des qualités attachantes, on s'occupa avec zèle de son éducation religieuse, et la jeune personne ne démentit pas un moment la bonne opinion qu'elle avait successivement inspirée.

Enfin, lorsque son instruction fut achevée et que les dispositions nécessaires pour l'accomplissement de sa régénération spirituelle furent reconnues complètes, Adélé reçut le baptême et s'approcha de la sainte table, dans la chapelle de ce même couvent où elle avait été mise à son arrivée ; mais combien l'espace d'une année avait changé sa manière d'être, de sentir, et même sa destinée ! La jeune néophite avait beaucoup grandi ; elle s'était fortifiée ;

_____

(1) M. Carle, curé de la paroisse Saint-Ferréol, Ecclésiastique doué des vertus de son état, de ce caractère bienveillant, de cette sagesse d'esprit qui fait chérir les ministres de la religion. La mort l'a enlevé à la ville de Marseille, au mois d'août 1828.

son teint avait repris sa fraîcheur, et sous son voile blanc sa physionomie portait l'empreinte d'une joie également douce et pure ; Madame de Damas voulut bien être sa marraine ; son époux, appelé pour servir en Espagne sous les drapeaux de Monseigneur le duc d'Angoulême, était représenté par un des hommes qui s'honore le plus de son amitié et qui lui a voué la plus tendre réciprocité (1). Le bon curé qui avait eu le bonheur d'entreprendre cette œuvre méritoire, eut la consolation de la terminer, et les exhortations qu'il adressa en ce jour solennel à Adélé, entourée de ses compagnes, portèrent le caractère sublime et touchant que la religion peut seule imprimer à ses actes.

Cette cérémonie, dont le souvenir ne s'effacera jamais du cœur et de l'esprit des personnes qui ont pu y assister, eut lieu le 14 avril 1823, et Adélé reçut les noms patronimiques de *Marie-Adélaïde-Angélique-Charlotte* (2).

Peu après, elle partit avec sa protectrice, et, pour terminer son éducation, celle-ci la plaça dans un couvent de Religieuses établi à la Charité sur Loire, dont une supérieure appartenait à la famille de Damas.

Les faits qui viennent d'être mis sous les yeux de l'Assemblée sont de la plus rigoureuse vérité, et ils ont été recueillis par des moyens dignes de toute confiance. S'ils ont jeté quelque intérêt sur la jeune Adélé, ce sentiment ne fera qu'accroître l'estime, l'affection que nous portions déjà à ses généreux protecteurs, et surtout nos regrets de les avoir vu quitter ces rives, où ils ont laissé tant de souvenirs de leur bonté, de leur bienfaisance et des plus excellentes qualités (3).

---

(1) L'auteur de cette Notice fut parrain par délégation.

(2) Les témoins de cet acte furent MM. le comte de Bellou colonel de gendarmerie et de Cellès capitaine attaché à l'état-major de la 8ᵉ division militaire.

(3) M. le baron de Damas fut depuis nommé successivement Pair de France, Ministre de la guerre et ensuite Ministre des affaires étrangères. Il est aujourd'hui Gouverneur de S. A. R. Monseigneur le Duc de Bordeaux.

N° 10. *Notice biographique sur Son Éminence Monseigneur le Cardinal Duc de Bausset.*

A Marseille, le 29 Août 1824.

LE Prince de l'Eglise, l'homme d'Etat, le savant et habile écrivain dont nous avons récemment déploré la perte, Son Eminence Monseigneur le Cardinal de Bausset, était membre honoraire de l'académie de Marseille. Il avait toujours témoigné à cette société une bienveillance particulière, soit comme étant associé à ses travaux ; soit qu'issu d'une famille provençale, il attachât du prix à tout ce qui faisait rejaillir de l'illustration sur une province à l'administration de laquelle il avait coopéré dans sa jeunesse ; soit enfin par suite des sentiments qu'il portait à plusieurs de nos confrères, et qu'il leur exprimait toujours d'une manière si affectueuse.

C'est donc un devoir pour nous de jeter aussi quelques fleurs sur la tombe d'un confrère si distingué et si digne de nos regrets. Loin d'avoir la téméraire prétention d'entrer en lice avec l'orateur chrétien dont les accents ont fait retentir naguère les voûtes de la métropole d'Aix, pour célébrer d'éminentes vertus et de grands talents (1) ; bien moins encore avec un noble Pair (2) qui s'est élevé lui-même si haut, en érigeant un beau monument à la mémoire d'un illustre confrère ; nous reconnaissons que le mérite de ces discours rend bien difficile la mission que nous tenons de l'Académie : pour nous y livrer même avec quelque confiance, il n'a fallu rien moins que le désir de reconnaître l'attention délicate qui l'a portée à choisir celui de ses

(1) M. l'abbé Christine, chanoine à Aix, a prononcé l'oraison funèbre de Son Eminence, le 13 juillet : Monseigneur l'Archevêque, uni au Cardinal par les liens du sang et de l'amitié la plus tendre, officiait dans cette triste cérémonie.

(2) M. l'abbé de Montesquiou, à la séance de la chambre des Pairs, du 4 août 1824.

membres que ses regrets et ses sentiments personnels pouvaient faire considérer comme le plus fidèle interprète d'une douleur trop légitime.

Louis-François de Bausset, né le 14 décembre 1748 à Pondichéry, où
son père était employé militairement et dans un grade supérieur, fut envoyé dès l'âge de 12 ans en France pour y faire ses études. Elles s'effec-
tuèrent au collége du Cardinal Lemoine, sous la direction successive de
deux sociétés célèbres (1), et ce jeune élève se signala partout par une suite
de succès. Sa vocation l'appelait à l'état ecclésiastique. Dès qu'il fut revêtu du
sacerdoce, M. de Boisgelin, archevêque d'Aix, le nomma son vicaire-général, et c'est dans ce poste qu'il jeta les bases de sa réputation, par ses travaux dans l'administration d'un vaste diocèse, par les talents qu'il déploya
dans les Assemblées provinciales et dans les diverses missions qui lui furent
déléguées, notamment celle de régir l'Eglise de Digne pendant une longue
vacance du siége épiscopal.

Bientôt après, M. l'abbé de Bausset fut nommé agent général du clergé
et appelé, en 1784, à l'évêché d'Alais. Siégeant en cette qualité aux Etats du
Languedoc, il s'y fit remarquer non moins par ses talents que par son bon
esprit, et chargé d'aller présenter à la Cour les délibérations des Etats, il
prononça, devant le Roi Louis XVI et les Princes de la famille royale, ces
harangues qui ont été si souvent citées comme des modèles. Celle qui fut
adressée à Mme Elisabeth est un chef-d'œuvre de tact et de goût, d'élégance
et de précision (2).

---

(1) Les Jésuites et ensuite les Sulpiciens.
(2) Nous croyons devoir relater ici ce morceau remarquable :

Madame,

Si la vertu descendait du ciel sur la terre, si elle se montrait jalouse d'assurer son empire sur
tous les cœurs, elle emprunterait tous les traits qui pourraient lui concilier le respect et l'amour
des mortels.

Son nom annoncerait l'éclat de son origine et ses augustes destinées ; elle se placerait sur les degrés
du trône ; elle porterait sur son front l'innocence et la candeur de son ame ; la douce et tendre
sensibilité serait peinte dans ses regards ; les grâces touchantes de son jeune âge prêteraient un
nouveau charme à ses actions et à ses discours ; ses jours purs et sereins comme son cœur, s'écou-
leraient au sein du calme et de la paix, que la vertu seule peut promettre et donner : indifférente

Mais le temps des épreuves était arrivé; l'orage commençait à gronder, et l'évêque d'Alais, qui avait siégé aux deux assemblées des notables, prévoyait déjà les malheurs qui allaient accabler la France. Il fut appelé aux Etats-généraux; mais il s'en éloigna dès qu'ils se furent transformés en Assemblée nationale. Après avoir refusé son adhésion à la prétendue constitution civile du clergé, et manifesté courageusement ses principes dans une éloquente lettre pastorale; après avoir quelque temps affronté les dangers auxquels il s'était dévoué, il fut chercher hors de France une terre hospitalière : mais, rentré pour remplir une mission, et témoin des événements qui renversèrent le trône de St. Louis, il avait plus d'un titre pour être atteint de toutes les persécutions qui frappèrent, dans ces temps désastreux, non-seulement les ministres des autels et les fidèles serviteurs de nos Rois, mais encore tous les hommes de mérite.

Ce fut pendant une captivité qui dura deux ans et qui se serait terminée vraisemblablement par un crime de plus, sans la fin tragique de quelques-uns de nos tyrans démagogues; ce fut dans l'antique demeure des solitaires de Port-Royal, transformée en prison, que M. de Bausset se livra plus particulièrement à l'étude du siècle de Louis XIV; travail qui lui offrit du moins quelque consolation dans les désastres publics et particuliers qui affligeaient alors la France et tous les bons Français. « Ne me plaignez pas trop, disait-il « à ses amis lorsqu'il fut rendu à la liberté, car j'ai passé du temps en inti-« mité avec tout ce que la France a eu de plus grand. » En effet, il avait déjà jeté les premières bases de son Histoire de Fénélon.......

A la suite des événements qui ramenèrent la France à plus d'unité dans le Gouvernement, et ce Gouvernement à des idées d'ordre intérieur, l'homme

---

aux honneurs et aux plaisirs qui environnent les enfants des rois, elle en connaîtrait la vanité, elle n'y placerait point son bonheur; elle trouverait un bonheur plus réel dans les charmes de l'amitié; elle épurerait au feu sacré de la religion ce que tant de qualités précieuses auraient pu conserver de profane; sa seule ambition serait de rendre son crédit utile à l'indigence et au malheur; sa seule inquiétude, de ne pouvoir dérober le secret de sa vie à l'admiration publique; et dans ce moment où sa modestie ne lui permet pas de fixer ses regards sur sa propre image, elle ajoute, sans le vouloir, un nouveau trait de conformité entre le tableau et le modèle.

qui avait si habilement profité des circonstances pour s'en constituer le chef
suprême, sentit la nécessité de rendre hommage à la religion de nos pères:
un concordat fut conclu avec la Cour de Rome ; des siéges épiscopaux furent rétablis , et M. de Bausset aurait été appelé à diriger l'un des premiers
diocèses de la France, si sa santé, déjà attaquée par de violents accès de
goutte , lui eût laissé la possibilité d'exercer des fonctions dont il savait
apprécier l'importance; mais il dut accepter celle de conseiller de l'Université,
et postérieurement un canonicat au chapitre de St.-Denis , retraite créée pour
les anciens évêques.

Ce fut vers cette époque (en 1808) que M. de Bausset fit paraître son
Histoire de Fénélon, ouvrage porté au second rang dans la distribution des
prix décennaux, et qui se recommandera toujours par la noble élégance du
style, par l'exactitude des faits, par la recherche des détails, par la rectitude des jugements, enfin par un certain charme qui s'attache toujours au
nom de Fénélon, mais dont la teinte pouvait être saisie seulement par un
historien qui possédait une partie des talents et des qualités de son modèle.
Cette histoire eut en résultat le double mérite de nous faire connaître
plusieurs des hommes qui avaient concouru à illustrer la France, et de présenter, sous un jour attrayant et vrai, des événements que nous ne jugions
plus dignes de notre intérêt : mais en retraçant le souvenir de ces célèbres
discussions, il fallait mettre en scène l'illustre antagoniste de Fénélon, et
peut-être était-il plus difficile à M. de Bausset qu'à tout autre de se montrer
impartial, quelques efforts qu'il fît pour l'être. La remarque en fut faite, et
pour y répondre d'une manière digne de lui, et pour montrer la vénération
qu'il professait pour Bossuet, l'histoire de ce prélat devint l'occupation constante de l'écrivain qui venait de faire paraître la vie de Fénélon. Quelques années suffirent pour exécuter ce projet, dont les difficultés étaient
immenses, et l'habile historien put entendre de la propre bouche d'un Monarque si juste appréciateur de tous les genres de mérite, ces mêmes paroles :
« C'est avec un vif plaisir que je vous vois revêtu de la pourpre romaine ,
« que vous ont méritée vos vertus, vos talents et vos longues souffrances.
« Mais ce n'est pas ici bas seulement que l'on se réjouit de votre nouvelle

« dignité ; et sans doute, du haut des Cieux, deux illustres prélats dont
« vous avez réconcilié les cendres dans l'opinion de la postérité, applaudis-
« sent à votre élévation (1). »

Après la restauration qui releva le trône de St. Louis et rendit la paix à
la France, M. de Bausset, heureux de ce miracle de la Providence et comblé
des bontés de S. M. Louis xviii qui venait de l'appeler à la Pairie, fut nommé
président du Conseil royal de l'instruction publique, choix qui annonçait
assez l'intention de rendre l'éducation religieuse et monarchique, et de la
fonder sur de bonnes études. Mais un nouveau fléau vint frapper la France
et éprouver encore les fidèles serviteurs du Roi. M. l'évêque d'Alais, s'étant
démis de toutes ses charges, se retira dans cette même solitude où les souffrances physiques et les jouissances de l'esprit s'étaient partagé son existence ;
ajoutons même que les consolations du cœur ne lui furent pas étrangères,
car il avait des amis qui lui ont été tendrement et constamment attachés.

Après le second retour du Roi, M. de Bausset reçut le chapeau de Cardinal. Appelé à l'Académie française, créé Duc, nommé Ministre d'Etat,
décoré du cordon du St.-Esprit, chacune de ses dernières années fut marquée par quelque témoignage de l'estime du Roi, et la France applaudis-
sait à des faveurs si sagement dispensées.

Mais l'âge s'appesantissait sur un corps débile et accablé par une maladie
qui avait torturé la vie de M. le Cardinal de Bausset, en même temps que
son âme conservait toute la sérénité d'une bonne conscience, et son esprit
toutes ses facultés intellectuelles : on peut en juger par les notices biogra-
phiques qu'il publia à cette époque sur le cardinal de Périgord, archevêque
de Paris, et sur l'abbé Legris-du-Val ; genre de composition littéraire dans
lequel il excellait (il l'avait déjà prouvé par un éloge historique du cardinal de Boisgelin), et à cette preuve on pouvait ajouter la lecture qu'il
faisait quelquefois à ses amis de quelques pages de l'histoire du ministère du
cardinal de Fleury, à laquelle il consacrait les moments où ses souffrances
étaient plus tolérables.

_____

(1) Moniteur du 27 août 1817 (n° 259).

La mort de M. le duc de Richelieu, à qui il était lié par les sentiments de l'amitié la plus tendre et la plus réciproque, avait frappé M. le cardinal de Bausset du coup le plus douloureux. Voulant consacrer le reste de son existence à la mémoire de ce ministre homme de bien, il avait le projet d'écrire son histoire et s'occupait à en rassembler les matériaux ; mais l'impitoyable mort ne lui permit pas d'y travailler, et l'un des prélats les plus vertueux et les plus savants dont la France puisse s'honorer, s'endormit du sommeil des justes, le 21 juin 1824, à l'âge de 76 ans.

Peu d'hommes ont réuni à un plus haut degré les qualités du cœur et les dons de l'esprit. Dans une vie si bien remplie, l'évêque d'Alais s'est toujours montré un modèle de charité, de tolérance, de bonté, d'obligeance, de douceur, d'affection pour ses parents et ses amis, et dans ses longues et fréquentes souffrances, dans le malheur comme dans la prospérité, on n'a pas vu s'altérer un moment en lui cette égalité de caractère, cette sérénité, cette résignation, cette présence d'esprit, cette modération, cette douce gaîté qui le faisaient chérir de toutes les personnes avec lesquelles il se trouvait en relation.

Quant à son esprit, ses ouvrages le font assez connaître ; mais sa conversation était encore supérieure à sa manière d'écrire, quoique celle-ci ne laissât rien à désirer, même dans la correspondance la plus intime. Ses lectures continuelles avaient embrassé tous les sujets possibles : ils s'étaient classés dans son imagination avec une précision et un ordre admirables ; et si le théologien et le publiciste, si l'homme d'Etat et le savant éprouvaient un sentiment d'admiration en entendant M. le cardinal de Bausset disserter avec tant de supériorité sur les matières les plus élevées parmi les connaissances humaines, on n'était pas moins surpris en le voyant calculer, avec la même facilité, les détails qui pouvaient se rattacher à la littérature, à tous les beaux arts et jusqu'aux moindres procédés de nos manufactures : rien ne lui était étranger. Cette prodigieuse instruction le mettait en situation de parler à chacun sur des objets qui pouvaient l'intéresser et le faire valoir ; il le faisait avec un tact, une modestie qui étaient un véritable don de la nature, et après une longue conversation avec un homme d'un tel mérite, on se trouvait satisfait de ne pas avoir été intimidé, et presque fier de ne pas s'être montré trop inférieur à lui. C'était surtout par une étonnante mémoire que brillait l'historien de Fénélon et de Bossuet. Dans sa jeunesse, il entendit M. de Rhullières lire, devant un cercle choisi, son Histoire manuscrite de la révolution qui, en 1762, précipita Pierre III du trône de Russie (1); et rentré chez lui, il transcrivit de mémoire cet ouvrage, qui l'avait vivement frappé. Ce fait se répandit dans la société, et M. de Rhullières lui-même eut besoin d'être assuré de la vérité de ce qu'on lui avait rapporté et de la loyauté de M. de Bausset, pour être convaincu qu'il n'avait rien à redouter de cette prodigieuse mémoire. On conçoit tout le parti que pouvait tirer de ses moyens intellectuels, possédés à un si haut degré, un homme doué de tant d'esprit naturel, et qui, ayant tant lu, n'avait, pour ainsi dire, rien oublié.

Tel a été M. le cardinal de Bausset, pendant une carrière assez longue, si l'on considère tout le bien qu'il a fait; mais trop courte pour ses amis, qui savent tout ce qu'il pouvait faire encore. En retraçant brièvement les principaux événements de sa vie, nous craignons ou d'en avoir affaibli l'éclat aux yeux de tous ceux qui l'ont connu, ou d'être taxé d'exagération par qui ne verrait pas sans quelque surprise tant de qualités réunies dans la même personne. Les faits répondront pour nous. La postérité a commencé pour sa réputation, et les regrets de l'Académie annoncent assez le jugement qu'elle portait sur le mérite d'un tel confrère.

---

(1) Cet ouvrage, qui a près de 400 pages, n'a été imprimé qu'après la mort de Catherine II, ainsi que M. de Rhullières en avait pris l'engagement.

N° 11. Second rapport sur la reprise du projet du Canal de Provence (1).

A Marseille, le 19 Avril 1827.

QUELQUES années se sont écoulées depuis qu'il vous fut présenté un rapport sur la reprise du projet du canal de Provence, et elles ont été employées de manière à compléter la réunion de tous les documents nécessaires pour apprécier cette belle entreprise et la mettre à exécution, pour peu qu'il ne se présentât pas de trop grandes difficultés. Dans l'intervalle un premier aperçu avait été inséré au Recueil des actes administratifs (n° 12, année 1825), dans l'intention de faire connaître le premier résultat des nivellements et des autres opérations sur le terrain. Aujourd'hui tous ces travaux préparatoires sont terminés, et j'ai l'honneur d'en entretenir l'Académie, qui, ayant pris un grand intérêt à la réussite de cette très-importante amélioration, apprendra avec une vive satisfaction que tout a répondu aux espérances conçues sur sa possibilité.

Ainsi la rédaction des plans et devis a heureusement confirmé tout ce qui avait été avancé sur la possibilité d'exécuter ce bel ouvrage, sur la dépense qu'il entraînerait et sur les avantages que pourraient en retirer nonseulement les propriétaires des territoires que traverserait le canal, mais encore la compagnie qui se chargerait de l'entreprise.

Vous allez donc, Messieurs, être instruits de toutes les opérations auxquelles il a fallu se livrer ultérieurement, et du résultat définitif qu'elles ont présenté ; mais avant d'en venir à ces objets, il convient de rappeler toutes les circonstances qui ont précédé la reprise du projet qui nous occupe, faut-il répéter ce qui a déjà été dit sur ce point.

---

(1) Ce rapport peut être considéré comme la suite et le complément du précédent (page 100) ; il a été inséré aussi dans le n° 19 (année 1827) du Recueil des actes administratifs.

Adam de Craponne avait eu , dès l'année 1557 , l'idée de faire dériver les eaux de la Durance jusqu'à Marseille; après lui, en 1575 , des nivellements furent faits à la hauteur du rocher de *Cante-Perdrix*.

Le célèbre Peyresc ayant étudié ces premiers documents en 1628 , ses recherches le déterminèrent à demander en Hollande des ingénieurs hydrauliques ; mais la peste qui désolait la Provence, et les événements politiques dont elle était le théâtre à cette époque , ne permirent pas de donner de la suite à ces projets.

Les nouvelles tentatives auxquelles se livrèrent , en 1645 , MM. les ingénieurs Colomby , Desmarets et Lombard , n'eurent d'autre résultat que de constater la pente des terrains et la possibilité d'amener les eaux à Aix.

La longueur du canal et le devis des travaux à faire dans la distance à parcourir jusqu'à cette ville furent encore vérifiés, en 1663 , par l'ingénieur Colomby , d'après les ordres de M. le duc de Mercœur , alors gouverneur de Provence , qui, l'année précédente, avait envoyé les rapports au Roi, dont on tenait des lettres-patentes portant concession de cette dérivation.

En 1702 , M. de Pallade sollicita l'autorisation de construire ce canal, dont il voulait établir la prise à une assez grande distance en aval de *Cante-Perdrix* , et M. le Maréchal de Vauban , qui fit à cette époque un voyage en Provence , fut engagé à visiter les lieux. Non-seulement il reconnut que le plan était bon dans ses bases et pouvait être mis à exécution , mais encore il attacha quelque prix à diriger, par son crédit et ses conseils, les démarches qu'il y avait à faire : car , en quittant la ville d'Aix , il adressa ces paroles remarquables aux Administrateurs : *Messieurs , je vais continuer ma tournée , mais je reviendrai bientôt et nous remuerons des terres.* La mort, qui le surprit peu de temps après , put seule arrêter le zèle éclairé qui animait ce grand homme pour tout ce qui pouvait intéresser la défense , la gloire et la prospérité de sa patrie.

Les Etats de Provence prescrivirent en 1724 une nouvelle visite des ingénieurs ; mais, comme la dépense à faire fut évaluée à des sommes trop fortes pour les conjonctures où l'on se trouvait , on ne jugea pas à propos de donner suite aux dispositions premières.

Cette entreprise reçut une nouvelle vie en 1733, par l'étude qu'en fit M. Floquet, habile ingénieur de ce temps. Autorisé par les Etats, par le Roi, et devenu propriétaire de tous les droits que la famille d'Oppède avait obtenus en 1710 sur les dérivations de la Durance, il se livra sans relâche, avec zèle et intelligence, aux soins qui devaient précéder les ouvrages. Comme la cession en vertu de laquelle il agissait n'était valable que pour un temps déterminé, il fallut un titre confirmatif du précédent lorsque ce terme fut dépassé, et il fut accordé par un arrêt du Conseil, du 7 septembre 1765. Il paraît cependant que Floquet avait intéressé à son entreprise le Maréchal de Richelieu, car le nom de ce seigneur fut donné au canal, et de nouvelles lettres-patentes assurèrent la validité de cette concession.

Une compagnie s'était formée dès l'année 1764 : elle présentait 9500 actions qui, en raison de 160 francs, devaient former un premier capital de 1,536,000 francs. Quoiqu'on ne pût trouver que 7010 souscripteurs, les travaux n'en commencèrent pas moins, à la satisfaction générale. La prise d'eau de *Cante-Perdrix* et un creusement assez considérable en longueur furent les premiers résultats de l'entreprise, et sont encore aujourd'hui des monuments de cette belle conception. Peut-être aurait-elle été couronnée d'un succès complet, si les moyens d'exécution avaient été mieux concertés, et si la défiance ne se fût glissée parmi les actionnaires. Les frais d'administration et de régie épuisèrent une grande partie des ressources : on eut recours à des emprunts ruineux : les actions se négocièrent et se discréditèrent successivement ; tellement qu'on fut contraint d'abandonner ce qui était fait, deux ans après l'avoir commencé.

Floquet, vivement affecté mais non découragé, redoubla d'efforts pour former une autre association, en profitant des fautes que la précédente avait faites : il ne put y parvenir, et mourut de chagrin à Paris, en 1771, après dix-sept ans de démarches infructueuses.

Trois ans après, M. Deyssautier se fit le chef d'une nouvelle compagnie qu'il était parvenu à former. Il échoua, et il devait en être ainsi, parce qu'il lui fallait vaincre de nombreux obstacles dans les points contentieux à régler, avant tout, avec les précédents actionnaires, et que d'ailleurs les recon-

18*

naissances préliminaires qu'il fallait recommencer, devaient entraîner un temps précieux et des frais considérables.

En 1785, l'Administration de Provence avait accordé des lettres-patentes à un ingénieur nommé Brochier; mais la révolution ne permit pas de donner la moindre suite à ces vues. Ce fut vainement qu'en 1791 cet ingénieur entretint le Directoire du département de la reprise de ce projet : les circonstances ne permirent plus de s'en occuper, et les choses en demeurèrent là.

Ces antécédents avaient trop bien fixé l'attention de l'Administration actuelle, et trop d'avantages devaient résulter de la réalisation du canal projeté, dans une contrée où les moyens d'arrosement sont regardés comme le premier des bienfaits, pour que ce ne fût pas là un des principaux objets de mes soins. Pénétré du premier aspect des lieux et d'une lecture attentive de l'ouvrage publié en 1742 par Floquet, dès l'année 1818 les dispositions qu'il convenait de faire furent arrêtées.

Le premier ingénieur avec qui j'en conférai fut M. Plagniol, attaché à l'Arrondissement d'Aix. Il établit, dans un mémoire très-bien fait, la possibilité de creuser ce canal et de conduire les eaux de la Durance à Marseille. Il pensa même que la dépense de cet œuvre ne dépasserait pas 15 ou 16,000,000 de francs, et que des produits considérables indemniseraient amplement la Compagnie qui se livrerait à cette entreprise.

Le Conseil général, entretenu de ces vues, mit quelques fonds à la dispositions de l'Administration, pour faire sur le terrain les reconnaissances et les nivellements nécessaires. Ces opérations eurent lieu, mais leur résultat ne présenta pas les documents attendus. On crut devoir renoncer à la prise d'eau établie par Floquet au rocher de *Cante-Perdrix*, et la porter à une lieue au-dessous, c'est-à-dire aux forts de Peyrolles; changement très-important, motivé principalement sur ce qu'au point de la prise d'eau de Floquet, les basses eaux de la Durance avaient baissé de 1 mètre 237 millimètres, tandis qu'elles s'étaient exhaussées au lieu désigné comme devant devenir le point de dérivation. Le projet établi sur cette base faisait perdre environ 7 mètres de pente, de la Durance à la partie moyenne de la colline qui domine la ville d'Aix au nord ; or, pour recouvrer cette pente perdue et atteindre un des principaux résultats, celui de donner des eaux à ce vaste territoire, il fallait recourir à d'immenses sinuosités et surtout à des coupements de rochers extrêmement dispendieux et de difficile exécution. La dépense se trouvant donc hors de toute proportion avec les avantages présumés, de nouveaux documents furent nécessaires pour se faire des idées précises sur la possibilité de faire réussir l'entreprise.

M. l'ingénieur en chef Garella ayant été chargé de faire un rapport sur toutes ces difficultés et sur les moyens de les vaincre; il fut établi par lui dès les premières reconnaissances sur le terrain, que l'abaissement du sol de la Durance n'existait point, et que la prise d'eau à *Cante-Perdrix* étant incontestablement le seul point convenable pour opérer la dérivation, c'était à ce principe qu'il fallait s'attacher; qu'il convenait de s'en tenir à la direction projetée par Floquet et qu'on avait déjà commencé à suivre, sauf les changements qu'une nouvelle étude des localités ferait reconnaître avantageux et praticables, en s'attachant d'ailleurs à diminuer le nombre des coupements; qu'enfin, ces résolutions une fois adoptées, il répondait des résultats, avec un *maximum* de dépense qui ne dépasserait pas 16,000,000 de francs, et produirait au moins 15 pour 100 de bénéfice.

Ce rapport fut mis sous les yeux du Conseil général du département avec tout le développement dont il était susceptible. Il en résulta le vote le plus pressant pour qu'il fût donné suite au projet. Comme on jugea que les opérations préliminaires nécessiteraient l'emploi d'une somme de 18,000 francs environ, il fut déterminé que le Conseil général en allouerait la moitié sur divers exercices, et que le surplus serait fourni par la ville de Marseille, dont le Conseil municipal avait voté d'une manière non moins favorable pour la reprise des travaux du canal de Provence.

Tout cela se passait en 1820 et 1821; et ces allocations ayant reçu l'approbation ministérielle dans les budgets respectifs, M. Garella s'occupa, pendant toutes les années subséquentes, d'un travail entrepris avec un zèle digne de tout éloge, et terminé avec un vrai talent; car il est à remarquer qu'excepté un mémoire imprimé dont il a été fait mention, il ne reste aucun vestige des plans et devis que Floquet avait dû dresser.

C'est le bel ouvrage destiné à y suppléer que M. Garella a soumis à M. le Directeur général des ponts-et-chaussées; formalité qui doit précéder toute autre disposition, puisque avant tout, le projet doit être reconnu conforme aux règles de l'art, afin de présenter une suffisante garantie à ceux qui voudraient se livrer à une aussi utile entreprise.

Après cet examen, le projet sera soumis au ministre, pour que les moyens d'exécution soient ordonnés ensuite de l'acte par lequel le Gouvernement aura autorisé une concession, ainsi qu'il a été fait pour le *Canal des Alpines*. Mais préalablement il a fallu : 1º résumer aussi brièvement que possible tout ce qui a précédé les dispositions actuelles, 2º analyser le mémoire explicatif présenté par M. Garella à l'appui de son projet, 3º faire connaître les avantages qui doivent évidemment résulter de l'exécution de ce projet, 4º présenter enfin quelques observations sur les principales difficultés auxquelles il faut s'attendre et sur les moyens à employer pour assurer cette exécution dans le plus bref délai possible.

Le premier point venant d'être traité à fond, il faut arriver au second, dont il a été retranché tout ce qui a rapport au tracé rigoureux du canal; ces détails pouvant être connus promptement et parfaitement à la simple inspection des deux premières cartes de l'atlas et d'une lithographie dont on s'occupe en ce moment (1).

La prise d'eau qui s'effectue au point même où Floquet l'avait déterminée, suit, à quelques contours près, la direction projetée par cet ingénieur jusqu'à la chaîne de *Rognes*. Là, Floquet avait hésité entre un percement de rochers de 6,359 mètres de longueur, qui aurait coûté de 4 à 6,000,000 de francs, et le contour de la montagne. M. Garella ne balance pas à prendre ce dernier parti, et conduit son canal au point où Floquet tournait à l'Est pour arriver au dessus d'*Aix*. Ici se déciderait un point capital du projet actuel; c'est que le territoire de cette ville et celui de quelques autres Communes seraient servis par une branche de dérivation, au lieu de l'être

(1) Elle a été terminée, et on en conserve un grand nombre d'exemplaires aux archives de la Préfecture.

par la branche mère; ce qui, sans entraîner aucun désavantage, produit une grande économie. Ensuite le canal arroserait les Communes de *Vernègues*, *Lambesc*, *Saint-Cannat*, *Eguilles*, et une partie de celle de *Ventabren*. C'est dans ce territoire, au lieu dit *Roquefavour*, que le canal traverserait la rivière de l'Arc, et ce passage s'effectuerait sur un magnifique aqueduc à trois rangs d'arches, évalué à 1,186,053 francs 10 centimes; ouvrage d'art remarquable sous tous les rapports. Peu avant, on pratiquera une dérivation qui arrosera les territoires de *Lafare* et de la section de *Condoux* qui en dépend, l'autre partie du territoire de *Ventabren* et celui de *Berre*. Le canal principal prendra ensuite la direction de *Velaux*, passera au dessous de *Vitrolles* et viendra, toujours à mi-côte et contournant les sinuosités des collines, aboutir au village des *Pennes*, après avoir nécessité dans cet espace trois chutes d'eau, savoir : l'une de 40^m 341 de hauteur (repère 413); la 2me de 7^m 192, (repère 424) et la 3me de 5^m, (profil n° 1091). On peut étudier à cet égard les cartes de l'atlas (1).

A partir du village des *Pennes*, le canal se développera sur la croupe des montagnes auxquelles est adossée la route départementale, pour s'enfoncer ensuite dans le vallon de Bourbon. Là, les localités exigent un percement de rochers de 1,747 mètres, et le canal entre dans le bassin de *Marseille* près le hameau de la *Nerthe*, d'où il est facile de le conduire vers la partie supérieure du ruisseau des *Aygalades*, et de là dans tout le territoire de cette grande ville, en le dirigeant sur les hauteurs environnantes, qu'il abandonnera pour se jeter dans la mer, après avoir rempli sa destination.

Par ces modifications, le projet de M. Garella constate une longueur de 163,679^m 25, dont tous les points principaux sont marqués sur le terrain par 481 repères en pierre et par 1545 profils relatés sur la carte générale et sur celles qui présentent les détails. La longueur établie par Floquet

---

(1) Il se compose : 1° de deux cartes contenant, l'une le tracé général du canal, et l'autre son cours dans le territoire de Marseille ; 2° de 22 cartes contenant le détail du tracé ; 3° du dessin des principaux ouvrages d'art ; 4° de 101 feuilles de profils, de nivellements et sondes ; 5° d'un volume contenant le Mémoire explicatif, les devis et détails.

était de 180,000 mètres : il y aurait déjà une diminution de 16,300 mètres.

Quant à la pente, elle est reconnue de 224 mètres depuis la prise d'eau jusqu'à la mer, et ce point convenu, M. Garella établit son nivellement sur un pouce pour 4,500, ou de 0^m 000,222 par mètre. On a vu que quelques chutes sont commandées par la nature du terrain.

La largeur du canal de Floquet était de 8 mètres à la cuvette, sur une profondeur de 2^m 50 ; les taluds fixés à 2 mètres de base pour 1 mètre de hauteur.

M. Garella donne au fond de son canal 7 mètres de largeur et 9^m 70 aux taluds, à la prise d'eau ; mais il a calculé que la contenance devait diminuer en proportion de la perte résultante des eaux successivement cédées pour des irrigations ou des usines.

Enfin, le projet actuel réduit à 5,298^m 19 le percement de rochers que Floquet portait à 16,000^m. Ces percements sont les suivants :

1º Au pied du col de Poméros, repère 205 (percé souterrain.)	370^m »
2º Au col de Beaume mère, repère 251 et 253 (à ciel-ouvert.)	123 69
3º Au col de Jacorelle, repère 280 (percé souterrain.)	415 »
4º Au vallon de Valbonnette, repère 299 (percé souterrain.)	244 »
5º A la colline des Taillades, repère 337 (percé souterrain.)	1440 »
6º Au contre-fort de la colline de Velaux, repère 439, (percé souterrain).	244 80
7º Au vallon de Saragosse, repère 445 (percé souterrain.)	616 »
8º Près de Marignane . . . . (percé souterrain.)	97 70
9º Pour traverser la chaîne de l'Etoile, repère 469 (percé souter.)	1747 »
TOTAL	5298 19

A la vérité, on est obligé d'y suppléer par des contournements de rochers, par des aqueducs et par quelques ouvrages d'art assez dispendieux ; mais ce n'en est pas moins un résultat propre à constater d'excellentes études sur le terrain, à produire des économies, à inspirer toute confiance pour le succès de cette grande entreprise, et à militer fortement en faveur des vues de M. Garella, dont toutes les opérations sont parfaitement justifiées : il pense que les travaux pourraient être terminés dans cinq ans.

Le canal de Floquet devait arroser le territoire de treize Communes. Aujourd'hui, moyennant les changements proposés, celui de M. Garella en arroserait vingt-quatre. Ces Communes ayant été consultées ont, à l'exception de Peyrolles et de Charleval, demandé l'arrosage pour 21,634 hectares de terre, savoir:

	HECTARES. A ARROSER	USINES A ÉTABLIR.	VOLUME D'EAU pour		
			ARROSAGE.	USINES.	FONTAINES.
Peyrolles	»	»	»	»	»
Meyrargues . . .	300	5	0, 21		
Le Puy	2,000	3	1, 40	0, 75	»
Rognes	300	3	0, 21		
La Roque. . . .	50	»	0, 035	:»	»
Charleval	»	»	»	»	»
Vernègues	300	1	0, 21	0, 185	»
Lambesc	500	1	0, 35		
St.-Cannat	300	»	0, 21	0, 64	»
Lançon.	400	2	0, 28		
La Fare. . . . . Comprenant le lieu dit Gondoux.	900	2	0, 63		
Ventabren	320	2	0, 224	1, 385	»
Velaux	474	3	0, 331		
Berre	700	6	0, 49		
Eguilles.	500	»	0, 35	»	»
Aix	800	25	0, 56	1, 77	0, 265
Albertas.	1,000	»	0, 70	»	»
Cabriés	200	2	0, 14	0, 25	»
Rognac	190	2	0, 133	»	»
Vitrolles	700	3	0, 49	»	»
Les Pennes . . .	300	»	0, 21	»	»
Gignac.	200	2	0, 14	0, 252	»
Marseille	10,000	200	7, »	8, 90	1, 325
Allauch	1,200	16	0, 84	2, »	0, 135
	21,634 Hres	278	15, 143	16, 132	1, 725

TOTAL du volume d'eau dans le canal... 33 Mètres.

Il est reconnu, d'après l'examen des localités, que plus de 60,000 hectares pourraient également devenir arrosables; mais pour opérer sur des bases solides, il convient de fonder les calculs sur la quantité d'eau demandée, à quoi il faut ajouter le service de 278 usines énumérées dans les délibérations des Communes.

La dépense du canal est évaluée à 15,744,074 francs 59 centimes, dont 1,200,000 francs doivent servir à ouvrir des dérivations pour Aix et pour la branche qui ceindra le territoire de Marseille; évaluation totale qui s'éloigne peu des premières données établies par MM. Garella et Plagniol, tandis que Floquet ne présentait des calculs ni aussi positifs, ni aussi bien motivés. Il avait commencé par établir une dépense évidemment insuffisante qu'il avait cru ensuite devoir élever. Quant aux travaux qu'il commença, on les évalue au plus à 300,000 francs, et les faux frais et les dépenses accessoires se montaient au quintuple de cette somme; tellement que cet ingénieur mourut insolvable faute de pouvoir donner cours à son entreprise.

Pour subvenir à tous les besoins de l'irrigation et du mouvement des usines, le nouveau canal sera construit de manière à recevoir de la Durance 33 mètres cubes d'eau par seconde, ou 120 moulans d'eau (mesure vulgaire du pays) (1); mais, ainsi qu'on l'a déjà fait observer, cette quantité diminuera au fur et à mesure que le canal pourvoira d'eau les territoires supérieurs, et, parvenu à Marseille, il contiendra les 20 mètres cubes d'eau nécessaires pour le service de cette ville, de son territoire et de celui de la Commune d'Allauch. Il est à remarquer que, pendant les mois où l'on cesse d'arroser les terres, le canal ne fournira que 17 mètres d'eau par seconde, quantité plus que suffisante pour les usines établies sur son cours et pour les fontaines des villes d'Aix et de Marseille.

Il résulte de ces faits, que le canal sera d'un immense avantage pour l'agriculture, en arrosant 21,634 hectares de terre, avec possibilité de rendre ce service à une superficie triple. Sur un sol calciné par les ardeurs du climat, c'est certainement le plus grand bienfait dont on puisse favoriser

(1) Le moulan d'eau est une quantité de 265 litres par seconde.

une population laborieuse. On peut y ajouter encore le *colmatage*, opération qui, au moyen du dépôt successif du limon transmis par les eaux de la Durance, fertilise les terrains les plus arides.

L'industrie n'en retirera pas des résultats moins avantageux, ce canal pouvant donner de l'eau à 278 usines, où les produits du pays seront mis en œuvre pour une foule d'objets importants que le commerce et la marine allaient chercher au loin et à grands frais.

Le canal contribuera aussi à la salubrité des lieux, en fournissant une eau pure aux fontaines publiques, en facilitant le nettoiement des rues et en donnant à la végétation un développement qui contribuera à assainir l'air.

On complètera le tableau de tant d'heureux effets, si l'on examine de quoi se composeront les produits de ce canal et les bénéfices qu'il doit offrir à la compagnie qui se chargerait de cette belle et grande entreprise. Il n'y a pour cela qu'à suivre les calculs de M. l'ingénieur en chef Garella, dans l'ordre qu'il les a présentés, en observant toutefois que le prix donné aux eaux est fondé sur des renseignements locaux, et que rien n'empêcherait aux intéressés de traiter de gré à gré avec la Compagnie propriétaire de ces eaux.

1° La ville de Marseille retire de la rivière d'Huveaune un volume d'eau de 1,006 deniers, quantité évidemment insuffisante, et sur laquelle même on ne peut pas toujours compter. On demande dans le *nouveau* canal cinq moulans d'eau, ou 12,073 deniers (1) (11,468 modules d'eau, nouvelle mesure (2)). Chaque denier d'eau étant actuellement vendu par la ville de Marseille en raison de 30 francs par an, il résultera de la vente de ces 12,073 deniers d'eau, cédés à 30 francs le module, un produit annuel de . . . . F. 344,040

2° Aix demande un moulan d'eau et Allauch un demi-moulan, ou 3,456 modules, qui, évalués à 30 fr., produiront.   103,680

447,720

---

(1) Le denier d'eau est une quantité de 6 litres 585 par minute.
(2) Le module d'eau présente une quantité de 1/20 plus grande que le denier.

Report.	447,720

3° On présume que sur 7,660 maisons de campagne qui existent aux environs de Marseille, 5,000 propriétaires prendront un ou deux modules d'eau chacun, qu'ils paieront 50 francs et dont ils pourront se servir pour l'arrosage des jardins et des prés ; ce qui, au terme moyen d'un module et demi, rendrait 375,000

4° L'irrigation de 20,134 hectares, en raison de 60 francs l'un, déduction faite de 1,500 hectares arrosés par suite des concessions mentionnées en l'article 3, donnera un produit de. 1,208,040

5° Les 278 usines pouvant payer, l'une portant l'autre, une redevance annuelle de 1500 francs, ci 417,000

TOTAL des produits présumés. . . . .F. 2,447,760

(Il est à remarquer que Floquet avait toujours évalué à 2,400,000 francs les produits du canal de Provence).

A ces revenus on peut ajouter ceux que présenteraient les francs-bords du canal en feuilles de mûriers et en herbages ; il faut aussi tenir compte du fermage de la pêche, du colmatage des terres, enfin du droit d'arrosage, qui, le canal terminé, ne manquera point de s'étendre à une superficie bien plus étendue que celle de 21,634 hectares, sur lesquels on a dû compter seulement, puisque les Communes ont borné là leurs demandes ; mais ces articles de produits ne sont ici relatés que pour mémoire, attendu qu'ils serviront à couvrir les frais d'entretien des ouvrages du canal, et qu'ils offriront, dans tous les cas, un surcroît de bénéfice propre à fortifier la confiance de la compagnie concessionnaire du canal.

Ces calculs conduisent à un résultat qui fait ressortir l'intérêt des fonds en raison de 15 1/2 p 0/0.

Les articles premier et deuxième des produits sont incontestables, puisque c'est avec les villes elles-mêmes que les actionnaires auront à traiter.

Le cinquième est fondé sur une utilité si évidente que l'on doit y reconnaître, sinon une rigoureuse évaluation, du moins un produit certain. Enfin, en admettant que 5000 *Bastides* de Marseille ne prennent pas toutes de l'eau, et que le taux de 50 francs soit susceptible d'être réduit d'un cinquième ; en supposant encore que le droit d'arrosage soit porté trop haut à 60 francs, et qu'il faille, à l'application, le porter à un taux moins élevé dans les Communes purement agricoles : en diminuant d'un tiers les produits, pour aller au devant de toutes les objections possibles, ce qui est assurément une large concession, il n'en sera pas moins *mathématiquement* et *rigoureusement* démontré qu'on placera ses capitaux à 10 pour 0/0 en devenant actionnaire du canal de Provence, tel que le projet en a été conçu et rédigé par M. Garella.

Or, dans les conjonctures présentes, avec la direction qu'ont prise toutes les spéculations, avec la confiance qu'inspire le Gouvernement du Roi, quelle Compagnie hésiterait à se charger d'une opération immense à la vérité, mais où tout est calculé de la manière la plus positive, *possibilité*, *dépenses* et *produits?* Que ces faits soient connus ; qu'un acte du Gouvernement autorise la concession après un examen approfondi, nul doute que la concurrence ne s'établisse pour exécuter ce beau projet, et que le règne de Charles x ne réalise une amélioration qui ouvrira l'ère d'une nouvelle prospérité en faveur d'un département si distingué pour l'activité, l'industrie et les bons sentiments de ses habitants.

Ce projet présentait d'immenses difficultés sous le rapport des localités. Malgré les tentatives faites à diverses époques et le commencement d'exécution donné vers le milieu du siècle dernier, on doutait encore de la possibilité de mettre en œuvre une aussi grande conception. Aujourd'hui tous les doutes doivent disparaître devant un ouvrage fruit de cinq ans d'études très-approfondies, faites avec les talents et le zèle qui caractérisent nos ingénieurs et en particulier M. Garella. Quand le travail aura été examiné et approuvé par la direction générale des ponts-et-chaussées, à laquelle il appartient exclusivement de prononcer sous le rapport de l'art, le problème de la possibilité sera résolu, dût-on même y faire des changements qui en augmenteraient la dépense (1) : mais il est des objections d'un autre genre qu'il faut reconnaître et combattre avant même qu'on puisse les proposer.

Plusieurs canaux d'irrigation, celui de *Craponne*, celui des *Alpines*, d'autres qui arrosent le territoire du département de Vaucluse, et quelques-uns moins importants, placés sur la rive gauche, sont dérivés de la Durance sur divers points en aval de la prise d'eau du canal de Provence. Des propriétaires des terrains arrosés par ces canaux ont paru craindre que la nouvelle prise ne pût diminuer le volume d'eau qui leur est nécessaire et dont ils ont fait l'acquisition par actes authentiques. Un mot suffira pour rassurer les hommes de bonne foi : c'est que la Durance, cubée au rocher de Cante-Perdrix, roule en mètres cubes d'eau par seconde, une quantité supérieure à celle que tous les canaux existant, pris ensemble, peuvent recevoir, laquelle quantité ne dépasse pas quatre-vingt mètres cubes.

---

(1) Ce surcroît de dépense pourrait avoir lieu par suite de l'élargissement du canal, dans la vue de lui donner la capacité de recevoir une plus grande quantité d'eau, pour subvenir à l'arrosage d'une superficie de terres double ou triple de celle que nous avons indiquée. Il serait possible aussi qu'on reconnût la nécessité de faire au plafond quelques ouvrages pour obvier à l'infiltration des eaux, et de creuser des contre-fossés pour en recevoir l'excédant dans les cas de pluies extraordinaires. Ces augmentations du volume des eaux pourraient enfin se rapporter à l'intention où le Gouvernement serait de donner suite au projet de construire un canal qui, par les étangs de Caronte et de Marignane, compléteraient la navigation du canal de Bouc jusqu'à Marseille. Toutes ces hypothèses rentraient dans l'avis qu'avait à émettre M. l'inspecteur divisionnaire Desfougères ; mais le conseil général des ponts-et-chaussées, après un examen approfondi, a reconnu que ce projet dont l'exécution serait si avantageuse au département, ne laissait rien à désirer sous le rapport de l'art, et que M. Garella méritait les plus grands éloges pour l'habileté et le zèle déployés par lui dans ce beau travail. En conséquence, M. le directeur général, par sa lettre du 10 décembre 1827, a fait connaître qu'il l'approuvait, sauf quelques légères rectifications : il a prescrit toutefois 1° que préalablement à toute concession il serait fait un cubage de la Durance au lieu dit Cante-Perdrix, afin de s'assurer que la rivière contient assez d'eau pour servir le canal de Provence sans nuire aux dérivations inférieures ; opération qui se fera contradictoirement avec MM. les ingénieurs de Vaucluse, dans le courant du mois d'août 1829 ; 2° que M. Garella compléterait le projet en rédigeant les plan et devis de la partie du canal de Provence qui doit ceindre et arroser le territoire de Marseille. Cet ingénieur vient de terminer ce travail qui n'était pas sans de grandes difficultés, et bientôt il sera soumis à M. le directeur général.

Nous ne saurions considérer comme des obstacles les réclamations qui ont été adressées à l'Administration relativement aux concessions faites en 1507, en 1619, en 1648, en 1677 et en 1710, à M. le Marquis d'Oppède, de « l'autorisation de prendre et de dériver les eaux de la Durance en tel « endroit qu'il voudra pour ouvrir un canal de telles largeur et profondeur « qu'il jugera convenables, de le conduire à travers les terres de Provence, etc.;» droits qui furent cédés à Floquet en 1736 et 1750, en vertu de lettres-patentes d'autorisation. Il paraît que des arrangements ultérieurs eurent lieu, puisque de nouvelles lettres-patentes du 7 septembre 1751 accordè-rent à M. le maréchal duc de Richelieu « la permission de faire construire « le canal de Provence, en exécution des anciennes concessions. » A dater de cette époque, le canal avait pris le nom de Richelieu, et il est vraisem-blable que les descendants de M. le maréchal revendiqueront aussi quelques droits. Leurs titres, ainsi que ceux de la famille de Forbin d'Oppède, se-ront examinés avec la scrupuleuse équité qui dirige tous les actes du Gou-vernement ; mais, dans l'hypothèse la plus favorable aux réclamants, rien ne serait à craindre relativement à l'exécution du canal projeté : il s'agirait seulement ou d'une indemnité ou d'une préférence à donner aux anciens concessionnaires ; préférence à laquelle l'Administration adhèrerait sans peine, puisqu'elle entraînerait l'obligation d'achever le canal.

Il est encore un autre point qu'il faut relater. Floquet avait fait, en 1753, des ouvrages qui existent encore et pourraient servir à l'œuvre nouveau. Ses successeurs ou héritiers, s'il en existe, ne manqueront pas de réclamer le remboursement du montant des dépenses, ce qui pourrait, sur un rapport estimatif dressé par des experts contradictoirement nommés, devenir une des clauses à imposer aux futurs concessionnaires. On n'a d'ail-leurs découvert aucun indice, ni sur les héritiers de Floquet, ni sur ceux des membres de la Compagnie qu'il avait formée. On ignore également ce que sont devenus les mémoires, plans et devis qui, après leur rédaction, auraient dû être remis à l'Administration publique.

Nous ne saurions nous dissimuler enfin que quelques intérêts privés, n'osant attaquer de front l'entreprise, exagèreront les difficultés, émettront des doutes sur la possibilité de l'exécution, diminueront l'évaluation des produits, et chercheront à inspirer des craintes de tout genre à la Compagnie qui se formerait pour solliciter la concession. Toutes ces manœuvres d'une opposition sourde, et entièrement dirigées par des vues privées, disparaîtront devant des considérations d'un ordre plus relevé et devant la résolution ferme et invariable que doit inspirer la conviction la plus profonde de tous les avantages à attendre de l'ouverture de ce canal d'irrigation.

Si l'État avait assez de ressources pour employer des fonds considérables à de telles améliorations, s'il n'était pas forcé de répartir entre les départements ce qu'il y peut destiner, nul doute qu'il ne dût se charger lui-même de cette entreprise, dont la dépense, partagée entre cinq exercices, s'élèverait à 3,200,000 fr. par an, mais qui triplerait la valeur d'une vaste contrée, assurerait le recouvrement des avances en peu d'années, au moyen de droits d'arrosage évalués de 10 à 15 p. %, et permettrait d'accroître dans une juste proportion les contributions des terres devenues arrosables, les eaux fussent-elles gratuitement concédées pour cet effet. Mais, puisque l'inflexible état des choses met obstacle à ce que le Gouvernement entreprenne lui-même ce canal; puisque le pays est, de son côté, dans l'impossibilité de faire de si grandes avances, il faut nécessairement avoir recours à des Compagnies, et reconnaître que c'est uniquement par leur entremise que l'on peut arriver au but proposé.

Déjà, sur quelques notions vagues, il y a eu des pourparlers et des propositions qui feraient présumer qu'après que le projet aura été connu et approuvé, il se formerait des Compagnies à Marseille, à Paris et même à Genève. En effet, les bénéfices sont trop bien constatés, pour que leur annonce n'excite pas le mouvement d'un grand nombre de capitaux.

Les travaux que l'art doit diriger une fois déterminés, la supputation de la dépense portée au devis reconnue exacte, les produits évalués dans une proportion plus ou moins grande, la Compagnie voudra du moins, avant de faire aucun frais, obtenir une garantie tant à l'égard de la quantité d'eau qui lui sera demandée qu'à l'égard du prix qu'on lui en donnera. Sur le premier point, il existe des délibérations des Conseils municipaux des Communes dont le territoire serait traversé par le canal; à l'exception seulement de celles de Peyrolles et de Charleval. Ces délibérations, contenant la réponse à la question qui a été faite à ces Conseils afin de savoir quelles seraient les quantités de terrains arrosables pour lesquels il est notoire que des eaux seront demandées, ont fourni la matière du tableau rapporté plus haut et où le total de ces quantités s'élève à 21,634 hectares; ce qui est fort au dessous de l'extension que peut avoir le service du canal, puisqu'on peut porter au triple, ainsi qu'on fait remarquer, l'étendue de terrain susceptible d'arrosement : et certes personne dans cette contrée ne saurait résister au besoin d'avoir des eaux quand on lui en offrira. Plusieurs particuliers au courant de ces sortes d'entreprises, et ayant des relations avec des capitalistes de Paris, ont témoigné le désir de voir les propriétaires de terrains à rendre arrosables souscrire d'avance l'engagement de prendre à un prix convenu une quantité d'eau déterminée. Il serait difficile de l'obtenir : on craindrait, et surtout les petits propriétaires, de contracter de pareilles obligations. Il est aussi évident qu'on ne saurait demander des soumissions anticipées pour les eaux à employer au mouvement des 278 usines qu'on présume, toujours sur la foi des Conseils municipaux, devoir être établies sur le canal.

Marseille, à la vérité, se présente dans une hypothèse toute particulière : elle demande 11,468 modules d'eau pour ses fontaines; Aix et Allauch en demandent 3,456. Le prix de ces eaux est connu, et voilà déjà près de 450,000 f., somme sur laquelle une Compagnie peut dès aujourd'hui compter, puisque c'est avec les villes qu'elle traiterait de ces concessions. L'arrosage de la campagne n'est pas moins assuré, sans doute. Mais comment déterminer cinq mille propriétaires à se lier ainsi d'avance? La fixation du prix serait encore une difficulté, non-seulement pour l'arrosage des environs de Marseille, mais encore pour celui de toutes les autres Communes. Le *maximum* en a été évalué par M. Garella à 60 f. pour chaque hectare, et cet ingénieur démontre très-bien que cette quotité n'est pas excessive, eu égard à l'immense accroissement de produit et de valeur qu'en recevrait le sol devenu arrosable.

Toutefois, ce taux de 60 f. pouvant ne pas s'élever davantage, l'on conçoit que la Compagnie voudra l'atteindre, tandis que les propriétaires chercheront à obtenir les eaux à un prix inférieur. Dans cette diversité de tendance, la force des choses établira un juste équilibre; mais vouloir le régler d'avance ne serait pas chose praticable.

Concluons de tout ce qui précède, que les bienfaits du canal sont assurés par tout ce que la science et la prudence des hommes peuvent présenter d'éléments positifs. La garantie désirable serait encore plus certaine, après une vérification des faits établis par le travail de M. l'ingénieur en chef Garella et un nouvel examen des localités. Cependant, il n'est pas moins vrai qu'on ne saurait calculer exactement, déterminer par anticipation et promettre avec engagement le produit des eaux que le Canal donnerait à l'irrigation des terres et au service des usines: il faut donc nécessairement agir en plusieurs points avec une confiance que tout d'ailleurs justifie au plus haut degré.

Telles sont les bases sur lesquelles porte le rapport qui a été adressé, sur cette importante affaire, à Son Exc. le Ministre de l'intérieur et à M. le Directeur général des ponts et chaussées, et on ne saurait douter, qu'après une régulière approbation, ce projet ne reçoive du Gouvernement du Roi toute la protection qu'on doit en attendre.

Ainsi que j'ai eu l'honneur de le dire, en commençant ce rapport, j'ai pensé qu'il vous serait agréable de connaître tout ce qui peut fixer votre opinion sur ce point si important et si digne de tous les soins d'une Administration qui ne laissera jamais rien en suspens quand il s'agira de la gloire et de la prospérité du pays confié à son zèle. Tout ce qui a été fait depuis quelques années relativement à la reprise des travaux du canal de Provence, (en cela, le Conseil général du département, et le Conseil municipal de Marseille ont puissamment secondé des vues qu'a remplies avec habileté M. Garella, ingénieur en chef, dont le travail doit être présenté à une juste reconnaissance), tout cela, dis-je, doit garantir que rien ne sera négligé pour conduire à bonne fin une entreprise si décisive pour le département. J'ignore s'il me sera donné d'en voir l'exécution; mais il constera toujours de mes vœux et de mes efforts. Si la prompte réalisation en était retardée, c'est qu'il se présenterait des obstacles plus puissants que toutes les démarches possibles, ou de nature à n'être pas à l'instant surmontés. Dans tous les cas, on trouvera désormais réunis les documents les plus positifs et les plus précieux, pour commencer les travaux dès qu'une Compagnie sera formée et que la concession en aura été consentie; résultat qui comblerait mes vœux les plus ardents. S'il en était autrement, une sorte de satisfaction me resterait, en pensant que c'est pendant mon administration qu'ont été préparés les plans et les devis d'un projet éminemment utile, d'un projet que tant de générations ont désiré de voir réaliser, et qui pourra toujours être mis à exécution dès que les circonstances deviendront favorables.

N° 12. Notice sur les fouilles de l'emplacement de l'ancien théâtre romain de la ville d'Arles.

À Marseille, le 31 Août 1828.

Le rôle que la ville d'Arles a joué dans la Gaule, lorsqu'elle était soumise à la domination romaine, nous permet d'affirmer qu'il n'existe aujourd'hui dans le royaume aucun lieu dont le sol recèle de plus précieux restes d'antiquités. La recherche qui en a été faite pendant ces dernières années, et tout récemment encore, a donné des résultats que l'Académie n'apprendra point sans un grand intérêt.

La vaste construction des Arènes a été dégagée, par des travaux récents, de 222 maisons qui l'obstruaient; opération qui a mis à découvert plus de 27 arcades des étages supérieurs et débarrassé la moitié de la galerie souterraine; ainsi on peut actuellement parcourir sans obstacle une étendue de 120 mètres au pourtour et une esplanade de 1500 mètres carrés dans le centre; mais il y avait en outre à Arles un théâtre romain, et ce qui reste de ce monument en plusieurs endroits l'atteste suffisamment. On ne peut rien dire de positif sur l'époque de sa construction, si ce n'est qu'Ammien-Marcellin rapporte (lib. 14) que Constantius, fils du grand Constantin, ayant passé un hiver à Arles, la trentième année de son empire, y donna les jeux du théâtre et du cirque avec une magnificence extraordinaire. D'un autre côté, Pomponius Lætus atteste que l'Empereur Gallus y fit représenter les mêmes jeux, le 6 des ides d'octobre, en l'année de son avènement au trône des Césars.

Il est donc permis de penser que le théâtre d'Arles était un édifice magnifique, embelli de sculptures, orné des chefs-d'œuvre de l'art, et digne en un mot de la grandeur romaine ainsi que de l'importance d'une des métropoles de l'empire. C'est ce qui est justifié d'ailleurs par la beauté des débris retirés du sein de la terre où ses ruines sont ensevelies.

Aucun monument historique n'a conservé le souvenir des motifs ni du temps de cette destruction. Seulement on présume que les premiers évêques d'Arles, notamment St. Hilaire, ayant jugé que le goût passionné des habitants pour les représentations scéniques et pour d'autres jeux incompatibles avec l'esprit du christianisme, était entretenu par l'aspect des symboles de la fable, excitèrent le peuple, par une prédication éloquente, à faire disparaître pour toujours ces images profanes. Les plus beaux marbres furent donc consacrés à l'embellissement des temples nouvellement élevés au vrai Dieu. Toutefois, il paraît que les destructeurs se contentèrent de renverser les statues après leur avoir abattu la tête, et qu'ils les couvrirent sur la place même avec les terres jectisses dont elles sont encore couvertes. Tout ce qu'on jugea pouvoir servir à la décoration des églises fut ensuite enlevé. C'est ainsi que les six petites colonnes qui supportent les avant-corps du portail de la basilique de St.-Trophime, et les deux colonnes de basalte qui ornent les fonts-baptismaux, passent pour avoir appartenu au théâtre.

Quand le temps fut venu où les emblèmes du paganisme purent reparaître au grand jour sans ébranler la foi des peuples, toutes ces circonstances auraient dû inspirer le désir d'arracher tant de précieux objets aux profondeurs qui les recèlent ; mais le sol de l'ancien théâtre n'a jamais été fouillé dans la vue d'en retirer les statues qui ornaient le fond de la scène, et qui gisent presque toutes sur la place même où elles sont tombées. C'est en faisant creuser une citerne, qu'un particulier fut assez heureux pour découvrir, en 1651, la belle statue connue sous le nom de Vénus d'Arles, et qui est un des plus beaux ornements du Musée royal de Paris. Le torse de Jupiter fut trouvé, en 1788, dans la même maison; et deux danseuses, ainsi qu'une multitude de morceaux de grand prix, sortirent du déblai d'une cave.

Il n'y a que cinq ans environ que les administrateurs de la ville d'Arles, partageant les vœux des habitants les plus recommandables, et encouragés par les dispositions de l'Administration supérieure, conçurent le projet de faire entreprendre des fouilles. Un plan géométral, présentant la circonvallation et les distributions principales de l'ancien théâtre romain, fut dressé d'après les données fournies par ce qui en reste à la superficie de l'emplacement et par les pieds-droits existants dans les caves des maisons bâties dans son enceinte. Ce plan indique distinctement le double portique qui régnait autour du théâtre; et dans l'épaisseur étaient pratiqués les corridors, les escaliers de montée, les vomitoires et autres moyens d'issue et de circulation. On y voit les parties de la façade extérieure de ce portique qui sont encore debout, et que l'on nomme vulgairement aujourd'hui l'arceau de la Miséricorde et la tour de Roland ou la Dominante; la partie semi-circulaire qu'occupaient les siéges des spectateurs; le reste de cet espace, formant le parallélogramme de la scène, enfin la place de la porte que les anciens désignaient sous le nom de *Regia*, et dont l'un des côtés est encore flanqué de deux belles colonnes de marbre africain qui attirent les regards des curieux.

L'examen des lieux et la nécessité de respecter les droits de propriété firent borner les premiers travaux à des tranchées, que l'on ouvrit dans la rue du vieux Collége, à vingt mètres de la façade extérieure de la Dominante, sur 10 mètres de longueur et sur deux de largeur. A la profondeur de 2 à 3 mètres, on rencontra des massifs de pierres d'énorme dimension, que l'on reconnut, à leur arrangement et à leur direction, être les gradins circulaires qui entouraient l'orchestre; et à 5 mètres au bas de ces

gradins, on trouva le commencement d'un pavé de marbre blanc légèrement veiné de bleu, qui se prolongeait sous les maisons des deux côtés de
la rue; ce qui ne pouvait être que le pavé de l'orchestre. Sous ce pavé,
qu'on n'a pu suivre qu'à une petite distance, à cause du peu de largeur de
la tranchée, s'est rencontré un canal voûté, couvert à grosses dalles, construit en pierres communes, profond d'un mètre et se dirigeant de l'Est à
l'Ouest sous les maisons. Quelques jours après, on arriva au mur qui séparait l'orchestre de l'avant-scène, ou *proscenium*, et que les Anciens nom-
maient *podium*. C'est en suivant ce mur jusqu'au point correspondant au
milieu de l'avant-scène et de l'hémicycle, qu'on a trouvé un bas-relief de
marbre blanc représentant la victoire d'Apollon sur Marsyas et le supplice
de ce téméraire. Ce monument, peu remarquable sous le rapport de l'art,
est plus curieux par les conjectures qu'il autorise; tenant vraisemblablement à quelque circonstance qui lui avaient fait assigner une place environnée de chefs-d'œuvre de la bonne école, et annonçant qu'il était là
pour la consécration de l'édifice au dieu des vers et de la musique.

Le lendemain, on retira de la tranchée une tête de statue grecque de
grande dimension et à laquelle tient une partie de la poitrine et la naissance du bras gauche. Le travail du ciseau, dans la partie inférieure, prouve
que ce buste tronqué était ajusté à un corps dont il n'a pas été séparé par
fracture. Aucun attribut ne vient aider l'imagination à qualifier cette représentation; mais la majesté du visage, l'expression de la physionomie, la
beauté sévère des traits et leur douce fierté décèlent suffisamment la chaste
Diane, que désigne aussi ce qui a été pratiqué sur la partie supérieure de
la bandelette pour fixer le croissant qui parait le front de la déesse. Le
nez a été malheureusement cassé par la chute ou abattu d'un coup de marteau; mais les lignes données par son adhérence au front et la courbe des
narines peuvent servir au travail d'un habile sculpteur qui entreprendrait
de rétablir cette partie. A cette mutilation près, la tête est d'une conservation étonnante. Quelques taches rouilleuses, produites par le contact des
sels de la terre où elle était ensevelie depuis quinze siècles, se font remarquer sur divers points; mais le fini de l'exécution, la pureté des contours,

les douces ondulations du col et des épaules, la vérité et la plénitude des formes produisent ce mélange de grâce et de gravité qui rendent l'ouvrage digne de servir d'étude et de modèle. Vous pouvez en prendre une idée, Messieurs, par le plâtre qui en a été déposé dans la salle ordinaire de vos séances.

Il n'est pas convenable d'arrêter votre attention sur les morceaux d'entablement, de corniches, d'architraves que les travaux ont fait successivement découvrir, non plus que sur les lampes sépulcrales et les médailles qu'on enlevait avec les terres. Ces objets n'ajoutaient rien au vif désir déjà conçu d'opérer sur un plus grand développement; et ces antiquités sont communes sur cette terre classique.

Enfin, par des transactions dues à un concours honorable où ont éclaté tout-à-la-fois le noble désintéressement de quelques personnes distinguées, le zèle civique du premier fonctionnaire municipal, de la Commission nommée par le Préfet, l'appui bienveillant autant qu'éclairé des membres du Conseil départemental et du Ministère de l'intérieur, dix-sept maisons qui couvrent tout l'emplacement de la scène sont devenues la propriété de la ville; et conséquemment, doivent disparaître, sur une étendue assez considérable, tous les obstacles qui jusqu'alors avaient fait resserrer les recherches dans les étroites limites des tranchées pratiquées le long des rues. Six maisons ayant été démolies dans la partie correspondante à l'avant-scène, on découvrit bientôt, à deux mètres de profondeur, les massifs de maçonnerie formant une galerie parallèle au diamètre de l'édifice et posés sur un sol de grosses dalles. Dès que l'on fut parvenu à quatre mètres encore plus bas, on trouva les parois de ces massifs revêtus de placages de marbres de diverses couleurs, et au dessous du sol antique, sur la roche vive, on aperçut des débris de corniches dont le style est aussi majestueux que les détails en sont bien finis; ce qui indiquerait que les destructeurs de l'édifice avaient voulu soustraire ces objets à toutes les recherches en les enfouissant à la plus grande profondeur possible.

Les travaux avaient été poussés jusque vers le centre du carré de douze mètres dégagé par la démolition des six maisons, lorsque, au milieu de

la tranchée, et après avoir traversé une couche presque entièrement composée de petits morceaux de marbre et de différents fragments de corniches admirablement travaillés, on a vu paraître un autel votif d'un superbe
marbre blanc de Paros, et qui, à l'exception de la corniche, est d'une parfaite conservation. Cet autel, haut de 75 centimètres sur 46 centimètres de
largeur, est orné, sur le devant, d'une couronne de chêne en relief, dont
les feuilles, les glands et le lien sont de la plus belle exécution. Une patère
et un vase aussi bien exécutés ornent les deux côtés. Enfin, peu avant d'atteindre à l'extrémité de l'espace déblayé, et après avoir dégagé, dans l'intervalle, une infinité de débris de candelabres, de trépieds, de tronçons de
colonnes, de supports en forme de pattes d'animaux et de petits fragments
de statues, on a trouvé, toujours à la profondeur de 4 à 5 mètres, un
Sylène de dimension plus que naturelle, appuyé sur un outre, assis les
jambes étendues. Quelques parties qui en ont été détachées ne sont pas
encore retrouvées. On a de plus découvert, à peu de distance de ce morceau
remarquable, la partie inférieure d'une statue de femme drapée, dont le
marbre, la pose et l'exécution sont analogues à celles des danseuses qu'on
obtint d'une fouille antérieure.

Ces résultats sont l'annonce des découvertes qui couronneront, sans doute,
les travaux à continuer prochainement sous le sol des maisons qui restent
du nombre des dix-sept, achetées par la ville d'Arles. Déjà l'on peut regarder
les dimensions de l'édifice enfoui comme mises au jour par les deux massifs trouvés dès le commencement de l'entreprise, et par un mur qui paraît
prolonger cette galerie vers la partie centrale, en suivant la direction du
mur diamétral qui séparait le *proscenium* de l'orchestre.

Les produits de ces fouilles dont les succès ultérieurs ne pourront que
nous intéresser de plus en plus, sont convenablement disposés dans le
Musée d'Arles, formé par les soins du Maire, M. le baron de Meyffren de
Laugier. Ces restes de l'Antiquité y attirent l'attention des curieux, et per-
pétueront l'illustration d'une ville qui fut le séjour de prédilection des
maîtres du monde.

QUATRIÈME PARTIE.

Ouvrages insérés dans divers recueils littéraires.

N° 1. *Promenade de S. A. R. Madame la duchesse de Berry à Notre-Dame de la Garde.*

Lorsque S. A. R. Madame la duchesse de Berry vint débarquer à Marseille, en mai 1816, des bulletins furent publiés pour faire connaître ce qui se passait successivement dans cette circonstance intéressante : mais on ne put comprendre dans ces récits périodiques la promenade que fit cette princesse à la chapelle de Notre-Dame de la Garde, épisode de son séjour à Marseille qui ne fut pas toutefois sans intérêt.

Cette omission fut réparée peu après le départ de S. A. R. et nous n'hésitons pas à faire figurer dans cette collection cet écrit publié en juin 1816, qui contient, d'ailleurs, une description assez exacte des lieux où se passa la scène intéressante qu'on nous saura gré, sans doute, d'avoir rappelée à nos lecteurs.

Peu de jours avant son départ de Naples, la princesse Marie Caroline avait reçu, sous une enveloppe timbrée de Marseille, une image de la Sainte-Vierge, avec cette inscription au bas : *Notre-Dame de la Garde, patrone des marins, priez pour nous.* Le fond de la gravure présentait, d'un côté, le fort et la chapelle, qui renferment la statue révérée, et de l'autre, un vaisseau voguant à pleine voile sur un vaste horizon de mer.

La fille des Bourbons, d'abord surprise de cet envoi qu'aucune lettre explicative n'avait accompagné, fut profondément touchée quand elle apprit que Notre-Dame de la Garde était particulièrement honorée à Marseille.

que les marins l'invoquaient comme protectrice de leurs voyages, et qu'enfin cet hommage était l'expression des vœux des habitants de la *Cité éminemment dévouée à son Roi*, pour l'heureuse navigation de celle que la Providence appelait à être aussi l'ornement du trône, *et une seconde espérance du royaume.*

Dès-lors, un pèlerinage fut résolu, et ce vœu acquit une nouvelle force quand, dans la nuit du 15 au 16 mai, un des vaisseaux de la division faillit à échouer sur les rochers qui bordent la Corse, à la hauteur de l'île d'Elbe. L'habileté du capitaine napolitain le déroba promptement au danger; mais ce brave officier ne se crut pas pour cela dégagé de reconnaissance envers la protectrice des marins, et il supplia l'auguste passagère de vouloir bien lui donner l'image qui semblait avoir été pour la flotille un nouveau Palladium.

La matinée du lundi 4 juin fut choisie pour accomplir à Marseille les engagements pris à Naples. Dès quatre heures, une immense population de tout sexe, de tout âge, de toutes conditions, s'était réunie pour voir encore la jeune princesse, et lui manifester tous les sentiments inspirés par son heureuse arrivée. Aussi, quand son Altesse arriva au bas de la colline, dans le lieu où elle fut forcée de commencer sa course à pied, elle se trouva entourée et escortée par une triple haie d'individus accourus de toutes parts. Le sentier était orné de feuilles et de fleurs; les maisons de campagne avaient arboré le pavillon blanc, signal des fêtes ou de la présence du maître; des drapeaux, des mouchoirs blancs flottaient dans les airs; les cris *vive le Roi! vive Madame la duchesse de Berry!* se faisaient entendre de toutes parts; une vive émotion se peignait sur tous les visages..... Ce fut ainsi que l'illustre et intéressante pèlerine gravit la montagne sur laquelle est situé le fort. Les personnes qui composaient sa maison, les chefs des principales autorités, un détachement de garde nationale et de la garde royale formaient son cortége, et elle gravissait ce sentier ardu et rocailleux avec une rapidité qui rendait assez témoignage aux soins apportés à son éducation physique. Si Son Altesse Royale fit quelques pauses pendant ce trajet, que la chaleur commençait à rendre pénible, ce fut bien moins pour se délasser, que pour admirer le superbe coup-d'œil qui se développait d'une manière toujours plus ravissante à mesure qu'on avançait vers le terme de la pieuse course. Des pavillons de toutes les nations ornaient les murs crénelés qui couronnent la montagne, et parmi les heureux emblèmes de la réconciliation générale dont le retour a suivi de si près la restauration de la maison de Bourbon, on voyait flotter avec joie et reconnaissance deux pavillons blancs : l'un aux armes de France, l'autre à celles de Naples. C'étaient les mêmes qui, peu de jours auparavant, avaient signalé l'heureuse arrivée de celle que l'on se plaisait à nommer *Madame la duchesse de Berry*.

A l'entrée du fort, la jeune princesse reçut les hommages de M. le Commandant militaire : arrivée à la chapelle, M. le desservant, en habits sacerdotaux, la harangua, lui donna l'eau bénite et la conduisit sous le dais, à la place qui lui avait été destinée.

Cette église est petite et peu éclairée; mais ce jour mystérieux est propre à cette religieuse sensibilité, qui élève encore plus particulièrement l'ame vers l'auteur de toutes choses. Une musique harmonieuse se faisait entendre d'une tribune cachée à tous les regards : l'autel était décoré de fleurs et de guirlandes, comme aux jours les plus solennels; et au milieu des cierges resplendissants de lumière, on voyait la statue de *la Bonne-Mère de la Garde*, car c'est ainsi qu'on l'appelle, tenant son divin enfant dans les bras et ornée de voiles, de couronnes, de colliers et autres objets précieux, dont lui ont fait l'offrande les personnes qui ont voulu laisser des témoignages de leur piété ou même de leur visite.

La messe fut entendue avec ce recueillement qu'inspirent le lieu et la circonstance, et dont la jeune princesse donnait si bien l'exemple. Immédiatement après le sacrifice, on commença les litanies de la Sainte Vierge, et c'est encore ici l'occasion de remarquer avec quelle force agit l'imagination dans certaines situations : il n'est personne qui ne se sentît profondément ému aux accents de ce chant particulier à cette église et à-la-fois si religieux, si persuasif, si gracieux : dans l'énumération et l'invocation de toutes les perfections de la divine patrone de ce temple, on aurait cru

21 *

entendre la voix de toutes les personnes souffrantes ou confiantes qui s'a-
dressent à Marie pour en obtenir espérances et consolations, protection ou
secours; tout, jusques aux murs, porte l'empreinte de ce sentiment, car
ils sont couverts de petits tableaux offerts en *ex-voto* par des personnes qui
ont échappé à de grands dangers, et particulièrement par les navigateurs,
dont la dévotion, au milieu des tempêtes et des naufrages, s'élève toujours
jusqu'à *la Bonne-Mère* des marins.......

Après la messe, le ministre des autels, suivi de son cortége, vint se
placer sur le pont levis du château et y donner la bénédiction. C'est un
usage consacré par le temps, mais jamais peut-être il n'avait été pratiqué
dans une circonstance plus solennelle et en même temps plus intéressante.
La montagne de la Garde, qui était couverte d'un bois épais et sacré à
l'époque où Lucain écrivait son poëme, est maintenant toute dégarnie, et
rien ne peut arrêter l'œil, qui se précipite sur la plus magnifique tableau
qu'on puisse concevoir : au pied de la colline, on découvre le port couvert
d'une forêt de mâts; tous étaient pavoisés, et on voyait sur leurs vergues
des matelots dont les costumes variés attestaient, comme les pavillons des
navires, qu'ils appartenaient à diverses nations : autour du port, la ville de
Marseille, dont le seul nom réveille tant de souvenirs, se déploie dans toute
son étendue, et l'œil remarque, comme points principaux, *l'antique abbaye
de Saint-Victor*, où sont les catacombes des premiers martyrs de la foi
dans ces contrées; *les forts*, qui protégent la rade et le port; *la Consigne*,
siége d'une administration toute paternelle et toujours occupée de la défense
commune contre la contagion, soins qui se manifestent jusque dans les décorations intérieures, puisque deux chefs-d'œuvre de peinture et de sculpture
y retracent, d'une manière sublime, les ravages de la peste; *l'Observatoire*,
où sont perfectionnées et perpétuées les sciences qui, plusieurs siècles avant
l'ère chrétienne, immortalisaient les Pythéas et les Euthymènes; *les sommités
de ce Lazaret*, modèle parfait des Etablissements de ce genre; *l'Hôtel-Dieu*,
antique et respectable monument de la charitable munificence de nos pères;
le clocher des Accoules, qui subsiste sans son église, comme pour constater
une déplorable époque de nos discordes civiles; *l'Hôtel-de-Ville*, dont la

noble et élégante architecture, ornée de bas-reliefs de Puget, venait d'être
le théâtre de la plus imposante cérémonie, et qu'on peut aussi regarder,
dans tous les temps, comme le temple du commerce marseillais; *le Musée*,
où des tableaux, des antiquités, une magnifique bibliothèque rappellent
l'Athènes des Gaules; la salle de spectacle, si remarquable par sa noble
architecture; *le cours, les allées et les boulevarts*, ornements si utiles de
nos villes méridionales; *l'Obélisque de la place Castellane; les fontaines
et les colonnes de granit*, sur lesquelles des bustes et des inscriptions attestent ou l'admiration pour des hommes illustres dans les arts, ou la reconnaissance pour M. de Belzunce, et les autres héros de l'humanité qui se
dévouèrent en 1720; et parmi ces monuments, qui semblent s'élever comme
pour orienter les regards curieux, on distingue une foule d'autres bâtiments moins marquants, mais tous dignes d'une grande et belle ville : plus
loin, dans l'immense espace qui, de l'enceinte de la Cité, s'étend jusqu'aux
rochers qui forment du territoire un vaste bassin, se dessinent six mille
maisons de campagne, plus ou moins grandes et belles, mais toutes envi-
ronnées de verdure, de parterres ou de jardins, et ornées suivant la fortune et le goût du propriétaire, qui regarde comme l'une des jouissances
les plus réelles la possibilité d'y aller le dimanche, avec sa famille ou ses
amis, respirer un air plus pur et se reposer des fatigues de la semaine :
à gauche, un vaste et magnifique horizon de mer forme l'autre moitié
du tableau; sur une plaine du plus bel azur se groupent les îles de Rat-
toneau, de Pomègues où les vaisseaux commencent leur quarantaine, le
château d'If, le phare de Planier; à une immense distance des navires de
toutes les nations prêts à entrer dans le port, et une immense quantité
de bateaux pêcheurs qui, en même temps qu'ils se livraient à leurs travaux
ordinaires, portaient aussi des personnes curieuses de participer à la fête
de Notre-Dame de la Garde. Sur le flanc du fort étaient groupés au moins
vingt mille individus, et ce fut sur eux et sur les innombrables habitations
des descendants des Phocéens que fut répandue la céleste bénédiction......
Tous les spectateurs se prosternèrent spontanément à genoux..... Un religieux silence devint le signe du respect, et la reconnaissance se manifesta

par les cris de *gloire à Dieu, vive le Roi*, qui retentirent au loin, portés dans les airs, dans les flots de la mer, dans les échos des collines et des rivages par les salves d'artillerie, dont les forts saluaient le Roi du Ciel et les puissances de la terre.

La prière pour le Roi termina la cérémonie, et ces chants qu'un bon français n'entend jamais sans émotion, semblaient plus harmonieux sous les yeux de l'auguste nièce du meilleur des Rois et dans le temple de la protectrice de la France. MM. les marguilliers vinrent ensuite offrir leurs respectueux hommages à S. A. R., et la prièrent d'agréer un bouquet où le lis, l'immortelle, la rose, brillaient parmi les fleurs de la saison. Ils y joignirent un don que S. A. R. parut recevoir avec une satisfaction manifestée par un sourire aussi aimable qu'expressif : c'était une image de Notre-Dame, semblable à celle qui avait été envoyée à Naples, et peut-être en ce moment le nom de celui qui avait été, dans cette occasion, l'ingénieux interprète des vœux marseillais était-il près de cesser d'être un mystère.......

M. le duc d'Havré, ambassadeur extraordinaire pour la remise de Mme la duchesse de Berry, avait bien voulu, en sa qualité de grand d'Espagne et de chevalier de la toison d'or, recevoir chevaliers de l'ordre royal de Charles III trois français (1) à qui S. M. C. avait daigné accorder cette faveur, en reconnaissance de services rendus à sa personne ou à ses sujets dans les moments de crise, et S. A. R. avait daigné permettre que cette cérémonie se fît en sa présence. L'épée fut bénie par l'aumônier de service, et les récipiendaires à genoux reçurent de leur illustre patron, après avoir prêté le serment prescrit par les règlements et entendu l'exhortation d'usage, l'accolade chevaleresque et cette croix, dont le principal ornement est l'effigie de la Vierge de la Conception, sous la protection de laquelle est cet ordre.

Avant de quitter la chapelle, la princesse jeta un coup-d'œil sur les nombreux *ex-voto* qui tapissent les murs du sanctuaire et une partie de la nef. Le premier, que le plus heureux hasard offrit à ses regards, représentait,

---

(1) MM. le comte de Villeneuve, préfet des Bouches-du-Rhône, le marquis de Bartillat, lieutenant des gardes-du-corps du Roi, et le chevalier de Cibon, adjoint au maire de Marseille.

. sous la date d'avril 1815, une marchande de fruits demandant à genoux le retour de Mgr. le duc d'Angoulême.... La peinture était grossière, le dessin incorrect, la composition conçue sans goût, mais l'intention était excellente; elle exprimait les sentiments d'une classe intéressante et, recommandable par son dévouement et sa fidélité envers la famille de Bourbon : c'était l'offrande et le vœu du pauvre, le Ciel devait les accueillir.

S. A. R. ayant témoigné le désir de parcourir toutes les parties du fort, M. le Commandant lui en fit les honneurs et la conduisit dans une pièce où il avait fait préparer une élégante collation, à laquelle donnait un nouveau prix l'attendrissement de ce brave militaire et sa reconnaissance pour l'attention que la princesse daignait faire à ses soins. Arrivée au point le plus élevé du château, elle admira, pendant quelques instants, la magnifique vue qu'on y découvre et dont nous avons essayé de donner une idée : elle se fit désigner les principaux édifices de Marseille, et les questions qu'elle fit sur leur origine, leur destination et leur état actuel, prouvent qu'elle avait d'avance acquis des notions sur la ville sur laquelle elle faisait ses premiers pas dans sa nouvelle patrie, et qui, la première, lui offrait l'hommage des sentiments qu'elle devait inspirer à la France entière. Sur le vaste horizon auquel commande le fort, on apercevait encore les vaisseaux napolitains, dont l'un avait apporté la princesse en France, et auxquels la veille au soir elle avait daigné faire une visite d'adieu. Le lendemain ils allaient mettre à la voile pour rentrer à Naples et rendre compte du succès de leur intéressante mission : on conçoit tout ce que cette vue devait produire d'émotion dans la jeune et intéressante personne à qui l'époux qu'elle allait rejoindre, les heureuses destinées qu'elle commençait à parcourir ne pouvaient jamais faire oublier qu'elle venait de quitter ses augustes parents, ses frères et sœurs, objets de sa tendresse et les lieux où elle passa les jours de son enfance.

Ainsi se termina cette promenade, qui a gravé encore plus profondément dans tous les cœurs marseillais le souvenir de Mme la duchesse de Berry, et qui aurait redoublé, si la chose était possible, leur dévotion à Notre-Dame de la Garde.

Le cortége retourna à la ville dans le même ordre et avec les mêmes démonstrations de joie qui l'avaient accompagné en allant. Après quelques
heures de repos, S. A. R. se mit en route pour Aix, où nos voisins étaient
aussi impatients de lui témoigner leur amour que nous affligés de ne pas
pouvoir conserver plus long-temps l'auguste princesse qui par nos sentiments a pu juger ceux que lui voue le peuple français.

N° 2. Description de la Clue de Saint-Auban, département du Var.

Toutes les personnes qui ont traversé le défilé connu sous le nom de
Clue de Saint-Auban, l'ont considéré comme un lieu très-remarquable.
M. Papon, dans son Voyage de Provence, l'a cité brièvement et avec le regret
de ne pouvoir en faire une description aussi longue que semblait l'exiger
un site si pittoresque. C'est ce qui a déterminé l'auteur de ce fragment à
suppléer à ce silence, en donnant une esquisse rapide mais fidelle de ces
lieux que de fréquents voyages et des séjours prolongés lui ont fait plus
particulièrement étudier.

On entre dans la Clue à environ trois quarts d'heure du village de
Briançon, en venant de ce village à celui de Saint-Auban. Elle est formée
par deux énormes rochers très-peu distants l'un de l'autre, et entre lesquels coule la rivière l'Estéron. Le chemin qu'il a fallu tailler dans le roc
sur une longueur de deux mille mètres environ est sur la rive gauche,
et au lieu de le construire dans la partie la plus basse, comme l'idée s'en
présentait naturellement, on a choisi une hauteur moyenne; de sorte qu'il
offre d'un côté un précipice affreux dont un parapet solide, mais peu
élevé, sépare les passants, et de l'autre, des rochers à Pic, dont l'élévation
n'est jamais moindre que deux cents mètres. Cette route n'est pas très-an-
cienne, car elle fut faite au commencement du siècle dernier; mais on ne

calcula pas bien sa largeur, et, dans certains endroits, il a fallu la retoucher à l'époque de la dernière guerre, où, dans la première campagne surtout, la communication la plus facile avec Entrevaux pouvait devenir importante pour les opérations militaires.

Rien de plus effrayant que ce lieu : on y aperçoit à-peine le ciel, et le soleil y pénètre rarement : devant soi, à droite et à gauche, au dessus de la tête, sont des masses de rochers qui, prêtes à chaque instant à s'écrouler, paraissent ne se soutenir que par artifice, et présagent ainsi le chaos, dont l'image est là réalisée. Encore s'il y régnait ce silence majestueux qui semble appartenir à de pareils sites ! mais, pour que l'horreur soit entière, il faut que tous les sens soient frappés à-la-fois : le bruit des eaux qui, roulant avec fracas sur des rochers, tombent dans des gouffres profonds et y forment un bouillonnement sourd et semblable au mugissement des taureaux ; les cris mêlés et confus de tous les oiseaux de proie qui sortent des grottes ou des concavités des rochers : cette réunion de l'aigle, le roi des airs qui, planant majestueusement, va porter sa proie dans l'aire où il élève ses petits, et qu'il a eu soin de placer dans des lieux inaccessibles ; du milan, du duc, du faucon, du vautour poursuivant une timide proie dans ces défilés où elle est égarée ; du hibou, qui dès que le jour commence à baisser, fait entendre son cri funèbre ; des hideuses chauves-souris, devenues énormes dans ces retraites si bien faites pour leurs mœurs : l'écho qui répète tous ces bruits discordants : tout, enfin concourt à plonger dans un étourdissement mélancolique et sombre, et à-peine la raison peut-elle conserver son empire sur cet instinct de la conservation qui, absorbant toute autre réflexion, ne trouve qu'un sentier étroit entre les masses qui menacent la tête, et les gouffres prêts à vous engloutir ; et si, dans les fentes des rochers, quelques arbustes, quelques buis, paraissent offrir encore des traces de l'existence de la nature, on dirait, au peu de terre végétale dont leurs racines sont couvertes, qu'ils n'y sont que par hasard ; on ne leur suppose pas même la force de retenir le malheureux entraîné dans les abymes, dont les mains chercheraient en vain du secours dans leurs branches.

Telle est la Clue de Saint-Auban dans les temps ordinaires ; mais combien n'est-elle pas plus affreuse lorsque les neiges accumulées laissent à-peine une légère trace dans ce chemin ; et qu'arrondissant les aspérités des rochers, elles couvrent toute espèce de végétation , et répandent sur cet ensemble une teinte dont l'uniforme blancheur éblouit les yeux ! quoiqu'elles tombent souvent à la hauteur de 4 à 5 pieds, et que le froid soit excessif dans ce passage, la rivière, dont le cours est une vraie cascade, ne gèle jamais ; mais alors le murmure des eaux, plus sourd et comme voilé, semble aussi se mettre à l'unisson du reste du tableau.

Les orages, qui sont très-fréquents pendant l'été, offrent encore dans ces lieux un nouveau spectacle de terreur et d'admiration : les oiseaux qui les habitent, l'annoncent par leurs cris redoublés et plus forts, par leur vol plus rapide, plus rapproché, et tellement incertain, qu'on les croirait frappés d'ivresse. Bientôt les nuages s'amoncèlent, une demi-obscurité telle que celle du crépuscule se répand dans tout cet espace ; les éclairs brillent, et leur réverbération présente les rochers comme s'ils étaient embrasés ; enfin la foudre, par ses éclats rapides et successifs, pénètre ces masses de sa commotion électrique et semble les ébranler jusque dans leurs racines ; le coup est frappé, et long-temps après, les concavités des rochers et les échos qui correspondent d'angle en angle, en répètent le bruit jusqu'à ce qu'il soit renouvelé par un autre éclat de tonnerre dont les gradations successives viennent se perdre dans le bourdonnement ordinaire des eaux. Heureux le voyageur, lorsqu'il peut se placer à l'abri de quelque roche saillante pour se soustraire aux eaux qui accompagnent ordinairement les orages, et qui, ruisselant dans l'intervalle de ces masses de pierre, forment partout des torrents impétueux ! Les pluies d'automne le menacent encore de plus grands dangers ; car souvent elles détachent des blocs énormes qui, roulant avec un fracas et une rapidité dont chaque bond renouvelle la force, vont se précipiter au fond de l'abyme.

Eh bien ! le croirait-on ? ces précipices que l'œil le plus aguerri ne peut mesurer sans effroi, il était réservé à la courageuse piété d'un ministre des autels de les braver et de les franchir ! Lorsque l'on construisait la route, un ouvrier qui était employé à ces travaux, se laissa tomber et fut en-

traîné jusqu'au bord de la rivière : l'infortuné survécut à cette affreuse chute;
mais, mutilé et fracassé dans toutes les parties du corps, il ne pouvait recevoir aucun secours de l'art, ni même être retiré de ces lieux. Un prieur de
Saint-Auban (1) se détermine à l'instant à aller lui donner les consolations
religieuses : il se fait descendre dans un grand panier à l'aide de grosses
cordes, portant majestueusement le pain céleste, gage du salut des ames
pieuses, et va ainsi ouvrir les portes de la félicité à un être accablé de la
plus douloureuse infortune. Il reçut la récompense due à son généreux
dévouement, puisqu'il retourna sain et sauf par la même voie qu'on avait
employée pour le faire descendre, avec la certitude d'avoir adouci à un de
ses semblables ce terrible et fatal moment où l'éternité s'ouvre dans toute
son immense étendue, dégagée de toutes les illusions humaines.

L'amateur d'histoire naturelle peut faire d'intéressantes observations sur
les couches des rochers. Leur largeur et leur forme varient à chaque instant : quelquefois horizontales ou perpendiculaires, d'autrefois plus ou moins
penchées, elles passent par des nuances variées de l'une à l'autre de ces formes. Assez généralement analogues et placées dans la même direction des
deux côtés, elles semblent faire conjecturer que ces roches ne formaient
autrefois qu'une seule et même masse, et que leur séparation fut l'effet d'un
bouleversement quelconque.

On y remarque aussi deux grottes : l'une, connue sous le nom de *baume
des Fées*, est sur le même côté que le chemin, et l'on y arrive après avoir
gravi un rocher assez escarpé : son entrée est étroite, son étendue considérable, et comme l'eau qui filtre est chargée de matières pierreuses, les parois
sont hérissés de stalactites de diverses formes qui, reflétant la lumière à
l'aide de laquelle on pénètre dans ces antres ténébreux, produisent l'effet
le plus brillant. Il en est de si considérables, qu'on les prendrait pour des
colonnes destinées à soutenir les voûtes de cet édifice dont elles forment un
vaste péristile.

---

(1) Il était de la famille de Flotte d'Agoult, propriétaire à cette époque de la terre de Saint-
Auban.

22 *

L'autre se trouve dans la montagne opposée, à-peu-près à la hauteur du chemin : elle porte le nom de *Grotte de l'oreille*, parce qu'elle a la forme de cette partie du corps humain. On voit très-distinctement, vers le milieu, une porte de maçonnerie dont le haut est formé par une poutre et deux petites fenêtres, mais on ne connaît aucun moyen d'y arriver. Ces ouvrages prouvent évidemment qu'elle a été habitée; mais il est à présumer qu'étant destinée à servir de retraite dans le temps des guerres civiles, les issues qui en étaient cachées ont été totalement perdues. Quoi qu'il en soit, il est positif, et l'inspection des lieux l'atteste, qu'il existe, pour y parvenir, des difficultés physiques qui vont presque jusqu'à l'impossibilité; plusieurs tentatives ayant échoué, il est douteux que celles qui se feront à l'avenir aient plus de succès. Cependant un habitant de Saint-Auban assure y avoir pénétré, dans sa jeunesse, au moyen d'un panier dans lequel il s'était fait descendre de la partie supérieure du rocher, et y avoir trouvé beaucoup d'ossements humains, des ustensiles de ménage et quelques pièces de monnaies, mais cette assertion est au moins hasardée.

Plus les sensations qu'on a éprouvées en traversant la Clue ont été sombres, plus on goûte, en la quittant, le plaisir de revoir une nature animée. Aussi, la vallée de Saint-Auban, quoique peu remarquable par elle-même, paraît-elle charmante : les prairies semblent plus riantes, les champs de blé présentent une image plus sensible de la fertilité, les eaux coulent plus limpides; on voit enfin des lieux habités par des hommes!...... Le village, bâti à mi-côte, est adossé à une longue et haute chaîne de rochers, à la cime desquels paraissent les ruines d'un vieux château construit de la manière la plus solide : le ciment qui lie la pierre est aussi dur qu'elle, et cette antique forteresse existerait encore, si le feu du ciel n'en détachait souvent des pans entiers.

Au pied de la montagne opposée jaillit une source remarquable par l'abondance et la fraîcheur de ses eaux : elle forme trois grands réservoirs ou viviers dans lesquels sont d'excellentes truites, et fait mouvoir deux moulins à farine et un à foulon.

Cette source a donné lieu à une observation assez singulière pour que nous croyons devoir la répéter ici (1).

« Le premier novembre 1755, vers les 4 heures après midi, M. le baron de Villeneuve-Vauclause, ancien officier de marine, propriétaire de la terre de Saint-Auban, se promenait au pied de la montagne qui fait face au village; il s'aperçut tout-à-coup, à son grand étonnement, que ces eaux sortaient troubles et vivement agitées; cet état de choses durait encore quand la fin du jour le força à se retirer, et le lendemain au matin tout était rentré dans l'ordre accoutumé.

« La personne que nous venons de nommer, avait l'habitude de consigner dans ses registres tous les événements, toutes les observations qui lui semblaient mériter quelque attention. Ce Phénomène ne pouvait échapper à un homme instruit et judicieux; le moment où il se manifesta, ses principales circonstances, sa durée présumée furent constatés par une note.

« Quelque temps après, les journaux rappellèrent la catastrophe de Lisbonne, et il se trouva qu'elle avait eu lieu le même jour que le désordre remarqué à la source des moulins de Saint-Auban, c'est-à-dire le premier novembre 1755, à 9 heures 45 minutes du matin.

« Laissant aux savants le soin de raisonner sur cet effet vraiment extraordinaire, nous avons dû nous borner à le rapporter avec le rapprochement des moments et des distances. Nous en garantissons l'exactitude : elle nous est attestée par une personne digne de foi qui a entendu souvent raconter le fait à M. le baron de Villeneuve-Vauclause, et qui a vu la note écrite de sa propre main. La tradition s'en est d'ailleurs conservée parmi les anciens du village de Saint-Auban. »

(1) Elle a été consignée dans le journal de Marseille du 8 avril 1818, (n° 133).

N° 3. *Précis historique* (1) *sur la vie de René d'Anjou, Roi de Naples, Comte de Provence, et principalement sur son séjour dans cette province.*

A Marseille, 1819.

Le département des Bouches-du-Rhône et la ville d'Aix ont érigé une statue au Roi René; le Roi a daigné approuver ce vœu, et des membres de son auguste famille se sont empressés de souscrire, pour contribuer aux frais de cette entreprise. Quelques traits de la vie d'un prince dont la mémoire est si chère aux Provençaux, ne sauraient donc être sans quelque intérêt. On le connaît communément sous le rapport de son extrême bonté, et de la protection qu'il accordait aux arts; mais il mérite aussi de l'attention par les diverses vicissitudes qu'il éprouva, par l'originalité de son caractère, par ses actes comme souverain et par les grands événements auxquels il prit part pendant sa longue carrière, comprise elle-même dans un siècle digne d'occuper une place assez remarquable dans l'histoire. C'est ce qu'on va essayer de prouver dans cet ouvrage, entrepris principalement dans l'intention de justifier les sentiments presque religieux que la Provence conserve au *bon Roi René.* Ce nom, qu'on lui donne encore après plus de trois siècles, est le plus bel éloge qu'on puisse faire d'un souverain.

René d'Anjou, fils puîné de Louis II, roi des Deux-Siciles et comte de

_____

(1) Ce Précis est antérieur de plusieurs années à l'histoire de René d'Anjou publiée en 1825 par M. le vicomte L.-F. de Villeneuve, ouvrage dont nous devons laisser faire l'éloge à tous ceux qui ont pu apprécier non-seulement les talents et le caractère de son auteur, mais encore la manière dont il sait faire usage de ces dons de la Providence. Peut-être y a-t-il de la témérité à réimprimer cet écrit, qui n'a d'autre mérite que celui d'avoir indiqué quelques traits de la vie d'un prince cher à la Provence, et de lui avoir préparé un historien digne de lui. Ces considérations nous ont déterminé à ne pas laisser dans cette Collection une lacune dont l'historien de René se plaindrait lui même. Si la comparaison est, comme cela doit être sous tous les rapports, à l'avantage de ce dernier, l'auteur du Précis n'y verra qu'un juste sujet de satisfaction.

Provence , naquit de Yolande d'Aragon, à Angers, le 15 janvier 1408. A-peine était-il âgé de neuf ans lorsque son père lui fut enlevé, laissant pour successeur à sa couronne et à ses Etats Louis iii, son fils aîné. René eut pour apanage le comté de Guise, dont le nom lui fut donné. Son frère Charles fut comte du Maine et leurs sœurs furent établies d'une manière conforme à leur rang, car Marie épousa Charles vii, roi de France, et Yolande fut unie à François de Montfort, duc de Bretagne : une troisième, dont on ignore le nom, fut mariée au comte de Genève. La reine-mère, femme d'un grand mérite, fut chargée de la tutelle des jeunes princes, et eut par conséquent la direction des affaires (1).

Un heureux naturel et une grande application à l'étude distinguèrent les premières années de René, et il sut s'attirer ainsi l'affection du cardinal Louis de Bar, évêque de Verdun, son grand oncle maternel, à tel point, qu'il lui céda le duché dont il portait le nom, et le maria, en 1419, quoique seulement âgé de douze ans, à Isabelle, fille aînée et par la suite héritière de Charles ii, duc de Lorraine. Cette union, quoique précoce, produisit promptement des fruits ; car dès l'année 1424, René était père de Jean, célèbre depuis sous le nom de duc de Calabre.

A cette époque, les guerres, qui divisaient la France et l'Angleterre, avaient amené jusqu'à Paris le souverain de ce dernier royaume. René, attaché par les liens du sang à Charles vii, semblait appelé à soutenir sa cause ; mais il paraît que des raisons de politique le forcèrent à demeurer neu-

---

(1) La maison d'Anjou eut pour chef un des frères de St. Louis , Charles Ier, devenu comte de Provence par son mariage avec Béatrix , héritière de cet Etat. Il mourut en 1285 , laissant pour régner après lui Charles II , son fils aîné : Robert lui succéda en 1310. A sa mort, la Provence passa à Jeanne Ire , reine de Naples , sa petite-fille , la même qui épousa successivement André de Hongrie , Louis de Tarente , Jacques d'Aragon et Othon de Brunswick. En 1380 , deux ans avant sa mort, elle adopta Louis d'Anjou , son cousin , second fils de Jean, roi de France : et c'est ici que commence la deuxième maison d'Anjou. Louis Ier régna deux ans à Naples et sur la Provence. Louis II , son fils , roi en 1384 , mourut en 1417 , laissant ses Etats à Louis III , dont les droits furent corroborés par l'adoption de Jeanne II , héritière elle-même des prétentions de Ladislas de Duras , son frère , sur le trône de Naples. Louis III mourut sans enfants en 1433 , et désigna pour successeur René son frère , en faveur de qui Jeanne II fit aussi un testament le 2 février 1435.

tre, et même à suivre, pendant quelque temps, le parti des Bourguignons. Ces motifs ayant cessé, il fut libre de suivre des sentiments auxquels il devint si constamment fidèle, puisque les historiens racontent que « René « d'Anjou, duc de Bar et de Lorraine, vint, le 17 juillet 1429, avec le « damoiseau de Commerci, amener une troupe brillante au sacre du roi « de France, à Reims. » Ces jeunes princes voulaient partager la gloire et les périls de l'héroïne, qui, à cette époque si intéressante de notre histoire, était sortie de l'obscurité la plus profonde, pour délivrer sa patrie, pour placer la couronne sur la tête de son roi, et pour périr ensuite dans des flammes attisées par une haine aussi injuste qu'atroce. Après le sacre, on mit en délibération si l'armée marcherait sur la Capitale, ou si elle se replierait sur la Loire. La Trimouille, ministre tout puissant à cette époque, opinait pour ce dernier parti; mais René, qui n'avait encore que 21 ans, se déclarait pour le parti contraire, à-la-fois le plus vigoureux et le plus sage et le justifiait les armes à la main, en se distinguant auprès de Jeanne d'Arc et de Lahire, de Dunois et de Potton de Xaintrailles, dans cette campagne où une suite de succès amena l'armée royale jusque sous les murs de Paris.

L'année suivante vit encore le duc de Bar défendre son beau-frère contre Louis de Châlons prince d'Orange, qui, soutenu par les ducs de Savoie et de Bourgogne, voulait profiter de la triste situation de la France, pour s'emparer du Dauphiné. Peu après, ce même René, plein d'ardeur et d'activité, se montrait digne de sa réputation chevaleresque, en combattant sous les drapeaux français, et en concourant à les faire triompher dans le combat de la Croisette, près Châlons-sur-Marne.

Le moment était arrivé où notre jeune prince allait entrer pour son propre compte dans le tourbillon des révolutions politiques, où il n'avait jusqu'ici figuré que comme auxiliaire.

Le duc de Lorraine étant mort en 1431, sa succession devint la cause d'une guerre violente entre René et Antoine de Vaudemont son cousin, dont les prétentions furent soutenues par l'alliance de Philippe-le-Bon, duc de Bourgogne. Ce prince nourrissait un profond ressentiment contre la maison d'Anjou, par suite du renvoi de sa sœur Catherine, destinée à épouser Lous III, avant l'assassinat du duc d'Orléans à Montereau. Malgré les secours de la France, la fortune trahit les droits de René, à qui on reprocha trop d'ardeur dant le combat, et trop peu de déférence pour le valeureux et prudent Barbasan, à qui Charles VII avait confié la conduite de cette expédition. Battu et blessé à Bugneville (1), le duc de Bar et de Lorraine fut fait prisonnier, envoyé d'abord à Bracon-sur-Salins, et ensuite, sur la demande du duc de Bourgogne, renfermé dans le château de Dijon. Ainsi s'annonçaient les premiers coups de l'adversité, qui devait marquer tant d'années de la vie d'un prince, dont les destinées s'étaient annoncées d'une manière si prospère!...

La médiation de l'empereur Sigismond parut un moment faire espérer que la paix allait renaître entre les deux contendants : déjà le vaincu venait d'être mis en liberté sur parole, et en donnant des ôtages, à la tête desquels on avait exigé que se trouvât son propre fils. Deux ans s'étant écoulés dans cette situation précaire, et les négociations n'amenant rien de décisif, René vint reprendre ses chaînes, et donna ainsi le premier exemple de cette loyauté dans les engagements, de cette fidélité à sa parole qui devaient former les principaux traits de son caractère.

Il venait de commander ainsi l'estime de ses ennemis, en se résignant à passer dans la plus décourageante captivité les plus belles années de sa vie, lorsqu'on vint lui annoncer que Louis III, son frère, était mort, et que Jeanne II, reine de Naples, respectant les dispositions de ce Roi, précédemment adopté par elle, avait nommé René d'Anjou, son second frère, roi de Naples, comte de Provence et héritier de ses autres Etats. Cette nouvelle devait accroître l'anxiété du prince captif, et en même temps les rigueurs dont on usait envers lui; car la jalousie et l'ambition produites par ces ressentiments et ces dissentions de famille étaient de nature à se montrer d'autant plus cruelles, que celui qui en était l'objet allait devenir plus puissant.

(1) Le 2 juillet 1431.

Les droits imprescriptibles de la souveraineté furent respectés quoique le souverain fût dans les fers, et soit par cette considération, soit par égard pour les besoins des peuples dont la Providence venait de confier la direction à René, on lui permit de pourvoir à l'administration de ses États. Le royaume de Naples surtout exigeait une main forte pour diriger le timon des affaires au milieu de trois puissantes factions excitées par les souverains voisins, mais principalement par celui qui, d'après la nature de sa mission, aurait dû s'occuper seulement du soin de faire régner la concorde parmi les hommes. La reine Isabelle, femme douée d'une ame forte, d'une grande habileté dans les affaires et d'une élocution entraînante parut propre à réussir dans des conjonctures si importantes; elle fut choisie pour remplacer son époux.

Cette princesse était en Provence avec Louis son second fils, et y recevait toutes les preuves de dévouement et d'affection que commandaient déjà la réputation et les malheurs de René. Quoique le pays eût été désolé par une peste récente, et que les maux d'une guerre désastreuse s'y fissent encore sentir, les Etats s'empressèrent d'offrir des subsides en argent, des troupes et des vaisseaux, et la reine partit de Marseille (1), accompagnée des vœux de ses nouveaux mais fidèles sujets. La ville de Gaëte lui ouvrit ses portes après s'être d'abord défendue avec une grande loyauté: les Génois et le duc de Milan (Philippe-Marie Visconti), qui avaient embrassé le parti de la maison d'Anjou, y réunirent des forces navales, et un combat meurtrier entraîna la défaite et la captivité d'Alphonse d'Aragon, qui prétendait à la couronne de Naples. Envoyé à Milan, il eut le talent de faire changer la politique du souverain de ce pays, et Isabelle vit tourner contr'elle ses principaux alliés : Gaëte succomba, et Naples ne se maintint que par le secours de quelques troupes fournies par le Pape Eugène vi, et commandées par Jean Viteleski, patriarche d'Alexandrie.

Cependant la Cour de France et le Concile assemblé à Bâle intervenaient

(1) Eu septembre 1435.

pour faire rendre à la liberté le nouveau Souverain de Naples. Un traité lui ouvrit les portes de sa prison (1), et le mariage futur de sa fille Yolande avec Ferry, fils aîné de son compétiteur, le prince de Vaudemont, fut l'une des principales conditions imposées. Après avoir donné ses premiers soins à la Lorraine, René vint en Anjou, où il conclut (2) le mariage de Jean son fils aîné, à-peine âgé de treize ans, avec Marie de Bourbon, nièce du duc de Bourgogne. Ces alliances lui donnant une sorte de tranquillité pour ses Etats du nord, il se hâta de visiter ceux du midi, et d'abord la Provence, dont il devait faire les délices.

Arles fut la première ville honorée de sa présence, qu'il avait fait précéder d'une amnistie pour quelques troubles qui s'y étaient manifestés : des fêtes non interrompues pendant plusieurs jours, des processions et des danses, des représentations allégoriques et des festins, des décharges d'artillerie, le son des cloches et les accents d'une musique qui se faisait entendre de toutes parts, signalèrent l'alégresse publique. Aix n'en montra pas une moins vive ni moins bruyante. La réception de René, qui eut lieu le 19 décembre 1437, comme chanoine de l'église métropolitaine de cette Capitale de la Provence, est citée comme l'une des cérémonies remarquables par lesquelles on célébra son arrivée. Un bon prince est toujours porté à la clémence; René pardonna aux habitants d'Aix quelques soulèvements contre les Juifs; mais comme il savait que la bonté doit être l'inséparable compagne de la justice, et qu'elles doivent s'éclairer réciproquement, on ne put obtenir de lui qu'il révoquât en ce moment la décision, par laquelle voulant punir la ville d'Aix, il avait transféré à Marseille le Conseil éminent (3), les

(1) Le 28 janvier 1437.

(2) Le 28 avril 1437.

(3) Le Conseil éminent, qui fut créé par Louis III en 1424, se composait du Sénéchal, qui en était le chef, du Juge écuyer, des Maîtres rationaux, de quelques Conseillers, d'un Avocat et deux Procureurs fiscaux, d'un Avocat et d'un Procureur pour les œuvres des pauvres : par la suite on l'augmenta de quatre Seigneurs et de quelques Prélats ou Ecclésiastiques. C'était une sorte de régence ou de Conseil d'Etat qui autorisait la convocation des Etats et exerçait la Haute Police. Dans quelques circonstances il devenait aussi Cour de justice. Les Maîtres rationaux avaient la garde des archives,

Cours et les Tribunaux de justice. L'entrée solennelle qu'il fit dans cette dernière ville fut marquée par de brillantes fêtes, et il lui témoigna sa reconnaissance et son affection par la concession de quelques franchises annuelles pour son commerce, de certains priviléges et de diverses immunités municipales.

Convaincu, comme tous les souverains dont le cœur est droit et l'esprit juste, que le concours des peuples ajoute une grande force à l'autorité royale, René s'empressa de convoquer les Etats de Provence, et ils lui offrirent un don gratuit beaucoup plus considérable que ne pouvaient le faire espérer les conjonctures dans lesquelles on se trouvait. Cette époque est marquée par des lois, des ordonnances et des règlements d'administration; monuments précieux de la sagesse d'un prince qui venait de mûrir, dans l'adversité et le calme d'une prison, les plus profondes études de l'art de régner.

Ses droits sur le royaume de Naples ne pouvant être abondonnés, il devait à sa famille, à ses alliés, à sa réputation, à sa politique, l'emploi de tous les moyens propres à s'assurer la possession de cette couronne. Après avoir conféré la régence à la reine son épouse, dont la résidence fut fixée à Aix; après avoir pris toutes les mesures que comportait la prévoyance la plus éclairée; René mit à la voile du port de Marseille (1), emmenant avec lui toutes les troupes qu'il avait pu rassembler. Un an s'était à-peine écoulé depuis qu'il était connu en Provence, déjà il avait inspiré ces sentiments d'affection et de respect que plusieurs siècles n'ont point encore effacés.

Après quelques jours de relâche à Gênes, il se rendit à Naples avec sa famille (2). Alors commencèrent les opérations militaires, et quelques com-

---

la direction du domaine et le soin de faire les dénombrements. Par la suite ils devinrent Chambre des Comptes, Cour des aides. Le parlement avait été créé en 1415, pour remplacer la juridiction du Juge-mage, qui fut créé de nouveau par Louis XII, en 1501. Pour connaître l'organisation judiciaire de la Provence dans le 15me siècle, on peut consulter un mémoire fort étendu, dans lequel M. le Président de Saint-Vincens a réuni des documents curieux et intéressants, et la Statistique du département des Bouches-du-Rhône, tome II., livre III, page 658.

(1). Le 15 avril 1438.
(2). Le 9 mai 1438.

bats peu décisifs préludèrent à la prise du fort de Châteauneuf. Le doge de Gênes, *Campo-Frégose*, s'était lié avec René, d'abord par des intérêts politiques, ensuite par des sentiments personnels, et surtout par les mêmes goûts pour les beaux arts. Il lui rendit de grands services dans cette campagne, et elle s'annonçait d'une manière assez brillante, quand la mort enleva *Jacques Caldora*, l'un des plus habiles généraux napolitains qui se fussent ralliés à la maison d'Anjou. Son fils lui succéda dans ses dignités, mais non dans ses sentiments : de nouvelles faveurs lui furent prodiguées, pour prouver les regrets donnés à son père et lui indiquer la nécessité de suivre de si nobles exemples; mais ce ne sont pas toujours les bienfaits des princes qui leur assurent la fidélité des Grands, et une bonté trop étendue subjugue rarement celui qui porte dans son cœur les germes d'une ambition désordonnée.......

Un nouveau traité d'alliance conclu (1) avec le Pape, les Génois et François Sforce, donna quelques espérances de succès à René, qui peu auparavant avait été réduit à proposer à Alphonse la cession de ses droits au royaume de Naples, à condition qu'il passerait après lui au duc de Calabre. Les Napolitains ayant paru mécontents de ce projet, qui les plaçait sous la domination Catalane, dont ils avaient horreur, la guerre recommença; mais la trahison et la révolte de Caldora, la défection des Génois, livrés à des dissentions intestines fomentées par le duc de Milan, le fâcheux état de Naples, qui, dépourvue de vivres et de munitions, était menacée d'un siége, durent décourager le Roi, et il jugea prudent de faire passer en Provence sa femme et ses enfants. Le siége eut lieu en effet et, le 2 juin 1442, des traîtres introduisirent l'ennemi dans le même aqueduc souterrain par lequel, neuf siècles auparavant, Bélisaire était venu surprendre les Goths(2).

---

(1) Le 26 avril 1441.
(2) En 537, Bélisaire assiégeait Naples, que défendaient 20,000 barbares. Après vingt jours de siége, il désespérait du succès, lorsqu'un Isaurien lui découvrit un conduit souterrain, par lequel il pouvait pénétrer dans la place. Elle fut saccagée, malgré la vigoureuse résistance des Goths et les efforts de Bélisaire pour contenir ses soldats. Ce général, après cette prise importante, se dirigea vers Rome, qui lui ouvrit ses portes.

René et ses troupes se défendirent avec une bravoure extrême ; mais vaincu par le nombre, ce prince n'eut que le temps de gagner le Châteauneuf et de s'embarquer ensuite pour Marseille. Ayant passé par Florence (1), pour y voir le Pape Eugène iv, celui-ci, quoique déposé lui-même par le concile de Bâle, s'efforça de faire revivre des espérances qui pouvaient devenir si utiles à ses propres intérêts.

Tout fut inutile : fatigué des vicissitudes auxquelles il était en butte, dégoûté surtout par l'inconstance et l'infidélité des seigneurs italiens, René annonça la résolution de renoncer pour toujours à l'Italie.

De nouvelles traverses l'attendaient à son arrivée dans sa patrie : la reine sa mère venait d'expirer ; des troubles désolaient la Lorraine, et la médiation de Charles vii n'avait pu seule remédier au mal : les Anglais faisaient dans le Maine et l'Anjou des progrès alarmants. Ce ne fut donc qu'après avoir visité chacun de ces Etats (2), qu'il crut pouvoir se rendre à la Cour de France. Il venait de faire ses preuves comme guerrier, comme législateur, comme homme d'Etat ; on voulut encore lui fournir une brillante occasion de se faire connaître par son habileté dans les négociations. Chargé des pleins pouvoirs de son beau-frère, il conclut, sous la médiation du Pape Eugène iv, d'abord une trève, ensuite un traité de paix entre ce Monarque et Henri vi roi d'Angleterre (3). Le mariage de ce souverain avec Marguerite, fille de René, fut la suite de cet événement : on trouva assez naturel qu'il en résultât quelques avantages pour celui qui avait eu la gloire de terminer la querelle élevée depuis tant d'années entre les deux principales nations de l'Europe. Ce mariage, retardé par de légers démêlés que René eut avec la ville de Metz, fut célébré à Nancy en même temps que ceux de Yolande, fille aînée de ce Prince, avec Ferry de Vaudemont, et de Charles du Maine avec Isabelle de Luxembourg. Charles vii y assista : le duc de Suffolk y vint au nom du roi d'Angleterre, et cette brillante réunion, ces

---

(1) Le 25 novembre 1442.
(2) En 1443.
(3) En 1444.

heureuses circonstances donnèrent lieu à des fêtes magnifiques. Le roi de France, que René était venu reconduire jusqu'à Châlons (1), lui témoigna son amitié et sa reconnaissance, en déterminant le duc de Bourgogne à rendre quelques places de la Lorraine, qu'il occupait encore, et à remettre entièrement les sommes promises pour la rançon stipulée dans le traité de 1437..

Quoique sa résidence fut fixée momentanément à Angers, René gouvernait la Provence, et on le voyait compatir vivement aux maux de ses habitants : une excessive sécheresse s'y étant manifestée, le souverain les exempta de toute espèce d'impôt pendant un an. Peu après fut institué l'ordre religieux et militaire du Croissant (2). Les chevaliers devaient porter *un croissant d'armes camaillé* sur l'habit, avec ces mots écrits en lettres bleues : *Loz en croissant.* Entr'autres obligations qu'ils contractaient, comme d'être pieux, fidèles au roi, braves dans les combats, généreux après la victoire, loyaux dans toutes leurs relations sociales; il leur était expressément recommandé, non-seulement de ne jamais médire des dames, mais encore de prendre leur défense en toute occasion.

René revint en Provence peu après et y amena toute sa famille, (novembre 1448). Ce fut pendant ce séjour, qu'il reçut la visite du Dauphin son neveu, qui régna depuis sous le nom de Louis xi : ses démêlés avec le roi son père le tenant loin de la Cour, il était venu en Dauphiné et de là en Provence. On jugea, par la suite, qu'il avait eu des vues secrètes sur ce pays dès le moment où il vint le parcourir; mais si son caractère connu permet de le supposer, on ne peut se dissimuler qu'à cette époque la nombreuse postérité de René ne présentât de grands obstacles à l'ambition du Dauphin. Sa curiosité parut se porter sur les églises, sur des objets de dévotion et sur les reliques de Sainte Magdeleine; il fit même un voyage à la Sainte-Baume, grotte (3) où, suivant une pieuse tradition, cette célèbre pénitente aurait

(1) Novembre 1445.
(2) Le 11 août 1448.
(3) Voyez une Notice sur la Sainte-Baume, insérée dans cette Collection sous le n° 5, (tom. 2, p. 61).

vécu pendant plusieurs années. Ces démarches inspirèrent sans doute l'idée de faire de nouvelles recherches de ce genre, car on crut avoir découvert à l'extrémité de l'île de Camargue, non loin de la bouche occidentale du Rhône, les dépouilles mortelles des Maries, Jacobé et Salomé, et de Sara leur servante, qu'on prétendait avoir accompagné Magdeleine et Marthe, lorsqu'elles quittèrent la Palestine pour venir se réfugier en Provence. Ce fut un grand sujet de joie pour René, qui présida à la vérification et à l'exaltation de ces reliques avec le cardinal de Foix, avec tous les évêques de la province ou des environs et un nombre infini de prêtres, de docteurs en théologie, etc. (1) La fête fut magnifique et conforme au goût du prince qui la dirigeait : il donna à la petite ville où se passèrent ces événements le nom des Saintes-Maries, avec des armoiries présentant une barque sans voile voguant en pleine mer et portant plusieurs passagers (2).

Les jeux profanes succédaient rapidement aux fêtes religieuses dans ces temps singuliers, et on n'attachait guère moins d'importance aux uns qu'aux autres. Un tournoi magnifique donné à Tarascon se prolongea pendant plusieurs jours : des combats simulés à la lance et au pugilat, des luttes à pied et à cheval, des bals et des déguisements romanesques, des chants et

---

(1) Cette cérémonie eut lieu le 2 décembre 1448.

(2) Une fête se célèbre le 30 mai de chaque année dans cette Commune, en mémoire de ces événements, et on s'y rend de toutes parts pour solliciter des guérisons et des miracles ; tellement que l'église sert d'asile à une immense quantité de pèlerins, dans la nuit qui précède le jour solennel. Dès le point du jour, on descend, à l'aide de poulies et d'une manière très-lente, la châsse où sont renfermées les reliques des Saintes-Maries qui, dans le reste de l'année, sont déposées dans une chapelle construite sur la partie supérieure de la voûte qui couvre le maître-autel. Dès que la châsse paraît, on pousse des cris d'alégresse, ou chante des cantiques analogues, et des grâces sont promises à celui qui touche le premier ces précieux restes. Le procès-verbal, transcrit sur parchemin, des cérémonies auxquelles présida le roi René, est conservé dans les archives de cette église, qui avait déjà un trésor assez riche, composé des dons faits par plusieurs souverains ou personnages illustres. La ville d'Arles y avait voté son plan en relief et en argent, à l'époque d'une peste meurtrière : tout cela a disparu dans les orages de la révolution. La population des Saintes-Maries se compose de 780 individus pauvres et ne vivant guère que du produit de la pêche. Le territoire est vaste, mais peu fertile et occupé, en grande partie, par des marais, des étangs salés et des landes ; l'air y est malsain, et c'est une des plus tristes habitations dont on puisse se former l'idée.

des représentations dramatiques, des disputes poétiques ou littéraires et des plaidoiries devant les Cours d'amour, des prix décernés par les dames à ceux qui se distinguaient dans ces sortes de concours, des festins somptueux, de magnifiques présents donnés aux dames et aux seigneurs; en un mot, tous les amusements en usage dans les fastes de la chevalerie servirent de spectacle à la brillante Cour que René avait réunie à cette fête. Non content d'avoir réglé lui-même l'ordonnance de ces jeux, il y figura comme acteur et sut même se faire distinguer (1). Lorsque tout fut terminé, il fit recommander à chaque chevalier de payer exactement sa dépense : lui-même trouva du mécompte dans ses finances; car, soit que ces fêtes lui eussent coûté plus qu'il ne l'avait calculé, soit que les fonds qu'il croyait disponibles lui eussent manqué, la vérité est qu'il n'avait de l'argent ni pour payer la dépense faite ni pour subvenir aux frais de son voyage. Aussi écrivait-il à son maître d'hôtel : « Envoyez-moi vite des fonds; je ne veux pas quitter la ville sans « que tout le monde soit content. »

René partit peu après pour aller seconder le roi Charles vii dans ses projets de reprendre sur les Anglais toutes les places qu'ils occupaient en France, et emmena sous les drapeaux français le brave duc de Calabre son fils, Ferry de Vaudemont son gendre, et l'élite de la noblesse provençale. Rouen ouvrit ses portes à cette brillante armée, et le comte de Provence y tint la droite de son beau-frère dans l'entrée solennelle qu'il y fit le 10 novembre 1449. Caen et le reste de la Normandie suivirent cet exemple, et de là l'expédition se dirigea vers la Guienne. René y accompagna l'armée française, mais il ne put achever avec elle cette belle expédition, parce que ses affaires le rappelèrent en Anjou. Après y avoir demeuré quelque temps, il se rendit en Provence, où sa présence était désirée pour adoucir les désastres

(1) La description de ce tournoi, qui eut lieu les 2, 4, 6, juin 1449, a été faite par L. de Beauvau, sénéchal d'Anjou et ensuite de Provence, qui avait été l'un des principaux personnages de cette Cour. Ce manuscrit précieux est déposé à la bibliothèque royale, fond de Colbert, n° 7907. Voyez le Voyage de Millin, tome III, chapitre XCII, page 443; l'Histoire de Provence, par Papon, en fait, d'après le même manuscrit, une relation fort détaillée. Sup. du tome III.

causés par la peste (1) ; mais la maladie de sa femme le força de revenir à Angers : elle y termina sa vie de la manière la plus édifiante, laissant son époux en proie à la plus vive et à la plus profonde affliction.

René aimant son peuple et en étant chéri ; ayant le goût des sciences, des lettres, des arts, et pouvant s'y livrer ; vivant dans une contrée où il pouvait si bien satisfaire ses inclinations pour les tournois, les Cours d'amour, les fêtes et les cérémonies de tout genre ; placé sous un climat magnifique et sur une terre susceptible de toutes les améliorations ; partageant son temps, quand il résidait en Provence, entre les villes de Marseille, qu'il affectionnait particulièrement ; d'Aix, où il faisait exécuter des embellissements, et où il avait fait bâtir une maison de campagne (2) ; d'Arles, dont la situation et les antiquités excitaient tout son intérêt ; de Tarascon, dont le château avait été réparé et agrandi par ses soins ; estimé de tous les princes contemporains et lié avec les plus puissants d'entre eux ; entouré de plusieurs hommes de mérite dans toutes les classes ; venant de perdre une femme qu'il avait tendrement aimée, et qu'il regrettait vivement ; parvenu enfin à l'âge mûr, où l'on doit être détaché des illusions de la vie, quand on a connu surtout l'adversité et toutes les vicissitudes attachées à la guerre et aux révolutions, René aurait dû être insensible aux vapeurs de l'ambition. Mais l'homme le plus sage et le plus modéré, peut-il donc s'empêcher de payer son tribut à la faiblesse humaine ? Ou plutôt, quand on a porté une couronne, ne se croit-on pas tenu, par devoir, par honneur ou par préjugé, à ne jamais y renoncer, et ne pense-t-on pas devoir compte à ses enfants de ce

---

(1) La peste se manifesta en Provence en 1450 : elle dura deux ans, pendant lesquels elle exerça de grands ravages.

(2) Elle était située dans le lieu où ont été depuis les Infirmeries ; René y passait une partie des étés, et la désignait sous le nom de *bastide*, comme les autres habitants de cette contrée. Un mémoire de M. le président de Saint-Vincens, sur les monnaies, les usages et les mœurs du quinzième siècle, contient un inventaire curieux du modeste mobilier qui ornait cette maison de plaisance. René en possédait une autre à Marseille, non loin du village de Mazargues : elle appartient à M. Bonneville, inspecteur des douanes. Près de l'église rurale de Saint-Jérôme, était aussi un rendez-vous de chasse de ce prince : il est compris aujourd'hui dans la propriété de M. Crozet.

qu'on a dû entreprendre pour faire valoir, ou du moins pour constater des droits regardés comme imprescriptibles ?

Ce fut sans doute par ces considérations, que le souverain de la Provence se détermina à former avec les Florentins et François Sforce, duc de Milan, une ligue pour déposséder du royaume de Naples Alphonse, roi d'Aragon, fortement soutenu par les Vénitiens. Le roi de France fournit quelques troupes à René, et celui-ci partit à leur tête pour l'Italie, après avoir conclu préalablement des traités avec le duc de Savoie et le marquis de Montferrat, qui voulaient disputer le passage des Alpes. En passant par Gap, René éprouva une sorte d'opposition de la part de ses habitants, soutenus par un envoyé du Dauphin ; mais les choses se terminèrent à l'amiable. L'expédition d'Italie commença au mois de septembre 1453. Dès les premières opérations, il fut démontré que les Vénitiens, qui s'étaient repliés jusque sur Brescia et Crémone, voulaient attirer leurs ennemis dans le centre des Etats de la république ; tactique qui aurait tourné contre eux, pour peu que les alliés se fussent entendus. Au lieu de l'unité des vues, qui devrait être l'ame de ces entreprises, on vit se manifester cet esprit de jalousie et de méfiance qui les ruine toutes, et des affaires pressantes furent alléguées pour motiver le retour de René en Provence : on ne pouvait même s'en plaindre raisonnablement, car il laissait aux alliés ses troupes et le duc de Calabre pour les commander. Celui-ci éprouva les mêmes difficultés. Si on ne voulait pas paraître s'opposer ouvertement à l'exécution des plans qui devaient naturellement porter le théâtre de la guerre vers l'Italie méridionale, on faisait tout ce qui était nécessaire pour empêcher ce résultat. Il fallut néanmoins faire une campagne : elle eut lieu sans événements décisifs, et le prince, désabusé, retourna en Provence, où son père, forcé de s'absenter, l'avait chargé de commander en son nom.

Cette même année, (le 10 septembre 1454), René contracta un second mariage avec Jeanne de Laval, fille de Gui, 13me du nom et d'Isabeau de Bretagne. Il fut célébré à Angers par le cardinal de Foix, archevêque d'Arles; mais la Provence, et en particulier cette dernière ville, témoignèrent la part qu'elles prenaient à cet événement, par leurs démonstrations accoutumées, des feux de joie, des calvacades, des décharges d'artillerie, des danses et des fêtes qui se prolongèrent pendant un mois. Jeanne reçut de son époux, entre autres présents, la baronnie des Baux, cette terre dont les seigneurs avaient jadis été assez puissants pour se faire redouter des comtes de Provence, et qui n'est aujourd'hui qu'une Commune pauvre, presque inconnue et recommandable du moins par les vertus des cultivateurs qui l'habitent (1).

Le gouvernement de René, quoique siégeant à Angers, se fit remarquer par l'émission de quelques lois ou règlements de jurisprudence sollicités par les Etats de Provence réunis à Brignoles; actes qui furent promulgués par son lieutenant le duc de Calabre. Peu de mois après, les nouveaux époux vinrent jouir du bonheur de se retrouver parmi des sujets qu'ils affectionnaient. Arles, où ils vinrent d'abord, leur fit une réception magnifique et Tarascon se montra son digne émule; elle leur prépara même une fête suivant les goûts du prince, dans la translation des reliques de Sainte Marthe (2), et il en régla le cérémonial pour l'année suivante.

Il était dans la destinée de René de ne jouir que pendant ses dernières années, et dans sa chère Provence, d'une tranquillité qui échappait sans cesse à ses vœux. De nouveaux événements le forcèrent à s'occuper encore de l'Italie : son fils ayant été chargé, par le roi de France, de défendre la république de Gênes, qui venait de se placer sous sa protection, Alphonse, constant et jusque-là heureux compétiteur de la maison d'Anjou, vint attaquer le duc de Calabre jusque sous les murs de Gênes : il y trouva la mort.

---

(1) La Commune des Baux compte à-peine 570 habitants, tous occupés de travaux agricoles, peu fortunés; mais pieux, laborieux, hospitaliers et probes; tellement que les vols, les querelles et les autres délits qui désolent la société y sont infiniment rares. En 1815, la plupart des hommes en état de porter les armes partirent, des magistrats municipaux en tête, pour aller joindre les drapeaux de S. A. R. Monseigneur le duc d'Angoulême, et ne les quittèrent qu'après la capitulation de la Palud. Une conduite si noble, si désintéressée demeure inconnue, parce que ces braves gens la trouvent si simple, que jamais ils n'ont pensé à s'en faire un mérite. On n'a pu résister au désir de consigner ici ce fait, digne des descendants de ces hommes que René honorait d'une bienveillance particulière. Les terres Baussenques, dont les Baux étaient le chef-lieu, se composaient de près de quatre-vingt paroisses ou seigneuries.

(2) Le 10 août 1458.

Le successeur désigné par lui fut Ferdinand son fils naturel, qui, avec moins de talents, n'avait pas une moindre ambition de régner; mais il fut contrarié par le Pape Caliste III, qui toutefois ne paraissait pas être tout-à-fait dans les intérêts de René. Ce pontife étant mort, son successeur Pie II, se montra ouvertement favorable à Ferdinand : tout en feignant une grande impartialité, il se montra plus que partial, et se permit même quelques railleries piquantes contre René; au point que celui-ci, usant de représailles, prononça la défense de reconnaître aucun des actes émanés de la Cour de Rome. Cette querelle, qui n'était pas sans inconvénients à cette époque et dans ces conjonctures, ne put se terminer qu'après de longues négociations.

Cependant le duc de Calabre se maintenait à Gênes, malgré les menées ouvertes et cachées auxquelles se livraient Ferdinand et le duc de Milan, qui avaient fini par entraîner ces peuples dans une violente révolte. Fatigué de cet état de choses et suivant l'impulsion d'un caractère courageux, le fils de René se mit à la tête d'une flotte composée de vingt-deux vaisseaux et de trois galères, pour tenter une descente sur les côtes du royaume de Naples; une bataille eut lieu à Castelmare, et elle aurait été décisive, si ce prince n'eût écouté des conseils perfides ou peu éclairés qui l'engagèrent à prendre quelque temps de repos. Jean était cependant trop expérimenté et trop ferme pour ne pas se garantir contre ce double écueil : cette faute, qui tint sans doute à d'autres causes que nous ne pouvons apprécier, eut le résultat de donner à son compétiteur le temps de lever une nouvelle armée, d'amasser des fonds pour la payer, et de ramener à lui beaucoup de seigneurs qui s'étaient prononcés pour la maison d'Anjou : le Pape y contribuait en les relevant de leur serment de fidélité; et pour donner à René un désagrément personnel, il supprimait, par une bulle (1), cet ordre du Croissant auquel son fondateur attachait un si grand prix.

Le Duc de Milan paraissait s'être chargé du soin de susciter des traverses à la maison d'Anjou dans le nord de l'Italie. Ses démarches ayant fait éclater

(1) Cette Bulle est de 1460.

une nouvelle révolte à Gênes, Charles VII y envoya des troupes par terre, tandis que René s'embarquait à Marseille avec quelques vaisseaux. Un combat sanglant s'engagea dès son arrivée, mais le nombre l'emporta sur la bravoure, et une retraite honorable fut le partage des vaincus. Des écrivains estimables accusent René, sous la foi d'un historien italien (1), d'avoir demeuré sur sa galère tranquille spectateur de cette scène de carnage, et d'avoir fui honteusement en abandonnant ses soldats à la discrétion d'un ennemi irrité, pour les punir de ne pas avoir vaincu. Ce témoignage peu juste est heureusement presque unique : il est démenti par plusieurs auteurs dignes d'estime, mais surtout par le caractère et les actions de ce prince. S'il fut calomnié, sous le rapport du courage et de l'humanité, quel homme pourrait s'étonner de l'être ?

De retour en France, il fut témoin de la mort de Charles VII et du sacre de Louis XI (2). Cependant le duc de Calabre voyait arriver le moment où il faudrait quitter le royaume de Naples, puisque son parti y diminuait considérablement. Le fameux Scanderberg, prince d'Albanie, était accouru à la voix de Ferdinand ; le Pape, plusieurs souverains d'Italie, quelques puissances éloignées soutenaient ce parti, et c'était montrer une grande force d'ame que de résister à tant de circonstances réunies.

René, revenu en Provence, s'adonna encore plus particulièrement à l'étude des lettres et à la culture des beaux arts. On rapporte à cette époque l'institution des jeux qui accompagnent la procession de la Fête-Dieu à Aix ; mélange bizarre du sacré et du profane, des mystères religieux et des scènes du paganisme, mais dans lesquels toutefois on voyait percer l'intention

(1) Jean Simoneta, historien contemporain qui parle de ce fait, ne le rapporte que comme un bruit populaire et qu'il ne garantit pas ; il le cite dans sa vie de Ludovic Sforce, qui était l'ennemi de René. Un autre écrivain, Christophe de Soldo, le rapporte aussi dans une histoire de Brescia, mais d'une manière plus invraisemblable et plus incertaine. Quand d'ailleurs les écrivains les plus estimés de l'Italie rangent ces bruits parmi les fables que se plaisent à accréditer l'esprit de parti et la haine, il est à regretter que Villaret ait adopté si légèrement une inculpation aussi odieuse, dirigée contre un prince français à qui la postérité a si unanimement accordé des qualités recommandables.
(2) En 1461.

de satisfaire certains ressentiments politiques'(1). C'est ainsi qu'après des simulacres de tournois, de combats de courtoisie ou de plaisance, et de plusieurs exercices d'esprit, restes des Cours d'amour, on voyait paraître, dans le costume qu'on est convenu de leur donner, un grand nombre de personnages de l'ancien et du nouveau testament, retraçant, dans des jeux burlesques, quelques événements de leur vie (2). Moïse et Aaron punissent les Hébreux, qui adorent le veau d'or; la reine de Saba danse devant Salomon; Hérode ordonne le massacre des innocents; les trois Mages suivent l'étoile mystérieuse; les apôtres et les évangélistes paraissent dans le cortége, où se fait remarquer la taille gigantesque de Saint Christophe; les principales divinités de la mythologie, Neptune et Amphitrite, Mars et Minerve, Saturne et Bacchus, Apollon et Diane, les Parques, les Faunes, les Satyres, les Sylvains et les Centaures, auxquels font vraisemblablement allusion les Chevaux-frus, tels qu'on les voit en Provence (3); une légion

(1) Il paraît que, dès l'année 1443, René avait conçu le projet des jeux de la Fête-Dieu : il en acheva le plan en 1462 ; mais ils n'eurent lieu, pour la première fois, qu'en 1475. On les exécuta constamment jusqu'à la révolution, et si quelques oppositions se manifestèrent en 1645, de la part du clergé et postérieurement de celle de M. de Grimaldi, archevêque d'Aix, elles cédèrent au vœu du peuple. Dans l'une des années qui suivirent le concordat de 1801, on essaya une représentation ; il y en eut une autre en 1823 ; mais depuis il n'y en eut aucune, parce que la ville est peu disposée à subvenir à cette dépense, qui ne laisse pas d'être considérable.

(2) Tous les détails de ces cérémonies sont consignés dans un ouvrage intitulé : *Explication des cérémonies de la Fête-Dieu*, orné de figures très-exactes, gravées en taille douce ; que publia à Aix, (en 1777, chez Esprit David), feu M. Grégoire ancien commerçant de cette ville. Les figures furent dessinées d'après nature par un de ses fils, M. Gaspard Grégoire, artiste distingué, connu surtout par l'ingénieuse manufacture de velours de soie teinte en laine présentant des tableaux d'une vérité frappante. Il est l'inventeur, et continue de l'exploiter avec le plus grand succès, dans un beau local qu'il tient de la munificence éclairée du Gouvernement, rue de Charonne, hôtel Vaucanson, faubourg St-Antoine, n° 47, à Paris.

M. Millin en a fait aussi une description fort étendue dans son Voyage dans les départements du Midi, tome 2, page 502 et suivantes. Ces deux auteurs citent encore un ouvrage intitulé : *Esprit du cérémonial d'Aix en la procession de la Fête-Dieu ;* les trois éditions qui en ont été faites remontent aux années 1708, 1730 et 1758.

(3) Un homme se place debout dans le milieu du corps d'un cheval façonné en carton, de manière à ce que le buste à l'air d'être en selle, et ses jambes, cachées par le caparaçon, servent à faire

de grands et petits diables, et des groupes de lépreux déguisés sous le nom de *rascassetos* ; des bâtonniers, des danseurs, des chevaliers du guet et des ordres institués pour la cérémonie ; le duc et la duchesse d'Urbin, ridiculement habillés, montés sur des ânes et exposés à la risée de la populace ; cet immense cortége marchant ou dansant au son d'une musique, dont René avait lui-même composé les airs et déterminé les instruments : tels étaient les ornements accessoires de la procession, et le dais était immédiatement suivi de la figure de la mort, armée d'une faulx. Tout cela se prolongeait pendant quinze jours presque consécutifs, puisque dès la veille de la fête de la Pentecôte on élisait le Roi de la basoche, le Lieutenant et le Prince d'amour, l'Abbé de la ville ou de la jeunesse, dignitaires de ces singulières représentations. Le fondateur avait rendu les règlements les plus minutieux pour tout régler, même les rangs que devaient occuper le clergé, le parlement, les divers corps de magistrature : des rentes constituées en argent sur les fonds de son trésor, assuraient à jamais l'exécution de ses ordres. On prétend que ce fut dans le fort de sa composition que lui parvint la lettre par laquelle, en lui annonçant ses désastres de Naples, de prompts secours lui étaient demandés : « Je ne puis y aller, répondit-il en patois pro-« vençal, je ne suis ici occupé que de choses saintes. » Le messager qui lui apporta la nouvelle de l'expulsion de son fils du royaume de Naples et son retour en Provence, le trouva, dit-on, peignant une perdrix : il poussa la force d'ame, ou peut-être l'insouciance, jusqu'à ne point vouloir abandonner son ouvrage. Il dessinait aussi des oublies, dans sa prison de Dijon, quand on lui annonça sa liberté : c'était vraisemblablement une allégorie dont le but était de prouver qu'on ne se souvenait plus de lui.

Quoiqu'il en soit de la réalité de ces faits, il n'en est pas moins certain que René cultivait la peinture (1). La famille de Matheron conserve religieu-

mouvoir la machine dans tous les sens. Ces cavaliers, réunis en troupe, exécutent des danses ou des évolutions, et on les désigne sous le nom de chevaux *frus*, *frisques*, *fringans*.

(1) Le tableau à l'huile conservé dans la métropole d'Aix, représentant le buisson ardent, et où l'on voit René et Jeanne de Laval, n'est point l'ouvrage de ce prince : on l'attribue à Roger élève de Jean de Bruges.

sement un tableau très-soigné où la ressemblance de René et de sa femme est parfaite. Il l'avait peint lui-même pour en faire cadeau à *Jehan de Matheron, son bon compère et son chancelier* (1). Outre quelques tableaux d'église ou portraits qu'on lui attribue, il avait aussi beaucoup travaillé en miniature, sur vélin ou sur verre. Plusieurs livres de prières sont ornés de dessins sortis de ses pinceaux, et l'on y reconnaît partout un talent de détail assez remarquable pour le temps et pour un aussi grand personnage.

Ces douces occupations furent troublées par la douleur que lui causa la mort de sa sœur, Marie d'Anjou (2), femme de Charles vII, et par l'obligation où il crut être de revendiquer le comté de Nice et la vallée de Barcelonnette, que, suivant lui, sa mère Yolande et Louis III, son frère, n'avaient pu valablement aliéner. Le duc de Savoie ne trouva pas ses raisons plausibles : il était en possession et assez fort pour s'y maintenir ; motifs trop puissants pour ne pas faire échouer toutes les négociations de la maison d'Anjou. Son chef eut aussi à s'occuper des moyens de calmer les ressentiments de Louis xI, qui savait mauvais gré au duc de Calabre d'être entré dans la ligue dite du bien public. On vit ainsi le père fournir des troupes au roi de France pour l'aider à soumettre le parti dans lequel servait un fils tendrement aimé : tant il est vrai que la politique fait souvent agir d'une manière contraire à ses opinions et à ses sentiments ! Les traités de Conflans et de Saint-Amour mirent fin (3) à ces dissentions intestines, pendant lesquelles le comte Charles du Maine avait figuré alternativement dans chaque parti.

---

(1) Ces portraits peints sur bois, sur des tablettes se fermant en guise de livres, sont accompagnés de vignettes, de devises, d'armoiries, de fleurs allégoriques, telles que des lis. Tous ces ornements sont soignés, et du meilleur goût. On conserve ce précieux monument dans le même sac de velours cramoisi qui servit à le renfermer quand René le donna à son ami. Un médaillon, représentant le profil de Jehan de Matheron, est placé sur le piédestal de la statue qu'on a érigée sur le cours d'Aix.

(2) Elle mourut le 29 novembre 1463. C'était une princesse d'un grand mérite, et elle fut extrêmement utile à Charles VII, quoiqu'elle eût souvent à se plaindre de ses procédés. Les cinq années qu'elle lui survécut furent employées à le pleurer, et à pratiquer tous les actes de piété et de bienfaisance que sa douleur croyait devoir joindre à ceux dont toute sa vie avait été une suite continuelle.

(3) En octobre 1465.

La médiation de René ne fut pas toutefois inutile aux princes de sa famille.

Elle recevait, peu après (1), une grande preuve de la confiance et de l'estime des Catalans; car ces peuples ayant vu mourir don Pedro de Portugal, qu'ils s'étaient donné pour souverain après avoir renversé du trône Jean II, vinrent l'offrir à René, dont la mère était une princesse d'Aragon. Tout disposé que fût ce prince à goûter les douceurs d'une tranquillité dont son âge commençait d'ailleurs à lui faire sentir le besoin, il ne crut pas pouvoir refuser ces offres, et le duc de Calabre passa en Espagne à la tête d'une armée de 8000 combattants Français, Lorrains et Provençaux. Des succès assez brillants et quelques revers marquèrent successivement ses premières opérations; mais ensuite une bataille presque décisive qui eut lieu devant Roses et la prise de Gironne (2), firent espérer un moment la soumission totale de la Catalogne. Elle aurait eu lieu, si Louis XI, qui craignait de ne voir la maison d'Anjou devenir trop puissante, eût envoyé les troupes qu'il avait promises, et s'il n'eût presque refusé (3) la signature d'une trève de deux ans avec le roi d'Aragon, qui avait cherché à faire une diversion en descendant sur les côtes de Provence (4). Le duc de Calabre attendait impatiemment le moment de reprendre des armes paralysées dans ses mains par une politique astucieuse, lorsque la mort, qui le surprit à Barcelone (5), l'enleva à son père dont il faisait les délices, et à des peuples qui avaient fondé sur ses grandes qualités leurs plus chères espérances. Ils ne crurent mieux prouver leurs regrets qu'en demandant pour souverain le fils du héros qu'ils pleuraient, et de nouvelles larmes devaient

---

(1) En 1468.

(2) René érigea Gironne en principauté, et en donna le titre à son fils en avril 1468. Nostradamus cite les lettres-patentes qui constatent ce fait, et elles sont conçues dans les termes les plus honorables et pour le père et pour le fils. (Histoire de Provence, par Nostradamus, page 627.)

(3) Le 19 janvier 1469.

(4) Sa flotte remonta le Rhône et se dirigea sur Arles, où les troupes manifestèrent l'intention de ravager le pays : on s'arma de toutes parts, et elles furent obligées de remonter sur leurs galères, pour retourner dans les ports d'où elles étaient parties.

(5) Le 15 décembre 1470.

arroser la tombe du jeune duc Nicolas, au moment où il semblait avoir surmonté les difficultés qui s'opposaient à la réalisation de ces vœux.

Tant de chagrins domestiques, tant de traverses politiques, avaient plongé
le bon René dans une profonde tristesse. « Ma fille, » écrivait-il de Gardanne (en 1470) à Marguerite, dont le mari, Henri vi, roi d'Angleterre,
venait d'être détrôné et assassiné : « Ma fille, que Dieu vous assiste dans vos
« conseils, car c'est rarement des hommes qu'il faut en attendre dans les
« revers de la fortune. Lorsque vous désirerez moins ressentir vos peines, son-
« gez aux miennes ; elles sont grandes, ma fille : Dieu les connaît, et pour-
« tant c'est moi qui vous console ! » Dès ce moment il se fixa en Provence
et parut avoir renoncé à toute ambition : on le vit sans cesse occupé à rétablir l'ordre dans ses finances obérées par tant d'expéditions lointaines, à faire
fleurir l'agriculture et le commerce, à encourager l'industrie, à donner des
lois sages, à réprimer les abus et à faire chérir son gouvernement par sa
justice, sa bonté et des améliorations de tout genre.

C'est dans de si nobles soins et dans l'étude, qu'il chercha des consolations
pendant le reste de sa vie. Les lettres et les arts avaient charmé sa jeunesse
et ajouté un nouveau lustre à la pourpre dont il était revêtu ; l'adversité et
la vieillesse lui faisaient encore plus apprécier les avantages de ces intéressantes occupations. L'agriculture lui dut des expériences pour naturaliser
la canne à sucre, l'introduction de plantes inconnues en France : telles que
la rose de Provins, l'œillet de Provence, le raisin muscat, et de plusieurs
espèces d'animaux rares, entr'autres des paons de diverses couleurs, furent
aussi son ouvrage.

Outre des écrits d'assez longue haleine, tels que l'*Abusé en court*, en vers
et en prose ; un travail sur les tournois et la description de celui de la
Grachuse ; le roman intitulé : *Roman de très-dulce merci au cœur d'amour
épris ;* une dissertation ascétique sous le titre de *Traité d'entre l'ame dévote
et le cœur,* ou le *Mortifiement de vaine plaisance* (1), on connaît de lui

(1) Le premier existe en manuscrit original dans la bibliothèque royale à Paris : il a été réim-
primé à Vienne en 1484, et se trouvait dans la bibliothèque du feu duc de la Vallière.
Le second et le troisième, écrits de la propre main de René, qui les avait adressés à Louis XI,

des poésies en français, en italien et même en provençal, telles que des rondeaux, des ballades, des fabliaux, des comédies, des dialogues, des mystères en poëmes religieux et même quelques satyres. Le bon roi René était naturellement gai et quelquefois un peu malin : on cite de lui des saillies et des mots assez piquants, et chacun connaît les épithètes ou sobriquets donnés par lui à vingt-huit des principales familles de Provence. La lettre suivante, qu'il écrivit à l'évêque de Marseille, Jean Allardeau, donnera une idée de son genre d'esprit (1).

Comme elle se compose de mots français, catalans, italiens et provençaux, nous en placerons le texte original en regard de la traduction :

DE PAR LE ROY,	DE PAR LE ROI,
« Moss de Marsella e mon compere.	« Mons de Marseille et mon compère,
« Da parte d'alcuni poveri homini a	« il m'a été exposé par quelques pau-
« noi e stato humilmente supplicato	« vres gens qu'ils avaient commis cer-
« come *p.* la supplicatione laquale qui	« taines choses que je ne vous dis point,
« interclusa ve mandamo chiaramente	« mais je crois que ce doit être par er-
« intenderete d'alcuno loro errore e	« reur ou par faiblesse, comme verrez

enrichis de miniatures faites par lui, sont soigneusement conservés à la bibliothèque du roi à Paris.

Le quatrième, est du plus haut prix, et avait été vendu 1620 fr. à la bibliothèque de M. le duc de la Vallière : il a 58 feuillets, et contient, outre les majuscules écrites en or et azur et les vignettes, près de 70 miniatures.

Le cinquième, qui est manuscrit autographe et enrichi de dessins coloriés, existe à la bibliothèque de l'empereur à Vienne : un double se trouve aussi dans celle du roi à Paris : cet ouvrage est de 1455.

Les heures du roi René sont aussi admirées des amateurs, à raison des ornements qu'on y voit, des prières qui y sont annotées et des événements intéressants pour la maison d'Anjou, dont la date y est relatée, tels que les naissances, les mariages, les morts, etc.

Un exemplaire fait partie de la bibliothèque de M. de Méjanes donnée à la ville d'Aix : il est de 1458. Le second, qui est de 1454, faisait partie de la bibliothèque de la Vallière : il était estimé 1200 francs.

(1) Jean Allardeau, qui occupa le siége épiscopal de Marseille depuis l'année 1466 jusqu'en 1497, fut surintendant des finances de René, et Louis XI lui confia le gouvernement de Paris : il passait pour être habile politique et courtisan délié, bien plus que prélat uniquement voué à ses devoirs religieux. On lui accorde cependant quelques vertus.

« fallimento. Et considerato sono ho-
« mi maritimi et che hanno de-gli-
« altri carrighi assai, ove cognoscérete
« sia caso di pieta. P. quanto tocha a
« noi volemo loro sia remesso 2 p. do-
« nato. Che Christo sia in vostra guar-
« dia. Dats al ponte Sei lo VI giorno de
« jullet de lanno 1468.   René.

« Dirigit Epo Massilien. et locun-
« tenent provintie.

    « A. Paganus (1). »

« par leur supplique, que trouverez ci-
« incluse. Vous saurez d'abord que ce
« sont des marins qui ont bien d'autres
« soucis dans ce monde. Il vous appar-
« tient de juger si c'est un cas d'église;
« car, pour ce qui me regarde, je suis
« bien aise qu'on leur pardonne. Que
« J. C. soit à jamais votre gardien.

« Au pont de Cé, le 6 juillet 1468.

      « René. »

La théologie, l'astronomie, les mathématiques, la médecine, la jurisprudence étaient spécialement cultivées par ce prince, et il fit venir d'Italie plusieurs savants distingués. L'enseignement public excita toute sa sollicitude : non
content de protéger l'Université d'Aix et d'y placer des professeurs recommandables, d'établir un collége à Saint-Maximin et de fonder des bourses gratuites
dans ceux d'Aix, d'Avignon et d'autres villes, il s'occupa de la refonte des livres
élémentaires. Sous son règne, l'architecture, la sculpture, la gravure, la
peinture sur verre, l'art de frapper les médailles furent perfectionnés et

(1) Cette lettre fait partie d'un recueil dont la découverte est due aux soins de M. le docteur Lautard, secrétaire perpétuel de l'Académie de Marseille, dont le zèle pour tout ce qui peut concourir
au lustre de sa patrie peut être seulement comparé au dévouement qu'il manifeste chaque jour pour
le soulagement de l'humanité souffrante et à l'obligeance avec laquelle il communique à ses amis les
précieux documents qu'il possède sur la Provence. C'est avec son autorisation que nous citerons encore
quelques lettres propres à faire connaître René, à qui il a voué une sorte de culte.

Ces lettres, au nombre de 290, furent trouvées dans le château de Simiane, autrefois Collongues,
près Gardanne, appartenant à Madame de Simiane, née du Muy. Elle font partie d'un registre où
il paraît que René faisait tenir copie de toutes les lettres qu'il écrivait. Toutes sont revêtues de sa
signature et contresignées par un secrétaire. M. Lautard a donné deux notices fort intéressantes sur
cette correspondance, et il les a lues à l'Académie de Marseille, dans les séances publiques des 23
août 1812 et 28 avril 1816. On lui doit les savantes lettres sur Marseille qui ont été insérées dans la
Ruche Provençale.

encouragés. L'achèvement de la belle église de Saint-Maximin, les travaux exécutés au château de Tarascon, les grandes portes et les vitraux du chœur de l'église métropolitaine d'Aix, les monnaies de ce siècle, sont des témoignages encore existants de ce qu'on vient d'avancer : on reconnaît jusque dans ces objets secondaires le soin, si important pour un souverain, de distinguer, de s'attacher et de protéger les hommes de mérite dans tous les genres.

Aucune des branches de l'administration et de la prospérité publique ne l'occupa autant que le commerce : l'institution des tribunaux consulaires (1) est son ouvrage, ainsi qu'une nouvelle extension donnée à la juridiction des prud'hommes pêcheurs : il accorda (2) de grandes franchises au port de Marseille, en les restreignant toutefois à la durée d'un an. Convaincu que l'usure et la fraude sont désastreuses pour l'Etat non moins que ruineuses pour le négociant honnête, il les proscrivit avec une grande sévérité. Des traités furent conclus avec les puissances barbaresques pour la sureté de la navigation, et des expéditions maritimes furent encouragées, nonseulement pour le Levant, mais encore pour le nord de l'Europe et d'autres pays lointains. L'industrie est l'aliment et l'ame du commerce; principe qui dirigea René dans l'attention qu'il donna aux verreries, aux savonneries, aux tanneries, aux fabriques de soie, aux salaisons de poissons : et s'il n'obtint pas, sous ces rapports, tout ce qui pouvait réaliser ses vues, il fit du moins beaucoup plus qu'aucun de ses prédécesseurs, excepté Louis II son père, à qui la Provence fut redevable d'un grand nombre d'améliorations. On cite, comme prouvant la protection qu'il accordait au commerce et le peu d'importance qu'il attachait à certains préjugés reprochés à son siècle, deux lettres écrites par lui à son fils, pour lui prescrire de réclamer, auprès du roi Jean d'Aragon, contre une violation du droit des gens commise envers un gentilhomme d'Aix faisant le commerce. « N'oubliez pas, dit-il dans l'une d'elles, que je suis touché de la plus vive « compassion du malheur de ce gentilhomme, qui ne pourra bientôt plus

_____

(1) En 1437.
(2) En 1472.

« pourvoir à ses besoins ni satisfaire à ses engagements, et pensez que le
« roi Jean ne peut, sous aucun prétexte, être le détenteur des biens d'un de
« mes fidèles sujets, que je regardai toujours avec des yeux de père, parce
« qu'il est laborieux, plein d'honneur et de loyauté : et si, je veux que nul
« puisse l'inquiéter pour dettes et le traîner devant les tribunaux, parce qu'il
« serait injuste et inhumain de le contrarier pour cet objet, vu que sa volonté
« ne fut pour rien dans son malheur.

« Angers, le 23 décembre 1468. »

Rien de plus simple que le bon roi René dans sa vie privée : la dépense
de sa maison ne dépassait pas 144,000 francs (15,000 florins). Ses principales maisons de campagne étaient situées à Gardanne, aux environs d'Aix
et de Marseille : il y passait alternativement la belle saison, et son ameu-
blement n'était pas plus somptueux que celui de ses voisins, qu'il aimait à
visiter sans cérémonie. Cet accueil était ce qui convenait le plus à ses goûts,
et il le préférait aux réceptions plus magnifiques qu'on se serait empressé
de lui faire chez les seigneurs ou les évêques. On a dit que souvent il avait
adopté des déguisements romanesques pour parcourir ses Etats et en acquérir
la connaissance, en même temps qu'il se livrait à des amusements assez en
usage dans les mœurs de son siècle : il est certain que, plus d'une fois et surtout dans des parties de chasse, qu'il rangeait parmi ses plaisirs les plus chers,
il descendit chez de simples particuliers dans le plus sévère *incognito*, et
avec l'intention de connaître la vérité pour réprimer les abus qu'on lui
dévoilait dans l'abandon de la conversation. Excepté dans les cérémonies
publiques et l'éclat de la représentation, ses vêtements étaient exempts de
toute sorte de luxe, et c'était ainsi qu'il aimait à se promener et à causer
avec les désœuvrés rassemblés pendant l'hiver dans des lieux exposés au
soleil et à l'abri du vent : c'est ce qui a fait nommer en Provence cette sorte
de promenade *la cheminée du roi René*.

Les quais du port de Marseille lui convenaient parfaitement sous ces
rapports, et on l'y rencontra plus d'une fois s'entretenant familièrement
avec les patrons pêcheurs et leurs prud'hommes, qu'il qualifia toujours, dans
ses actes, de *dilecti nostri*, et auxquels il ne cessa de porter une affection

particulière. Il leur cède le port de Morgiou pour en jouir en toute propriété (1) : il les exempte (2) de certains droits de gabelles, tributs, rèves,
etc. : il fait bâtir, pour leur servir d'appui, les deux tours qui défendent
l'entrée du port de Marseille : il leur concède de très-importants priviléges;
il leur accorde (3) le droit de pêche dans toute la Méditerranée; il règle leurs
différents et fixe la législation de cette branche de l'industrie publique (4);
il ne dédaigne même pas de recevoir d'eux des sommes considérables, lorsque des circonstances désastreuses le forcent de recourir à des emprunts.....
Les pêcheurs de Marseille ont conservé religieusement la tradition de tant
de bonhomie : ils ne parlent du bon roi qu'avec vénération, et se plaisent,
en racontant des particularités de sa vie, à transmettre à leurs enfants tous
les souvenirs qu'ils ont reçus de leurs pères (5).

René avait toujours fait profession d'aimer les dames, et on le vit rompre
des lances pour elles dans divers tournois. La sévérité de l'histoire pourrait
même lui reprocher quelques faiblesses qui ne se concilieraient pas trop
avec les principes religieux qu'il avait montrés dans tous les temps : jamais,
d'ailleurs, il n'en négligea aucune pratique extérieure : à Aix, il assistait
régulièrement aux offices en qualité de chanoine de la cathédrale, et s'occupait à composer des chants et de la musique d'église; à prononcer sur

---

(1) La cession est de 1440. Le port de Morgiou est formé par une petite anse, contenue elle-même
entre deux langues de terre qui avancent dans la mer, à deux ou trois lieues au sud-est de Marseille.

(2) En 1442.

(3) En 1462.

(4) En 1477.

(5) Le tribunal des prud'hommes pêcheurs de Marseille a traversé les orages de la révolution sans
éprouver aucune atteinte. Les cinq juges qui le composent, et qui sont renouvelés chaque année,
tiennent leurs audiences tous les dimanches. Tout pêcheur qui a un démêlé d'intérêt à faire décider,
cite son adversaire par une invitation écrite qu'il dépose dans un tronc avec quelques sous, pour
subvenir aux frais de la procédure. Les huit jours expirés, les deux parties exposent leurs griefs et
leur défense : jamais les avocats ne sont admis à plaider, et des juges qui, pour la plupart, ne savent
pas lire, n'admettent aucun plaidoyer. Sans autre loi que la tradition des usages transmis par leurs
prédécesseurs, ils prononcent suivant les règles de l'équité et de leur raison. Leur unique formule
est celle-ci : *La loi vous condamne*, adressée en patois à la partie qui succombe, et ce jugement est
scrupuleusement exécuté.

des questions de préséance, à régler des processions; il en vint même jusqu'à solliciter des absolutions, à troquer des cures, à nommer des curés, tellement, dit un savant critique, qu'il paraissait être quelquefois, l'un des vicaires-généraux de ses Etats. S'il rendit des édits contre le blasphème et la licence des mœurs, s'il eut à sévir contre les Juifs, il sut concilier ces mesures avec une sage tolérance (1); sa bonté naturelle tempéra toujours la sévérité royale, et en punissant les délits des individus de cette nation, on put croire que les opinions religieuses n'entraient pour rien dans ses décisions; il protégeait même assez ouvertement plusieurs personnes qui tenaient à cette croyance. Le Clergé, les temples, les monastères reçurent de lui des dons beaucoup plus considérables que l'état de ses finances ne pouvait le permettre, et on a conservé, dans plusieurs églises de Provence, principalement à Aix, à Arles, à Tarascon, à Saint-Maximin, à la Sainte-Baume, aux Saintes-Maries, des preuves de ses largesses. Ne pouvant faire lui-même le pélérinage de Jérusalem, comme il en avait formé le vœu pendant sa captivité, il légua une somme pour subvenir à la dépense de la personne que ses héritiers étaient chargés d'y envoyer à sa place.

La vieillesse et les chagrins, en rendant sa dévotion plus fervente, ne l'avaient pas dégagée de tous les accessoires qu'il y joignait dans les temps de sa jeunesse et de sa prospérité; aussi, son goût pour les cérémonies d'église qu'il mêlait avec des amusements profanes, présida-t-il (2) à l'institution des jeux qui se célèbrent à Tarascon le lendemain de la Pentecôte. La Tarasque (3) figure à la tête de la procession, entourée des chevaliers de

_____

(1) On a reproché à René d'avoir fait acheter un peu cher aux Juifs les grâces qu'il leur accorda : ses besoins financiers et les mœurs du temps peuvent seuls expliquer ces exactions. En 1454, il leur avait donné des garanties et même divers priviléges, moyennant des tributs et l'obligation de porter extérieurement certaines marques distinctives. Louis III, qui donna cet exemple en 1424, avait créé un emploi de conservateur des Juifs, et les plus grands personnages de la Cour n'avaient pas dédaigné de l'exercer.

(2) En 1469.

(3) Une tradition immémoriale prétend qu'un monstre amphibie, qui ravageait cette contrée, fut détruit par Ste Marthe. L'animal est désigné sous le nom de *Tarasque*; et c'est là l'origine du nom

ce nom, auxquels il avait assigné des costumes et des décorations analogues : pendant la marche, le simulacre de ce monstrueux animal s'agite par les mouvements des hommes qui sont placés sous son énorme ventre, de manière à blesser ceux qu'une indiscrète curiosité porte à s'en approcher : on promène ensuite sur une charrette un bateau plein d'eau, qui sert à mouiller les personnes qui se trouvent aux croisées, et ce jeu, nommé l'Esturgeon, a aussi ses chevaliers : des vignerons, des laboureurs, des tonneliers, des ouvriers de plusieurs espèces y simulent les exercices de leur profession au son du galoubet et du tambourin : les *chevaux-frus* servent d'escorte au cortége et le garantissent d'une foule que ce spectacle livre à la joie la plus bruyante. Tout, jusqu'aux moindres détails, fut déterminé par René, et ses intentions sont encore scrupuleusement suivies. Il cherchait, dit-on, à distraire, par ces amusements, Jeanne de Laval sa seconde femme, en proie, à cette époque, à une maladie de langueur qui semblait menacer ses jours. Des jeux semblables avaient été établis dans plusieurs autres villes de Provence ; mais ceux que ce prince donna à celle de Salon méritent une attention particulière, par le but moral qui semble y avoir présidé. Un paysan désigné *Roi de la pioche*, portant un de ces instruments en guise de sceptre et entouré d'une suite de bergers et de danseurs, marche immédiatement avant la mairie, et sur la même ligne qu'un *Roi de la bazoche* pris parmi les artisants. Celui-ci, revêtu d'un habit fort riche et d'un manteau parsemé d'étoiles, a pour cortége des princes d'amour, des pages, des danseurs d'une mise recherchée, et sa femme prend le titre de Reine. L'élection de ces souverains éphémères, qui se faisait tous les ans, se termine, ainsi que les cérémonies où ils figurent, par des festins, des bals et des divertissements ; mais René avait joint à leur titre quelques priviléges, et entre autres celui d'être exempt de la milice.

---

donné à la ville de Tarascon. Le jour où l'église célèbre la deuxième fête de la Pentecôte, la Tarasque est représentée en fureur et renversant avec son énorme queue tous ceux qui l'environnent : elle est au contraire tranquille et menée par un ruban que tient une jeune fille vêtue de blanc, le jour de Ste Marthe.

Ce prince si doux et si populaire ne manquait ni de dignité ni d'énergie, quand il croyait blessés les droits de sa couronne ou les règles de l'équité, qu'il pratiquait si bien pour son propre compte. Dans les démêlés qu'il eut avec Louis XI, il sut quelquefois lui résister, et ne fut pas moins ferme envers les Papes : faits assez remarquables dans ce siècle. Une lettre qu'il écrivit, le 28 novembre 1468, à Paul II, était ainsi conçue : « Très-Saint « Père, j'ai si souvent écrit à V. S. au sujet de la vacance du siége de Bar-« celonne, que je ne sais plus, en vérité, de quelles expressions me servir « pour vous engager à me répondre. Je désirerais me taire ; de votre côté « vous devriez faire cesser la cause de nos sollicitudes. Je ne me lasserai « jamais de vous demander humblement ce que vous devez faire ; mais dites-« moi jusques à quand votre bonté prolongera-t-elle ma peine ? Dès que le « Christ eut reconnu trois fois la constance de cette femme dont parle l'é-« vangile, il ne souffrit pas qu'elle soupirât plus long-temps après ce qu'elle « désirait, il se laissa donc fléchir. Ainsi, Saint père, je vous en conjure, « veuillez-bien partager ma peine, ou m'apprendre que vous la connaissez. »

René avait fini, sans doute, par être satisfait de ce Pontife, car il lui écrivit d'un style plus affectueux, pour lui recommander Philippe de Lévis, archevêque d'Arles, et l'on reconnaît une adresse parfaite dans la manière dont il fait valoir ses titres à la faveur sollicitée.

« Saint Père, disait-il, je pensais l'autre jour en moi-même que les princes « mes cousins auraient employé leur crédit pour faire nommer plusieurs « cardinaux, et que de mon côté, je ne vous avais encore présenté personne. « Est-ce qu'on croirait que dans mon royaume je n'aie pas de sujet qui soit « digne de cet honneur ? Vous sentez donc qu'il est de mon devoir de dé-« mentir ces soupçons injurieux, et de prouver que dans mes Etats je puis « compter des personnages aussi distingués que ceux qui, dans le monde, « occupent les plus hauts rangs. La justice et la politique exigent aujour-« d'hui, que V. S. daigne m'accorder ce que la discrétion et le respect que « je lui porte m'ont toujours empêché de lui demander. Je vous propose « donc l'archevêque d'Arles, mon conseiller intime, mon prédicateur et « mon ambassadeur près de vous ; vous le nommerez sans doute, puisque

26*

« vous connaissez ses éminentes qualités, et que V. S. n'ignore pas qu'il a
« depuis long-temps toute notre amitié, etc. »

En choisissant et protégeant les hommes éclairés qui l'aidaient à supporter
le poids de sa couronne et à en augmenter l'éclat, René remplissait un des
premiers devoirs imposés aux souverains ; mais la bonté de son cœur le rendait aussi susceptible des procédés les plus délicats : il écrivait dans ces
termes à son gouverneur général et à ses conseillers du comté de Provence :
« Il est fort essentiel que les grandes familles d'un royaume ne tombent
« jamais dans la misère. C'est le devoir d'un bon prince de venir à leur se-
« cours, lorsqu'elles éprouvent des malheurs. On nous expose qu'Eléonore,
« veuve de Guillaume de Castellane, est assiégée par des créanciers avides qui
« vont dévorer son héritage. Nous voulons, en conséquence, que pendant
« deux ans on ne puisse la poursuivre pour dettes, sous quelque prétexte
« que ce soit. Dans cet intervalle elle pourra mettre ordre à ses affaires, payer
« ses dettes et posséder encore de quoi faire honneur à son nom, tel est notre
« plaisir. Aix, le 29 mai 1470. »

Recommandait-il au Pape Paul II (1) Honoré-Pierre de Castellane et
Honoré de Flotte, recteur de l'Université d'Aix, il disait, en parlant du
premier, « que c'était faiblement exprimer sa pensée que de dire que ses
« vertus le lui rendaient très-cher : lui et les siens furent dans tous les temps
« fort attachés à sa maison, et la sienne mérite, sans contredit, d'être payée
« du plus tendre retour. »

Quant au second : « La science et la vertu, dit-il, la noblesse des sen-
« timents, la douceur, les bonnes mœurs, le font distinguer parmi les gens
« de bien et le rendent toujours plus cher à mon cœur. Voilà ce qui m'en-
« gage à vous le recommander, etc. »

Parmi les hommes qu'il estima ou affectionna plus particulièrement, auxquels il accorda plus de confiance, ou qui se firent remarquer sous son règne,
on cite Palamède de Forbin, président de la Cour des comptes, ensuite
conseiller d'Etat et chambellan ; Jean de Cossa, Louis de Beauvau, Pierre

(1) En 1468.

de la Jaille, grands sénéchaux; Jehan de Matheron ou Matharon, président, chancelier et ambassadeur à Rome; Vidal de Cabannes, ambassadeur à Milan; Jehan des Martens, chancelier; Charles de Castillon, maître rational, chancelier de l'ordre du Croissant; Guillaume de Rousset, archivaire de Provence; Antoine de la Tour, conseiller d'Etat; Balthazard et Jean de Jarente, chambellans; d'Allardeau, évêque de Marseille, surintendant des finances; Giraud d'Abessie, maître d'hôtel; Louis de Glandevès; Nicolas de Brancas, évêque de Marseille; les cardinaux de Foix et de Lévis, archevêques d'Arles; Pierre Marini, évêque de Glandevès, confesseur et prédicateur du roi (1); Lalande, précepteur du duc de Calabre; Melchior de Seguiran, savant jurisconsulte; d'Arlatan, dit le grand; Jean-Antoine des Baux, des Ursins, Gabriel Valori, Jean Quiqueran de Beaujeu, Honoré de Châteauneuf, Guillaume de Lessart, Pierre d'Albert, Pierre de Nostra-Donna, juif converti qui fut le médecin, l'astronome, le confident de René, et forma, dit-on, la tige des Nostradamus de Salon, si célèbres dans le siècle suivant.

Nous avons laissé ce prince livré à la douleur d'avoir perdu un fils digne de ses regrets et sur qui reposaient les espérances de la maison d'Anjou. Cependant ce n'était pas la seule perte qui dut lui coûter des larmes amères. Charles, comte du Maine, frère de René succombait à Aix (2) sous les coups d'une maladie cruelle, laissant un fils qui dut devenir l'héritier du comté de Provence, dès l'instant que Nicolas, fils du duc de Calabre, eut cessé de vivre. Ce jeune prince annonçait la bravoure et les qualités de son père, auprès duquel il avait combattu en Catalogne; aussi les peuples de cette contrée le désiraient-ils pour souverain; mais Louis xi, fidèle à sa politique, contraria d'abord secrètement des vues qu'il feignait d'approuver; ensuite il se plaignit hautement de ce que Nicolas, après avoir pris l'engagement d'épouser la fille de ce monarque, s'était permis de faire des démarches pour obtenir la main de Marie de Bourgogne; tandis que Louis xi lui-même

_____

(1) M. le président de Saint-Vincens a donné une notice curieuse sur les sermons de Marini : elle fut lue à l'Institut, et imprimée à Paris chez Sajou, 1813.

(2) En 1473.

respectait assez peu sa parole, pour proposer au duc de Guienne, son frère,
de resserrer leurs liens en contractant un mariage avec sa nièce. Des propos
offensants envenimèrent ces procédés : l'Anjou fut séquestré au profit du roi
de France; on se prépara à combattre en Lorraine le duc de Bourgogne, qui
n'avait pas été plus fidèle à ses engagements, et ce fut au milieu de ces
préparatifs, qu'une maladie violente enleva à Nancy le duc Nicolas, au milieu
d'une Cour brillante dont il était adoré (1).

René aimait trop ses peuples, il avait dû être trop bien préparé à la mort
par celle de ses enfants, pour ne pas s'occuper de ce qui arriverait après
lui, et ne pas régler, dès son vivant, l'ordre de sa succession. Après avoir
assemblé les Etats de Provence, il fit son testament à Marseille (2), laissant pour héritier Charles d'Anjou, comte du Maine, fils de son frère. Palamède de Forbin contribua beaucoup à cette détermination, et parvint à
combattre avec avantage l'inclination du prince pour René II, duc de Lorraine, son petit-fils par Yolande sa fille. Il lui donna en dédommagement
le duché de Bar, et à sa mère des legs en argent. Marguerite reine douai-
rière d'Angleterre, qui était alors enfermée à la tour de Londres, par suite
de la révolution qui avait précipité du trône Henri VI, fut traitée de la
même manière. Des terres en Anjou et en Provence, des pensions et le don
d'une grande quantité de bijoux furent le partage de Jeanne de Laval.

Peu après (3), eurent-lieu quelques démêlés entre René et le Pape
Sixte IV, au sujet de la nomination à l'évêché de Fréjus : il y eut, d'un
côté, défense à tous les sujets provençaux de reconnaître le prélat nommé
par la Cour de Rome de sa propre autorité, et de l'autre, cet événement
motiva des interdits contre le clergé de ce diocèse. En même temps, des
pirates vinrent ravager cette ville, dont les habitants frappés de l'anathème

---

(1) Sa mort eut lieu le 27 juillet 1473 : on prétendit, au premier moment, qu'il avait été empoisonné, et un de ses officiers fut arrêté ; mais il fut bientôt relâché, et aucun indice ne confirma ces
premières conjectures. Nicolas fut inhumé dans l'église de S¹-Georges de Nancy, et on lui éleva un
superbe mausolée.

(2) Le 22 juillet 1474.

(3) En l'année 1476.

papal, étaient allés suivre les exercices religieux dans les villes environnantes. Des négociations amenèrent des résultats conformes aux vues des
deux puissances.

Cependant, Charles III recevait, d'après les ordres de son oncle, les hommages des Etats, des Cours de justice et des villes de Provence; mais ces
arrangements étaient loin de convenir à Louis XI, qui appuyait ses désirs de
réunir cette province à la France sur les droits qu'il prétendait tenir de
Marie d'Anjou sa mère. Pour les rendre encore plus plausibles, il s'était
fait faire une cession par Marguerite, reine d'Angleterre, en reconnaissance des secours qu'il lui avait donnés contre l'usurpation d'Edouard VI.
Ce double titre, il le soutenait par des décisions qu'il avait dictées au parlement de Paris et par des forces imposantes qui menaçaient l'Anjou, la
Lorraine et la Provence. René se jeta dans les bras du duc de Bourgogne
et lui offrit sa succession; mais ce prince ayant été battu par les Suisses,
il fallut courber la tête sous le joug de la nécessité. Un vieillard accablé de
chagrins, et d'un caractère doux, n'était pas propre à soutenir une lutte
aussi inégale : il se détermina à traiter avec son neveu, et une entrevue eut
lieu à Lyon. Après des discussions assez vives, où René retrouva quelquefois la vigueur de la jeunesse, et où Jean de Cossa s'exprima avec une noble
énergie qui sembla ne point déplaire à Louis XI, on finit par s'entendre :
une trêve de vingt ans fut signée; mais des articles secrets déterminèrent,
dit-on, que Charles III, qui était d'une faible santé et présumé devoir mourir
sans héritier, règnerait tranquillement; le comté devant, après lui, être
réuni à la couronne de France. Les événements subséquents justifient, à
défaut d'autres preuves, les conjectures formées par les auteurs contemporains sur le traité de Lyon : tous s'accordent à considérer Palamède de
Forbin comme ayant fortement contribué à cette détermination (1).

---

(1) Charles III fit son testament les 10 et 11 décembre 1481, et mourut ce dernier jour. Louis XI
fut institué son héritier universel; et après lui ses descendants, successeurs à la couronne royale.

Palamède de Forbin fut nommé gouverneur et lieutenant-général de Provence par le Roi, et prit en
son nom possession de cette province, qu'il avait si puissamment contribué à faire réunir à la France.
Il jouit aussi d'une grande faveur sous Charles VII, qui le fit son conseiller et son chambellan. La

Tout paraissait réglé, quand la jalousie de Louis xi et la tendresse témoignée par René à son petit-fils le duc de Lorraine, qui était venu en Provence, donnèrent lieu à de nouvelles inquiétudes. Il est certain que le testament précédent aurait été annulé si le jeune prince eût eu quelque condescendance pour son aïeul, et si le roi de France, pour soutenir, disait-il, les droits de la reine d'Angleterre, n'avait, en menaçant la Lorraine, forcé son souverain à venir défendre ses Etats.

René, dès ce moment, sembla ne plus s'occuper que de l'accomplissement de ses devoirs et comme chrétien et comme monarque. Si son cœur fut déchiré par l'idée de voir encore sa chère Provence dévastée par la peste, il retrouva son courage quand il s'agit de prescrire les mesures convenables pour faire cesser ce fléau ou en prévenir le retour; et il crut apaiser le Ciel en rendant des lois répressives du jeu, du blasphème, de l'usure, de la licence des mœurs. Enfin une maladie grave vint mettre un terme à la douleur qu'il éprouvait sans cesse de survivre à une grande partie des personnes qui lui avaient été chères. Après avoir donné à son neveu les instructions les plus paternelles sur la manière dont il devait traiter les Provençaux (1); après en avoir reçu les témoignages d'une affection que l'idée d'une séparation prochaine rendait encore plus touchante, après avoir enfin reçu toutes les consolations spirituelles avec un courage digne de l'homme dont la conscience est pure, René mourut (2), âgé de 72 ans, après en avoir régné 46. A la suite de magnifiques obsèques, qui eurent sans doute pour plus bel ornement des larmes générales et sincères, son corps fut déposé dans l'église métropolitaine d'Aix, et onze mois après, il fut furtivement transporté à Angers. Il est facile de concevoir la désolation qui suivit la perte d'un prince si excellent : ces regrets et l'opinion qu'on avait de lui

jalousie de quelques seigneurs l'attaqua pendant la minorité de Charles viii ; mais il fut reconnu hors de toute atteinte, et conserva jusqu'à sa mort, en 1508, la réputation de grand homme d'Etat et de sujet fidèle.

(1) L'Histoire de Provence par Gaufridy a conservé cette instruction remarquable.

(2) Le 10 juillet 1480.

se trouvent consignés dans une complainte en vingt-quatre couplets et dans l'épitaphe qu'on destinait à son tombeau (1).

Il avait eu de son premier mariage cinq fils : Jean duc de Calabre; Louis d'Anjou prince de Piémont; Nicolas, duc de Bar; Charles, comte de Guise, et René : tous moururent avant lui. Ses quatre filles furent Elisabeth, morte en bas âge; Yolande, mariée à Ferry de Lorraine; Marguerite reine d'Angleterre, dont le caractère altier et si peu analogue à celui de son père contribua à aggraver les malheurs qui pesèrent sur la tête de Henri VI, et Anne d'Anjou, morte dans l'enfance.

Son second mariage avec Jeanne de Laval fut stérile, et cette princesse, dont on a dit beaucoup de bien, lui survécut de huit ans.

René eut aussi plusieurs enfants naturels, parmi lesquels on cite : 1° Jean, auquel il donna les terres de Saint-Rémi et de Saint-Cannat, et qui épousa Marguerite de Glandèves; 2° Blanche, qui fut mariée à Bertrand de Beauvau; elle mourut à Aix en 1470, âgée de vingt-un ans et sans laisser de postérité: 3° Magdeleine, que Charles VIII maria à Louis-Jean de Bellenave, son chambellan.

René était grand et bien fait; son visage gracieux et ouvert inspirait la confiance; ses yeux étaient bruns, bien fendus et à fleur de tête; le nez était court et un peu arrondi par le bas; sa bouche fort gracieuse et un front sur lequel était empreinte la candeur de son ame, formaient les principaux trais de son visage, sur lequel l'on remarquait la cicatrice honorable d'une blessure qu'il reçut au combat de Bugneville : cet ensemble néanmoins faisait désirer un peu plus de noblesse dans l'expression de la physionomie; défaut qui se fait surtout remarquer sur l'effigie représentée par le médaillon (2) d'ivoire que possède M. le Président de Saint-Vincens. Les portraits de René

---

(1) Cette complainte, curieuse sous le rapport des sentiments qu'elle exprime et comme monument de la poésie du quinzième siècle, est l'ouvrage de M. de Romerville, Lorrain, que René avait appelé en Provence pour lui confier la charge de maître rational de la chambre des comptes Cette pièce de vers, en vingt-quatre strophes, se trouve dans l'Histoire de Provence par Papon, tome III, page 75.

(2) Ce médaillon est gravé, ainsi que celui de Jehan de Matheron, dans un ouvrage de M. de Saint-Vincens, intitulé : *Monnaies des Comtes de Provence*. Aix, Antoine Henricy, 1800.

qui ont été faits lorsqu'il approchait de sa vieillesse, et dont la ressemblance est incontestable, lui donnent une figure très-vénérable et un air de mélancolie qui fixent presque le moment où ils furent peints : sa tête toujours couverte d'un bonnet de velours noir, ses cheveux coupés en rond, sa fraise en fourrure brune et sa longue robe, le long chapelet qu'il tient ordinairement dans ses mains se rapprochent d'ailleurs trop du costume monacal, pour qu'on ne présume pas ou qu'il le portait assez habituellement, ou qu'il voulait exprimer par là le dégagement des vanités humaines ou le triste état de son ame.

Louis III, dans un règne extrêmement court, avait créé (1) un Conseil éminent pour être tout-à-la-fois une Cour de justice et un Conseil d'administration ; il avait ordonné la refonte des lois sur les impositions et la création d'un cadastre ou affouagement général : René son frère non-seulement maintint et étendit (2) ces institutions utiles, mais il y ajouta de nouvelles dispositions qui prouvent qu'il considérait une bonne législation comme le premier devoir du souverain et le plus pressant besoin des peuples. C'est dans ce but qu'il régla tout ce qui avait rapport aux tutelles, aux curatelles, aux secondes nôces; qu'il donna une nouvelle existence à l'Université d'Aix : plus tard (3), il s'occupait de la forme des testaments, des substitutions, de toutes les espèces de donations et des constitutions dotales; il diminuait le délai accordé pour appeler des jugements par arbitres; il créait (4) des tribunaux consulaires destinés à prononcer en matière de commerce; il défendait la vénalité des offices de judicature; il formait trois degrés de juridiction ou d'appellation dans les tribunaux; il maintenait l'institution des Assises que le sénéchal allait tenir dans les principales villes (5) : il autori-

---

(1) En 1424.
(2) En 1443.
(3) En 1460.
(4) En 1471.
(5) Cet établissement remonte à 1298, sous le règne de Charles II, dit le boiteux : il existait même antérieurement, car ce prince dit, dans son édit, que le sénéchal continuerait à faire des *chevauchées* dans les principales villes pour rendre la justice, et examiner si les juges faisaient leur devoir.

sait enfin les communautés à établir des tailles ou des octrois pour leurs besoins locaux, pourvu que les Conseils les eussent délibérés à la pluralité des voix.

Accordait-il des priviléges à certaines localités qui lui avaient donné des preuves d'affection, ordonnait-il la construction de quelques édifices ; on pouvait toujours reconnaître dans ses actes des vues d'intérêt public : en même temps qu'il concédait certaines faveurs aux habitans des Baux, il imposait l'obligation de ne jamais aliéner cette terre. Les Marseillais recevaient-ils une exemption de tailles pour leurs biens en Provence et à Naples ; la Tour de Bouc était-elle transformée en une fortification régulière ; les habitants du Martigues obtenaient-ils la cession des droits dus sur les naufrages ; les terres gastes qui environnent la ville d'Aix devenaient-elles sa propriété ; ces actes, auxquels on en peut joindre un grand nombre de cette nature, prouvent que les intérêts généraux et particuliers n'échappaient point au Gouvernement de ce prince, et qu'aucun détail de l'administration ne lui était étranger.

Ses finances ayant été presque toujours obérées, on lui a reproché d'avoir employé des sommes trop considérables à satisfaire son goût pour les fêtes et les tournois ; d'avoir fait aux églises des libéralités qui surpassaient de beaucoup ses ressources ; d'avoir été même trop complaisant envers les personnes qui l'entouraient, soit en leur accordant des gratifications, soit en donnant trop facilement des lettres de noblesse. Ces inculpations ne paraîtraient pas dénuées de fondement, si l'on ne considérait que l'esprit de son siècle était également porté vers les amusements chevaleresques, et une dévotion qui plaçait la générosité envers le clergé parmi les plus éminentes qualités d'un prince. Quant à ce qu'il faisait pour sa Cour, il était difficile que sa bonté résistât aux instances de tant de compagnons de ses expéditions lointaines, qui avaient compromis leur fortune pour son service. René fut d'ailleurs économe et ennemi de tout faste pour sa personne. Lorsque ses peuples, dont il s'occupait sans cesse et qu'il soulageait même aux dépens de son propre trésor dans les calamités qui pesaient sur la Provence, lui ont pardonné des torts qui tenaient au temps où il vivait, et aux conjonctures difficiles dans lesquelles il s'est constamment trouvé, la postérité devra-t-elle, après trois siècles, se montrer plus rigoureuse que les contemporains ?

On se demande aussi comment, avec un caractère si doux et des principes si pacifiques, René put se déterminer à entreprendre de passer deux fois en Italie, et d'envoyer son fils en Espagne, pour disputer des royaumes dont la possession ne pouvait le dédommager de la perte de ses meilleurs soldats, de la ruine de ses finances et de tous les fléaux qu'accumule sur une nation la fureur des conquêtes qui s'empare de son souverain. Nous avons essayé de répondre à cette observation par cette nécessité qui force souvent les monarques à céder, contre leur propre opinion, à des considérations politiques, à des vues d'ambition qu'ils croient devoir au lustre et à l'agrandissement de leur famille. Sans doute il serait sage et beau de refuser une couronne; mais les exemples de cette modération sont trop rares pour qu'on fasse un crime à René de ne pas l'avoir suivi ou donné : d'ailleurs ne sont-ce pas les résultats qui peuvent seuls motiver le jugement impartial dû aux actions des princes? Si les expéditions sur Naples et l'Aragon avaient pu réussir, serait-ce avec équité qu'on prétendrait reprocher à René d'avoir regardé comme devant être soutenus les titres qui l'appelaient à gouverner ces États? Sa bravoure dans les combats ne fut jamais contestée; mais on regrette de ne pas voir en lui cette force d'ame, cette fermeté dans les résolutions qui assurent l'exécution des grandes vues. Il fut facile à tromper, comme tous les hommes chez lesquels la bonté, la candeur, la loyauté, sont des vertus prédominantes; mais si le caractère d'un personnage marquant reçoit toujours une certaine influence des qualités bonnes ou mauvaises de ceux avec lesquels il se trouve sur la scène politique, peut-on raisonnablement accuser René d'avoir été faible, et par conséquent inférieur en audace et en astuce à Alphonse et à son fils, à François Sforce duc de Milan, au duc d'Urbin, à Caldora, aux seigneurs italiens, aux Papes Calixte II et Pie II, et surtout à Louis XI, qui fit le désespoir de sa vieillesse?

Une gloire qu'on ne saurait contester à René, c'est celle d'avoir protégé l'instruction publique, les sciences, les lettres et les arts; de leur avoir fait faire de grands progrès, de les avoir mis en honneur et de les avoir cultivés lui-même d'une manière très-remarquable. Ces goûts environnent d'une sorte de prestige le souvenir des princes qui en ont apprécié les avantages et les douceurs, et ils suffiraient seuls pour faire considérer René comme le précurseur de Léon x et de François 1er; mais lorsqu'à ces titres brillants se joignent une extrême bonté, une rare franchise, une sensibilité exquise, une justice toujours en action, un amour pour ses peuples qu'on peut seulement comparer à celui qu'il portait à sa propre famille; lorsque la longue carrière d'un tel homme fut marquée presque aussi constamment par les bienfaits dont il fut le dispensateur que par les malheurs qu'il éprouva dans ses affaires politiques aussi bien que dans ses affections privées, il est tout naturel que sa mémoire vive encore parmi les Provençaux, qu'elle y soit en vénération : les enfants doivent donc être jaloux d'acquitter la dette de la reconnaissance de leurs pères, envers un monarque auquel on avait donné dès son vivant le titre que l'histoire se plut depuis à décerner à Louis xii et à Henri iv.

N° 4. *Discours préliminaire de la Statistique du département des Bouches du Rhône.*

Pour gouverner les hommes, il faut pouvoir apprécier leurs intérêts, et par conséquent la nature et l'état des lieux où ces intérêts naissent, se multiplient et se confondent. Cette connaissance étant la principale attribution de l'administrateur, c'est lui qui doit éclairer la marche de l'homme d'Etat appelé aux plus hautes fonctions de l'ordre social. Ce dernier, ne pouvant voir par lui-même, ne saurait en effet concevoir un projet réellement utile, ni même prescrire une mesure adaptée à la circonstance, s'il n'avait été mis en situation de voir les choses telles qu'elles sont; observer les faits, les recueillir, les comparer pour les mettre en ordre, et les montrer sous leur véritable jour, est donc, pour tout homme chargé d'une branche

de l'administration, un devoir d'autant plus pressant et plus impérieux ,
que ce travail doit concourir à la prospérité des peuples.

Aussi, depuis que le besoin de s'occuper du perfectionnement de la société,
après tant d'agitations et de secousses qui en ont troublé l'ordre , s'est fait
sentir à tous les peuples européens, l'étude des lieux, des choses et des
hommes, a fixé l'attention des individus et des Gouvernements : tous ont été
conduits par l'impulsion des esprits à considérer ces recherches comme la
base de tous les systèmes qui lient nos connaissances et en dirigent l'application. L'Allemagne, l'Angleterre, la Suède, la Russie elle-même, nous ont
offert, sous ce rapport, des exemples et des modèles, et aujourd'hui peu de
monarchies exsistent en Europe, sans être connues jusque dans leurs moindres subdivisions, grâce aux hommes laborieux, qui, non contents de recueillir tout ce qui pouvait présenter de l'intérêt, se sont attachés à classer
les faits et à les faire ressortir d'une manière favorable à l'utile intervention
du pouvoir.

La France pourrait peut-être réclamer la priorité sous le rapport de ces
études : les mémoires de Sully et la marche de son administration prouvent
l'importance que ce ministre attachait aux connaissances locales : les instructions données par Louis xiv aux intendants de province seront elles-
mêmes un monument éternel de la sollicitude éclairée de ce grand monarque.
En examinant les travaux mémorables de ces deux époques, ceux des géographes, surtout, on conviendra qu'ils ont posé les bases de la statistique :
les mémoires du temps ne présentent pas un moindre intérêt sous ce rapport; puisqu'on les consulte encore avec fruit, et les administrateurs auxquels nous les devons, ont des droits à la reconnaissance publique.

Si ces premiers essais n'ont pas eu tous les résultats qu'on devait en attendre, il faut l'attribuer, non à l'insuffisance ou à la médiocrité des travaux, mais à la fausse direction que prit dans la suite l'Administration.
Ces sortes de recherches étant sorties peu-à-peu du domaine de l'Autorité
pour passer entre les mains des économistes, ceux-ci mirent leurs idées à
la place des faits; leurs idées, plus ou moins systématiques, furent inspirées
sans doute par des vues de bien public; mais elles détournèrent tout-à-fait de la

route ouverte par Sully et agrandie par Colbert; et lorsque la vérité commençait à se montrer, la révolution, préparée par des esprits imprudemment réformateurs, vint arrêter tous les projets de révision et d'amélioration.

Ces temps de confusion et de désordre ayant fait place à un ordre de choses moins agité et plus régulier, le goût des recherches statistiques sembla renaître avec plus de force : tout tendait à observer, à classer les faits et à relever les ruines dont nous étions entourés. Heureuses dispositions qui n'échappèrent pas à un ministre aussi distingué dans la carrière des sciences, que profond dans les matières du gouvernement! Il sut en profiter pour diriger les esprits vers des études destinées à devenir le guide et le flambeau de l'Administration : elles ne peuvent manquer de le devenir lorsque l'ordre, la méthode, la fixité dans les principes, l'exactitude dans les observations, la rectitude des aperçus, lorsqu'enfin des instructions claires présideront aux travaux que comportent ces mêmes études.

Les préfets étaient alors dans toute la ferveur de leur institution; la plupart réunissaient des talents et des connaissances étendues; tous se trouvaient animés du zèle que manifestent toujours les personnes appelées à réédifier après de grands bouleversements; une impulsion puissante et active partant du centre du Gouvernement, et se développant par les soins d'une administration spécialement chargée de cette partie, produisit des résultats qui durent prendre chaque jour un nouveau degré d'importance. Aussi vit-on éclore, à cette époque remarquable par la réunion de diverses circonstances, des ouvrages qui annonçaient avec quelque éclat les progrès de la science. Les premiers mémoires publiés par les autorités locales présentent, pour plusieurs départements, des descriptions intéressantes qu'on regrette seulement de ne pas voir traiter avec plus d'étendue; mais ces écrits, tout en laissant quelque chose à désirer sous le rapport de l'exactitude, ont ouvert la carrière à des ouvrages plus complets. Dans tous on reconnaît d'ailleurs l'influence de ces savantes instructions qui, au moyen d'une classification méthodique, déterminaient avec précision les immenses détails qu'on avait à traiter : heureux si les effets salutaires de cette impulsion n'eussent pas été interrompus par cette suite de guerres désastreuses dans lesquelles nous entraîna l'ambition de celui qui tenait les rênes de l'Etat ! La France est le pays où l'on conçoit le mieux les idées utiles, où l'exécution s'en prépare avec le plus de soin et de sagacité, où on la commence même avec une ardeur que le désir de jouir promptement rend encore plus active : bientôt, de nouveaux objets font diversion à ceux pour lesquels on s'était passionné : la chose qu'on poursuivait avec ardeur se trouve abandonnée, sans qu'on puisse en rendre raison ; il n'est même pas sans exemple que le ridicule et une critique sévère ne finissent par atteindre et décourager ceux qui se livrent à ces travaux, dans la conviction la plus intime de leur éminente utilité.

Peut-être faudrait-il aussi chercher dans l'enthousiasme que l'on mit à commencer ces recherches, une cause secondaire de la facilité avec laquelle elles furent délaissées; on avait emprunté des formes si multipliées et si minutieuses qu'il était à-peu-près impossible d'obtenir autre chose que des résultats approximatifs, même avec des soins et des peines sans nombre : on semblait exiger ainsi qu'une science toute de faits ne s'appuyât que sur des conjectures ou des probabilités. Quelques réflexions ironiques suffirent donc pour changer la direction des esprits, tandis que les conjonctures politiques et l'économie qu'elles prescrivaient, que les vues ambitieuses du Gouvernement et l'opinion personnelle des ministres, étaient des motifs déjà trop puissants d'arrêter le cours de ces travaux.

Ce n'est pas avec une telle mobilité qu'on parvient à fonder l'étude et les bases d'une science qu'on pourrait, en quelque sorte, nommer les *mathématiques de l'administration ;* d'une science qui, en préparant toutes les améliorations, semble se charger de recueillir le vœu de tous les intérêts, et de signaler les moyens de les concilier. Dans plusieurs cas, on ne pouvait se flatter de parvenir sans doute à une précision arithmétique pour établir les résultats recherchés : la multiplicité et la diversité des produits et des procédés employés pour les obtenir, la longueur des calculs, le peu de lumières, l'insouciance, et trop souvent l'esprit de méfiance que l'on trouve dans les agents dont on a à réclamer le concours, ont été et sont encore des obstacles réels à prévoir; mais ils entrent aussi en ligne de compte, et personne n'ignore que des probabilités appuyées de l'observation et de l'expérience, établies sur des comparaisons et des rapports, suffisent pour conduire à des faits démontrés aussi rigoureusement qu'il peut être nécessaire. En dernière analyse, s'il était possible que cette marche conduisît à des erreurs importantes, elles se signaleraient elles-mêmes, et jamais leur influence ne serait sensible sur les conséquences à déduire des bases établies. Il ne faut donc pas se laisser séduire par ce que ces objections peuvent avoir de spécieux ; la vérité qu'on saura découvrir entre des aperçus trop vagues et des recherches trop minutieuses, ne se cachera pas à celui qui la cherchera avec zèle, méthode et bonne foi.

Peu de pays offrent autant que la France tout ce qui peut rendre utiles et intéressantes ces sortes d'études : son heureuse situation entre les Alpes et les Pyrénées, entre la Méditerranée et l'Océan ; la variété de ses productions, qu'elle doit à la douceur du climat, à la richesse du sol et à l'industrie de ses habitants ; l'organisation de son état civil et de son administration intérieure ; les ressources de tout genre qu'elle peut offrir à toutes les classes et surtout à un Gouvernement protecteur, ne laissent rien à désirer à ceux qui se livrent aux recherches statistiques.

La division par départements, l'uniformité de nos lois et de nos institutions, concourent aussi, bien plus qu'on ne le pense, à écarter les difficultés qu'on peut rencontrer ailleurs et qu'on avait à combattre autrefois : nos provinces étaient d'une étendue très-inégale ; les lois, les coutumes, les usages, les règlements variaient à chaque pas ; rien n'était précis et distinct dans le classement des attributions de chaque autorité et dans l'étendue de sa juridiction ; l'administration, la justice, la police, la force publique et l'autorité militaire se croisaient les unes les autres, à tel point que l'administrateur, sans cesse arrêté dans sa marche par des prétentions bien difficiles à neutraliser, se trouvait ainsi trop circonscrit et trop incertain sur ce qu'il pouvait entreprendre. Toutes ces choses ont concouru, dans le courant du siècle dernier, à retarder les progrès que semblait devoir faire la statistique.

Aujourd'hui les attributions de l'Administration sont déterminées, et toutes ses branches ont des connexions qui les unissent sans les confondre : à portée

de tout connaître, le dépositaire de l'autorité agit d'après des principes uni-
formes, puisqu'ils émanent d'un centre commun; enfin l'étendue de chaque
département est si bien en rapport avec les forces et les moyens de celui à
qui la direction en est confiée, qu'il peut, avec quelques soins, le connaître
à fond et en donner des notions justes et précises.

On a objecté, contre l'utilité des recherches statistique, qu'elles faisaient
trop ressortir l'étendue des ressources offertes par le sol et par l'industrie
de ceux qui l'habitent; ce dont un Gouvernement pourrait, dit-on, abuser
pour accroître les charges publiques, ou se jeter dans des entreprises trop
vastes. Si la chose a pu n'être pas sans fondement dans quelques circonstances, et nous en avons des exemples récents, on pourrait dire, en examinant l'opinion contraire, que le tableau de l'exiguïté des produits et de
la difficulté de les réaliser aurait pu détourner aussi de certains projets
utiles, si, s'appuyant sur ce même tableau, on avait jugé les moyens d'exécution insuffisants. La vérité, nous ne saurions assez le dire, se trouve entre
ces deux extrêmes : qu'on s'attache seulement à la saisir et à la présenter
dans tout son jour, car jamais elle ne saurait être nuisible. Ce ne serait
certainement pas sous les princes de la Maison de Bourbon, que l'homme
bien intentionné craindrait de la dire : leur loyauté, l'amour qu'ils portent
à leurs peuples, leur caractère juste et pacifique, leur modération, leur
bienfaisance sont tellement inhérentes à leur gouvernement, et toutes ces
belles qualités ont été si bien confirmées, si elles avaient eu besoin de l'être,
par l'épreuve du malheur et par les bienfaits de la restauration, que de
pareilles craintes et de semblables méfiances ne peuvent être émises de
bonne foi.

Le Roi, digne chef de cette auguste famille, semble même avoir voulu
détruire jusqu'à la vraisemblance d'un pareil doute, par la forme de gouvernement qu'il nous a donnée; lorsque les députés des départements, vrais
défenseurs des libertés publiques, mandataires de la nation, qui supporte
les charges publiques, sont en première ligne consultés, non-seulement sur la
quotité imposable, mais encore sur le mode de perception et de répartition;
lorsqu'ils discutent contradictoirement toutes les propositions qui y donnent

lieu, et qu'en dernier résultat, ils ont la plus grande influence sur l'adoption ou le rejet des projets financiers, comment craindre que des ministres responsables, quel que fût d'ailleurs leur caractère, pussent jamais sortir des bornes que leur assignent l'équité, la conscience de leurs devoirs et l'intérêt même de l'administration ?

Ainsi donc non-seulement ces craintes doivent disparaître dans l'état des choses que nous devons à la sagesse du monarque; mais il semble de plus, qu'il doit en naître une nouvelle et plus forte impulsion vers des recherches plus nécessaires en quelque sorte au régime constitutionnel qu'à tout autre, puisque les connaissances assurées par la statistique offrent les principaux moyens de faire prospérer l'Etat. On le dira sans crainte d'être démenti, les discussions, considérablement abrégées, rentreraient dans leur cercle naturel; les déterminations qui en seraient la suite deviendraient hors de toute atteinte, et le Gouvernement appuierait lui-même ses vues sur des bases hors de toute atteinte, si chaque département avait une statistique complète, et si de tous ces ouvrages partiels on formait un ensemble méthodique propre à faire apprécier les ressources comparatives de toutes les parties de la France, les besoins de ses habitants, et enfin les chances annuelles qui peuvent les accroître ou les diminuer.

Ces considérations sont de nature à exciter le zèle de tout Français dévoué à son prince et à son pays, surtout lorsqu'il a reçu l'honorable mission d'administrer un département important sous tant de rapports. Ses devoirs et ses goûts l'ayant mis en position d'étudier à fond cette région, et d'apprécier tout le bien qui peut résulter de ses recherches, il a dû se regarder comme dans l'obligation de rédiger en corps d'ouvrage toutes les notions qu'il a pu recueillir. Présentées au Gouvernement, elles doivent constamment éclairer sa marche pour assurer le bonheur des habitants de ce même département; et ceux-ci y verront à leur tour de puissantes garanties de leurs droits et de leurs intérêts, en même temps que de nombreux motifs de confiance, de sécurité et de dévouement. De plus, ce travail non moins utile aux administrateurs qui doivent se succéder dans les mêmes fonctions, offrira un inventaire précieux de toutes les ressources qu'ils auront à faire

28 *

valoir pour que leurs administrés jouissent des bienfaits d'un bon et sage Gouvernement.

Une telle entreprise, nous le savons, n'est pas sans difficultés : l'amour du bien public peut seul donner le courage nécessaire pour les vaincre. Si l'on y parvient, comme on ose l'espérer, on devra ce succès à l'usage constant de cet esprit d'observation qui apprend à juger sainement, et par lequel les choses développées avec clarté et méthode se rangent sous leur véritable jour.

Les avantages principaux de la science qu'on a désignée sous le nom de *statistique* viennent d'être rapidement examinés : il s'agit maintenant de connaître tous les éléments dont se composera cet ouvrage, et d'en faire l'application au département des Bouches-du-Rhône, qui leur offre un champ si vaste et si fécond : de là nous serons naturellement conduits à présenter quelques vues sur la manière dont peut être exécuté le plan qui a dû servir de base à cette importante entreprise.

La statistique est le tableau exact des observations que présente une contrée quelconque, considérée dans ce qu'elle est par elle-même et dans ce qu'elle est devenue par le travail de l'homme. Ainsi renfermée dans ses limites, cette science doit être étudiée et traitée dans un ordre assez méthodique pour que chaque objet soit classé dans ses rapports naturels, et qu'on puisse l'apprécier de la manière la plus prompte et la plus efficace. Scrupuleuse exactitude dans les observations, et classification méthodique dans la description des faits, mais surtout ce caractère de vérité qui seul donne du prix aux connaissances humaines ; tels doivent être les points sur lesquels doit poser toute bonne statistique.

Depuis qu'il existe des gouvernements, les hommes appelés à diriger les affaires publiques ont été intéressés par le sentiment de leurs obligations, non moins que par la perspective des avantages qu'ils devaient en retirer, à connaître le pays sur lequel ils avaient à exercer une autorité quelconque. Des recherches plus ou moins étendues, faites dans ce dessein, ont créé la science que de nos jours on est convenu de nommer *statistique*. Ce n'est pas une science nouvelle, sans doute, mais la spécialité qu'on lui a donnée dans les derniers temps, a permis de la considérer comme indépendante des parties avec lesquelles elle était auparavant confondue.

Ses ressources et ses principes, toutefois, ne paraissent pas avoir été assez approfondis et développés. Ce n'est pas que les traités de statistique n'aient été multipliés, et qu'il n'en ait paru de très-recommandables; mais leurs auteurs ont suivi des directions trop divergentes pour qu'on puisse déterminer les moyens d'atteindre au but.

Les rapports sous lesquels on peut envisager un pays peuvent se réduire à deux points principaux : ce qui appartient à la nature et ce qui est l'ouvrage des hommes. Pour recueillir ces deux séries de faits et rendre les résultats aussi simples à déduire que faciles à expliquer, chacune d'elles doit donc se présenter à l'observateur sous les points de vue suivants : *rappeler ce qui a été; décrire ce qui existe; indiquer ce qui peut être fait.*

Ainsi la topographie et les diverses branches de l'histoire naturelle; le tableau des événements politiques et des changements qu'ont subi les institutions, la description des monuments antiques et les anciennes traditions; l'étude des mœurs, des usages, des coutumes, du langage, enfin de tous les éléments de l'état social, offrent une série de faits dignes d'une attention particulière : ils doivent précéder ceux du même genre qui s'appliquent au moment présent, parce qu'en étudiant ces antécédents, tout s'appréciera et s'expliquera d'une manière claire et satisfaisante : ainsi se déduiront d'eux-mêmes et les avantages qu'on doit en retirer pour l'intérêt public, et les indications nécessaires pour améliorer et perfectionner ces mêmes choses.

La topographie physique, écartant d'abord tout ce qui annonce les travaux de l'homme, présentera les lieux tels qu'ils sont dans la nature; ainsi, elle décrira en masse les montagnes et les inégalités du sol, les plaines et les bassins, les vallées et les rivières, les étangs, les marais et les côtes maritimes. Cette description physique du pays peut présenter de nombreux avantages; elle indiquera les moyens de distribuer et de multiplier les irrigations dans un pays aride et brûlant; en expliquant la triple influence qu'exercent sur la végétation, la qualité du sol, la température et l'exposition, elle permettra d'établir avec exactitude des divisions agricoles. S'il se trouve des lieux qui, faisant exception aux règles générales, exigent un examen plus particulier, tels par exemple que les plaines de la Crau et de la Camargue, la topographie devra entrer, à leur sujet, dans des détails tout particuliers, avec d'autant plus de raison que des observations bien dirigées peuvent conduire à la connaissance des causes et révéler le secret des formations opérées par les révolutions physiques dans ces contrées.

Après la description du sol, rien ne doit plus attirer l'attention que le tableau des productions de la nature. La transition pour arriver de la topographie, qui montre les objets en masse, à l'histoire naturelle, qui les classe en détail, se fait par la météorologie et l'hydrographie. La première de ces sciences nous fera connaître les termes moyens de notre climat, qui, pour être un des plus beaux de la France, n'en est pas moins un des plus variables, et par conséquent un des plus intéressants à observer. L'hydrographie nous dévoilera la nature des eaux relativement aux différents états de ce liquide, considéré dans le bassin des mers, dans les eaux courantes et dans les eaux thermales. Si la minéralogie proprement dite ne présente pas autour de nous ces richesses minérales et ces cristaux réguliers qui sont si recherchés des curieux, nous pourrons du moins être dédommagés par l'étude des fossiles et des différentes formations dont ils nous font connaître les âges relatifs. Aucun département de la France n'est aussi intéressant sous ce double rapport, et cependant il n'a pas fixé autant qu'il convenait l'attention des géologistes. La botanique, que l'agriculture a successivement éloignée des lieux habités, a trouvé encore un asile dans quelques-unes de nos montagnes où croissent les plantes subalpines, et dans la plaine caillouteuse de la Crau, qui, par des circonstances particulières, produit exclusivement certaines espèces assez rares. Si la zoologie ne peut offrir un grand intérêt dans un pays dépouillé de verdure, l'étude de l'homme physique y est faite pour balancer ce désavantage. Quelle est l'origine de la race humaine qui habite maintenant notre sol, et de combien de mélanges n'a-t-elle pas été formée? Jusqu'à quel point le climat, l'exposition, le voisinage de la mer et tant de circonstances locales ont-elles pu influer sur l'organisation et modifier les tempéraments? Ce sont autant de questions intéressantes à examiner, et en résultat, toutes les parties de l'histoire naturelle ont ici à fournir des faits curieux non moins qu'importants. Ces observations peuvent même ouvrir d'autant plus de moyens de prospérité à l'agriculture, à l'industrie, au commerce, et par conséquent à l'état social, qu'elles seront présentées d'une manière plus exacte et plus détaillée, puisque les productions de la nature sont, en dernière analyse, la propriété de l'homme et le fonds qu'il met en valeur.

Si de l'histoire naturelle nous passons à l'étude des événements politiques et des institutions sociales, nous verrons se déployer un tableau du plus grand intérêt. En étudiant l'histoire de nos aïeux, que d'exemples ne trouverons-nous pas à suivre, de fautes à éviter, de salutaires conseils à retirer ! Ici, nous avons à parcourir une longue série de faits remarquables, en prenant la Provence au moment où les colonies grecques vinrent la tirer de la barbarie et lui porter des germes de civilisation qui fructifièrent dans toute la Gaule. En passant de l'influence des Grecs sous la domination des Romains ; en signalant les funestes effets de l'irruption des Barbares, et les bienfaits des souverains qui régnèrent sur la Provence ; en arrivant enfin à ce temps où les Provençaux furent à jamais confondus avec la grande famille française, sans que la Provence cessât de conserver, pendant un long espace de temps, ses priviléges et ses antiques usages : combien notre attention ne doit-elle pas être captivée par de si grands et de si mémorables souvenirs ! Des lois, des institutions qui remontent aux premières colonies grecques, ont sans doute été modifiées ou étendues, à la suite de tant de révolutions ; mais elles ont conservé, jusque dans les derniers temps, un caractère particulier, et nulle part peut-être la législation n'a autant influé sur les mœurs, sur le tempérament moral et sur l'existence sociale des habitants.

Cette influence est trop importante à observer, pour que nous ayons pu la négliger : il semble même que cette étude devienne plus nécessaire encore, depuis que les anciennes institutions ont disparu du code, et que leur esprit cependant continue à se faire sentir dans chaque province. Certes, les recherches arides et fastidieuses qu'exige un semblable travail sont d'un ordre trop élevé, pour que jamais on puisse éprouver du découragement en cherchant à les faire ressortir. Nous savons tous qu'il a existé en Provence des États et des assemblées provinciales renommées à juste titre par le mode de leur organisation : le régime municipal de nos communautés est cité toutes les fois qu'il s'agit de discuter les principes de cette branche essentielle de l'administration ; mais tout se réduira bientôt à des souvenirs vagues, ou à des textes longuement commentés dans les ouvrages de droit : il appartenait à la statistique de présenter l'ensemble de notre ancienne législation dans un ordre méthodique et dans des limites convenables.

Quant aux monuments de l'Antiquité, ils sont les témoignages les plus authentiques de l'histoire ; leurs ruines sont encore le plus bel ornement dont un pays puisse se glorifier ; elles y attestent les progrès, la décadence, la renaissance et le perfectionnement de l'art. Puisque c'est là que sont empreints en caractères ineffaçables les ravages du temps et les désastres qu'entraînent les guerres et les révolutions, on s'étonnerait à juste titre de voir ces ruines décrites imparfaitement dans la statistique de la Provence, où tant de belles constructions témoignent encore de la puissance romaine. Nous avons donc pensé qu'il fallait traiter cette partie avec plus d'étendue qu'elle ne l'a été dans les autres statistiques. Non-seulement nous donnerons les dessins des monuments les plus remarquables, mais encore nous rechercherons les règles de leur construction et l'usage auquel chacun d'eux était destiné. Une partie non moins intéressante est celle de la géographie ancienne, envisagée jusqu'à présent d'une manière trop superficielle. Aussi nous attacherons-nous à rectifier ce qu'il peut y avoir eu d'inexact dans les directions données aux voies romaines, dans l'emplacement assigné aux villes et relativement à la position de tous les lieux dignes d'attention.

Cet intérêt croîtra lorsque, par la connaissance que nous aurons donnée de la topographie ancienne, on pourra, en la comparant avec la topographie moderne, se convaincre que plusieurs villes, telles que Marseille, Aix, Arles, pourraient seules former le sujet de descriptions intéressantes, et que plusieurs autres Communes méritent aussi d'être appréciées selon leur importance relative. C'est ce travail que nous avons fait entrer dans notre plan, sous le titre de *Topographie administrative* : la topographie physique,

qui fait le sujet du premier livre, aura fait connaître les lieux : la topographie administrative nous décrira les habitations. Ainsi, on verra d'abord
se développer une contrée que la nature seule a pris soin d'embellir; ensuite
cette même contrée se présentera couverte de villes, de bourgs, de villages et de hameaux. La nature a tracé le cadre du premier tableau et en a
marqué les divisions d'une manière irrévocable ; les limites du second,
élevées de la main de l'homme, n'ont pas moins changé que la plupart de
leurs institutions sociales. Dans l'état actuel, nos divisions consistent, comme
celles du reste de la France, en Arrondissements, Cantons et Communes.
Après les avoir décrites, nous les examinerons sous les rapports de l'exercice du culte, de l'administration de la justice, et de l'action constante de
l'autorité chargée de veiller à l'exécution des lois par lesquelles l'ordre général est maintenu et les intérêts particuliers sont garantis; rapports qui
peuvent aussi présenter quelques traits dignes d'être remarqués.

Ces antécédents nous amenant à l'état social envisagé dans toutes ses
variations successives, il conviendra de rappeler d'abord la filiation des
races qui forment aujourd'hui la population du département; cette population sera ensuite dénombrée à différentes époques, pour avoir des points
de départ; et par ces termes de comparaison et par le dépouillement des
registres publics, on parviendra facilement à établir le terme moyen des
probabilités de la vie humaine, et à examiner si les résultats de la population
se trouvent d'accord avec ceux de la consommation. On se livrera plus tard
à des recherches sur le langage du pays, pour en découvrir les sources,
pour en indiquer les règles, et surtout pour montrer son analogie avec la
langue française, dont il n'est pas un des moindres éléments. Tels sont les
principaux objets de ces recherches, dont l'intérêt ne saurait être contesté,
et qui conduisent au tableau des coutumes, des usages religieux et civils,
des mœurs publiques et privées, par lequel se complètera l'étude morale
des habitants du pays, lorsque surtout on y aura joint une biographie succincte des hommes qui se sont faits un nom dans l'histoire politique, ou
dans la république des lettres.

C'est bien à tort assurément qu'on a prétendu écarter des statistiques

T. 2.   29

quelques-unes de ces recherches, comme peu utiles et ne se rattachant point au but principal : le contraire résulte de la nature même des choses qui viennent d'être exposées; car pour bien apprécier ce qui existe, il faut être instruit de tout ce qui a précédé. Le moment présent est sans doute celui qu'on a plus particulièrement en vue en administration, mais comme tout en elle doit tendre essentiellement à conserver et à améliorer, c'est dans le passé qu'elle doit prendre les leçons de l'avenir.

Ces aperçus, fussent-ils d'ailleurs d'une utilité secondaire, ce que nous sommes loin de pouvoir admettre, il conviendrait encore de ne pas les négliger dans l'ouvrage que nous annonçons : le sujet qu'il traite, borné aux choses présentes, se réduirait à des tableaux et à des calculs numériques dont peu de personnes auraient la force et la patience de s'occuper; cependant une statistique ne sera véritablement utile, que lorque chaque classe de lecteurs y trouvera ce qui rentre dans ses goûts ou dans ses études. Au reste, ce ne sont pas là de simples objets de curiosité, pour peu qu'on veuille considérer que toutes les connaissances se lient et s'expliquent les unes par les autres. Si la topographie physique et l'histoire naturelle sont le fonds où doivent s'exercer l'agriculture et l'industrie qui, à leur tour, alimentent le commerce, de leur côté, les institutions politiques et la civilisation tendent presque toujours à s'élever à la hauteur des parties constitutives de la prospérité publique : ainsi, tous ces éléments réunis concourant à la stabilité et au bonheur de l'état social, il importe de parcourir l'histoire pour en connaître l'origine et les progrès, et pour faire tourner l'expérience des siècles à l'avantage du temps présent. La statistique ne s'écartera donc jamais de son but, si elle se renferme dans le cercle des faits; et le nombre de ces faits ne fatiguera pas l'attention, lorsque l'ordre et la méthode sauront les renfermer dans de justes limites, et que rien ne sera négligé pour indiquer le fruit qu'on peut retirer des leçons de l'expérience.

Les besoins de la société exigent plusieurs sortes d'Etablissements publics, selon le degré de civilisation et de prospérité où cette société est parvenue; car le but de toute réunion est d'assurer et d'accroître l'existence et les ressources de tous. De là, le nombre infini d'institutions, d'Etablissements de tout genre, et de travaux d'utilité générale. La nécessité d'administrer les branches du service public donne lieu aussi à la formation de diverses corporations intermédiaires qui, considérées comme autant de petites sociétés dans la grande, l'aident à remplir les engagements qu'elle a pris envers chacun de ses membres. La description exacte de tous ces Etablissements, le but qu'ils se proposent, les résultats qu'ils obtiennent, les moyens par lesquels ils se soutiennent, l'action que l'autorité exerce sur eux, les améliorations dont ils sont susceptibles, sont d'autant plus dignes d'attention, qu'ils constituent proprement les attributions administratives.

Une grande partie des Etablissements qui existaient sous le régime de l'administration provinciale ont été détruits ou ruinés dans la tourmente révolutionnaire : quelques-uns ont survécu : il s'en est formé de nouveaux qui, pour être conformes au plan général des Etablissements du même genre existant dans le royaume, n'en ont pas moins une teinte locale.

Rien de plus remarquable et de plus digne d'observation que nos hospices, jadis si multipliés et si bien dotés, que nos Etablissements de charité et de santé publique, parmi lesquels se distingue ce Lazaret dont l'organisation est admirée par toutes les nations commerçantes : partout, dans cette partie, se décèle l'inclination des Provençaux et surtout des Marseillais, sans cesse préoccupés du besoin de soulager leurs semblables; trait honorable et généralement reconnu dans le caractère national.

Nous n'avions jadis rien à envier à aucune province de France sous le rapport de l'instruction publique, et notre antique université, nos séminaires, nos colléges, nos écoles de toute espèce, en disposant et en perfectionnant tous les moyens d'éducation, fournissaient des sujets distingués dans toutes les carrières. Aujourd'hui, nous ne sommes point inférieurs à nos voisins : tous les degrés de l'enseignement ont reçu le développement dont ils sont susceptibles, et nos principaux Etablissements sont de nature à rivaliser avec ceux de la capitale; de plus, les institutions où la jeunesse peut achever son éducation et s'avancer dans l'étude des sciences, des lettres et des arts, se multiplient à mesure que leur utilité se fait de plus en plus sentir.

29*

L'inégalité de notre sol ayant nécessité des constructions plus solides, plus variées, plus dispendieuses que dans les pays de plaine; leur entretien exige aussi des soins tout particuliers. Il est d'autres travaux d'un avantage local, tels que les canaux de navigation, d'irrigation ou d'écoulement, le desséchement des marais, la construction et l'entretien des digues de la Durance et du Rhône, et une infinité d'autres constructions auxquelles sont attachées la conservation et la prospérité de notre territoire. Leur importance a donné naissance à un régime d'administration que nous examinerons sous le titre d'*Associations territoriales* ; institution qui, éprouvée depuis une longue suite d'années, mérite d'être étudiée avec soin pour elle-même et comme pouvant servir de modèle à d'autres Etablissements du même genre. Ces considérations seront d'un nouveau poids, si l'on en fait l'application aux grands travaux que le département réclame, et qui seraient de nature à opérer sur tout le territoire une révolution complète, puisqu'ils changeraient en riants vergers et en riches prairies des contrées arides et peu productives. Les résultats que produiraient l'achèvement du canal des Alpines et la reprise de celui de Provence, peuvent facilement se calculer par les améliorations qu'on doit, depuis près de trois siècles, à l'œuvre de Craponne, et, dans un autre genre, on peut attendre du desséchement des marais d'Arles des suites non moins avantageuses.

Faire connaître la nature et les besoins des différentes contrées du département, discuter les difficultés et les avantages des travaux proposés, c'est aussi indiquer aux capitalistes un emploi également honorable et utile de leurs fonds, et en même temps attirer sur un pays tous les bienfaits dont il peut être susceptible.

Parmi les soins confiés à l'administration, on doit placer en première ligne ceux qu'elle doit à l'agriculture, à l'industrie et au commerce, sources principales de la fortune publique et particulière.

La terre satisfait par la culture aux premiers besoins de l'homme; elle varie et étend à l'infini ses productions; mais les procédés qu'elle emploie ayant besoin d'être discutés, éclairés, dirigés, il convient d'examiner avec attention la nature du sol et les différences d'exposition, d'apprécier les influences atmosphériques et toutes les pratiques de culture, d'en déduire, en un mot, des faits qui puissent propager les moyens de tout améliorer. On chercherait en vain une contrée où cette étude soit plus nécessaire et doive amener de plus grands résultats que dans celle dont nous nous occupons, et certes, les murs qui soutiennent les terres sont aussi importants pour nous que peuvent l'être pour les Hollandais les digues opposées à la fureur des flots. Des soins multipliés ne sont pas moins indispensables pour rendre fertile un sol si aride et si peu profond; mais la beauté du climat et la variété des expositions, le mélange de différentes terres dont il s'agit seulement de développer les qualités diverses, permettent de tirer de ce fonds, en apparence si stérile, des productions de toute sorte; pourvu qu'on parvienne à se garantir du ravage des eaux, à se procurer des moyens d'arrosement, qu'on s'applique surtout à soigner les cultures.

L'aspect seul de nos montagnes indique les maux qu'ont produit des déboisements et des défrichements entrepris sans précaution : il est donc essentiel d'y remédier promptement, sous peine de voir les générations qui nous suivent privées des récoltes les plus nécessaires. Que de soins n'exige pas la culture de l'olivier, cet arbre précieux sur lequel reposent des espérances si cruellement déçues par les froids rigoureux de 1820 ! Que d'utiles conseils à donner pour la multiplication et l'éducation des bestiaux et des bêtes de somme, dans un pays où rien ne produit sans engrais, où les moyens de transport sont si difficiles, où les produits de ces bestiaux peuvent être si avantageux à notre industrie! La culture du mûrier, de la garence, des tabacs et de plusieurs autres végétaux utiles, la confection de nos huiles, de nos vins et de nos eaux-de-vie, toute notre agriculture enfin exigent de tels perfectionnements, qu'on ne saurait assez propager et encourager les moyens de prospérité offerts par une science qui se borne à mettre en pratique l'observation et l'expérience.

Ces considérations tendent à prouver que les ouvrages généraux d'agriculture sont d'une utilité médiocre pour un pays qui réclame des traités spéciaux, fondés sur une pratique locale mais éclairée. Or, on s'est plaint longtemps qu'il n'en existât point de ce genre. C'est ce qui fait que cette contrée a , plus que toute autre , des usages auxquels elle tient obstinément. En vain aurait-on voulu , par des écrits ou des discours , faire renoncer les cultivateurs aux traditions laissées par leurs pères ; les faits seuls se feront entendre, et ce sera seulement lorsqu'un propriétaire aura fait des innovations, et que l'expérience en démontrera les avantages, que ses voisins commenceront à l'imiter. Ainsi s'est introduite parmi nous la culture du tabac, de la garance , de l'esparcette, et cette tendance vers le mieux semblerait maintenant se faire ressentir d'une manière plus particulière : on devient partout avide d'instructions et de découvertes; on observe, on compare, on profite; quelques ouvrages faits pour le pays sont accueillis avec empressement : c'est ce que nous avons éprouvé dans plusieurs occasions, et il faut en avoir été témoin pour juger du bien qu'ont produit certaines instructions pratiques, l'envoi de quelques traités de ce genre insérés ou annoncés dans le Recueil des Actes administratifs, et les exemples donnés par quelques propriétaires zélés. Aussi sommes-nous convaincu qu'on méritera bien du département en traçant avec vérité l'histoire de son agriculture, en exposant son état actuel dans toutes ses branches, et en indiquant les améliorations dont on peut la faire jouir.

Pour suivre les développements et les progrès croissants de l'industrie, depuis ses premiers essais jusqu'au degré de perfection où elle est arrivée, il faut qu'une marche simple nous conduise à la connaissance des rapports intimes et nécessaires qui existent entre ce que réclame la société pour son usage et les moyens de la satisfaire; marche qui, entr'autres avantages, doit éclairer assez le fabricant, pour qu'il puisse voir garanti le prix dû à son travail. En étudiant graduellement les besoins de première nécessité, et ceux que les progrès du luxe ont pu introduire parmi nous, on pourra classer naturellement les arts industriels rivalisant d'efforts pour aller au devant de tous les désirs. Un pareil tableau ne peut manquer d'intéresser; il pourra même au besoin montrer que si, dans tous les ouvrages de statistique, ce qui constitue essentiellement l'industrie n'a pas été traité assez à fond, c'est qu'on a négligé de reconnaître et de suivre le fil qui lie toutes les opérations de l'homme. Le contraire résultera de notre méthode; car,

d'un ensemble ainsi coordonné, naîtront des résultats constatés, et toutes
les améliorations pratiquables et désirables viendront d'elles-mêmes, exemptes
d'hypothèses et de tout esprit de système, se placer sous les yeux de l'observateur.

Marseille, grande et antique Cité, riche de son commerce avec l'univers
et particulièrement de celui qu'elle a toujours fait avec le Levant; Marseille,
pendant long-temps métropole de la Provence et de la Méditerranée, devait
être le siége d'une active et laborieuse industrie qu'alimentaient de nombreux
échanges et qu'encourageaient d'immenses profits. Dans cet état de choses,
l'industrie a dû être la conséquence du commerce extérieur et se confondre
avec lui; mais de nos jours les circonstances ont amené une direction
toute différente : le commerce, après avoir vu tarir pendant plusieurs années les sources de ses richesses, reçut, par la mesure connue sous le nom
de blocus continental, le coup le plus funeste; et de ces longues épreuves,
naquirent des intérêts nouveaux que la rigueur et la nature des prohibi-
tions devaient rendre d'autant plus actifs à mettre à profit les découvertes
modernes. De là, l'établissement des fabriques de soude artificielle et de
divers autres produits chimiques destinés à remplacer ceux que nous tirions
précédemment de l'Etranger; de là, la multiplication et le perfectionnement
des mécaniques pour diminuer le prix de la main d'œuvre; de là, enfin,
cette multitude d'ateliers qui ont donné à l'industrie une activité à-peu-près
indépendante du commerce : c'est ce dont on a pu se convaincre durant le
peu de temps qu'a duré le rétablissement de la franchise. Sollicité avec ardeur, accordé avec confiance, il trouva dans l'exécution des difficultés telles,
que l'industrie et le commerce furent forcés de réclamer également des modifications à ce système; l'une comme arrêtant son essor, l'autre comme
entravant sa marche : il fallut forcément en revenir au régime des entre-
pôts, favorisé de toutes les concessions spéciales que pouvaient comporter
la législation des douanes et les intérêts locaux. Depuis lors Marseille est
redevenue, autant que peuvent le permettre les circonstances, une place
commerçante, sans cesser d'être une ville manufacturière : l'industrie et le
commerce y rivalisent d'efforts sans se nuire; ils existent dans une sorte d'in-

dépendance réciproque; circonstances qui nous imposeront l'obligation et nous forniront la possibilité de les étudier séparément, avec toute l'attention que réclame une matière si importante.

Nous ne saurions perdre de vue que c'est par le commerce que les relations s'établissent entre les peuples, et que s'évanouissent les obstacles que leur oppose l'immensité des mers. Les échanges, qui sont la matière sur laquelle travaille le commerce, remontent jusqu'à l'agriculture, alimentent l'industrie et accroissent les revenus de l'Etat, sans ajouter de nouvelles charges à celles qui pèsent directement sur la propriété. On ne saurait donc étudier avec assez de soin et dans ses plus grands détails cette portion de notre économie sociale : de l'examen des causes de sa prospérité et de sa décadence, peuvent naître quelques vues sur la renaissance de ses beaux jours. Si l'on avait à craindre, dans une si belle carrière, de voir naître à chaque pas de nouveaux obstacles, on serait encouragé par l'idée que l'amour de la vérité concourt aussi à les aplanir, et nous avons déjà démontré que rien ne saurait empêcher de la dire.

Le commerce de Marseille est peut-être le plus important de la France, comme il en est à coup sûr le plus ancien. En parcourant son histoire, examinons les sages institutions qui l'ont régi; apprécions son état actuel dans ses rapports avec la France et avec l'Etranger; évaluons les capitaux qu'il emploie, les produits qu'il retire de l'agriculture, ceux qu'il livre bruts à l'industrie pour les reprendre et les verser dans la circulation après qu'ils ont été manufacturés; établissons la balance générale des importations et des exportations, et, après avoir ainsi fixé tous les éléments du commerce, tâchons d'en connaître et d'en généraliser les résultats, pour en rendre l'application plus utile.

En insistant sur l'industrie, nous n'avons pu avoir la pensée d'atténuer l'importance du commerce : nous les considérons comme deux branches du même tronc, distribuant le feuillage, la vie et la force qu'elles reçoivent elles-mêmes des racines de l'arbre. Le livre consacré au commerce est celui de tout l'ouvrage qui réclame le plus de soins et d'attention ; car les recherches qu'il exige sont infinies, et une grande rectitude deviendra surtout nécessaire dans la manière de les présenter. Le commerce, lié étroitement à l'histoire politique de Marseille, est le principe vital par lequel cette antique et populeuse Cité a reçu l'existence et l'accroissement : aussi, avec quel sentiment pénible ne la voit-on pas parfois décheoir de sa prospérité ! Plus on prend intérêt à sa gloire, plus on doit rechercher les causes qui peuvent la fixer et l'accroître; recherche qui présente de grandes difficultés, nous ne saurions le dissimuler. L'état actuel du commerce tenant plus que jamais aux affaires de l'Europe, et même au système politique qui la régit, il serait téméraire de chercher à indiquer ce qu'il convient de faire pour mettre notre commerce en rapport avec cet ensemble général; mais quelques considérations locales peuvent être mises dans un jour assez favorable pour qu'elles concourent à l'amélioration de notre état commercial, et le Gouvernement les favorisera infailliblement toutes les fois qu'il pourra concilier les mesures générales avec celles que le pays réclame. Une énumération simple, mais exacte, des faits importants serait seule une opération utile; car les faits relatifs au commerce de Marseille n'ont jamais été parfaitement appréciés, et l'autorité se montrera d'autant plus disposée à lui accorder une protection spéciale, qu'elle aura été plus éclairée sur sa situation et ses besoins.

On chercherait vainement en France un département qui, comparativement à sa population et au peu d'étendue de la partie cultivée, rende plus à l'Etat que celui des Bouches-du-Rhône. Ce fait remarquable tient à l'importante extension qu'y ont acquis l'agriculture, l'industrie et le commerce; et il est de nature à être examiné avec d'autant plus d'attention, qu'il devient en quelque sorte le complément de notre statistique.

Autrefois on suivait, en matière d'imposition, une marche très-compliquée en apparence, mais qui cesse de l'être lorsqu'on reconnaît sa parfaite harmonie avec les institutions du temps. Ce système, formé peu-à-peu et toujours par des améliorations insensibles, ayant été l'objet de regrets et de critiques de la part de personnes qui ne pouvaient avoir des notions assez exactes et assez étendues sur la question en elle-même, il conviendra avant tout d'examiner les avantages et les inconvénients de ce qui existait, et de décider, en dernière conclusion, si les résultats étaient plus ou moins onéreux aux contribuables que l'organisation financière introduite parmi nous par la force des événements.

Arrivé ainsi à ce régime, nous en développerons toutes les branches; nous ferons connaître leurs rapports et les produits qui les alimentent; et comme ces produits auront déjà été indiqués dans les livres précédents, notre travail donnera des aperçus précieux sur l'équité des répartitions, sur les difficultés des perceptions, sur la possibilité de remédier à ce qu'il peut y avoir de défectueux. Ainsi le Gouvernement pourra être éclairé et le contribuable juger d'avance les réclamations qui sont de nature à être accueillies. Ces conséquences ne sont pas moins dans l'intérêt du département que dans celui des Communes; car il est de toute justice de fournir à ceux qui contribuent aux charges départementales et communales, les documents propres à justifier de l'emploi des sommes destinées à ces deux branches de l'administration.

Les impôts que le Gouvernement perçoit sont reversés en partie au département, en paiement des travaux publics, des pensions, du traitement des fonctionnaires et des employés. Ces sommes, dépensées sur les lieux, concourent à accroître la valeur des denrées et le prix de la main d'œuvre : elles font circuler le numéraire. Il est donc très-important de connaître la quotité et les effets de cette circulation, et le ressort qui la met en jeu. C'est par conséquent avec quelque raison que nous avons annoncé ce dernier livre comme le complément récapitulatif de tous les autres : on peut le considérer comme le grand livre ouvert pour la balance générale des comptes courants, entre l'état social en masse et toutes ses parties constitutives, entre la caisse de l'Etat et les contribuables, de manière à ce que les administrateurs et les administrés puissent y voir ce qui les intéresse dans leurs redevances comme dans leurs demandes.

Les premières années de ce siècle ont été marquées par une grande entreprise, et elle a été suivie assez long-temps pour qu'on puisse en apprécier les résultats. Il n'entre pas dans notre plan de traiter la grande question des avantages ou des inconvénients du cadastre parcellaire, car c'est de cette opération dont nous voulons parler : les écrits des économistes et les débats de la tribune ne laissent rien à désirer sur ce point. Mais nous devons retracer l'historique de ses opérations dans les Communes et Cantons du département où elles ont eu lieu ; il nous appartient de reproduire les observations qui ont été proposées dans l'intérêt de l'agriculture et de l'assiette de la matière imposable ; et comme la levée des plans a entraîné aussi un grand nombre d'opérations trigonométriques, nous y puiserons plusieurs faits utiles à la science et à la connaissance de notre territoire, sous des rapports topographiques, agricoles et industriels.

L'analyse et l'examen des diverses matières qui doivent entrer dans la composition de notre ouvrage, viennent de nous mettre en situation d'arrêter des divisions assez naturelles, pour que chacune d'elles, dans l'ordre qui lui est assigné, forme le sujet d'un livre subdivisé lui-même d'après les mêmes principes. Il nous reste maintenant à rassembler quelques idées générales sur la manière dont doivent être mis en œuvre les matériaux que nous venons de classer ; sur la nature des obligations imposées à l'administrateur appelé à faire une statistique ; enfin, sur les difficultés auxquelles on doit s'attendre dans cette pénible carrière, mais qu'on saura surmonter pour peu qu'on veuille chercher des motifs d'encouragement dans ce que ces recherches ont d'avantageux pour le public et d'honorable pour l'homme qui s'y dévoue.

Peu de départements prêtent autant que celui des Bouches-du-Rhône au développement des études que nous venons d'indiquer et à la division des masses qui en sont l'objet ; mais des obstacles sans nombre se présentent lorsqu'il s'agit de reconnaître des détails aussi étendus qu'importants ; d'autant que la plupart sont de nature à devoir être étudiés d'une manière historique, et que de la comparaison du passé et du présent, peuvent être déduites des améliorations pour l'avenir. Cette contrée, faisant partie de l'une des plus importantes provinces de la monarchie française, est placée sous le plus beau ciel et jouit du plus heureux climat ; en même temps, son sol inégal et ses expositions extrêmement variées permettent plusieurs genres de culture que l'on tenterait en vain d'introduire ailleurs. La Durance le borne du côté du nord et lui fournit de nombreux canaux d'irrigation : le Rhône lui ouvre le commerce intérieur de la France ; la mer creuse sur ses

30 *

côtes des ports sûrs et commodes; et entr'autres celui de Marseille, depuis tant de siècles le rendez-vous de toutes les nations commerçantes : dans ces lieux, une population nombreuse, active, laborieuse, se dispute le travail des ateliers, des manufactures et le transport des marchandises ou des produits industriels; ce concours met en mouvement et en valeur d'immenses capitaux. Si l'on ajoute à ce tableau les souvenirs historiques, les ruines imposantes de l'antiquité, les traces encore existantes du passage et de la domination de tant de peuples, on conviendra que la statistique des Bouches-du-Rhône peut offrir un grand intérêt à toutes les classes de lecteurs.

Le but principal qui nous dirigera sans cesse sera de peindre avec vérité toutes choses dans leur état actuel : les vues d'amélioration n'en étant que le complément, elles seront présentées avec réserve, sans aucune prévention systématique, et avec le dégagement le plus complet de tout ce qui ne serait point établi sur l'expérience. L'homme d'Etat jugera ensuite ce qu'il convient de mettre en œuvre. Notre tâche serait même assez bien remplie, si nous parvenions à placer sous un jour convenable les objets propres à attirer l'attention des personnes appelées à profiter d'une semblable lecture.

S'il était un point sur lequel il fût permis et peut-être obligatoire de s'écarter de cette réserve, ce serait sans doute ce qui touche à la quotité et à la nature des charges supportées par la propriété et par l'industrie. Si le tableau des ressources que peut présenter une contrée est la base première de l'assiette des impositions, il n'importe pas moins au Gouvernement qui les exige qu'au contribuable qui les supporte, de connaître au juste en quoi consiste la matière imposable, et de suivre par conséquent toutes les branches du revenu public, pour pouvoir aboutir jusqu'au moindre intérêt particulier. Ces recherches, mises en harmonie avec tous les éléments de l'état social, sont incontestablement la partie la plus essentielle de toute statistique : là, se rattachent plusieurs questions assez délicates à aborder, mais qui pourront être suffisamment éclaircies lorsqu'on les traitera avec prudence et impartialité. On combattra surtout l'opinion fâcheuse, et malheureusement trop répandue, que les Gouvernements tendant toujours à accroître leur pouvoir et leurs ressources financières aux dépens des peuples, il importe à ceux-ci d'être continuellement en garde contre des recherches propres à étayer des mesures financières. Si une telle méfiance a pu avoir quelque fondement sous le régime impérial, elle doit disparaître sous le gouvernement paternel des Bourbons, et, nous ne saurions assez le répéter, la garantie de notre sécurité n'existe pas moins dans les institutions que nous a spontanément données une main auguste, que dans le caractère personnel et éprouvé des princes de cette royale famille. Dans l'hypothèse qu'il pût même exister sur certains points des intérêts contradictoires entre l'Etat et les peuples, nous nous bornerions à exposer les choses et les principes comme le ferait le rapporteur d'une affaire contentieuse : tout ayant été examiné dans les conséquences comme dans les résultats, la conclusion, lorsqu'elle sera jugée utile et convenable, sera présentée avec cette prudente circonspection qui trouve une si grande force dans l'amour de la vérité et dans la conscience des intentions les plus droites.

Pour mettre au jour tant de faits, en les rattachant à leurs principaux antécédents; pour discuter avec fruit toutes les réflexions qu'ils font naître et en déduire les améliorations dont ils sont susceptibles, il a fallu avant tout adopter un plan méthodique dont les bases, arrêtées d'avance, fussent susceptibles de voir se classer, sans le moindre effort, l'immense quantité de matériaux qu'il avait été indispensable de réunir. Nous avons déjà exposé les principes qui nous ont guidé dans l'établissement de ce plan, sur lequel nous avons profondément médité, et qui doit comporter des divisions et des sous-divisions dans le même nombre et dans la même ramification que les objets que nous avons à faire connaître. Cette marche naturelle et rigoureuse sera le fil au moyen duquel le lecteur pourra, sans crainte de s'égarer, s'introduire dans toutes les parties, et se diriger sans peine, par les opérations les plus simples, vers l'objet de ses études particulières. Une semblable méthode, réduite en principe général, offre dans tous les travaux de l'esprit des avantages incontestables; mais adaptée à la statistique, elle tend essentiellement à établir une sorte de législation pour tous les ouvrages qui traitent de cette science, et à indiquer le but qui lui est propre. Il sera atteint lorsqu'un recueil officiel et avoué offrira, dans toutes les périodes de notre existence nationale, les bases de l'administration la plus convenable aux intérêts de tous. Serait-il même si difficile de mettre ces précieux documents en harmonie constante avec la marche du temps, au moyen des observations auxquelles on se livrerait constamment, et qu'on rédigerait ensuite à certaines époques déterminées ?

Quoique le résultat plus ou moins utile d'un ouvrage de longue haleine dépende beaucoup de la manière dont le plan a été conçu, il faut convenir aussi que son exécution n'offre pas de moindres difficultés ; car si le plan est l'ouvrage d'une sérieuse application et d'une longue habitude d'analyser et de classer les objets, la manière de les présenter réclame à son tour une suite d'observations et de recherches aussi longues que variées ; études auxquelles il faut apporter une volonté ferme, une constance à toute épreuve, un zèle infatigable et des soins de tous les moments. Mais indépendamment des talents indispensables pour conduire à bien une telle entreprise, à qui peut-il être donné de réunir tout ce qui peut être nécessaire pour en assurer le succès ? La réponse est simple : c'est à l'administrateur local à faire tous ses efforts pour s'élever à la hauteur des circonstances où il se trouve placé. Cette tâche, toute pénible qu'elle puisse être, le deviendra bien moins par l'attrait et par l'utilité d'un travail qui doit être dans ses goûts, par cela seul qu'il rentre dans ses devoirs. Investi de la confiance du Gouvernement, habitué à faire exécuter ses ordres, connaissant ses intentions et les principes par lesquels elles se manifestent, lui seul est placé convenablement pour obtenir les documents qu'il importe principalement de réunir : lorsqu'il a inspiré d'ailleurs quelque confiance aux administrés, aucun d'eux ne lui refusera l'assistance qu'il aurait à réclamer, et toutes les voies lui seront ouvertes pour arriver à la connaissance de la vérité.

L'obligation de tout voir par soi-même et de se transporter partout où il y a quelques lumières à acquérir; l'expérience des hommes et des choses ; ce coup d'œil rapide et sûr qui juge les objets tels qu'ils sont, et qui range les faits à leur place ; la connaissance de ce qui est possible, de ce qui est convenable, de ce qui est utile, de ce qui est nécessaire ; tout concourt, dans des mains expérimentées, à former un faisceau de ressources, à réduire toutes les vues à cette unité indispensable pour diriger la personne qui doit écrire sur la statistique; mais c'est par la nature même de ses fonctions que tout se trouve placé presque exclusivement à la disposition de l'administrateur.

On ne contestera pas davantage les moyens immenses que lui donnent, non-seulement sa correspondance et ses relations habituelles avec les fonctionnaires appelés à le seconder dans les attributions de l'autorité, mais encore l'habitude de discuter et de défendre les intérêts confiés à ses soins. Quelques sessions des Conseils généraux offriraient presque un cours de statistique, et la suite des comptes administratifs qui doivent être présentés annuellement deviennent une source intarissable de bons renseignements et d'irrécusables traditions.

Dans le tableau des ressources et des besoins d'une contrée, il est difficile de ne pas mettre en jeu quelques intérêts particuliers, ou certains amours-propres locaux : faire trop ressortir les avantages que présente telle partie du territoire, ce sera fournir des armes contr'elle, suivant quelques personnes faciles à effaroucher; tandis que d'autres, avec non moins de raison, blâmeraient des déclarations trop faibles et en effet répréhensibles, si elles étaient faites avec connaissance de cause et dans l'intention de favoriser les uns et de nuire aux autres. Ces écueils environneraient l'écrivain, quel qu'il fût, qui traiterait de semblables matières, s'il ne prenait la ferme résolution de suivre pour uniques guides la justice et la vérité. Ces éléments sont à la disposition de l'administrateur; délégué de l'autorité suprême, il est aussi le défenseur né des administrés; placé entre le pouvoir et l'obéissance aux lois, il peut mieux que personne apprécier les droits et les devoirs; se trouvant en situation de se montrer inaccessible aux passions, aux préventions, à tout esprit de système, il pourra, en dernière analyse, se montrer équitable et vrai, sans cesser de concilier tous les intérêts.

Cependant l'exécution d'un travail si compliqué exigeant de vastes connaissances et des notions aussi exactes qu'approfondies sur une foule d'objets, comment un seul homme pourrait-il les réunir à un tel degré? En supposant que la chose fût possible, comment un fonctionnaire public, voué à des soins continuels et à des affaires importantes, pourrait-il se livrer à un ouvrage im-

mense dans son ensemble et si compliqué dans ses détails? Certes, ces objections sont de nature à mériter une grande attention, et ceux-là surtout peuvent en connaître toute la force, que leur mission appelle à apprécier ce
qu'il faudrait de talents et de lumières pour remplir dignement une tâche
si belle. « Pour s'en rapprocher même autant qu'une ame élevée oserait en
« concevoir la possibilité, disions-nous dans une circonstance solennelle (1),
« il faudrait un génie tout particulier et un travail qui absorberait la plus
« grande portion de la vie : encore le terme deviendrait-il plus difficile à
« atteindre à mesure qu'on chercherait à s'en rapprocher, et la volonté la
« plus prononcée devrait s'arrêter devant l'impuissance de devenir universel,
« privilége que la Providence a si rarement départi dans le cours des siècles.
« Qu'il sache donc se contenter, l'homme à qui le souverain a confié la mis-
« sion de diriger une réunion d'individus, de la possibilité d'acquérir, sur
« toutes les subdivisions des lumières humaines, des notions propres à les
« apprécier, à les rendre profitables, à juger sainement toutes les opérations
« qui s'y rattachent. S'il ne peut, s'il ne doit pas, peut-être, s'attacher à en
« cultiver particulièrement aucune, qu'il les estime et les affectionne toutes ;
« qu'il soit satisfait, lorsqu'il aura pu prouver qu'aucune ne lui est étrangère
« et qu'il peut en extraire tout ce qui peut coopérer au bien public. »

Sans prétendre exagérer ni diminuer des difficultés trop réelles, on con-
cevra néanmoins qu'avec les notions théoriques que doit posséder tout homme
dont l'éducation a été soignée, et avec l'habitude de faire mouvoir des res-
sorts qui s'étendent à toutes les parties de l'ordre social; qu'avec un sens
droit, un esprit juste et un zèle soutenu, on puisse acquérir successivement
ce qui peut suppléer à des études profondes. Les idées que nous émettons
ne sauraient d'ailleurs être prises dans un sens absolu; car, en même temps
que des devoirs plus pressants réclament le temps de l'administrateur, il
peut ne pas être personnellement propre à des travaux qui rentrent dans le
domaine de la littérature et dont rien ne lui impose l'obligation.

(1) Discours prononcé le 5 avril 1818, à la séance publique de l'Académie royale des sciences,
belles-lettres et arts de Marseille, (tome 1, pag. 216).

Dans toute hypothèse, son plan étant arrêté, il peut s'attacher de bons collaborateurs, et partout, heureusement, il s'en trouve de zélés et d'éclairés; les sources les plus pures et les plus abondantes lui ayant fourni la possibilité de réunir tous les matériaux dont il aura besoin, il consultera les administrations locales et les hommes instruits de tous les pays; des notes écrites, sur tout ce qu'il aura observé ou entendu, le mettront en situation de classer ces documents ou de les faire rédiger sous ses yeux; il les ramènera à ces vues générales dont lui seul peut avoir la suite; il communiquera à toutes les parties l'esprit dont il est animé; un style simple et correct enfin donnera à tous les faits la couleur convenable au sujet.

Plusieurs ouvrages tendant au même but que la statistique, mais désignés sous d'autres dénominations, ont été publiés, à diverses époques, relativement à cette contrée. Quoique écrits par des hommes de talent et de mérite, ils présentent non-seulement de l'inégalité dans le plan et des lacunes considérables dans l'exécution, mais encore ils ne sont pas tout-à-fait à l'abri de critique sous le rapport de l'exactitude et de la vérité; défauts qu'il convient d'attribuer à ce que l'objet et la conception de ces travaux, déterminés d'une manière trop vague, n'ont pas été assez dirigés par l'influence des administrateurs principaux du pays. Ces autorités ayant borné leur intervention à choisir une personne ayant de l'instruction et du zèle, et à lui donner toutes les facilités possibles pour consulter les archives, il en est résulté des recueils de faits précieux par les recherches, mais manquant de critique et d'ensemble, dépourvus d'observation et d'expérience, grossis de beaucoup de choses futiles, et détournés surtout de leur véritable but, par des idées abstraites auxquelles souvent il a fallu avoir recours pour suppléer au défaut de méthode et de vues positives.

Les Etats de Provence, ses administrateurs intermédiaires, et même les Cours souveraines qui y exerçaient une si haute juridiction, avaient apprécié l'utilité des écrits de ce genre, qu'ils reconnaissaient propres à éclairer l'Autorité : aussi y a-t-il eu, à diverses époques, des magistrats qui se sont fait un devoir de répondre aux vœux généralement manifestés sur ce point, en consignant dans des mémoires tout ce qui leur paraissait digne d'être

T. 2.   31

remarqué, et en encourageant les écrivains qui se livraient à ces travaux. Vers le milieu du 18me siècle, le besoin de réunir ces mémoires en un seul corps d'ouvrage se fit tellement sentir que les Etats de Provence accordèrent des fonds pour composer une histoire de la province. Ce soin fut confié au père Papon, de l'Oratoire. Le choix ne pouvait tomber sur une personne plus capable de présider à une entreprise utile surtout en ce qu'elle devait comprendre la plupart des détails que, plus tard, nous avons assignés à la statistique. Cet écrivain n'épargna ni soins ni fatigues ni veilles pour se procurer de nombreux et de précieux matériaux : toutes les archives de la province, des Cours de justice, des Communes et des corporations lui furent ouvertes de toutes parts : on mit à sa diposition les connaissances acquises jusqu'à lui : des sommes très-fortes lui furent données pour qu'il n'éprouvât aucun obstacle; il fit même un voyage à Naples, pour voir et recueillir tout ce qui pouvait éclaircir l'histoire du temps où les princes de la Maison d'Anjou avaient régné sur cette partie de l'Italie. Il résulta de tout cela une multitude de documents dont le choix n'était pas sans difficulté pour celui qui devait les mettre en œuvre. Ils concoururent à faire de cet ouvrage une compilation où, d'un côté, se trouvent des détails trop pressés et trop minutieux, et de l'autre, des vides qu'il a fallu remplir par des dissertations qui se ressentaient plus ou moins des vues particulières de l'auteur et du genre d'étude auquel il s'était voué plus spécialement. On chercherait en vain dans cet ouvrage des faits, des aperçus sur l'histoire naturelle ou la topographie physique assez étendus, assez positifs pour qu'on pût en faire un usage utile aujourd'hui. L'agriculture y est aussi à-peine effleurée. Si la partie historique est à-peu-près la seule qui puisse être consultée avec fruit, la critique peut encore y trouver de quoi s'exercer, surtout en ce qui concerne la géographie ancienne et les colonies marseillaises.

Papon a laissé, dans l'histoire naturelle, des lacunes qui paraissaient devoir être remplies par Darluc, médecin très-instruit, né dans les environs de Fréjus. Il avait long-temps voyagé et beaucoup observé, et son emploi de professeur de botanique à Aix l'avait mis en état de cultiver avec fruit les sciences dont il s'agit. Ce savant Provençal, réunissant donc toutes les qualités désirables pour faire connaître les productions de son pays, employa toute sa vie à ce genre de recherches, et son ouvrage est certainement un des meilleurs et des plus complets qui aient été publiés à cette époque. Mais comme son plan n'avait pas été arrêté d'avance, comme l'Administration publique n'avait pas pris soin de diriger cette entreprise, et qu'elle n'avait pas un but avoué par l'Autorité, l'auteur, abandonné à lui-même, publia ses observations dans l'ordre où elles ont été faites, et les renseignements statistiques dont il abonde y sont trop accessoires pour qu'ils puissent y être considérés comme d'une exactitude rigoureuse. C'est une suite de voyages dans lesquels il y a beaucoup d'inégalités : des choses peu importantes ont été décrites avec trop de détails; d'autres, du plus grand intérêt, sont à-peine indiquées et même souvent passées sous silence (1).

Ces ouvrages, ainsi que le Dictionnaire géographique de la Provence par Achard, bibliothécaire de Marseille, l'Essai sur l'histoire de Provence par Bouche, et divers autres écrits publiés avant la révolution doivent être considérés comme des recueils bons à consulter et d'une utilité réelle, puisqu'ils épargnent des recherches considérables auxquelles quelquefois on ne pourrait se livrer, par la difficulté de se procurer les écrits originaux. C'est principalement sous les rapports historiques et administratifs qu'ils sont propres à remplir cette destination; mais ces détails devant acquérir d'autant plus d'importance, qu'ils seront placés plus convenablement, on ne peut disconvenir que la statistique ne soit leur véritable cadre.

Tout ceci s'applique également aux ouvrages intitulés : *Description des principaux lieux de la France*, de M. Dulaure ; *Description topographique et statistique des Bouches-du-Rhône* (elle fait partie de celle de la France, publiée par MM. Peuchet et Chanlaire); et enfin, *Statistique* de ce même département, par M. Michel d'Eyguières, ouvrage qui a été imprimé et publié en 1802 sous les auspices du ministère de l'intérieur.

Les deux premiers laissent beaucoup à désirer, parce que, composés sur

_____

(1) L'ouvrage de Darluc parut en 1780 : Papon avait fait paraître en 1777 son premier volume, celui où il parle de l'histoire naturelle de la Provence.

des documents réunis pour la plupart par des personnes qui, n'ayant pas visité les lieux, n'ont pu juger par elles-mêmes et en toute connaissance de cause les objets dont elles avaient à traiter. Ces ouvrages offrent néanmoins, et surtout le second, une nomenclature de faits exposés d'une manière mé-thodique et assez précise. Quant au dernier, il n'a pas un plan assez étendu, et les vues qu'il contient manquent d'unité : quoique l'auteur eût été ad-ministrateur du département à-peu-près vers le temps où il écrivait, on n'y reconnaît pas assez l'intervention de l'Autorité, et M. Michel, enfin, a un peu trop subordonné son plan général aux objets secondaires qui rentraient dans ses études ou ses goûts : inconvénients qui, rachetés seulement par le mérite des détails, réduisent son travail au rang de ces mémoires que l'on consulte lorsqu'on a besoin de certains renseignements.

Aucune de ces circonstances n'avait échappé à l'Administration supérieure, lorsque l'utilité des ouvrages statistiques étant reconnue, le ministère de l'intérieur sentit que, pour s'en occuper avec succès, il convenait d'en confier l'exécution aux administrateurs locaux. Il fallut d'abord se borner à leur demander des mémoires succincts, sauf à arriver successivement à des tra-vaux plus vastes et propres à concourir à la formation de la statistique générale de la France.

Plusieurs départements remplirent leur tâche, mais celui des Bouches-du-Rhône ne put figurer parmi eux, parce qu'on sentit sans doute, dès-lors, la difficulté de traiter convenablement, dans un cadre si étroit, un sujet qui comportait des détails si étendus et si importants. Plus tard, et vraisemblablement par suite de ces mêmes observations, il fut décidé que la statistique serait traitée en grand et d'après des bases données; mission qui fut confiée, dans cette contrée, à M. Girard, alors secrétaire général de la préfecture, écrivain distingué, possédant beaucoup de connaissances générales et locales, et capable, sous tous les rapports, de s'en acquitter parfaitement. Dès 1812, le ministre de l'intérieur réclamait ce travail et se plaignait de n'avoir encore rien reçu, malgré ses demandes instantes et réitérées; observations auxquelles on répondait, le 21 mai 1812, que M. Gi-rard ayant recueilli en effet une grande quantité d'excellents documents,

les avait emportés à Paris, où il allait occuper des fonctions plus importantes, et qu'il ne cessait de manifester, dans sa correspondance, la résolution de terminer ce qu'il avait commencé. Diverses causes ont mis obstacle
à ce travail. Nous n'avons pu obtenir ni les mémoires transmis, ni même la
communication des recherches que l'auteur avait entreprises. La connaissance qui a pu nous être donnée du mérite de ces observations faites avec
tant de soins, devrait nous les faire regretter, si nous ne considérions que
ce travail, si intéressant dans le temps où il s'exécutait, aurait été aujour-
d'hui peu utile par suite des progrès qu'ont fait l'agriculture et l'industrie,
par l'activité que la paix a donnée momentanément au commerce, et par
les grands changements qui se sont opérés dans toutes les branches de l'administration publique.

Depuis cette époque, les circonstances n'ont pas permis de rendre à la
statistique la première impulsion qui avait été donnée; mais le Gouvernement encourage fortement le zèle des administrateurs locaux: en leur laissant
toute latitude, il n'exige plus la communication préalable de leurs mémoires : et puisqu'un concours annuel est établi pour faire couronner, par le
premier Corps savant du royaume, le meilleur ouvrage de ce genre, on ne
saurait former aucun doute sur l'intérêt accordé aux recherches qui ont
pour but le perfectionnement de cette partie si essentielle de l'économie
politique.

Avec un plan dont les bases sont à-peu-près généralement adoptées, avec
les instructions qui les accompagnent, et avec d'aussi puissants encourage-
ments, on pourra s'occuper utilement des ouvrages locaux, qui seuls peuvent concourir à la formation d'une statistique complète. Ce n'est véritablement qu'avec des expériences de détail, et en s'y livrant avec des soins
propres à inspirer toute confiance, qu'on peut arriver à des résultats généraux marqués des mêmes caractères. C'est aussi d'après de telles considérations que nous nous sommes voué à une entreprise dont les avantages n'a-
vaient pu échapper à personne, mais dont diverses causes avaient entravé
la marche, jusqu'à des conjonctures plus opportunes.

Nous osons espérer qu'elles sont enfin arrivées, qu'elles concourront même à rendre cet ouvrage plus complet, et peut-être plus classique que ne l'ont été plusieurs des statistiques publiées jusqu'à ce jour. Des faits seuls y trouveront place; rien d'essentiel ne sera omis, parce que tous les moyens possibles ont été employés pour connaître la vérité; ce que nous n'avons pu voir par nous-même, enfin , nous le devons à des personnes dévouées au bien public, habituées à observer et à propager ce qui est bon et utile. Lorsqu'on s'est si particulièrement attaché à combiner l'ensemble et les détails, et à les traiter ensuite avec l'étendue et la méthode convenables, n'est-il pas permis d'espérer qu'aucun vide ne s'y fera remarquer, et que tous les objets y conserveront leurs proportions naturelles ? Les décrire avec la plus scrupuleuse exactitude n'a pas été, en dernière analyse, un moindre sujet d'attention que la possibilité d'en déduire les conséquences, avec la prudence nécessaire en pareille hypothèse; sentiment, qui, accompagnant ordinairement des intentions droites et une juste méfiance de soi-même, ne saurait permettre de se livrer à un travail si important, sans en avoir médité toutes les difficultés.

Un grand nombre de renseignements ont été recueillis dans des tournées ou dans des conférences avec des hommes instruits, et des documents administratifs de toute nature ont été fournis par MM. les sous-préfets, par MM. les maires, par les Administrations sanitaires et charitables, par MM. les chefs des divers services publics, avec un zèle qu'on ne saurait assez faire connaître. Parmi les mémoires transmis par eux, ou dans les réponses faites aux questions qui leur avaient été adressées, il se trouve même des écrits remarquables par l'exactitude des faits, par la sagesse des vues émises, et par une manière de s'exprimer véritablement digne d'être remarquée.

Plusieurs personnes attachées à ces mêmes Administrations, des particuliers livrés par état ou par goût à l'étude de quelques-unes des branches que nous avions à traiter, des négociants et des propriétaires de manufactures ont bien voulu nous communiquer toutes les notions qu'ils avaient à leur disposition et dont nous leur avions fait la demande. Leurs noms seront cités dans toutes les parties de l'ouvrage où ces objets seront respectivement traités, et nous avons même l'intention de faire imprimer, en même temps que la liste des souscripteurs, et pour être inséré à la fin du dernier volume, l'état nominatif de tous ceux qui ont bien voulu concourir à l'exécution d'un projet dans lequel ils nous ont si bien secondé; mais, en attendant, nous avons cru devoir consigner ici le témoignage de la reconnaissance la mieux sentie.

Ce n'était pas encore assez d'avoir rassemblé de bons et de nombreux matériaux, il fallait de plus s'assurer de leur exactitude en se transportant sur les lieux, non-seulement pour avoir des notions positives sur une multitude de faits qui pouvaient avoir été oubliés ou mal observés, mais encore pour rendre complètes toutes les parties de la statistique, afin qu'aucune inégalité ne se faisant remarquer, il y eût partout proportion et harmonie. Sous ce rapport, comme sous celui de la géologie, de l'histoire naturelle, de l'archéologie, de la géographie, de l'agriculture, de l'industrie et de plusieurs autres subdivisions de l'ouvrage, des opérations sur le terrain, des expériences locales, étaient devenues indispensables.

Ces pénibles recherches ont été confiées à MM. Toulouzan et Négrel-Féraud fils (1). Dévoués au bien public et aux progrès de la science, ils ont employé plusieurs mois à parcourir toutes les contrées du département; ils ont mesuré la hauteur de toutes nos montagnes, nivelé le sol des parties inférieures, relevé les erreurs ou les négligences sur plusieurs points géographiques, et ces diverses opérations, faites avec le plus grand soin, les ont conduits à déterminer exactement la division du pays en régions physiques considérées sous le rapport de la topographie, de la géognosie, de la météorologie, de l'agriculture. Ces résultats sont d'autant plus importants, qu'ils sont moins variables : leur base est toute naturelle, et jamais encore, elle n'avait été établie par des calculs aussi multipliés et aussi rigoureux.

Tous ces préalables remplis, il restait enfin à étudier, à analyser, à discuter les documents réunis de tant de sources différentes : il fallait les classer

(1) Ils sont l'un et l'autre membres de l'Académie royale de Marseille. Le premier, ancien professeur d'histoire et de géographie au collége royal, est connu par plusieurs ouvrages relatifs à l'histoire naturelle.

dans l'ordre exigé par le plan, et les ramener subsidiairement aux vues d'ensemble qui doivent présider à une telle entreprise. C'est alors que de nouvelles recherches dans les dépôts publics, dans les archives et les bureaux, dans les bibliothèques, sont devenues nécessaires pour rendre complet ce qui ne l'était point, et pour restreindre ce qu'une saine critique pouvait faire considérer comme trop vague et trop étendu. Après ces longs préliminaires, il a pu seulement être permis de s'occuper d'une rédaction définitive, d'après les principes indiqués par la nature des choses. Cette tâche difficile mais honorable a été aussi confiée à d'habiles rédacteurs, et le jugement qui sera porté sur ce travail expliquera sans doute assez les motifs de ce choix. L'Administration revendiquera pour son compte la première pensée de l'ouvrage, le plan général sur lequel il a été entrepris et conduit à sa fin, la mise en œuvre de certains documents qui étaient plus spécialement de sa compétence, et enfin la direction nécessaire pour rattacher tous les détails, non-seulement aux vues d'exécution développées dans cet exposé, mais encore aux éléments constitutifs de toute administration régulière.

Plus l'Autorité entrevoit du bien à faire, plus elle doit en étudier les moyens ; et lorsqu'elle a à les développer sur une contrée aussi propre à recevoir des améliorations de tout genre, elle se sent plus encouragée à marcher d'un pas ferme vers un but que des intentions bien connues rendent toujours louable et digne de quelque indulgence, lors même que l'exécution d'un tel travail ne s'élèverait pas à la hauteur des vues qui l'ont fait entreprendre.

C'est avec cette profonde conviction que nous offrons au Roi et à ses ministres, aux grands Corps de l'Etat, au Conseil général du département, aux administrés, un ouvrage qui nous récompensera assez de nos soins, si, en attirant sur cette portion du royaume les regards protecteurs dont elle est digne, il concourt aussi à inspirer à ceux qui l'habitent la confiance et le dévouement nécessaires pour faire fructifier les bienfaits qu'il est toujours dans l'intention d'un Gouvernement tel que le nôtre d'accorder aux peuples soumis à des lois essentiellement protectrices.

FIN DU TOME SECOND.

LISTE DES SOUSCRIPTEURS.

Messieurs :

ACADÉMIE (l') des sciences, agriculture, arts et belles-lettres d'Aix.

AGNEL-BOURBON.

AGOUB (G).

AIMABLE-SAGESSE (loge de l').

ARBAUD-JOUQUES (le marquis d'), préfet de la Côte-d'Or.

ARNAUD, receveur de l'enregistrement, à Arles.

ARQUIER, directeur de l'école de commerce.

ATHÉNÉE (l') de Marseille.

AUBERT, directeur du Musée.

AUDIFFRET, avocat.

BARSOTTI, directeur de l'école gratuite de musique.

BASTARD, à Aix.

BEAUMONT, notaire royal à Aubagne.

BAUSSET (de).

BELLON (le comte de), colonel de la gendarmerie.

BERNARD, instituteur des sourds-muets ; (deux exemplaires).

BESSAT, sous-inspecteur des douanes.

BESSAT-LACROIX.

BIBLIOTHÈQUE (la) publique de Lille.

BLACAS-CARROS (le comte de), sous-préfet, à Arles.

BLACAS-CARROS (Jh. de), secrétaire de la sous-préfecture, à Arles.

BONNAFOUS, proviseur du collége royal.

BONNET, secrétaire de la sous-préfecture, à Aix.

BOUIS, adjoint au maire d'Aubagne.

BOUIS, avoué.

BOULBON (la Commune de).

BOUSQUET, censeur du collége royal.

BRICOGNE, receveur général.

BRUN DE VILLECROSE, greffier d'une justice de paix.

BUCCINO (le chevalier), consul des Deux-Siciles.

BUCHON (J.-A.), commissaire du gouvernement près des archives et bibliothèques.

CADILLAN (de) aîné, maire de Tarascon.

CAMOIN, libraire.

CAMPOU (de) aîné.

CAZATENS (J.).

CERCLE (le) bourgeois.

CERCLE (le) du commerce.

CHAMBRE (la) de commerce de Marseille ; (21 exemplaires).

CHAPUS, notaire, à Arles.

CHAUDRUC DE CRASANNES, sous-préfet, à Figeac.

CHAULIEU (le baron de), préfet de la Loire.

CLAIR, avocat, à Arles.

CLAVEL (J), adjoint au maire de la Ciotat.

CLEMENCÉAU fils.

COLLÉGE (le) royal de Marseille.

COMMISSION (la) des hospices.

CONSEIL (le) de salubrité.

CORDOUE (la marquise de).

CORIOLIS (le baron de), sous-préfet, à Aix.

CORSIN (le baron), lieutenant-général.

COURNAND, avoué.

DANIEL, commissaire de la marine, à Arles.

DASTROS, docteur en médecine, à Aix.

DÉLAVAU, géomètre en chef du cadastre.

DELESTRADE, papetier.

DESSOLLE, préfet des Basses-Pyrénées.

DESOLLIERS, ancien avocat.

DIOULOUFET, bibliothécaire, à Aix.

DU DEMAINE (Thomas) contrôleur ambulant de l'octroi.

DUGAS, médecin en chef de l'Hôtel-Dieu.

DUMAS-LAROQUE, receveur, à Arles.

DUPARC-MARIOLA (le comte).

ESTIEU (N.).

ESTRANGIN (J.-J.), avocat, à Arles.

FABRE-DEMOLLINS.

FALLOT DE BROIGNARD, aide-de-camp.

FEISSAT aîné, imprimeur.

FLORET, substitut du procureur du Roi.

FOLSCH, consul de Suède et de Norwége.

FOLTZ, maire de Roquevaire.

FORNIER, juge de paix, à Marseille.

FRANC (Casimir), vérificateur des douanes.

FRANCONY, percepteur des contributions, à Salon.

GABRIEL aîné.

GARELLA, ingénieur en chef du département.

GASSAUD (J. de), substitut du procureur du Roi.

GAUDEMAR, juge de paix, à Riez.

GAUTIER, avoué, à Tarascon.

GAVOTY (le baron de), maréchal de camp.

GONTARD, juge de paix, à Marseille.
GRAVESON (la Commune de).
GRAVINE (de), conseiller de préfecture.
GRELING (Casimir de).
GUEIT, docteur en médecine.
GUERIN, maire de la Ciotat.
GUIAUD, docteur en médecine.
GUYS (C.).
HAINS, administrateur des douanes.
HAINS, directeur des douanes, à Marseille.
HARDY DE St.-YON, sous-inspecteur des douanes.
JAUFFRET, bibliothécaire.
IMBERT, commissaire de police central.
INTENDANCE sanitaire ; (20 exemplaires.).
JOSSAUD.
JOUBERT, receveur principal des douanes, à
 Arles.
JOURDAN (le baron), conseiller d'État.
ISOARD-VAUVENARGUES (d'), directeur des
 contributions indirectes.
JULLIANY (Jules).
LABADIE.
LABAND (Maurice), consul de Russie.
LABICHE, commissaire des poudres et salpêtres.
LA BOULIE (de), procureur général près la cour
 royale d'Aix.
LA CIOTAT (la Commune de).
LAUTARD (le chevalier), docteur en medecine.
LEFEVRE, payeur du département.
MAGNAN.
MAGNEVAL, percepteur des contributions directes.
MAILLOT, régisseur de la manufature royale
 des tabacs.
MALCOR, percepteur à la Ciotat.
MARTEL, adjoint au maire de Tarascon.
MARTIGUES (la Commune de).
MARTIN, économe du collége royal.
MARTIN, docteur en médecine, à Aubagne.
MARTINOT, maire d'Aubagne.
MAZENOD (Mgr. de), évêque de Marseille.
MERCURIN, à St-Remy.
MERENDOL, substitut du procureur du Roi.
MEURDRA, inspecteur des douanes, à Arles.
MONTGRAND (le marquis de), maire de Marseille ;
 (2 exemplaires).
Le même. Pour le conseil municipal ; (56 exemp.)
NEGREL-FERAUD.
OLIVIER (Magloire), à la Ciotat.
PAGANO (le comte de), consul de Sardaigne.

PARTOUNEAUX (le comte), lieutenant-général
 commandant la 8me division militaire.
PASCAL-SÉJOURNÉ.
PATAC (Pierre), propriétaire.
PENCHAUD, architecte du département.
PEPIN, secrétaire de la mairie, à Tarascon.
PLAUCHE, inspecteur de la manufacture royale
 des tabacs.
PONTEVEZ (le comte de).
POULE, ingénieur, à Arles.
PRAT, contrôleur de la manufacture royale des
 tabacs.
RAINOUARD, vérificateur des douanes.
REGUIS (le chevalier), président du tribunal civil.
REYNAUD (Honoré), président du conseil gé-
 néral du département.
ROBERT, médecin du Lazaret.
ROCHE fils, adjoint au maire d'Arles.
ROSTAND (Alexis).
ROUARD, sous-bibliothécaire, à Aix.
ROULET (Auguste), consul de Prusse.
ROURET (le baron du).
ROUSSEL.
ROUX (Polydore), conservateur du cabinet d'his-
 toire naturelle.
ROUX (P.-M.), secrétaire-général de la société
 royale de médecine de Marseille.
ROUX-ALPHERAN, greffier en chef de la Cour
 royale d'Aix.
RUYTER (de), capitaine de port.
SALLIER, receveur, à Aix.
SOCIÉTÉ (la) royale de médecine de Marseille.
SOCIÉTÉ (la) de Statistique de Marseille ; (2 ex.)
SOMIS (le baron de), lieutenant-général.
SOURDON DE LA CORRETTERIE.
TARDIEU, adjoint au maire de Marseille.
TARDIF, avocat, à Aix.
TAXIL, procureur du Roi.
TURNBULL, consul de S. M. Britannique.
URRE (le baron d'), secrétaire-général de la
 préfecture.
Le même. Pour les archives de la préfecture.
VERAN, notaire, à Arles.
VICARY (Charles), à Tarascon.
VILLENEUVE (le vicomte de), préfet du Nord.
VILLENEUVE-BEAUREGARD (le comte de).
VILLENEUVE (Hippolyte de), ingénieur des mines.
VIMONT, receveur des douanes.
VIRET, avocat.

TABLE

DES MATIÈRES CONTENUES DANS CE SECOND VOLUME.

TROISIÈME PARTIE. — Pièces lues dans les séances des Sociétés savantes.

Section I. — *Société d'émulation du département du Var.*

Nº 1 Rapport sur les fouilles faites à Fréjus en 1803 . . . . *Pag.* 1
2 Notice sur le plafond du château de Cagnes 31
3 Fragment d'un voyage dans les Basses-Alpes 38

Section II. — *Société d'agriculture, sciences et arts d'Agen.*

4 Recherches sur le lieu qu'occupait dans l'Aquitaine le peuple désigné par César
sous le nom de Sotiates 47

Section III.—*Académie royale des sciences, belles-lettres et arts de Marseille.*

5 Notice sur la Sainte-Baume 61
6 Notice sur la peste de 1720 78
7 Premier rapport sur la reprise projetée des travaux du canal de Provence . . 100
8 Notice sur Adam de Craponne, et sur le canal qui porte son nom 109
9 Adélé ou la jeune turque à Marseille, nouvelle historique 118
10 Notice biographique sur le cardinal duc de Bausset 130
11 Second rapport sur la reprise du projet du canal de Provence. 137
12 Rapport sur les fouilles faites à Arles 155

QUATRIÈME PARTIE. — Ouvrages insérés dans divers recueils
littéraires.

1 Promenade de S. A. R. Madame la duchesse de Berry à N. D. de la Garde. . 161
2 Description de la Clue de Saint-Auban, département du Var. 168
3 Précis historique sur le roi René, et principalement sur son séjour en Provence. . 174
4 Discours préliminaire de la Statistique du département des Bouches-du-Rhône. 213

FIN DE LA TABLE DU TOME SECOND.

ERRATA.

Page 48, ligne 7, Ausates (ceux d'Eause) , *lisez* Elusates (ceux d'Eouse).

Page 73, ligne dernière, au lieu de près de Pignans, *lisez* près de Cotignac.

Page 177, ligne 6, au lieu de Bugueville, *lisez* Bugneville.

Note omise à la page 205 , à la suite de la quinzième ligne.

( ) A la liste de ces personnages revêtus de dignités à la Cour du roi René , nous pouvons ajouter des noms qui ne sont pas moins recommandables ; tels que ceux des Blacas , des Lestang-Parade , des d'Arbaud et des Coriolis.

www.ingramcontent.com/pod-product-compliance
Lightning Source LLC
Chambersburg PA
CBHW070504030726
47503CB00004B/1162